blattFuchs Verlag

1. Auflage 2016

Dr. Karl-Georg Schroll
54459 Wiltingen

Umschlagfoto: www.4freephotos.com
Umschlaggestaltung: Schroll KG

ISBN: 978-3-946652-00-7
www.blattfuchs.de

Emile Claassen

Die Fünfte Macht

Polit-Thriller

Prolog

Es ist kurz nach Mitternacht. Die Wahlparty oben im Saal klingt langsam aus. Seit etwa zehn Minuten steht der Abgeordnete in der Tiefgarage, die unmittelbar am Mainzer Rheinufer liegt. Er wartet und wähnt sich unbeobachtet. Eine wichtige Verabredung, auf die er wartet. Sein Date hatte zugesagt, das brisante Material, das er vor Stunden noch in seiner Tasche hatte, zu ergänzen. Diese Papiere erlaubten ihm, das glaubte er zumindest, eine Firewall gegen die Mächtigen des Landes aufbauen zu können. Er könnte sie sogar in den Griff bekommen. Falls man ihn trotzdem weiter zwingen wollte, würde er die Bombe platzen lassen. Mit verheerenden Konsequenzen. Der ganze Berliner Politzirkus müsste sich neu sortieren, wenn sein Material ruchbar würde. Davon ist er überzeugt.

Kurz nach dem Beginn der Party war er unbemerkt verschwunden, obwohl der kleine, dicke Journalist ihn nicht aus den Augen ließ. Er grinst vor sich hin. Den hatte er mit einem vagen Versprechen geködert. Er käme gleich wieder. Dann hatte er sich seiner geistigen Konterbande entledigt, und zwar an einem Ort, an dem sie keiner vermuten würde. Als er wieder im Saal erschien, bemerkte er, wie er von einigen Parteimitgliedern misstrauisch beobachtet wurde. Klammheimlich checkten sie ihn ab. Diese Pappenheimer kannte er. Schließlich war er der Vorsitzende. Er verzog seinen Mund zu einem hämischen Grinsen und zischte noch ein paar Bier. Die halfen gegen aufsteigende Nervosität.

Während er sich an der Wand der Tiefgarage abstützt, schaut er unruhig auf seine Armbanduhr. Wo bleibt seine Verabredung? Schwerfällig dreht er sich um. Hatte er hinter sich nicht ein Geräusch gehört? War es der Alkohol, der ihm etwas vorgaukelte? War ihm diese Spürnase von Journalist doch gefolgt, obwohl er über die Hintertreppe verschwinden konnte? Die Unruhe nimmt zu. Die schummrige Atmosphäre in der Tiefgarage belastet ihn. Mit der linken Hand tastet er sich etwas vor in Richtung Fahrstuhl. Vorgebeugt, den Kopf nach unten haltend, steht er da auf unsicheren Beinen. Ab und zu hebt er sein rotfleckiges Gesicht. Mit Mühe beobachtet er die ihm gegenüberliegende Fahrstuhltür, als würde ihm von dort Glück verheißen.

Warum stiert er so auf den Aufzug, fragt sich die kleine, gedrungene Gestalt. Der Journalist, der sich vom heimlichen Verschwinden nicht hat täuschen lassen, schleicht sich langsam bis auf gut fünf Meter von hinten an den Volksvertreter heran. Die funzelige Deckenbeleuchtung und die wenigen verbliebenen Fahrzeuge geben ihm Deckung. Der Journalist will nur beobachten, was der Betrunkene dort vorne treibt. Unbemerkt, etwa zwanzig Meter entfernt, schaut eine dritte Person gespannt zu. Sie hat sich neben den Eingang der Tiefgarage zur Rheinseite hin in den Schatten eines Betonpfeilers verdrückt. Von ihrer Position aus kontrolliert sie die Situation. Zeitweise erscheint geisterhaft, wie ein fahles Schemen, ihr Gesicht. Sie lauert. Sie wartet ab, was geschehen wird.

Die Stille in der Tiefgarage liegt wie eine dichtgewobene Decke über den Anwesenden. Sie schluckt alle Geräusche. Der Abgeordnete schiebt mit Mühe den Ärmel hoch, um die Zeit auf der Armbanduhr zu kontrollieren. Fast schon Viertel vor Eins. Er nickt ergeben vor sich hin, als beugte er sich seinem Schicksal. Dann lehnt er sich an die Betonmauer. Er ist müde. Beinahe wäre er abgerutscht. Das plötzliche Geräusch des niederkommenden Aufzugs mobilisiert seine Sinne. Drei Augenpaare starren gespannt auf die Fahrstuhltür. Der Abgeordnete rappelt sich auf. Sein Kopf ruckt hoch. Er hebt wie grüßend die Hand, als kenne er die Person, die jetzt auf ihn zutritt. Auch wenn die Kapuze des am Körper schlotternden Pullis den Kopf verhüllt. Mit unsicheren Beinen geht er auf sie zu. Die beiden Zuschauer hinter ihm sehen, wie er zögert. Das war nicht der, den er erwartete. Dem wollte er es jetzt zeigen. Was ihm denn einfiele?

Großes Erstaunen liegt auf seinem Gesicht, als ihn der erste Schlag auf den Arm trifft. Er fuchtelt abwehrend mit den Händen herum. Er versucht dem schweren Holzprügel, der auf ihn niedersaust, auszuweichen. Der nächste Schlag trifft ihn seitlich am Kopf. Er wankt, aber fällt nicht. Dann ein Schlag mitten ins Gesicht. Es knackt leise und Blut schießt aus der Nase. Der nächste zertrümmert ihm das Jochbein. Die Hände zur Abwehr erhoben, fängt er noch einige der mit Wut geführten Schläge ab. Aber er reagiert zu langsam. Der Alkohol. Ein weiterer Schlag. Er sinkt auf die Knie. Versucht die Arme nochmal hochzureißen. Die schlagende Person keucht. Das Opfer liegt bäuchlings am Boden. Noch ein krachender Schlag auf den Rücken, ein kurzer Rundblick. Der Täter entschwindet mit dem Aufzug nach oben.

Es ist still bis auf das leise Stöhnen des Niedergeschlagenen. Hätte man die Zeit gestoppt, es wären keine fünf Minuten gewesen. Dem hinter dem Auto Knienden kommt es wie eine halbe Ewigkeit vor. Panik steht im Gesicht des Journalisten. Er hört das Stöhnen. Sein Mitleid sagt ihm, dem Opfer zu helfen. Panik gewinnt die Oberhand. Er muss schnell weg. Das verhindert aber ein heller Mercedes, der sich mit leise dieselndem Motor vom Vordereingang in die Tiefgarage hereinschiebt. Er geht in Deckung und linst zwischen den PKWs hindurch. Er erkennt zwei Männer. Die Wagentüren lassen sie geöffnet, als sie auf den Liegenden zutreten. Er beobachtet, wie sie sich über ihn beugen. Sie unterhalten sich in einer Sprache, die er nicht versteht. Dann steigen sie ein und das Fahrzeug verlässt die Tiefgarage auf der gegenüberliegenden Seite.

Diese Gelegenheit packt er beim Schopf. Mit hämmerndem Herzen schleicht er erst gebückt, dann flieht er mit kurzen tippelnden Schritten durch das große Tor auf der Rheinseite. Er wieselt, ohne sich umzublicken, die Uferpromenade entlang in Richtung Innenstadt. Wer weiß, in welche Bredouille oder sogar Lebensgefahr er da beinahe geraten wäre. Angst, aber nicht vor dem Geschehenen, begleitete ihn.

Der Mann im Dunkeln, der den Abgang des Journalisten mit etwas Belustigung verfolgt hatte, zieht sein Handy. Nach kurzer Zeit erscheint wieder das helle Fahrzeug. Es hält an der gleichen Stelle wie zuvor. Beide Türen bleiben geöffnet. Diesmal heben die Männer den Stöhnenden hoch. Sie packen ihn unter den Armen und an den Beinen. Der Kopf pendelt haltlos hin und her. Sie schieben ihn wie ein kompaktes Gepäckstück auf die Rückbank. Nach einem prüfenden Rundblick verschließen sie sorgfältig und leise die Autotüren. An der Ausfahrt Rheinseite halten sie kurz an, wechseln mit dem aus der Dunkelheit fahl heraustretenden Gesicht einige Worte und fahren an. Er schmunzelt. Alles Gute kommt von oben, denkt der Fahle über das Glück, das ihm der Aufzug beschied.

Der Mann aus dem Dunkeln folgt dem Mercedes zu Fuß. Er ist überzeugt, die richtigen Weichen gestellt zu haben. Dem Journalisten dagegen schwant, dass er nicht nur Zeuge eines Verbrechens geworden ist, sondern wahrscheinlich auch eines politischen Skandals. Und er glaubt, die Hintermänner dieses Skandals zu kennen. Fast ein Déjà-vu, geht es ihm durch den Kopf. Er weiß, dass er sich in Acht nehmen muss.

Kapitel 1

Legendenbildung

In der Anwaltskanzlei Lochner & Lochner wird gerne und mit nicht unberechtigtem Stolz auf eine mehrere Jahrzehnte lange Tradition hingewiesen. Bereits der Vater, Aloys Lochner, aus dem Bergischen stammend, hatte sich nach Notabitur und hart erkämpftem Jurastudium in der Nachkriegszeit, die traumatischen Kriegserlebnisse im mentalen Gepäck, zunächst in seiner Heimatstadt Wuppertal niedergelassen. Aber er hatte schon frühzeitig erkannt, dass allein durch Beurkundungen, Scheidungen, Mietrechtssachen und ähnliche zeitraubende, kleingeistige Arbeit kein wirkliches Geld zu verdienen war. Aloys Lochner fühlte sich zu Höherem berufen. So schaute er sich das Politikgeschehen in den Gründerjahren der Bundesrepublik Deutschland an. Er erkannte als Marktlücke, dass Politiker und Regierungen Hilfe in der aufstrebenden Demokratie benötigten. Also ging er als junger Rechtsanwalt ins biedere Bonn, ins neue Machtzentrum am Rhein.

Die demokratieunerfahrene Bundesrepublik in der Adenauerära hatte Beistand bitter nötig. Hier galt es, für Altnazis annehmbare Wege zu schaffen, sich neu in der Gesellschaft zu etablieren. Die westalliierten Besatzungsmächte suchten Wege, mit findigen Politikern, die wiederum auf juristische Hilfen angewiesen waren, Strukturen und Einflussebenen für wirtschaftliches Engagement aus Übersee zu entwickeln. Für manche Politiker der Nachkriegszeit eine erste Gelegenheit, sich unbeschadet zu bereichern. Die Wiederbewaffnung der Deutschen sorgte für neue Anreize.

Aloys Lochner stand dabei nicht im Fokus. Er zog seine Fäden im Hintergrund zu seinem ökonomischen Wohl und das seiner Klienten. Nach mehr als zehn Jahren in Bonn, Mitte der 1960er Jahre, war die Anwaltskanzlei Lochner aus dem politischen Leben der Bundes-

hauptstadt nicht mehr wegzudenken. Lochner formulierte sein Credo unprätentiös: „Man muss mich nicht sehen, aber meinen Einfluss spüren." Der Rechtsanwalt konzentrierte sich hauptsächlich auf die Arbeit der großen Verbände.

Genau dieses Credo impfte er auch seinen beiden Söhnen, Kurt und Heinz, ein. Diese beiden, mit gerade drei Jahren Altersunterschied, nahmen nacheinander ein Jurastudium auf. Beide für den Wehrdienst untauglich, das hatte der Alte schon hingebogen. Schließlich liefen schon seit geraumer Zeit dicke Blutadern von seiner Kanzlei in alle Ministerien. Nach nicht ganz sechs Jahren Studium wurde Kurt mit cum laude verabschiedet, drei Jahre später Heinz mit dem gleichen Ergebnis. „Was soll's", soll der Vater gerufen haben, „sie brauchen weder das summa cum noch einen Doktortitel." Das habe er auch nicht für seine erfolgreiche Kanzlei benötigt. Und nach ihrer Referendarzeit würden sie sowieso zu Partnern bei ihm aufsteigen. „Die Theorie lernen sie auf der Uni", pflegte Aloys Lochner zu sagen, „aber den Erfolg lernen sie bei mir." Er wolle sie in die Tiefen und Wirren des juristischen Lobbying im Politikzirkus einweihen.

Die Söhne waren sich fast immer einig, wenn es ums Geschäft ging. Mit einer kleinen Ausnahme. In den heißen 1970ern schlug Kurt, der Ältere, doch das eine oder andere Mal über die Stränge, was seinen Vater zu missmutigen und herben Äußerungen und drastischem Handeln trieb. Kurt brachte, für seinen Vater völlig unverständlich, aus einer rebellischen Studentenschaft in Heidelberg revolutionäre Attitüden mit nach Haus. Der kleine dicke Kurt hatte sich dem eloquenten Berufsagitator Herbert Meinertz angeschlossen. Lange Haare, linke Parolen und Frauen trugen nach Vater Aloys' Meinung nicht zur Konsolidierung der Gesellschaft bei. Er zog die Notbremse und verfrachtete seinen Sohn ins heimische Bonn. Das brachte Kurt zurück in die rechte Spur.

Der jüngere Heinz gab sich derlei Attitüden erst gar nicht hin. Er hatte von Anfang an seines Vaters Blick fürs Geschäft. Beide gleichermaßen eingenordet, folgten die Brüder den vorgegebenen Fußstapfen des Vaters. Eine neue Ära in der deutschen Nachkriegspolitik brach an, als Helmut Kohl, dank der Herren Genscher und Lambsdorff, das Ruder übernahm. Das traf auch für die Kanzlei Lochner zu. Die beiden Brüder traten, nachdem sie sich bei Staatsanwaltschaft und anderen Anwaltskanzleien schlaugemacht hatten, wie der alte Lochner zu sagen pflegte, in die Kanzlei Aloys Lochner und Partner ein.

Die Wende zum Guten, wie 1990 in der Kanzlei verlautbart wurde, traf auch die Lochners überraschend. Jetzt mit dem Anschlussgebiet, wo weite Brachen im Osten ihrer Erschließung harrten, wo ehemalige Eigentümer - zum Teil das nach 1945 in der sowjetisch besetzten Zone enteignete Großbürgertum und der Adel - auf ihren ehemaligen Besitz pochten oder pochen wollten, witterte Aloys Lochner, der bereits das Rentenalter erreicht hatte, eine erhebliche Zunahme an Geld und Einfluss auf die Politikerkaste. Der Alte stieg dann endgültig aus, als Berlin wieder zur Hauptstadt Deutschlands ernannt wurde. Ihn ärgerte maßlos, dass für Bonn nur der schmähliche Ehrentitel einer Bundesstadt übrig blieb.

Die Brüder, die inzwischen in alle Finessen des politischen und wirtschaftlichen Lobbying eingeweiht waren, entschlossen sich zum großen Sprung ins neue Berlin, gemäß ihrem Ansinnen, dass die große Politik und ihre Anwaltskanzlei nicht getrennt sein dürften. Ihrem Selbstverständnis entsprechend verstanden sie sich – völlig einig – weiterhin als Kanzlei, die bei besonderen und schwierigen Aufgaben adäquate Lösungen anbot.

Lochner & Lochner firmierte von Stund an in Berlin. Nach dem Umzug des Bundestags wählten sie zunächst in der Nähe des Bahnhofs Zoo ihren Standort. Zwei Jahre nach dem Beginn des neuen Jahrtausends zogen sie um. Der Potsdamer Platz bot das ihrem Image, Einfluss und ihrer Finanzgewalt entsprechende Areal. Unter den Linden, wo das Gros ihrer Zunft saß, war ihnen nicht exklusiv genug. Denn UdL, so der Kurzname der bekannten Prachtallee in Berlin, wurde schon längst als Unter den Lobbyisten verspottet. Die beiden Brüder schauen täglich gerne – so es ihre Zeit zulässt – von ihrer weitläufigen Büroetage im zehnten Stock genau auf das Paul-Löbe-Haus, wo in den Sitzungsräumen der Bundestagsausschüsse die

Entscheidungen des Bundestages vorbereitet werden. Der jüngere der beiden Brüder äußerte sich nach ihrem Bezug der Büroräume mit einem Grienen. Sie hätten jetzt im Prinzip eine direkte Kontrolle über die Ausschusssitzungen. Der ältere hat Glanz in seinen Augen, wenn er zum Kanzleramt hinüberblickt.

Die Brüder Lochner sind überzeugt, dass ihr Handeln eine wichtige Funktion in diesem Staate erfüllt. Sie empfinden sich als institutionelles Korrektiv *zur Verfassung, welches diese Gesellschaft am Laufen hält.*

Kapitel 2

Dienstag, 10. November 2009 – vormittags

Was wäre passiert, wenn Hansen gestern Abend nicht angerufen hätte? Wäre sein Leben weiterhin so ruhig vor sich hin mäandert wie die Lesum im Bremer Norden oder wäre er doch noch in die Pötte gekommen?

„Ein Auftrag für dich", sagte Hansen emotionslos.

Er hörte Hansens knappe Worte noch nachhallen.

„Honorar für dich. Das kannst du doch gut gebrauchen."

Johann Wahlberg war von dem Angebot überrascht worden, fragte dann verhalten nach, worum es ginge.

„Ein toter Politiker, wahrscheinlich ermordet. Du musst nach Mainz. Das MAGAZIN benötigt einen gut recherchierten Hintergrundbericht."

Misstrauisch fragte er nach einer kurzen Nachdenkpause: „Warum ich?"

Keine Antwort. Hansen hatte schon wieder aufgelegt.

Dienstagmorgen. Ein trüber Novembertag. Typisch Bremer Schmuddelwetter. Johann Wahlberg fluchte leise vor sich hin. Nicht nur wegen des Wetters. Er war unausgeschlafen. Er zog seinen Schleppkoffer über das rumpelige Pflaster, mit dem Ziel Bremer Hauptbahnhof. Über der linken Schulter, lässig darüber geworfen, hing ein kleiner Rucksack. Für eine Woche reichten die eingepackte Kleidung und die für seinen Aufenthalt notwendigen Utensilien.

Es fröstelte ihn. Das regnerische Wetter und die klamme Feuchte waren unangenehm. Der Tau, den der leichte Nieselregen über ihn legte, kondensierte in seinem schütteren, graumelierten Haar zu winzigen Perlen. Du verlierst zunehmend an Blondheit, sagte er sich häufig in einem Anflug von Selbstironie, wenn er in den Spiegel schaute. Ein graugesprenkelter Vollbart, kurzgeschnitten, zierte sein schmales Gesicht. Das gab ihm einen Anflug von Bohème und signalisierte Unabhängigkeit. Mit seinen Neunundvierzig müsste er sich etwas distinguierter aufstellen. Aber wollte er das? Sollte er das? Wozu? Diese kleine Auseinandersetzung mit sich selber gehörte zum täglichen morgendlichen Ritual. Aber vielleicht müsste er als zukünftiger *freelancer* sein Image wirklich mal überdenken.

Endlich den Wetterunbillen entronnen hastete er durch die Bahnhofshalle, wich im anschließenden breiten Gang den in dichten Trauben ankommenden Berufspendlern aus. Der Duft von Kaffee und Brot erinnerte ihn an sein verpasstes Frühstück. Aber er hatte keine Zeit und stieg geschwind die Rolltreppe zum Bahnsteig 7 hinauf. Er schlängelte sich durch die Grüppchen von Mitreisenden und wartete auf den Hamburger IC 2023. Er reihte sich in die gespannt nach Westen blickenden Wartenden ein. Aus der Richtung würde der IC, der das Bremer Stadtgebiet in weitem Bogen umrundet, einfahren. Sieben Uhr vierundvierzig sollte er eintreffen. Der verspätet sich wieder einmal wie üblich. Es wäre doch noch Zeit für einen Becher mit heißem Kaffee gewesen.

Der Wind pfiff von den offenen Seiten der Bahnsteige ungehindert herein und ließ die dort ungeschützt Stehenden enger zusammenrücken. Nebelige Schwaden verwirbelten unter dem Dach, lösten sich auf und fielen in Tropfen auf die Reisenden wie Vogelkot. Die klamme Kälte kroch unter seinen bis unters Kinn zugeknöpften Regenmantel und ließ ihn weiter frösteln.

„Verdammt noch mal.“ Wahlberg stolperte rückwärts und hätte beinahe eine Kettenreaktion ausgelöst. „Warum ziehen Sie Ihren blöden Koffer über meine Füße?“

Er schaute abwechselnd auf die Dreckspuren, die der schwere Koffer auf seinen Schuhen hinterlassen hatte, dann auf die zierliche Frau, die ihr Ungetüm offensichtlich nur ungenügend bändigen konnte.

„Ziehen Sie doch erst einmal Ihre riesigen Quanten ein, bevor Sie überhaupt hier losfluchen.“ Eine schnippische Antwort, die ihm die schlanke Gestalt aus sicherer Entfernung an den Kopf warf. Die Augen unter der braunen Baskenmütze funkelten ihn empört an. Einer der dicken Wassertropfen fiel auf ihre kurze, schmale Nase. Die junge Frau zuckte zusammen. Sie blickte erstaunt nach oben und wischte sich reflexartig über ihr Gesicht. Dann drehte sie sich abrupt um und zog weiter den Bahnsteig entlang. Wahlberg grinste. Ha, dachte er voller Schadenfreude, alles Gute kommt doch von oben.

Eine E-Lok der Baureihe 101, den IC auf dem Haken, kroch mit leisem Dröhnen langsam an Wahlberg vorbei, bis der Zug mit einem langanhaltenden Knirschen stand. Im 1.-Klasse-Abteil stand die warme Luft zum Schneiden dick. Seine Brille beschlug. Mit Mühe tastete er sich bis zu einem unbesetzten Tisch im Großraumabteil voran. Dort platzierte er seinen Rucksack, während er seinen Mantel und den kleinen Rollkoffer oben in der Ablage verstaute.

Wahlberg packte sein Notebook aus und klappte es gleich auf. Er tauchte unter die Tischplatte und inspizierte die dort angebrachten Steckdosen. Zwei dunkel bestrumpfte Damenbeine, die sich vor seiner Nase in die Sitzbank schoben, irritierten ihn. Von oben vernahm er eine weibliche Stimme: „Hier ist doch noch frei, oder?“

„Ja, ja“, presste Wahlberg unter der Tischplatte hervor. Der Stecker verkantete sich mehrmals beim Einstecken. Er fühlte sich hier völlig eingeklemmt: über ihm die Tischplatte, vor ihm eine sittsam geschlossene Front von weiblichen Knien und Schienbeinen. Endlich saß der Stecker in der Dose. Mit hochrotem Kopf erklomm er wieder die Oberwelt. Er schaute die ihm gegenüber Sitzende verdutzt an. Die Frau mit dem Koffermonstrum.

Während sie den Bahnhof verließen, linste Wahlberg kurz über seine Brillengläser. Hat sie mich nicht erkannt oder ignoriert sie mich einfach? Nach kurzem Nachdenken erklärte er diese Frage für nicht relevant. Am Notebook rief er verschiedene Newsticker auf. Was gab es zum Tod eines Bundestagsabgeordneten? Nach einer Stunde hatte er sich einen ersten Überblick. Hansen hatte ihm zwei Seiten Anhang gemailt, aus denen er aber nicht recht schlau wurde. Der Tote war ein Politiker mit Namen Thomas Balzer, 40 Jahre alt und Mitglied der *Partei für Demokratischen Fortschritt*, kurz *PFDF*, ein Bündnis verschiedener linksorientierter Gruppierungen. Er vertrat den Bundestags-Wahlkreis 202. Beheimatet war er in Bad Kreuznach. Beste Weinlage an der Nahe, wie Wahlberg mit Kennermiene konstatierte. Eine Frau fand die Leiche am gestrigen frühen Morgen in einer Bushaltestelle in der Nähe der *Rheingoldhalle*. Der Politiker hatte gerade seine zweite Legislaturperiode angetreten. Hansen schwadronierte in der Email, dass er mit ihm seinen *besten Rechercheur* auf diesen spektakulären Fall ansetzen wolle. Er kannte Hansen lange genug. Was verbirgst du hinter deinen Worthülsen, hatte er sich gefragt. Da ist doch was im Busch. Aber Hansen blieb stumm. Emails reden nicht.

„Wünschen sie Kaffee?“ Der Zugbegleiter hielt der jungen Frau ein Tablett mit gefüllten Pappbechern unter ihre zarte Nase. Nach kurzem Zögern verneinte sie.

„Für mich, bitte“, sagte Wahlberg. „Und etwas zum Frühstück“, rief er ihm hinterher, was dieser mit einem Nicken quittierte.

Er rührte Milch in den Kaffee, trank vorsichtig vom Rand des Bechers und konzentrierte sich wieder auf sein Notebook. Aus den Augenwinkeln beobachtete Wahlberg, wie seine Nachbarin eine ältere Ausgabe des MAGAZINs aus ihrer Schultertasche kramte. Er reckte neugierig den Hals, um das auf dem Kopf stehende Titelbild zu betrachten.

„Interessieren Sie sich dafür?“ Sie drehte das schon etwas abgegriffene Heft zu ihm herum.

„Das ist ein uraltes Exemplar. Was interessiert Sie daran?“

Sie blätterte die Zeitschrift durch, zeigte dann auf ein kleines Foto am Ende eines Berichts. „Das sind doch Sie, Herr Wahlberg, oder?"

„Sie kennen mich? Woher?" Ihm fiel wieder der große Tropfen ein, der auf ihrer Nase platzte und musste grinsen.

„Sie scheinen ja alles ganz lustig zu finden. Das entspannt dann die Situation erheblich." Sie zog ihre Baskenmütze vom Kopf und gab eine Flut von braunem, gelocktem Haar preis. Ihre hellbraunen, leicht ins Grünliche changierenden Augen blickten ihn ruhig an. „Zuvor hatte ich Sie nicht gleich erkannt. Vielleicht wollte ich es auch nicht. Sie waren etwas rüpelig."

„Woher wollen Sie mich kennen?"

Wahlberg fragte mit Nachdruck und musterte sein Gegenüber genauer. Das Gesicht. Hatte er es nicht schon einmal gesehen? Feine Kerben um die Mundwinkel ließen Wahlberg ihr Alter auf Anfang Dreißig schätzen. Hübsch, nett und jemand, der sich die Butter nicht vom Brot nehmen lässt, dachte er. Und der schwere Rolli ließ auf einen längeren Aufenthalt schließen, irgendwo. Vielleicht fährt sie in Urlaub.

„Mein Name ist Susann Hespers. Ich bin Journalistin von Radio Bremen, Hörfunk. Ich arbeite mich in ein Feld ein, was landläufig als Lobbyismus bezeichnet wird."

„Ja, und? Aha ..." Wahlberg verstand. „Daher diese Ausgabe. Aber das ist doch fast zwei Jahre her ..."

„Genau, damals hatten Sie diesen Bericht verfasst, der als Einstieg in eine Serie über Lobbyismus, Korruption und so weiter geplant war."

Wahlberg roch den Duft von frischem Gebäck schon bevor der Zugbegleiter einen Teller mit zwei warmen Croissants vor ihm absetzte. Er tunkte eins in den Kaffee und verschlang es heißhungrig. „Aber diese Serie ist nicht erschienen", quetschte er zwischen den Zähnen hervor. „Da ist nur Scheiße passiert. Mich hat es die Karriere gekostet."

„Ich versteh ja, wenn Sie Ihre Enttäuschung in Fäkalsprache

kleiden. Noch dazu mit vollem Mund.“ Hespers wirkte indigniert.

Wahlberg kniff seine Lippen zusammen und starrte aus dem Abteilfenster, wo die flache, durch Wiesen, einzelne Baumgruppen und abgeerntete Äcker durchzogene Landschaft vorbeiflog. Die für die norddeutsche Tiefebene typischen Backsteinhäuser unterbrachen das monoton anmutende Bild zwischen Nordsee und Münsterland durch rote Einsprengsel. Wahlberg liebte dieses Weithingezogene, diesen den Blick in die Ferne nicht hindernden Zustand.

Sie berührte ihn am Ärmel und schaute ihn aufmunternd an. „Herr Wahlberg, es tut mir leid, was passiert ist. Das ging überall rund.“

„Schön, schön, Sie geben sich Mühe, mich mit warmen Worten zu trösten – kurzum, was wollen Sie mit dieser alten Postille?“

„Ihr Artikel ist eine wichtige Quelle für mich. Wir im Hörfunk Bremen stellen uns die Frage, wie Lobbyismus auf unsere demokratische Verfasstheit wirkt. Wo fängt zum Beispiel Korruption an?“

„Interessant, aber bekannt.“ Er behielt seine abwehrende Haltung bei. „Sie fahren jetzt sicherlich mit Ihrem großen Gepäck in Urlaub?“

„Sie lenken ab.“ Susann Hespers lächelte mit kokett geneigtem Kopf. „Frauen brauchen immer mehr als Männer, auch wenn sie nicht in Urlaub fahren. Das sollten Sie doch wissen, oder?“

„Also, nicht in Urlaub, sondern …“, fragte Wahlberg sein Gegenüber.

„Ich will zu diesem Thema in Köln bei den Kollegen vom WDR recherchieren. Wenn Sie sich noch erinnern, Skandal um die Müllverbrennungsanlage. Wer wen geschmiert hat und wie viel.“

„Aber das sind doch olle Kamelle, wie man in Köln sagt.“

„Wir wollen viel Hintergrund herbeischaffen. Und in Ihrem damaligen Artikel“, die Journalistin pochte mit dem Zeigefinger auf das vor ihr liegende Exemplar, „werden einige konkrete Sachverhalte angesprochen, die für uns wegweisend sind."

Ihr hübscher, lächelnder Mund gab eine Reihe prachtvoller, wohlgeordneter Zähne preis. Unwillkürlich schoss ihm *Generation Zahnspange* durch den Kopf. Klappe halten, schalt er sich, nur nicht despektierlich werden.

„Sie müssten doch eigentlich noch über Unterlagen oder Material aus den damaligen Recherchen verfügen?"

Wahlberg schaute sie misstrauisch an. „Nur was ich im Kopf habe. Der Rest liegt in Hamburg, in der Chefredaktion im Giftschrank. Da kommt keiner ran."

„Und – was haben Sie im Kopf?"

Wahlberg verzog sein Gesicht zu einer komischen Grimasse. „Viel zu viel – und es belastet – in jeder Beziehung."

„Sagt Ihnen die Anwaltskanzlei Lochner & Lochner etwas?"

„Sicher. Aber da lassen Sie besser die Finger davon. Sonst kommen Sie nicht mehr so raus, wie Sie reingegangen sind."

„Was ist falsch gelaufen? Dass man Sie so an den Pranger gestellt hat? Das war ja fast ein berufliches Aus."

„Das war das berufliche Aus. Offiziell hieß es, die Quellen seien nicht exakt verifiziert und genügend abgesichert worden."

„Sie meinen, Ihnen wurde Pfusch unterstellt?"

„Wissen Sie, ich war in den USA. Ich habe die Prinzipien des investigativen Journalismus quasi studiert. Das bedeutet genaue, saubere und vorurteilsfreie Recherche. In Wirklichkeit haben die Lobbyisten, die von mir aufs Korn genommen wurden, ihre Beziehungen spielen lassen. Sie waren Lobbyisten in eigener Sache. Und eine Krähe in den obersten Etagen hackt auf der anderen nicht rum."

Wahlbergs Sarkasmus war nicht zu überhören. Susann Hespers hörte schweigend zu.

„Aber was war der eigentliche Anlass, Ihnen so in die Parade zu fahren?"

„Ich war einigen aus den oberen Schaltzentralen zu dicht auf den Fersen. Im heutigen Zeitungsgeschäft dreht es sich nur noch um Rendite und um Gefälligkeitsjournalismus. Da stört ehrliche Arbeit."

„Harte Worte. Aber ich gebe Ihnen insofern recht, dass man von der ehemals stolzen *Vierten Gewalt* in Deutschland nur noch rudimentäre Spuren findet." Sie zeigte wieder auf seinen Artikel. „Was meinen Sie hier mit einer *bestimmten Art von Lobbyismus*?"

„Ganz einfach: Die Verleger müssen scharf kalkulieren. Hier geht es auch um Anzeigen und Reklamegelder. Korruption, Bestechung ... und wie schon gesagt, daraus entsteht dann ein solcher Gefälligkeitsjournalismus. In diese Richtung läuft es dann."

Seine Augen fixierten die ihren, als sollten die Tiefen ihrer Seele ausgelotet werden. Susann Hespers hielt seinem Blick stand.

Plötzlich grinste er sie unverhohlen an. „Hat Sie der große Tropfen auf dem Bremer Bahnsteig sehr erschreckt?"

Irritiert fragte sie: „Welcher große Tropfen?"

„Na, der vom Dachgerüst des Bahnsteigs. Man konnte es richtig klatschen hören."

„Ach, so. Ja, ich habe mich ziemlich erschreckt." Sie lächelte jetzt zurück und legte ihre Hand kurz auf seinen Arm. „Wir sind gleich in Köln. Würden Sie mir bitte dann den Koffer auf den Bahnsteig stellen?"

„Wer könnte Ihnen schon etwas abschlagen. Jung, hübsch und redegewandt."

Sie bedachte ihn mit einem abschätzenden Blick, ging aber auf die mit einem kleinen ironischen Zungenschlag versehenen Komplimente nicht ein. „Ich habe ganz vergessen zu fragen: Wohin fahren Sie eigentlich?"

„Mein Ziel ist Mainz."

„Und welcher Anlass?"

„Ein mysteriöser Politikermord."

„Und wie lange bleiben Sie weg?"

„Für die Recherchen habe ich eine Woche eingeplant."

„Und dann so wenig Gepäck?", scherzte sie. „Wo wohnen Sie

jetzt eigentlich? Hamburg, Berlin?“

„Nirgendwo dort. Ich wohne in Vegesack.“

Sie hob erstaunt die Augenbrauen. „Na, so was.“

„Der Bremer Norden mit dem direkten Weserzugang hat es mir angetan.“ Er fühlte sich bemüßigt, dies zu erklären.

Der IC strebte inzwischen langsam dem Kölner Hauptbahnhof entgegen. Zwischenzeitlich stockte er ab und zu auf der Rheinbrücke. Die Einfahrt war noch nicht freigegeben.

Susann Hespers folgte Wahlberg zum Kofferfach. „Gehen Sie bitte voran“, bat er sie, „damit Sie draußen den Koffer in Empfang nehmen können.“ Im engen Gang drückte sie sich seitlich am Koffer und an Wahlberg vorbei. Er roch ihr Parfüm. Ihr Gesäß streifte deutlich seine Oberschenkel. Seine schlanken, seit der Trennung von seiner Frau häufig einsamen Einsdreiundachtzig reagierten.

„Hoffentlich funktionieren auch alle Rolltreppen oder die Aufzüge.“ Er deutete auf den breiten wie hohen Koffer. „Sonst wird’s problematisch.“

„Ich bin Optimist.“ Sie lächelte wieder. „Wir sollten Kontakt halten. Radio Bremen greift gerne auf *freelancer* zurück.“

„Ich weiß, das ist so üblich in der Branche. Das spart Kosten.“

„Seien Sie doch nicht so negativ. Haben Sie eine Visitenkarte? Hier ist zumindest meine.“ Sie kramte in ihrer Handtasche. „Ein wenig zerknittert“, entschuldigte sie sich, „und ich glaube, meine letzte.“

Er hatte keine.

„Rufen Sie mich gleich auf meinem Handy an. Dann ist die Nummer gespeichert.“

Sie nickte ihm zu, winkte kurz, zog den dicken Koffer an und marschierte in Richtung Aufzug.

Kapitel 3

Dienstag, 10. November 2009 – mittags

Der IC verließ den Hauptbahnhof kurz vor zwölf Uhr und durchquerte die Kölner Südstadt in Richtung Bonn. Der Zugführer konnte die Verspätung etwas reduzieren. Als Wahlberg an seinen Tischplatz zurückkehrte, empfand er eine gewisse Leere. Er dachte über die Begegnung mit Susann Hespers nach. Attraktive Frau. Warum kam ihm ihr Gesicht so bekannt vor? Vielleicht ergibt sich mal eine Verabredung in Bremen? Übers Berufliche hinaus.

Während er aus dem Zugfenster schaute, die Schiffe auf dem Rhein kleine Bugwellen vor sich herschoben, verdrängte die gerade per Internet empfangene Botschaft seine angenehmen Gedanken. „Du musst dich am Mittag an Paul Steinert wenden. Falls du es nicht weißt, er fungiert in Mainz als Regionalleiter fürs Hauptstadtbüro."

Diesen Namen hatte er nicht erwartet. Erst traute er seinen Augen nicht, dann verschlug es ihm die Sprache. Vorsichtig hatte er zurückgemailt. „*Der* Paul Steinert? Doch nicht derjenige, der mich damals ins Messer hat laufen lassen?"

„Doch." Schnell, kurz und bündig kam die Antwort retour.

„Mensch, Horst, das ist aber hammerhart."

„Genauso ist es", schrieb sein Auftraggeber zurück.

Ihm wurde eine Konfrontation mit seiner Vergangenheit aufgezwungen. Als würde sich etwas Unangenehmes wiederholen. Nicht nur Steinert. Eventuell auch noch die geisterhaften Lochners? Warum hatte Susann Hespers diese Brüder erwähnt? Das gehörte doch alles zu einer Vergangenheit, mit der er eigentlich fertig war. Eigentlich.

Wahlberg schaute auf seine Armbanduhr. Noch etwa eineinhalb

Stunden bis Mainz. Er startete sein Notebook neu. Er gab das Kürzel *PFDF* ein. Dieses linksorientierte Bündnis zog 2005 überraschenderweise in den Bundestag ein. Was war eigentlich so brisant an der Geschichte? Ein toter Politiker, der dem Spektrum links der Mitte entstammt? Das wäre doch viel zu wenig, oder steckte noch mehr dahinter? War es ein gefundenes Fressen fürs MAGAZIN? Insbesondere dann, wenn es sich um Linksorientierte handelt? Das galt aber ohne Ausnahme für alle, die irgendwie dem linken Lager zuzurechnen waren: attac, Atomgegner, Grüne, bestimmte *SPD*-ler, jetzt auch für die Mitglieder der noch recht jungen *PFDF.* Ging es um Aufklärung bemüht oder wieder nur um Sensatiönchen? Wahlberg kannte den Laden, wollte aber vorerst nicht spekulieren.

Er griff die verschiedenen Newsticker ab. Nicht viel zum Thema. Die Nachrichtenlage war eher spärlich. Die Website der *PFDF* in Rheinland-Pfalz gab nicht viel her. Die Seite des Bundestagsabgeordneten schmückte ein schwarzer Trauerflor. Der Nachruf erbrachte auch keine neuen Erkenntnisse. *Seine verdienstvolle Arbeit und sein politisches Engagement für die Bürgerinnen und Bürger sowie für seine Partei* fanden würdevolle Worte, aber für Wahlbergs Recherchen nichts Erhellendes. Er schaute sich das Foto des Getöteten an: eher weiche Linien, leichter Ansatz eines Doppelkinns, wohlgenährt. So ein paar Jahre im Bundestag lassen die Figur immer schnell anschwellen, dachte er mit leichter Häme. Die Augen des Abgeordneten wirkten frech und bauernschlau. Wahlberg gewann den Eindruck, als blicke ihn ein ins Alter gekommener Jugendlicher an. Jemand, der noch sein Profil suchte. Er war auch nur einer von vielen, die die *PFDF* als neue politische Heimat auserkoren hatten.

Wahlberg betrachtete das Foto eingehend. Typisch für die Neuen. Sie witterten die Chance ihres Lebens. Eine Partei als Sprungbrett zu nutzen, um sich aus dem banalen, alltäglichen Mittelmaß herauszukatapultieren, um in höhere Sphären einzutauchen. Die Ironie eines abrupt endenden Lebenslaufs: Balzer hatte diese einmalige Chance den Tod gebracht. Jetzt schwebte er in höheren Sphären, wenn auch ungewollt. Wenn es Mord war, wer hätte daran Interesse, wer profitiert davon?

Google spuckte noch einige Details zur *PFDF* aus. Die Zerrissenheit im Landesverband Rheinland-Pfalz, die dem Landeschef Thomas Balzer angelastet wird. Ein Spalter der Partei. Naja, Unzufriedene und Neider gibt es überall, dachte Wahlberg. Eine junge Partei, noch dazu aus unterschiedlichen sozialen und politischen Gruppierungen zusammengewürfelt, gerät schnell in stürmisches Fahrwasser. Offensichtlich wollten einige mehr vom knappen Kuchen profitieren, als Kuchenstücke vorhanden waren.

Das hatte Balzer natürlich auch gewusst, dass die Fleischtöpfe bei einer neuen Partei, die in den Bundestag einzieht, viele Begehrlichkeiten wecken. Vermutlich wollte er die Zügel straffen. Die bekannte Politstrategie: Machterhalt durch Günstlingswirtschaft. Machiavellismus in Reinkultur. Das zeigte schon die Geschichte, und hier wiederholt es sich. Es ist aber auszurechnen, wann die Weggeputschten und Weggetretenen Konfliktherde bilden. Und die große Anzahl Unzufriedener lässt sich nicht mehr steuern. Wollte Balzer keine Konfliktlösung, keinen Ausgleich der Interessen? Liegen hier Motive für einen Mord? Wichtige Fragen.

Mainz war gerade angekündigt worden. Wahlberg packte langsam seine Siebensachen zusammen. Sein persönliches Problem rückte wieder in den Mittelpunkt. Er wollte sachlich bleiben, wenn er auf seinen Ex-Mitarbeiter stieß. Das hatte er sich fest vorgenommen. Wie sah Steinert noch aus? Aus seiner Erinnerung stieg ein vages Bild einer etwas dicklichen, kleinwüchsigen Gestalt mit Brille hoch. Devoter Umgangston, kurze Tippelschritte, durchaus anstellig. Jetzt war sein früherer Mitarbeiter als Regionalleiter des MAGAZINs die Karriereleiter hinauf geschoben worden. Das verbitterte zusätzlich, wie er sich eingestehen musste.

Bis Mainz hatte der IC Zeit aufgeholt. Nur noch vier Minuten

Verspätung. Aber Wahlberg war es sowieso egal. Vom Zug aus waren es ein paar Schritte zur Rolltreppe, die ihn nach oben zur Überführung mitnahm. Dem Hinweisschild Zentrum folgend strebte er zum Taxistand auf dem Bahnhofsvorplatz.

Mainz empfing ihn mit milden Sonnenstrahlen mitten im November. Er ließ sich in der Innenstadt beim Theater absetzen. Dort stand nun Wahlberg, der erst einmal seinen Mantel auszog und auf den Rollkoffer klemmte. Er reckte sein Gesicht nach oben und genoss die spärliche warme Quelle allen Lebens in vollen Zügen – und dachte daran, wie er noch vor ein paar Stunden ungemütlich im Bremer Schmuddelwetter stand.

Das Regionalbüro war nur noch einen kleinen Spaziergang weit entfernt. Seine Anspannung ließ sich auch nicht durch einen Gedankenflash an Susann Hespers eindämmen.

Kapitel 4

Dienstag, 10. November 2009 – nachmittags

Paul Steinert wieselte kurzbeinig durch sein Büro. Er bewegte sich ständig zwischen Tür und Schreibtisch, starrte immer wieder angestrengt durch sein Bürofenster auf die belebte Ludwigsstraße, als ob er den von seinem Berliner Chef avisierten Besuch mit bannendem Blick verhindern wollte. An konzentrierte Arbeit war heute nicht zu denken. Die nervliche Belastung war für ihn zu groß. Vielleicht stimmt das, was immer gemunkelt wird, dass er nicht richtig belastbar wäre, wenn es drauf ankäme. Der Hauptstadtleiter des MAGAZINs hatte ihn heute Morgen telefonisch unterrichtet, dass er seinen früheren Chef mit einer wichtigen Recherche betraut hätte. „Sie wissen, Herr Steinert", hatte Hansen getönt, „der gestern aufgefundene Leichnam des Abgeordneten Balzer könnte sich schnell zu einem Politskandal aufblasen. Wir haben derzeit keine *kompetenten Kapazitäten* frei. Johann Wahlberg wird deshalb die Chose übernehmen."

Das saß tief. Die kompetenten Kapazitäten klangen heftig nach. Man misstraute seinen Fähigkeiten. Gut, sagte er sich in einem Anflug von Selbstkritik, sicherlich bin ich nicht so versiert wie Wahlberg. Aber der Tote, sozusagen vor seiner Mainzer Haustür – da hätte man ihm eine Chance geben sollen. Dabei wäre er geradezu prädestiniert. Keiner wusste, dass er schon seit mehr als einem Jahr intensive Kontakte zu dem getöteten Politiker pflegte. Balzer hatte ihm viel erzählt, was er sich später notieren konnte – ein Erbe, das an Brisanz nichts zu wünschen übrig ließ. Auch wenn sich rechtsgültig nichts beweisen ließe – seine Notizen erhielten jetzt durch den Tod Balzers einen besonderen Stellenwert. Eine Chance, die er für sich nutzen wollte.

Als er wieder aus dem Fenster blickte, den Passantenstrom verfolgte, fragte er sich, was Wahlberg nach seiner Entlassung, gemacht hatte? Es war schon eine Zeit her. Steinert war war nur ein Mittel zum Zweck gewesen. Es belastete ihn bis heute. Er konnte sich noch genau erinnern, wie die oberste Etage in Hamburg ihm Wahlberg als journalistischen Querulanten beschrieben hatte. Der wäre einer, dem sein Ego über alles ging, auch über die Interessen seines Arbeitgebers. Er wusste, dass das herbei gelogen war. Stoppte man Wahlberg nicht beizeiten, dann stand bald die Existenz des MAGAZINs auf dem Spiel. Und dann ginge es schließlich auch um seinen Arbeitsplatz. Das saß. Er willigte ein. Steinert trat heute noch der Schweiß auf die Stirn. Mit seiner Aussage hätte er die monatelangen Recherchen substanziell absichern können. Der Bericht wäre in trockenen Tüchern gewesen. Unangreifbar.

Er konnte sich noch genau entsinnen, als Wahlberg mit einem kleinen Karton persönlicher Habseligkeiten – wie ein Klischee aus einem Hollywoodschinken – sein Büro verließ, die Treppe hinabging und auf dem letzten Absatz zu ihm hochblickte. Gefrorene Grimasse, eiskalte Augen. Hier war gerade eine Existenz vernichtet worden. Schamgefühl hatte ihn danach beschlichen. Es hatte in seiner Hand gelegen. Da war Wahlbergs gesamte Arbeit obsolet geworden. Man hing ihm auch noch die Marke *Unzuverlässigkeit* an. Sein schlechtes Gewissen hatte er bislang mehr oder weniger verdrängt. Bis heute Morgen.

Jetzt holte ihn seine Vergangenheit wieder ein. Nichts war passender in dem Moment als der Spruch, dass man sich im Leben zweimal begegnen würde. Nicht nur ein schlechtes Gewissen, sondern eine fast animalische Angst stieg wie saures Magenwasser in ihm hoch. Er ahnte, dass Balzers Tod höchstwahrscheinlich mit seiner und Wahlbergs Vergangenheit zusammenhing. Balzers verbale Äußerungen und die von ihm immer wieder angedeuteten schriftlichen Aufzeichnungen standen jetzt in einem ganz anderen Licht. Aus diesen politischen Hinterlassenschaften ließ sich der Mord möglicherweise rekonstruieren. Das, was er vor ein paar Tagen ansehen musste, verdrängte er. Im Verdrängen war er ein Meister.

Wahlberg hatte damals den Personenkreis um die Anwälte Lochner & Lochner intensiv unter die Lupe genommen. Er begleitete seinen Chef beim Interview. Das Vier-Augen-Prinzip. Er war überrascht, als er diese ihm von früher bekannte Figur neben den Brüdern entdeckte. Er ließ sich nichts anmerken. Und jetzt tritt die Lobbyfirma erneut ins Rampenlicht der Öffentlichkeit, wenn Balzers Andeutungen stimmten.

War in diesen Zusammenhängen das Mordmotiv zu suchen? Er musste sich mit dem Material noch ausführlicher befassen. Ob er Wahlberg doch davon erzählen sollte? Vielleicht als sogenanntes Friedensangebot? Steinert verfluchte Hansen, der ihm diese schwere Last aufgebürdet hatte. War es eine späte Rache seines jetzigen Vorgesetzten in Berlin? Konnte auch gut sein, dass sich Hansen dadurch noch eine späte Genugtuung verschaffte, weil der immer auf Wahlbergs Seite gestanden hatte. Er glaubte bis heute, dass Hansen in ihm den Verräter sah.

Sein Blick aus dem Fenster erfasste das typisch geschäftige Straßengewimmel um die Mittagszeit in Mainz. Er blickte auf seine Armbanduhr. Wann Wahlberg genau eintreffen würde, hatte man ihm nicht gesagt. Irgendwann am frühen Nachmittag. Er wird Sie schon finden, war Hansens lapidare Bemerkung. Das hatte fast eine bedrohliche Akzentuierung. Steinert löste sich vom Bürofenster. Er schob einige Papiere zusammen, ordnete die Ablage. Was würde ihn am Nachmittag erwarten, wenn er seinem ehemaligen Chef gegenüberstand oder saß? Aus früherem Erleben fürchtete er dessen cholerisches Temperament.

In gedrückter Stimmung verließ er das Büro, um sich durch einen Spaziergang zu beruhigen. Anschließend wollte er zu Mittag essen. Er befestige einen kleinen, gelben Klebezettel an die Bürotür, mit dem Hinweis auf seinen mittäglichen Aufenthaltsort.

Kapitel 5

Frühjahr 2007

Seit Jahren schon trug er sein Juraexamen in der Tasche mit sich rum. Sogar als Anwalt war er zugelassen worden. Aber, musste er feststellen, die gibt es wie Sand am Meer. Laut eines statistischen Berichts gibt es in Berlin schon über 3300 Anwaltskanzleien. Viele von denen arbeiten mit Partnern zusammen. Ein Überangebot, sagte er sich, wenn man aus diesem Bericht ebenfalls erfährt, dass es in dieser 3,5-Millionen-Stadt nur knapp 1.000 Allgemeinmediziner gibt.

Noch schwieriger für eine Solokarriere wurde es, als die Werbebeschränkungen fielen. Natürlich, das war ihm schon klar, profitierten auch hier – wie im sonstigen Leben – die Branchenriesen vom entfesselten Wettbewerb. Aufwändiges und kostspieliges Marketing ließen deren Erfolge wachsen. Auf der Strecke blieben wieder einmal die Kleinen. Miese Ausbeuter. Ungerechtigkeit. Herbert Meinertz erinnerte sich an seine Bürgerschreckparolen aus der Heidelberger Studentenzeit. Als sie den Kapitalismus anprangerten. Es hat sich nichts geändert. Aber diese Sprüche von damals lockten gerade noch ein müdes Lächeln, ein schiefes Grinsen hervor.

Dank seiner früheren Verbindungen sitzt er jetzt wieder seit einigen Jahren in Berlin. Als Angestellter verbrachte er täglich seine acht Stunden im Servicebereich der Staats-anwaltschaft Moabit. Ziemlich trocken, wie er mal im kleinen Kreis von Kollegen verlauten ließ. Damit meinte er nicht nur die Materie, mit der er sich abgab, sondern auch den Boden, den er unter seinen Füßen verspürte. Metaphorisch ausgedrückt, wie er für sich betonte. Seit dem Umzug des Bundestags von Bonn nach Berlin differenzierten sich weitere Arbeitsfelder heraus, insbesondere im Bereich der Wirtschaftskriminalität. Das beflügelte seine Phantasie außerordentlich.

In der Abgeschiedenheit seines Büros erlaubt er sich ab und zu eine

Zigarette. Er verstößt bewusst gegen das allgemeine Behörden-Rauchverbot. Aber in der Staatsanwaltschaft ist alles ruhig. Die meisten Kollegen sind in der Mittagspause. Meinertz öffnet das Fenster, dann greift er zum Telefonhörer. Mit etwas belegter Stimme verlangt er Kurt Lochner zu sprechen. Eine leicht pikierte Stimme fragt, worum es denn ginge.

„Wenn ich Ihnen das sagen würde, wäre Herr Lochner nicht gerade erfreut", verkündet er in bewusst herablassendem Tonfall.

Stille in der Leitung. Dann ein kurzes Schnaufen, eine ungehaltene Stimme: „Lochner hier."

„Hallo, Kurt. Wie geht's denn so?"

„Wer nennt mich Kurt?"

„Hier ist Herbert. Herbert Meinertz. Ich weiß, ist gut 35 Jahre her." Er zieht an seiner Zigarette und inhaliert tief, um sich zu beruhigen.

Schweigen auf der anderen Seite. Dann ein Räuspern. „Herr Meinertz." Lochner betont das „Herr" auffallend.

„Sicher bin ich auch ein Herr." Meinertz' Stimme hat eine spöttische Einfärbung. Er vernimmt ein weiteres Räuspern, als müsste der Sprechkanal von Ballast gesäubert werden.

„Sie sind also der Herbert Meinertz von früher. Was wollen Sie?"

„Ich habe hier eine hochbrisante Information, die Sie interessieren dürfte."

„Wie kommen Sie darauf?"

„Ganz einfach", unterbricht ihn Meinertz, „weil ich hier in der Staatsanwaltschaft in Moabit sitze."

Einem kurzen „Oh", das Kurt Lochner spontan entschlüpft, folgte ein neugieriges „welche Information?"

„Kurt", er bedient sich absichtlich der kumpelhaften Tour, während er die Asche aus dem Fenster schnippt. „Glaubst du", er senkt seine Stimme auf ein dramatisches Flüstern herab, „dass ich hier, in den Räumen der Staatsanwaltschaft ...?" Gespannt lauscht er, was Kurt Lochner antworten würde. Würde er anbeißen?

Kurt Lochner biss an. „Was schlägst du vor?" Das klingt ein wenig unterwürfig, wie damals in Heidelberg.

„Wie wär's mit einem kleinen Gedankenaustausch. So unter ehemaligen Weggenossen?" Na, ja, denkt er amüsiert, den Genossen hätte ich mir auch sparen können.

Lochner zögert kurz. Er sammelt sich. „Gut, bringen wir's hinter uns. Heute Nachmittag, vier Uhr."

„Das passt", erwidert Meinertz. „Treffpunkt Hackescher Markt. Da können wir unauffällig draußen sitzen."

„Hast du, äh, haben Sie sich stark verändert? Ich meine, dass man nicht aneinander vorbeiläuft."

„Kurze graublonde Haare, etwas fülliger. Aber ich erkenn dich schon. Darauf kannst du dich verlassen."

Meinertz verlässt kurz nach der Kernzeit sein Büro. Er entschließt sich zu einem kleinen Spaziergang in der warmen Frühsommersonne zur S-Bahn-Station Bellevue. *Mit der* S 75 *erreicht er vorzeitig den Bahnhof* Hackescher Markt. *Er inspiziert den Vorplatz mit den vielen Sitzgelegenheiten und entschließt sich für die Sitzreihe am hinteren Eingang zu den Bahnsteigen. Anscheinend wollte auch Kurt Lochner den Treffpunkt schon vorher ausspähen. Meinertz entdeckt ihn von seinem Platz aus. Ein kleiner, runder, stämmig wirkender Mittfünfziger. Seinen fast quadratischen Schädel bedeckt ein leichter strohgeflochtener Hut. Echte Handarbeit, wie Meinertz später feststellte.*

Er kann sich ein Grinsen nicht verkneifen, als er hinter ihn tritt und ihn anspricht. Lochner dreht sich um und schaut wie ertappt. Ärger blitzt in seinen hellbraunen Augen auf. Seine hängenden Wangen zittern ein wenig, wie schwere Blätter im sanften Wind. Er erinnert ihn an einen Hamster, der seine Backen aufgeblasen hat.

„Na, Kurt, wie geht's?"

„Herr Meinertz", erklärt Lochner mit fester Stimme, „wir leben in anderen Zeiten als früher und wahrscheinlich auch in anderen, nicht vergleichbaren Lebensstilen. Wir bleiben beim Sie. Also, wo sitzen Sie?"

Meinertz wäre nicht Meinertz, wenn er das nicht schon geahnt hätte. Kurt Lochner so einzuwickeln wie früher, dürfte nicht mehr ge-

lingen. Aber Lochners Absicht, die Sache schnell hinter sich zu bringen, würde er vereiteln.

Lochner weist wortlos mit der Hand an den Platz neben ihm. Nach der Bestellung eines kohlesäurearmen Wassers fragt Lochner direkt: „Welche Art von Informationen haben Sie?"

Um Zeit zu gewinnen, klopft sich Meinertz umständlich eine Zigarette aus der Packung, was bei Lochner ein leichtes Naserümpfen hervorruft.

„Wie geht's denn so? Sie scheinen, mal vorsichtig ausgedrückt, mit Ihrer Kanzlei außerordentlich gut zurechtzukommen."

Lochner reagiert ein wenig wie ertappt: „Wieso vorsichtig ausgedrückt?"

„Nun, ab und zu erscheint etwas in den Zeitungen zum Lobbyismus. Beunruhigt Sie das nicht?" Meinertz erzählt ihm von einem kleinen Artikel in den NACHRICHTEN. „Tangiert Sie nicht besonders, wie mir scheint." Meinertz blickt auf Lochners maskenhaftes Gesicht.

„Für wichtige Presseartikel haben wir in der Kanzlei einen Ausschnittdienst."

Meinertz netzt seine vollen Lippen mit Speichel. „In den NACHRICHTEN wurde Lobbyismus in Verbindung zu Korruption und Bestechung gebracht."

Dann saugt er wieder am Filter seiner Zigarette. Lochner starrt ihn ohne weitere Worte unverwandt an. Pokert er, dieser Kurt, denkt Meinertz. Er hat das Gefühl, in Reptilienaugen zu blicken. Das verwirrt ihn. Das war früher noch nicht so.

„Eins war noch interessant", sagt er zu seinem schweigsamen Gegenüber. „In dem Artikel wurde auch ausgeführt, dass sich nach dem Umzug des Bundestags eine große Anzahl von Kanzleien zum Zwecke der Lobbyarbeit in Berlin etabliert habe."

„Das ist doch nichts Ehrenrühriges. Geschäft ist Geschäft." Lochner sitzt ihm mit steifem Rücken fast bedrohlich gegenüber. Noch so ein Riese im Sitzen, denkt Meinertz.

„Na, ja – aber diese Bestechungs- und Korruptionsvorwürfe ...?"

„Das ist das Geplärr von Wichtigtuern. Es wäre nicht das erste Mal, von irgendwelchen Medien bedacht zu werden.“ Lochner formuliert ganz ohne Ironie. „Aber was soll das ganze Geschwafel? Wollen Sie mir damit etwas Wichtiges sagen?“

„Diese Kanzleien firmieren alle Unter den Linden und am Potsdamer Platz.“

Lochner glotzt ihn weiterhin ausdruckslos an. „Na und?“

„Nun, letzten Samstagnachmittag nahm ich mir die Zeit und inspizierte mal unsere Nobelallee zwischen Dom und Brandenburger Tor. Da notierte ich mir mehrere Namen und Anschriften. Am Sonntag dann am Potsdamer Platz. Am Hochhausturm, direkt gegenüber dem S-Bahn-Eingang, überraschte mich doch ein diskretes, trotzdem würdevolles Firmenschild der Anwaltskanzlei Lochner & Lochner.“

Lochner wetzt ein wenig unruhig auf dem Stuhl hin und her.

„Das hat mich richtiggehend überrascht. Könnte es Kurt Lochner sein, mein stummer Begleiter aus früheren Heidelberger Zeiten?“ Meinertz grinst ihn sparsam an.

Mit zusammengekniffenen legt Lochner seine Ellbogen auf den Tisch, beugt sich vor, um seinen Worten Nachdruck zu verleihen. „Warum erzählen Sie mir das? Für eine Erpressung reicht das nicht. Es ist nämlich alles bekannt. Warum sollen wir unsere Kanzlei verheimlichen? Diese Zeitungsartikel sind zu Abrahams Zeiten geschrieben worden.“

Meinertz schiebt seine Unterlippe vor und schaut seinem Begleiter aus früheren Tagen in die hellbraunen Augen. „Alles bekannt? Wirklich? Diese Zeitungsartikel gaben mir Hinweise auf gewisse Machenschaften. Rausgefunden habe ich es selber. Ist nun mein Job.“ Er beugte sich ebenfalls vor und zischte mit halblauter Stimme. „Sie stehen auf einer staatsanwaltlichen Liste.“ Und doppelsinnig fügte er hinzu: „Uns ist alles bekannt.“

Lochner sitzt auf einmal da wie angespitzt. Gepresst fragt er: „Woher haben Sie solche Informationen?“

„Schon vergessen? Ich arbeite bei der Staatsanwaltschaft.“

Lochner winkt mit einer matten Handbewegung ab. „Da kenn ich viele. Den Generalstaatsanwalt, um Ihnen mal einen zu nennen."

„Ich glaube, da könnte auch unser General nicht viel ausrichten. Mein Aufgabenbereich bei der Staatsanwaltschaft ist nämlich Korruptionsverbrechen. Den hat er persönlich eingerichtet."

Er genießt es. Eine tiefe Genugtuung erfüllt ihn, seinem Gegenüber diese Information wie Salz in eine offene Wunde zu reiben. Aus Lochners wabbeligem Gesicht weicht allmählich die Arroganz. Meinertz setzt nach. „Seit etwa 2002 werden Ihre Anwaltstätigkeiten beobachtet und auf einer mittleren Stufe eingeschätzt."

Lochner wetzt wieder unruhig auf seinem Stuhl hin und her. „Was heißt das konkret?"

„Nun, konkret heißt das seit letztem Jahr: eventueller Anfangsverdacht. Was glauben Sie, wie es da weitergehen wird?"

Lochner wird ein wenig fahl in seinem sonst leicht geröteten Gesicht. Die Hamsterbacken erzittern. Dann ziehen sich seine Stirnfalten zusammen. Er mustert Meinertz kurz. „Wer bearbeitet das?"

Meinertz grinst ihn ungeniert an. „Ich – und der General ist auf meiner Seite."

„Was wollen Sie? Machen Sie einen Vorschlag."

Meinertz drückt demonstrativ die Reste der Zigarette in den Aschenbecher, als wollte er etwas besiegeln.

„Wir könnten eine geschäftliche Allianz eingehen."

Kapitel 6

Dienstag, 10. November – nachmittags

Das Regionalbüro war geschlossen. Wahlberg schaute auf die Uhr. Es war kurz vor eins. Er entdeckte den gelben Klebezettel an der Tür: „Mittag. Bin im Restaurant neben dem Theater. P.S.“ Ein Fußweg, der keine fünf Minuten dauerte. Paul Steinert saß hinten links in der Ecke, an einem Fensterplatz.

Er blickte etwas irritiert über seine Brille. „Hallo, Johann“, begrüßte er seinen ehemaligen Chef. „Oder bevorzugst du noch immer John, wie in alten Zeiten?“

Wahlberg überging Steinerts persönliche Anspielung und sagte kurz und knapp: „Tag, Paul.“

Er wollte sich weder auf diese *alte-Zeiten-Tour* einlassen noch einvernehmlichen Signale aussenden. Das war Wahlbergs Gesprächsstrategie – zumindest fürs Erste.

„Also, eigentlich hab ich dich später erwartet. Wenn du noch was essen willst ...?“ Steinert blickte unsicher hoch. „Ich kann die Lasagne empfehlen.“

Sein Ex-Chef deutete mit beherrschter Miene auf den halbvollen Teller. „Dir scheint es zu schmecken. Immer noch, wie man sieht.“ Wahlbergs bezeichnender Blick auf seine Leibesfülle rief bei Steinert erhebliches Stirnrunzeln hervor.

Die nächsten Sätze formulierte Steinert schon gefasster: „Was wird das hier, John? Hansen will offensichtlich nicht auf dich verzichten.“ Die Spannung nahm wieder zu, knisterte in der Luft, als Wahlberg fragte, ob seine Anwesenheit für ihn ein Problem sei.

Steinerts Gesicht verschloss sich. „Nein, ich bin nur informiert, dass du kommst und dich hier an die Geschichte mit dem toten Politiker dranmachen sollst.“

Wahlberg setzte sich ihm gegenüber. Nach Essen war ihm nicht zumute. Er verstaute sein Gepäck auf dem nebenstehenden Stuhl und unter dem Tisch. Er schaute Steinert beim Essen zu. Sein Gegenüber kratzte die Essensreste mit der Gabel zusammen, und schob sie dann mit Hilfe des Daumens drauf.

Am Montagabend hatte er von Hansen noch wissen wollen, ob Steinert nach Mainz strafversetzt worden sei. Ob das als Konsequenz aus dessen Scheißverhalten, wie Wahlberg drastisch formulierte, zu bewerten sei. Er hatte mit seiner Frage auf eine späte Genugtuung gehofft. Aber Hansen ließ sich darauf nicht ein. Steinert sei jetzt für die Berichterstattung in Rheinland-Pfalz zuständig. Schließlich sei er hier aufgewachsen, sozusagen ein Landeskind, das sich hier ganz gut auskennen würde. Mit stillem Neid schätzte er Steinerts Position ab. Hier konnte er, weitab vom Schuss und relativ unkontrolliert, schalten und walten wie es ihm beliebte.

Steinert hatte ein seiner Statur angemessenes rundes Gesicht. Ein Gesicht, das den Leuten auf den ersten Blick Vertrauen einflößte. Eine kurze, knubbelige Nase erinnerte an Comic-Figuren aus der Walt-Disney-Produktion. Wahlberg bemerkte, dass die Tränensäcke, die sich hinter seinen dicken Augengläsern versteckt hielten, seit damals erheblich zugenommen hatten. In seinen blassblauen, etwas wässrigen Augen wohnten die Erkenntnisse des Lebens von über sechs Jahrzehnten. Von einem, der viel erfahren und noch mehr gesehen hatte.

Steinert schob seinen Teller beiseite und rieb verlegen seine kleine Nase. Die spannungsgeladene Atmosphäre, die von Wahlberg ausging, war für ihn nicht gut auszuhalten.

„Und wie geht es dir? Wie läuft's denn so?"

„Naja", meinte Wahlberg mit kurzem Blick auf Steinerts leeren Teller. Dann Schweigen, als wenn er sich zwingen müsste weiterzusprechen. Aus Steinerts Augen sprach die Bitte, doch fortzufahren.

„Nun, ob ich will oder nicht, mein Konto braucht mal wieder

eine Auffrischung. Hansen hat mir nun diese Sonderaufgabe, oder soll ich sagen, diese sonderbare Aufgabe, verpasst." Wahlberg sprach wie mit angezogener Handbremse. „Den letzten Auftrag hatte ich nach den Sommerferien abgeschlossen, dann ein paar Tage Urlaub an der Nordseeküste verbracht", gab der Freiberufler dem Angestellten einen kurzen Überblick über ein bescheidenes, nicht unbedingt unabhängiges Leben.

Steinert, offensichtlich froh, dass sich der erste Frost gelegt hatte, schob sein Besteck auf dem Teller zusammen und tupfte sich bedächtig mit der Serviette die Mundwinkel ab.

„Du lebst jetzt in Bremen, hab ich gehört. Wäre es nicht besser gewesen, in Berlin zu bleiben? Da wärst du doch an den schnell erschließbaren Quellen des täglichen Horrors, der Profilneurotiker, der kleinen und großen Skandale dran gewesen?" Er verzog die Mundwinkel zu einem leichten sarkastischen Grinsen.

Wahlbergs Gesicht wirkte plötzlich wie gefroren. In seinen Augen loderten Flammen.

„Hör mal zu, Paul, du hast mir Berlin versaubeutelt. Solltest du weiterhin solche Vorschläge in deinem Repertoire haben, dann könnte es sein, dass ich deinen kurzen Nasenstummel vollends in dein Gesicht drücke."

Wahlberg hatte leise gesprochen, die Worte in Steinerts Gesicht gezischt. Und er hatte sich bedrohlich über den Tisch gebeugt und in dessen Augen gestarrt.

Steinert schaute betroffen auf seinen leeren Teller. „Ich versteh dich ja. Es tut mir wirklich leid, dass diese Geschichte damals passiert ist."

Wahlberg wollte eigentlich raus aus dieser Anspannung, die er aus seiner Frustration selbst herbeigeführt hatte. „Nun gut, aber vergiss nicht, da war noch was und ist noch was. Das braucht lange Zeit, bis ich das verdaut habe."

Er atmete tief durch und fuhr fort. „Ich will diesen Job erledigen, und das so professionell wie möglich."

„Und was bedeutet das jetzt?", fragte Steinert leise. Er duckte sich fast hinter seinem leergegessenen Teller. Die kurze Tischszene von vorhin hatte ihn sichtlich beeindruckt.

Wahlbergs Miene entspannte sich. In ihm regte sich Mitleid. Er wusste von Hansen, dass sein früherer Mitarbeiter auch einem erheblichen Druck von ganz oben ausgesetzt gewesen war. Außerdem musste er für eine gewisse Zeit eine funktionierende Partnerschaft mit seinem Gegenüber eingehen.

„Das bedeutet, dass wir jetzt in dein Büro gehen. Ich bin ziemlich gespannt, was auf mich zukommt."

Kapitel 7

Dienstag, 10. November – nachmittags

Steinert wieselte mit seinen kurzen Beinen über den Flur und öffnete alle Türen.

„Vorne ist mein Büro, hier links das Klo, die nächste Tür führt zu einer kleinen Pantryküche. Gegenüber habe ich einen Besprechungsraum eingerichtet."

Wahlberg blickte in einen fensterlosen, weißgestrichenen Raum mit einem langen Tisch in Birkenfurnier und zwölf Stühlen. An der Rückwand stand ein bequemes, ausziehbares Sofa.

„Na, da hinten machst du dann und wann ein kleines Nickerchen." Wahlberg flachste ihn an.

„Manchmal, wenn's spät wird, hau ich mich hier hin. Dann ist mir der Führerschein näher als mein Bett zu Hause. Meine Frau vermisst mich eh' nicht." Das schien Steinerts Gemüt nicht wesentlich zu betrüben.

Wahlberg blickte in einen ziemlich aufgeräumten Büroraum. Das von ihm erwartete Chaos, wie er es aus leidvoller Erfahrung kannte, hielt sich in Grenzen. Er bemerkte Wahlbergs erstaunten Blick. „Ich muss auch ab und zu etwas wiederfinden", bemerkte Steinert leichthin.

„Sitzt du wirklich ganz alleine hier, ohne repräsentatives Model als Sekretärin?", fragte Wahlberg mit gespieltem Ernst.

Steinert nahm den Ball auf. „Schön wär's, aber es wird halt überall gespart, auch an den Models. Und die richtigen Sekretärinnen kosten richtig Geld – woher nehmen?" Er richtete seinen Blick hilfesuchend, mit komischem wirkendem Augenaufschlag, nach oben.

„Setz dich bitte in die Besucherecke. Ich stell die Kaffeemaschine an. Ich hol mal die Unterlagen."

Bevor er endgültig in der Pantryküche verschwand, lugte er noch kurz um die Ecke: „Oder willst du als Nordlicht lieber Tee?"

„Nein, Bremen ist traditionell eine Kaffeestadt. Kaffee für mich tagsüber – zum Frühstück lieber Tee – also schmeiß die Maschine an."

Wahlberg schaute sich im Büroraum um, den er als ziemlich groß und geräumig empfand. Jedoch war die Einrichtung nur auf das Wesentliche beschränkt. Kein Schnickschnack, der die Arbeitsatmosphäre hätte beeinträchtigen können. Eine Deutschlandkarte im A-1-Format, gepierct mit einigen Stecknadeln. Zwei großformatige Fotografien in schwarz-weiß, die eine karge Heidelandschaft darstellten. Seiner Meinung nach sollten Kunstwerke auflockern. Diese Bilder unterstrichen jedoch mit ihren strengen, eintönigen Motiven die nüchterne Büroatmosphäre. Zwei überdimensionierte Telefonanlagen, eine davon vermutlich mit direktem Draht nach Berlin, dominierten den Schreibtisch. Wahlberg fragte sich, wer sich mit so viel Telefon abgeben soll. Neben den Telefonen prangte ein 19-Zoll-Flachbildschirm. Unter dem Tisch hörte er den Lüfter des Hochleistungsrechners leise surren.

Ein weiteres Kabel führte zu einer Druck-Fax-Garnitur, die auf einem Tischchen daneben stand. Ein aufgeklapptes Notebook harrte – wie es schien – auf zusätzliche Eintragungen. Einige hohe Regale und ein paar Zimmerpflanzen vervollständigten die Einrichtung. Ein bisschen Grün musste offensichtlich doch sein.

Eine Besucherecke im eigentlichen Sinne gab es nicht. Gegenüber dem Schreibtisch stand ein kleiner runder Arbeitstisch, ebenfalls in Birkenfurnier wie im großen Arbeitsraum, mit vier Stühlen. Auf dem Tisch lagen einige der landläufig bekannten Wochenzeitschriften der deutschen Presselandschaft, die regelmäßig entweder montags oder donnerstags erscheinen, wie mal ein ehemaliger Kollege gewitzelt hatte. Wahlberg hob den Stapel herunter und platzierte ihn auf dem Fußboden neben sich.

Steinert kam mit einer dünnen, grünen Mappe. „Viel ist es noch nicht", gab er zu bedenken. „Ich habe mich nur sporadisch um diese Sache gekümmert." Er schob Wahlberg das dünne Konvolut zu. „Als ich hörte, dass du auf diese Sache angesetzt wirst, habe ich vorrangig meinen Kram weitergemacht."

Wahlberg blickte ihn kritisch an. „Du musst dich nicht entschuldigen."

„Mensch, John, ich bin an einer Terminarbeit dran, die müsste auch diese Woche fertig werden. Soll nächste Woche bei uns erscheinen."

Die Informationen in der Mappe waren kaum der Rede wert. Das meiste kannte er schon aus dem Internet. Er überflog noch mal den Nachruf der Partei, dann noch eine Pressemitteilung aus der Parteifeder. Zur *PFDF* lagen Berichte aus den regionalen und überregionalen Tageszeitungen ausgeschnitten vor. Deren Tenor lag auf den andauernden innerparteilichen Konflikten. Der Tod des Abgeordneten oder das Tötungsmotiv wurde aber nicht in Zusammenhang mit diesen Konflikten gesehen. Das war bisher nur ein Rauschen im Blätterwald.

Wahlberg kannte seinen ehemaligen Kollegen genau. Deshalb war er sich sicher, dass Steinert das Thema schon einmal aufgegriffen hatte. Wenn Paul auch häufig in Lethargie versank, so hieß das nicht, dass er nicht tätig war. Und Wahlberg wusste auch, dass Paul Steinert immer eine neugierige Spürnase gewesen war. Er konnte sich nicht vorstellen, dass die gegebenen Bedingungen wie Landeshauptstadt, linker Bundestagsabgeordneter, bestimmte Machenschaften in dieser neuen Partei und noch einiges mehr, Paul Steinert nicht gereizt hätten, hier und da mal nachzustochern. Stocherte man im Nebeldunst, stieß man auch schnell auf klare Verhältnisse. Geduld und Ausdauer. Eigenschaften, die Steinert aufwies.

„Du hast sicherlich schon frühzeitig Zeitungsausschnitte zu dem Toten und den hiesigen Verhältnissen der *PFDF* gesammelt, oder?" Wahlberg schaute ihn über den Rand seiner Brille erwartungsvoll an. Er merkte, dass Steinert ihm auswich.

Kapitel 8

Dienstag, 10. November 2009 – mittags

Als Susann Hespers kurz vor zwölf auf den Bahnhofsvorplatz trat, empfing sie milde Luft. Links streckten sich die beiden Türme des Kölner Doms, wie drohende Fingerzeige Gottes, in den aufgelockerten grauen Wolkenhimmel, der ab und zu schmale Streifen von Sonnenlicht durchließ.

Sie fühlte sich von der Masse an Steinen, den mächtigen gotischen Kirchenportalen, den unmittelbar vor ihr aufragenden Kirchtürmen fast erschlagen. Sie war froh, als sie sah, wie ein etwas beleibter, sonst elanvoll wirkender, in einem eleganten hellbraunen Anzug gekleideter Mittfünfziger von der gegenüberliegenden Seite behände auf sie zuschritt. Er gab ihr die Hand und wischte sich gleich danach den leichten Schweißfilm von der Stirn. Er lächelte.

„Na, gerade noch pünktlich ... Wie war die Bahnfahrt?"

Sie wehrte mit einer Handbewegung ab, um einer Entschuldigung zuvorzukommen. Susann Hespers hatte den Mann vor einem dreiviertel Jahr in Berlin getroffen. Seine vollen Lippen gaben seinen Gesichtszügen ein weiches, fast feminines Gepräge. Sie hatte sich damals gefragt, ob er wohl schwul sei. Keine Vorurteile, nur Interesse. Schließlich kam sie mit einer großen Anzahl von schwulen Arbeitskollegen bestens zurecht. Jetzt hatte sich Herbert Meinertz, im Gegensatz zu seiner früheren, glattrasierten Erscheinung, einen dünnen blonden Schnäuzer zugelegt. Der bedeckte in Fransen seine Oberlippe. Sollte ihn das männlicher wirken lassen? Er sah eher unappetitlicher aus. Meinertz war ihr damals schon als glatter Charakter und unsteter Geist erschienen.

„Vielen Dank, dass Sie gekommen sind. Mussten Sie früh aufstehen, um sich auf den Weg von Berlin nach Köln zu machen?", fragte sie höflich – eigentlich um überhaupt etwas zu sagen.

Er überging ihre Frage. „Wollen Sie zuerst in Ihr Hotel? Ein Taxi zunächst? Dann könnten wir anschließend eine Kleinigkeit essen und uns dann über das Wesentliche unterhalten."

„Ich habe keine fünf Minuten von hier reserviert. Also, kein Taxi." Sie ergriff ihren Koffer und visierte die Domstraße an.

Ihr Begleiter lief mit unschlüssiger Haltung neben ihr her. „Soll ich mal den schweren Koffer ziehen?"

Sie blickte ihn mit verhaltenem Spott an. „Dann ginge es Ihnen wohl besser, was? So ein starker Mann lässt eine zierliche Frau einen so großen Koffer ziehen." Sie betonte besonders die Wörter mit dem offenen O.

„Na, ja", brummte er mit Stirnrunzeln, „wie sieht das denn aus."

„Ganz normal. In Bremen steht auch keiner am Bahnhof und wartet, dass er meinen Koffer schleppen darf. Es sei denn, ich bestell mir einen Dienstmann. Außerdem sind wir schon da."

Ihr Begleiter musterte die sechsstöckige Hotelfront. „Sieht nicht übel aus. Wie lange wollen Sie in Köln bleiben?"

„Das ist noch nicht ganz raus. Das kommt auf die Quellen meiner Recherchen an. Also, ich check jetzt ein, mach mich kurz frisch. Wollen Sie in der Lounge warten?"

Er nickte, weil ihm nichts anderes übrig blieb. Dann trat er mit ihr durch die sich automatisch öffnende Eingangstür. Eine Sitzgruppe lud zum Verweilen ein.

Etwa eine halbe Stunde später saßen sie in einem kleinen Café. Beide bestellten Kaffee, sie zusätzlich eine Kartoffelsuppe mit Wursteinlage.

„Ich hatte mir gedacht, dass wir eine gute Stunde Zeit hätten. Ich habe um 15.30 Uhr einen weiteren Termin und Sie wollen ja auch wieder zurück nach Berlin." Sie hätte beinahe noch ein aufforderndes *oder* hinterhergeschoben.

„Ich muss nicht zurück nach Berlin." Er schaute sie abwartend an. „Nun ...", er zögerte etwas, „ich habe meine juristischen Geschäftstätigkeiten nach Mainz verlegt. Da fahre ich nur eineinviertel Stunden mit der Bahn."

„Ich muss sagen, irgendwie überrascht mich das nicht."

„Wieso?"

„Das klang am Telefon schon so an – ich weiß nicht genau, weibliche Intuition vielleicht – als wenn Sie Ihren Lebensmittelpunkt verlegt hätten. Eine Anwaltskanzlei oder eher Beratungen?"

„Es ist halt mein Spezialgebiet, diese Beratungen. Man kann nicht so schnell aus seiner Haut."

„Dann darf ich sicherlich zu Recht vermuten, wenn Sie noch bei Ihrer alten Kanzlei in Berlin angestellt wären, dann wäre unser Gespräch wahrscheinlich nicht zustande gekommen?"

Er nickte. „Da vermuten Sie richtig."

Sie nickte wissend.

„Mein früherer Arbeitgeber hat überall Augen, vor allem da, wo man sie überhaupt nicht vermutet. Man muss höllisch aufpassen." Er lehnte sich zurück und trank mit einem großen Schluck seine Tasse leer.

„Hat man Sie so ohne weiteres gehen lassen? Da gibt es doch Arbeitsverträge?"

Er sagte nichts, hob aber die Hand und bestellte für sich noch einen Kaffee.

Sie hakte nach: „Aus welchem Grund haben Sie die Berliner Kanzlei verlassen? Wer dort drin steckt, hat doch im Prinzip ausgesorgt."

„Von wegen ausgesorgt", brummte er. „Sie glauben gar nicht, was da so abläuft." Meinertz sackte etwas zusammen. Verstummte, als hätte er bereits zu viel erzählt. Er raffte sich wieder auf. „Ich habe halt eigene Pläne. Und lassen Sie uns mal zur Sache kommen, sonst ist die Zeit vertan."

„Ja, gleich. Wissen Sie, Herr Meinertz, vor Ihren früheren Chefs hat mich heute schon jemand gewarnt."

Die Suppe wurde sehr heiß serviert. Sie blies über den Löffel und schlürfte ein wenig. „Machen Sie sich nichts draus, ich habe einfach einen tierischen Hunger. Das geht dann nicht so geräuschlos.“ Sie beobachtete ihn.

Darauf ging ihr Gegenüber nicht ein. Mit belegte Stimme fragte er: „Wer hat Sie gewarnt?“

Sie hielt mit einem vollen Löffel inne, überlegte kurz. „Ein Kollege aus der schreibenden Zunft. Der ist übrigens auf dem Weg nach Mainz.“

Meinertz fragte nervös: „Wer ist es und was will er in Mainz?“

„Ein toter Politiker, wie er mir sagte.“

„Ein toter Politiker? In Mainz?“

„Also, Herr Meinertz, das verwundert mich aber. Im *Bremer Blatt* stand heute Morgen zumindest eine kurze Notiz auf der Titelseite. Mainz als Tatort.“ Sie fragte erstaunt: „Und das haben Sie nicht mitbekommen?“

„Was meinen Sie damit?“

„Die Umstände des Todes sollen etwas merkwürdig sein – sagte der Kollege.“

„Weiß man schon Näheres. Hat ihr Kollege sich dazu geäußert?“

„Nein – außerdem ist er auch nicht mein Kollege, sondern eine Zufallsbekanntschaft im Zug.“ Sie verschwieg ihm, dass sie gezielt den Platz gegenüber Wahlberg angestrebt hatte. „Er hat mir noch nicht einmal den Namen des toten Politikers genannt.“

Meinertz lehnte sich etwas zurück und beobachtete, wie Susann Hespers gründlich ihre kleine Suppenterrine leerte. Sie hatte den Eindruck, dass er jetzt entspannter wirkte.

„Und in Mainz? Wen beraten Sie da?“ Sie fragte zwischen zwei restlichen Löffelhappen. „Auch mit Partner oder firmieren Sie nur unter *Herbert Meinertz*?“

„Ohne Partner. Aber lassen Sie uns zur Sache kommen.“

„Gut. Ich bin auch satt. Leider ist der Kaffee kalt geworden. Macht aber nichts.“ Sie öffnete ihre große Tasche und entnahm Stift und einen kleinen Notizblock.

„Vorher müssen wir aber noch das Honorar klären."

„Herr Meinertz, wir müssen doch erst einmal Ihre Aussagen überprüfen. Ob wir sie verwerten können. Das können wir auch vertraglich absichern. Schließlich sind Sie als Rechtsanwalt ..."

„Das ist mir schon geläufig, aber ..."

„Sie müssen unsere Position beim Hörfunk Bremen verstehen." Hespers war dankbar, dass sie so ausführlich über Wahlbergs Schicksal informiert war. „Vor einigen Jahren, da gab's auch schon Versuche, über Hintergründe zum Lobbyismus zu berichten. Schwerpunkt, glaube ich, waren Korruption und Bestechung. Das ist für viele Menschen kaum noch zu trennen. Wenn man sich das mal anschaut, wo Politiker überall die Hand aufhalten. RWE, Rheinmetall, Schreiber und so weiter. Ihre – ja, frühere - Firma wurde auch erwähnt."

Meinertz ignorierte ihre Ansprache. „Aber wenn es klappt, dann muss es schon ein hoher sechsstelliger Betrag sein."

„Ich denke, das wird uns dann unser Justiziar sagen. Nun öffnen Sie Ihr Herz und Ihren Kopf und lassen Sie die Öffentlichkeit teilhaben. Es geht um Lochner & Locher, nicht wahr?"

Er nickte. Sie bemerkte sein Zögern. Es wird eine hartes Stück Arbeit werden, vermutete sie im Stillen.

„Seit wann arbeiten Sie für die Kanzlei?"

„Ist die Frage für die Story relevant?"

„Aber sicher doch. Schließlich muss auch überprüft werden, ob und wie weit Sach- und Zeitlagen übereinstimmen."

Meinertz' Zungenspiel, mit dem er seine Unterlippe benetzte, verwirrte die Journalistin. Ist er aufgeregt, fragte sie sich, oder ist das nur eine dieser symptomatisch auftretenden nervösen Erscheinungen bei ihm, die sie schon in Berlin feststellte.

„Nun?", ermunterte sie ihn.

„Seit genau zweieinhalb Jahren. Aber daraus können Sie nichts, aber auch gar nichts schließen."

„Da haben Sie vollständig Recht. Was haben Sie vorher gemacht?"

„Ich war sozusagen in der Provinz. Ich stamme aus Eisenach. Und habe mich dort als Rechtsanwalt versucht. Nach der Wende, verstehen Sie.“ Er überlegte, entschloss sich dann, nichts von der Tätigkeit bei der Staatsanwaltschaft zu erzählen.

„Wie sind Sie zu den Anwälten gekommen? Empfohlen worden, oder so ähnlich?“

Er verzog sein Gesicht. „Sie sind hartnäckig ...“

„Bin Journalistin“, gab sie trocken zu verstehen. „Also. Welche Aufgaben hatten Sie bei Lochner & Lochner zu erledigen?“

Meinertz' volle Lippen zogen sich zusammen. „Sie werden jetzt keine weiteren Auskünfte mehr von mir erhalten.“ Er druckste herum. „Das wird mir zu brisant – so ohne schriftlich fixierte Absicherung. Bemühen Sie bitte Ihren Justiziar oder einen Vertreter hierher.“

Susann Hespers gab sich enttäuscht. Aber sie hatte eine solche Reaktion schon vorher erwartet.

„Bitte. Eine letzte Frage.“

Er nickte ihr missmutig zu. „Gut. Die letzte ...“

„Waren Sie beim Interview dabei, das der Journalist Wahlberg, damals für das MAGAZIN unterwegs, bei Lochner & Lochner führte?“

„Was würde Ihnen das für einen Erkenntnisgewinn bringen, wenn ich *ja* oder *nein* sagen würde?“

Sie fühlte sich ertappt. Sie reagierte aggressiv: „Geben Sie es zu, dass Sie beim Interview dabei waren.“

Meinertz stand auf. Ein wenig Ironie stand in seinem Gesicht, das zu Hespers Überraschung jetzt einige harte Konturen aufwies. „Frau Hespers. So nicht. Ich habe was zu verlieren. Im äußersten Falle vielleicht sogar mein Leben. Denken Sie bitte über mein Angebot nach.“

Nachdem Meinertz in raschen Schritten fast aus dem Lokal geflüchtet war, bemerkte sie, dass sie ihren WDR-Termin bald verpassen würde. Sie ließ sich von der Bedienung eilig ein Taxi bestellen. Ihr Gesprächspartner hatte sich in gedrückter Stimmung verabschiedet. Sie war unzufrieden. Du bist eine dumme Kuh, schalt sie sich, den Mann so massiv anzugehen. Ob er meint, dass er nicht zum Zuge kommt? Sie verzog ihren Mund. Den nach Mainz würde er auf jeden Fall erreichen. Hat es etwas gebracht, fragte sie sich. Eindeutig nicht. Eine unterschwellige Angst war zu spüren gewesen. Sie hatte den Eindruck, dass Meinertz eine ergiebige Quelle sein müsste. Als wenn er etwas verbergen würde. Damals in Berlin trat er viel relaxter auf. Komisch war nur, dass er partout nichts von dem Politikermord an seinem Aufenthaltsort Mainz wissen wollte.

Am Appellplatz stieg sie aus. Ihr Blick wanderte die hohe Glasfensterfassade des WDR hinauf. Wo sich das Archiv befand, musste sie noch herausbekommen. „Hoffentlich nicht im Keller", seufzte sie.

Kapitel 9

Juni 2008

Kurt Lochner, der rundlichere der beiden Brüder, hält sich in der Anwaltskanzlei in einem sehr persönlich eingerichteten Nebenraum – ihrem Wohnzimmer, wie er immer mit einem stillen Lächeln betont – zur Mittagspause auf. Hier, fast lethargisch in einem schweren Lederfauteuil sitzend, lauscht er immer gerne und mit Hingabe dem Nachhall ihrer erfolgreichen Firmengeschichte. Hier bestätigt er sich immer wieder: Sie sind angekommen in Berlin. Ihre Anwaltskanzlei arbeitet immer so diskret. Hatten sie zumindest gedacht. Kurt Lochner legt seine Stirn in Falten. Vor gut einem Jahr wäre ihre Anwaltskanzlei und vor allem ihre Geschäfte beinahe in der Öffentlichkeit breitgetreten worden. Dieser Journalist vom MAGAZIN. Wie hieß der noch? Er musste Heinz fragen. Auch Herbert Meinertz tauchte im fast gleichen Zeitraum aus der Versenkung auf. Beunruhigend. Das könnte ins Existenzielle hineinspielen. Eine nicht zu unterschätzende Zusatzbelastung.

Er streicht sich über das dünne Haupthaar und rückt sich die Lesebrille zurecht. Mittags gönnt er sich ein Tässchen Tee, eingeschenkt in feines Meißener Porzellan. Er nimmt einen kleinen Schluck, betrachtet die Tasse ausgiebig. Das ist Lebensstil, sinniert er. Und denkt mit tiefer Dankbarkeit an seinen betagten Vater, der ihm und seinem jüngeren Bruder Heinz seinerzeit den Weg gewiesen und die Weichen gestellt hatte. Diesen Weg will er beibehalten. Unbedingt. Er fächelt sich kühle Luft zu, die ein Ventilator im Raum verteilt.

Auch an diesem heißen Junitag kündigt sich Heinz Lochner – wie jeden Mittag – durch ein diskretes Klopfen an. Er schiebt sein schmales Gesicht, seit längerem kaugummikauend, durch den Türspalt, beäugt seinen in sich ruhenden Bruder und setzt sich ihm gegenüber. Wenn sie nebeneinander stehen, dann überragt der Jüngere den Älte-

ren um mehr als eine Hauptеslänge. Wenn sie sich gegenübersitzen, dann erscheint ihm Kurt immer riesig. Heinzens schmaler, fast dürrer Körper dagegen droht im Sessel in sich zusammenzusacken. Mittags sprechen sie manchmal über ungelegte Eier. *Strategiegespräche, wie Heinz immer mit einem gewissen Ernst betont. Sie fassen dann prophylaktisch gewisse Klientel ins Auge. Wo es sich lohnen könnte, hinterher zu stochern. Ihr Geschäft ist hart, aber ergiebig. Die Einrichtung und Ausstattung ihrer Kanzlei spricht für sich.*

„Heinz, musst du immer so rumkauen?" Der Ältere weiß natürlich, dass Heinz viel Aufwand getrieben hatte, um sein Laster loszuwerden.

„Besser als mit Nikotin verseucht zu werden", entgegnet ihm der Jüngere in lockerem Ton. Kurt Lochner lächelt milde und denkt: Sei's drum, wenn's hilft.

Laut sagt er: „Es wird schwieriger."

Mit diesen Worten greift der Ältere in ihre betuliche Mittagspause ein.

„Wir müssen uns diesen neuen Entwicklungen, die aus den USA rüberschwappen, ernsthaft stellen."

Heinz nickt zustimmend. Er weiß, wovon sein Bruder spricht. „Wir dürfen aber dabei nicht die hiesige Entwicklung außer Acht lassen", mahnt der Jüngere.

Schon in der Schröderära 2005 zeichnete sich ein Wechsel ab. Der Lobbybetrieb organisierte sich neu. Das alte, übersichtliche Verbandswesen trat immer mehr in den Hintergrund. Im Vergleich zu Bonn, wie der alte Lochner sagte, sei das Geschäft in Berlin nahezu explodiert.

„Es ist alles unübersichtlicher geworden", bedauert Kurt und nahm wieder einen Schluck aus der Tasse.

„Das ist aber auch von Vorteil, wenn wir den Überblick behalten und konzentriert unsere Ressourcen einsetzen."

„Das wird nicht so leicht werden. Die alte Bonner Garde, die man noch mit einem honorigen Handgeld reizen konnte, läuft langsam aber stetig aus."

Heinz schwelgt in Erinnerungen. „In der Tat, das waren noch Zeiten, als der Waffen-Schreiber mit Bargeldbündel in der Tasche durch Bonn lief …"

„Die jüngeren Abgeordneten, die jetzt in die 16. Legislatur eingetreten sind, die denken anders, aber auch nicht weniger materiell und durchaus auf persönliche Vorteile bedacht – aber anders."

„Nun gut, dann müssen wir diese Situationen nochmal durchdenken, lieber Kurt."

Heinz Lochner steht auf und schaut von ihrer luftigen Höhe über den Tiergarten hinweg auf Reichstagsgebäude und Kanzleramt. Seinen Kaugummi spuckt er, mit Blick auf seinen Bruder, diskret in den Papierkorb. Ebenso diskret schiebt er sich einen neuen Streifen zwischen die Zähne.

„Wir haben die Konkurrenz aus den USA zu beachten, die eine Umstrukturierung in der gesamten Branche auslöst. Die neue Generation an Bundestagsabgeordneten, die eher in Netzwerken denken …"

„… und nicht so plump auf der Straße angesprochen werden wollen, wie weiland durch Schreiber", ergänzt der Ältere süffisant.

„Genau – und …" – Heinz Lochner legt eine bedeutende Pause ein – „außerdem hat sich seit Schröders Hartz-IV-Gesetzgebung diese Partei für Demokratischen Fortschritt *im Bundestag etabliert."*

„Worauf sollen wir unser Augenmerk zuerst richten? Innen- oder Außenentwicklung?"

„Zwar erwächst uns Konkurrenz aus Übersee. In Brüssel haben sie sich schon etabliert. Das sind diese Rechtsanwaltskanzleien, die sich als Lobbyisten neuen Typs *vorstellen. Die haben für alle und jeden eine spezielle anwaltliche Kompetenz." Er holte tief Luft. „Aber wir dürfen nicht vergessen, dass wir als Lobbyisten die* Fünfte Macht *in diesem Staate stellen. Deshalb müssen wir nur nach uns schauen."*

„Immer wieder richtig, diese alte Fußballweisheit." Kurt musste unwillkürlich grinsen.

„Ja, das ist so." Heinz runzelt missvergnügt die Stirn und schaut seinen Bruder streng an.

„Es gibt nun mal Interessengruppen, die wiederum brauchen Ansprechpartner, und zwar im Bundestag und in den Ministerien. Kurt, wir sind das Scharnier zwischen diesen Ansprüchen. Damit sollten wir ganz selbstbewusst umgehen."

„Du hast recht – und gut geölt sind wir auch. Deshalb müssen wir mit neuen Ideen am Ball bleiben", mahnt Kurt Lochner.

„Auch du bist nicht gegen alte Fußballweisheiten gefeit, lieber Bruder."

Kurt lächelt mit einem kurzen Blick auf ihn vor sich hin, gießt sich dann Tee nach und schlürft lautstark den starken und heißen Sud. Er nickt behäbig und legt seine Lesebrille auf den kleinen, neben seinem Sessel stehenden Tisch.

„Hast du dir das noch mal mit der neuen Partei, dieser PFDF, *überlegt?"*

Behutsam greift Heinz den dünnen Henkel der Porzellantasse. Er nippt den heißen Tee vorsichtig vom Tassenrand. „Von ihrer Programmatik passt sie überhaupt nicht in unser Anforderungsprofil.

Das haben wir schon die ganze Zeit in der bisherigen Legislaturperiode beobachtet. Zu viele Anarchos und zu wenig Verlässliche."

„Das sehe ich auch so", antwortet der Ältere mit ernstem Gesicht. „Aber es gibt durchaus interessante Anknüpfungspunkte bei diesem Personal. Da sind doch einige aus sogenannten prekären Verhältnissen in den Bundestag gelangt, sogar Hartz-IV-Empfänger. Andere taugten früher gerade mal für die dritte oder vierte Reihe in den Altparteien – jetzt sind sie plötzlich wer. Die kannst du schon für 'nen Appel und 'n Ei umschmeicheln. Alle überwiegend aus dem Westen."

„Solche Art von Einflugschneisen sollten wir ausspähen und dann auch nutzen. Das erscheint mir erfolgversprechend, vorausgesetzt es ist kein Chaot dabei."

„Richtig. Wir müssen langfristig denken, wenn wir nicht von den Amis überrollt werden wollen. Wir sollten uns breit aufstellen, versuchen aus allen Fraktionen jemanden zu gewinnen. Dann konzentrieren wir uns nicht nur aufs nächste Jahr, sondern haben auch schon die Bundestagswahl 2013 im Blick."

„Nun, gut. Zu den anderen vier Fraktionen haben wir ja stabile Beziehungen. Die Ministerialbürokratie ist uns in vielen Bereichen gewogen. Gibt es schon einen Anknüpfungspunkt bei dieser Newcomerpartei?"

„Selbstverständlich. Unsere Rechercheabteilung hat schon vorgearbeitet."

„Und was haben wir über ihn?"

„Abgeordneter, so um die Vierzig, verheiratet, zwei kleine Kinder."

„Zwei kleine Kinder, klingt gut", stellt Heinz zufrieden fest, „da ist er festzunageln. Und sein Name?"

„Thomas Balzer – kommt aus der Mainzer Ecke."

Kapitel 10

Dienstag, 10. November 2009 – spät nachmittags

Wahlberg war auf dem Weg zu seiner Unterkunft. Erst hatte er sich gesträubt, das sogenannte Angebot eines konzerneigenen Appartements anzunehmen, zu dem ihn Paul Steinert gedrängt hatte. Aber er ließ sich auch von den Vorzügen überzeugen. Und wenn sein Auftraggeber auch noch Hotelkosten sparen konnte. Da fühlte er sich so richtig in seinem Altruismus bestätigt.

Das Appartement lag in einer fußläufigen Entfernung zu Steinerts Büro. Einmal quer über den Theatervorplatz, durch die Johannisstraße, über den Leichhof in Richtung Augustinerstraße. Wahlberg zog noch mal den Stadtplan zurate. Er musste in eine kleine Seitengasse abbiegen und sich gleich rechts halten. Steinert hatte es richtig beschrieben. Er stand vor einer etwa sieben Meter breiten Hausfront. Die Eingangstür zur Wohnung im oberen Stockwerk verschwand nahezu neben dem mächtigen zweiflügeligen, grüngestrichenen Holztor. Da ist so eine Art Lagerraum, hatte ihm Paul Steinert vorher noch erklärt. Würde aber selten genutzt.

Er schloss die verglaste Eingangstür auf. Der Hausflur maß bis zum Treppenansatz nur etwa zwei Schritte. Die geöffnete Haustür reichte fast an die Treppenstufen heran. Er betrat die gerade nach oben führende Holztreppe. Sie knarzte beim Hinaufsteigen. Die Hand fest um den Koffergriff gespannt, den Rucksack auf dem Rücken, unterm Arm die grüne Mappe, betrat er das Appartement. Er stieß mit seiner rechten Schulter die ebenfalls knarrende Wohnungstür auf. Auch eine Art Sicherheitssystem, dachte er sich. Da käme im Zweifelsfall keiner ungehört nach oben.

Durch die Glasscheiben der gegenüberliegenden Tür, die ins Wohnzimmer führte, drang gedämpftes Tageslicht in den schmalen Flur. Die Tür rechts davon, so Steinerts Aussage, gewährte den Blick ins Schlafzimmer. Gegenüber öffnete sich der Zugang zum Bad mit Waschbecken, Dusche und WC. Die Tür unterhalb des Wohnzimmers führte in eine enge Pantryküche. Geschirr stapelte sich auf den an der Wand aufgehängten Borden. Der Grundriss ähnelte in gewisser Weise dem Zuschnitt von Steinerts Büro.

Das Schlafzimmer roch muffig. Hier hatte sich schon lange keiner mehr aufgehalten. Er öffnete das Fenster und blickte auf das Gässchen hinunter. Dann inspizierte er den Raum: ein breites Bett, ein kleiner, zweiflügeliger Schrank, eine Kommode mit Spiegel neben dem Bett, darin zwei Schubladen. Er hing seinen Regenmantel in den Schrank, räumte den Rolli aus und verfrachtete den Rest seiner Kleidung und Unterwäsche in der Kommode. Den Rucksack nahm er mit ins Wohnzimmer. Eine frappierende Ähnlichkeit mit Steinerts Büro, stellte Wahlberg fest. Möbliert mit einem großen Schreibtisch, zwei Pflanzen in großen Töpfen, zwei großformatige Fotografien in schmalen Rahmen. Aber statt eines Arbeitstisches eine Couch, mit einem Glastisch davor und zwei Sesseln. Steinert hatte einen Drucker organisiert, einschließlich der Software. Er hatte offensichtlich vorausgesehen, dass sein früherer Kollege mit eigenem Notebook anreisen würde. Wahlberg ordnete seine Unterlagen auf dem Schreibtisch und schloss den Rechner an. Die Software installierte er in gewohnter Routine. Der Druck funktionierte.

Er schaute auf die Uhr und aus dem Fenster. Die für diese Jahreszeit zu warme Witterung und der nahe Rhein lockten zu einem Spaziergang. Er wollte sich noch etwas erfrischen. Im Badezimmer schlug er sich ein paar Hände voll Wasser ins Gesicht. Im Spiegel betrachtete er sein Konterfei. Sein graumeliertes Haar hing etwas über die Ohren. Mit seinen Fingerspitzen legte er die vorwitzigen Haarsträhnen hinter sie. Kritisch inspizierte er sein schmales Gesicht. Er betastete seinen graudurchmischten Bart, aus dem einige muntere Spitzen hervorstachen. Er griff zur vorsorglich eingepackten Bartschere und schnippste noch hier und da entlang der Wangen die Bartspitzen weg. Mit der grünen Mappe unterm Arm verließ er sein neues Heim und schritt flott auf die Augustinerstraße zu.

Diese zentral durch die Altstadt von Mainz führende Straße war erfüllt mit Leben, Düften und Gerüchen nach Speisen, frischem Brot, Schweiß und Zigarettenqualm. Grüppchenweise schoben sich die Menschen an den Auslagen vorbei. Ebenfalls an der mächtigen mainfränkischen Barockfassade der Augustinerkirche, die mit geöffneten Türen zur Besichtigung einlud. Vor den Restaurants warteten weißbeschürzte Kellner auf Kundschaft. Vorbei an Schnellrestaurants, Dönerbuden und Bäckereien. Wie im Urlaub, empfand er. Wahlberg verspürte Hunger. Keinen großen, eher Lust auf einen Snack. Er wollte sich den großen Appetit für den Abend aufsparen. In einer Bäckerei erstand er einen Kaffee „to go“ und ein belegtes Brötchen.

Wahlberg zog damit in Richtung Rhein. Ungewöhnlich milde Luft durchströmte die Holzstraße. Die zu querende Rheinstraße war mit Autoblech vollbepackt. Feierabendverkehr. Auf der anderen Straßenseite folgte er der Holzstraße bis zur Uferstraße. Eine freie Bank lud zum Verweilen ein. Die Nähe des Wassers erinnerte ihn an die Weserpromenade in Vegesack.

Wahlberg genoss, trotz der einsetzenden Dämmerung, die Aussicht auf den von vielen Dichtern besungenen „Vater Rhein“. Ihm fielen ein paar Versreste von Heinrich Heines Wintermärchen ein. Wie hieß es da noch in dem vom Heimweh des Dichters durchdrungenen Caput V? *Sei mir gegrüßt mein Vater Rhein, wie ist es dir ergangen? Ich habe oft an Dich gedacht, mit Sehnsucht und Verlangen.*

Er war nahe dran aufzustehen und ihn, den Strom der Ströme in deutschen Landen, zu begrüßen. Der Vater Rhein: Einerseits oft besungen, romantisch verklärt, als Grenzfluss geschichtliches Mahnmal. Andererseits auch ein Verkehrsweg mit hohem ökonomischem Nutzwert. Von der Chemieindustrie als Fass ohne Boden für ihre Abfälle betrachtet, wäre er beinahe zur chemischen Kloake geworden. Mit dem alten Gesellen – wie Heine ihn einst nannte – scheint es aber wiederum aufwärts zu gehen. Sogar die Lachse waren wieder zurückkommen.

Wahlberg verzehrte zwischendurch Kaffee und Brötchen. Seine Gedanken wanderten zurück zum Gespräch mit Steinert. Er durchforstete die Zeitungsartikel genauer. Es gab zwischen den Zeilen versteckte Aussagen, die Anhaltspunkte ergeben könnten. Einige Fragen spukten ihm durch den Kopf. Er musste unbedingt Paul Steinert davon überzeugen, sein Wissen preiszugeben. Das Ablenkungsmanöver in seinem Büro war zu offensichtlich. Das hatte er schnell durchschaut. Dann hatte Steiert sich verraten. Er deutete eine Schwangeren-Affäre an. Der Abgeordnete verbannte die Frau aus seinem Büro. Das zeigte ihm, dass dieser Abgeordnete bei Steinert präsenter war, als er es zeigen wollte. Sein ehemaliger Kollege wusste erheblich mehr, als er verlauten ließ.

Wahlberg wählte Steinerts Büronummer. Steinert meldete sich prompt, als hätte er auf einen Anruf gewartet.

„Hallo, Paul“, eröffnete Wahlberg in entspanntem Tonfall das Gespräch. „Ich würde gerne noch ein paar Takte mit dir reden. Lass uns heute Abend zusammen essen. Du kennst sicherlich ein Lokal, wo wir etwas ungestört plaudern können?“

Steinert zögerte merklich am Telefon.

„Hör mal, Paul, das geht alles auf Spesen, da lassen wir es uns heute Abend gut gehen.“ Nach Wahlbergs Auffassung war das ein Angebot, das der Genussmensch Steinert nicht ablehnen konnte. Aber Steinert brummte nur: „Ob ich komm oder nicht – mit deinen Spesen hat das gar nichts zu tun.“

„Nun gut, vielleicht bin ich dir heute Mittag so ziemlich auf die Füße getreten ...“

Steinert unterbrach ihn kurz: „Schon gut.“ Nach kurzem Schweigen fuhr er fort: „Vielleicht kann ich was über ein paar Hintergründe erzählen.“

Wahlberg merkte die Anspannung bei Steinert und sein Zögern. „Mach es nicht zu spannend, Paul“, ermunterte er ihn.

„Ich glaube, John, diese Sache könnte sich in unkontrollierbare Wege verlieren. Man muss vorsichtig sein.“ Steinerts Stimme klang düster.

„Okay – mach mich schlauer. Also wann und wo?“

Steinert brummelte ins Telefon: „Also gut, sagen wir um halb acht. Ich kenn da was und werde mich um einen Tisch kümmern. Ich ruf dich an.“

Der Journalist blickte sinnend über den Rhein. In der Berichterstattung zur *PFDF* wurde zu schnell nach *Realos* oder *Fundis* unterschieden. In Wirklichkeit sind Personen und Handlungen nicht immer in den Kategorien *Schwarz* und *Weiß* zu verorten. Die Palette *Grau* erlaubt ein viel differenzierteres und abgestuftes Farbenspiel.

Wahlberg dachte an die ehemalige Arbeiterpartei *SPD*. Da gab es inzwischen *Netzwerker*, neben dem rechten und linken Flügel. Bei der *FDP* gab es nur die *Westerwelle*, die über die gesamte Partei schwappte – vielleicht macht sie ihn auch selber mal ordentlich nass. Wahlberg grinste vor sich hin. Schöne Formulierung. Die notierte er auch. Bei der *CDU* war es nach seiner Meinung am einfachsten. Entweder gehörte man dem *Arbeitnehmerflügel* oder dem *Wirtschaftsflügel* an. Aber bei der *PFDF*? Sie gilt als linksorientiert, jedoch von einer dermaßen heterogenen Zusammensetzung, dass ihm in der politischen Farbenlehre nur das Wort *bunt* eingefallen war. Ob dies ausreichte, um bei dieser Partei Zerrissenheit zu konstatieren?

So in Gedanken versunken, kam die Dunkelheit für Wahlberg fast unbemerkt. Auf leisen Füßen folgte Nebel. Er ahnte eher den vorbeiziehenden großen Schubverband, als dass er ihn sah. Milchig verschwommen entfernten sich mit leisem Dieseltuckern die roten und grünen Begrenzungslampen an Back- und Steuerbord. Er starrte hinterher, bis sie außer Sicht waren. Die Maschinengeräusche wehten noch kurz herüber. Sein Handy klingelte. Paul verkündete aufgekratzt den abendlichen Treffpunkt.

„Das Lokal ist in der Grebenstraße, nicht weit von deiner neuen Heimstatt und heißt Weinstube Grottum. Es wird dort ziemlich voll sein“, sagte er, „aber je voller, desto unauffälliger.“ Nach einem kurzen Zögern setzte er hinzu: „Die haben auch eine ausgezeichnete Weinkarte.“ Diese Bemerkung überraschte Wahlberg. Steinert erinnerte sich noch an seinen Vorlieben.

Über den Tod wurde bislang nur spekuliert. Unglücksfall oder Mord? Wenn Mord – gab es ein politisches Motiv? Wie ist es mit politischen Kontakten des Toten außerhalb seiner Partei? Was war mit dem Wahlkreisbüro, dem Berliner Büro? Wie ist dieser tote Politiker zu charakterisieren? Dass er verheiratet war und Ehefrau und zwei kleine Kinder hinterließ, war aus dem Nachruf der Partei zu entnehmen. Und die Schwangeren-Affäre? Wahlberg vermutete, dass die Liste noch lang werden könnte.

Aber alles Nachdenken half nicht, wenn er Paul Steinert nicht melken konnte. Darauf musste es jetzt hinauslaufen. Wahlberg hob die grüne Mappe von der Bank auf und ging auf demselben Weg zurück in Richtung des gewaltigen Mainzer Doms. Er hatte sich vorgenommen, solange er in Mainz weilen würde, dieses monumentale Bauwerk einmal zu besichtigen.

Kapitel 11

Dienstag, 10. November 2009 – abends

Als Wahlberg die Weinstube Grottum betrat, sah er Paul Steinert an der Seite einer fünfköpfigen Besuchergruppe sitzen. Genau gegenüber der Eingangstür. Steinert deutete auf einen Stuhl neben sich am Kopfende des Tisches. Wahlberg blickte ihn mit hochgezogenen Augenbrauen fragend an.

„Nimm erst mal Platz. Dies ist hier nicht für ewig." Steinert lächelte und prostete ihm mit einem Bier zu.

„Drüben", er deutete auf einen mit drei Personen besetzten Ecktisch, „habe ich reserviert."

Wahlberg setzte sich zu ihm. „Hör mal, Paul", er beugte sich zu ihm, „wie weit lässt deine Terminarbeit zu, mich in der Anfangsphase zu unterstützen? Eigentlich brauch ich nur einige Kontaktpersonen. Landesvorständler der *PFDF* und weitere Personen, die mit dieser Partei verbandelt sind."

Steinert zog seine schmalen Lippen nach innen, so dass unter der kurzen Nase nur ein dünner Strich erschien. „Das Parteibüro ist gleichzeitig die Geschäftsstelle. Da triffst du immer jemanden an. Die Räumlichkeiten befinden sich in der Straße Hintere Bleiche 41, rechts, kurz vor dem Hauptbahnhof."

„Du scheinst dich ja gut auszukennen. Oder bist du sogar Parteimitglied geworden?"

Steinert bezeichnete diese Frage ziemlich schroff als irrelevant. Wahlberg grinste anzüglich. Dann schlug er wieder einen sachlichen Ton an. „Und du hast sicherlich auch Kontakte zu den Ermittlungsbehörden."

Steinert nickte. „Kommt darauf an. Ich kenne da jemand beim LKA. Zum BKA?" Er hob seine Schultern an. „Eher nur flüchtige."

„Ich brauche Namen und Telefonnummern, auch von den flüchtigen Bekanntschaften.“ Wahlberg insistierte, Steinert wand sich ein wenig. Kein Journalist lässt sich bekanntlich gerne seine Quellen aus der Nase ziehen.

„Bekommst du. Nur - ich hab sie nicht hier, sondern im Büro.“

„Weiß Hansen noch mehr? In Berlin müssten doch auch die Drähte heißlaufen, oder?“

„Warte noch ein bisschen, dann verkrümeln wir uns in die Ecke.“ Steinert deutete auf die Dreier-Gesellschaft, die gerade aufbrach. Sie bestellten Getränke für den Ecktisch. Ein weiteres Pils für Steinert. Wahlberg bestellte nach längerem Überlegen ein Viertel Grauburgunder.

„Und bitte eine Speisekarte“, bat Wahlberg und blickte in ein paar ernste, dunkelblaue Augen.

Nach dem Weggang der Bedienung schob Steinert rasch einige Fotos und amtlich aussehende Textseiten über den Tisch und bat Wahlberg, sie auf seinen Schoß zu legen.

„Pass auf, dass die Bedienung die nicht sieht.“

Wahlberg mokierte sich innerlich über Steinerts konspirative Attitüde. Aber er hielt sich an seine Bitte und drehte die Bilder und die Blätter, insgesamt fünf Exemplare, vorsichtig um, damit nichts herunterfiel.

„Das kommt vom Landkriminalamt. Die sagen, dass diese Fotos nicht vom Tatort, sondern vom Fundort der Leiche sind. Diese Fotos sind gestochen scharf, da sieht man jede Prellung und Hautabschürfung.“

Wahlberg sah sich die Bilder an. „So wie er hier zugerichtet wurde, sieht es ziemlich nach einer irrlichternden Aggression oder unkontrolliertem Hass aus, oder alles zusammen. Das wirkt fast wie eine Beziehungstat. Fast – er betonte es besonders – oder sollte es so erscheinen?“

Steinert zog einige Blätter aus der Innentasche seines Jacketts. „Hier gibt es Anmerkungen zur Todesursache“, erklärte er und deutete auf einige mit Marker rot unterstrichene Textstellen.

Wahlberg überflog sie kurz: „Der Todeseintritt lag um etwas nach Mitternacht, sozusagen von Sonntag auf Montag. Der Bericht sagt aus, dass er nicht erschlagen worden ist.“ Er hielt inne. „Und merkwürdigerweise transportiert worden. Daher Fotos vom Fundort?“ Er schaute seinen ehemaligen Mitarbeiter an.

Steinert wiegte den Kopf hin und her. „Ich habe mich auch gefragt, wozu die Verschleppung einer Leiche gut sein soll?“

„Schön. Schön. Wo aber ist dann der Tatort? Paul, für mich erscheint das alles ominös. Verschleppung und die bisher nicht identifizierte Tötungsart.“

Wahlberg stach kurz seinen Zeigefinger bedeutungsvoll in Richtung Steinerts Gesicht. „Nach Affekt sieht das nicht aus. Da soll was vertuscht werden. Wetten?“

„Das ist mir zu theoretisch.“ Steinert wiegte sein rundes Haupt. „Fakt ist: So wie die Leiche aussieht, nämlich ziemlich lädiert. Das war kein Unfall oder Unglück, sondern eindeutig Mord. - Es läuft auf einen männlichen Täter hinaus.“

„Welche Anhaltspunkte siehst du dafür genau?“

„Nun, beim LKA hieß es, dass Balzer mit einem Rundholz traktiert worden sei.“

„Und das genügt, um auf einen männlichen Täter zu schließen? Das ist aber wenig an Neuigkeiten“, fasste Wahlberg enttäuscht zusammen.

Steinert wischte kleine Schweißtropfen von seiner Stirn. „Warum schlägt man jemanden tot und schleppt dann seine Leiche über eine bestimmte Entfernung? Damit kannst du schon einen großen Sack mit Spekulationen füllen.“

Die Bedienung stand am Tisch und erwartete die Bestellung. Steinert empfahl Mainzer Spezialitäten nach Art des Hauses.

„Sag mal, Paul, weißt du, was der Abgeordnete am Sonntag in Mainz zu tun hatte?“

Steinert leerte sein Glas. „Es war ein kleiner Parteitag. Die frischgewählten Abgeordneten wollten sich noch mal feiern lassen.“

Wahlberg bestellte noch eine Runde zum Essen. Seine Gedanken rotierten um mögliche Motive.

„John", Steinert unterbrach sein Schweigen, „mir ist auch noch ein Grund eingefallen, der zu Balzers Ermordung geführt haben könnte."

„Du meinst ein Motiv?"

„John, es könnte sich auch um eine bestimmte Art der Bereicherung handeln. Hier könnte nämlich jemand auch seinen politischen Aufstieg geplant haben."

Wahlberg schaute ihn verdutzt an, dann verstand er. „Du meinst wie in diesen Edgar-Wallace-Romanen, wo der Siebte in der Reihe der Erbberechtigten alle die vor ihm Stehenden aus dem Weg räumt?" Er fixierte sein Gegenüber: „Gib es zu, du hast einen Verdacht?"

„Naja, könnte doch sein." Paul sah jetzt entspannt aus und grinste ein wenig lausbübisch. „Aber im Ernst, heutzutage sind fast alle Parteien so gestrickt, dass zunehmend jeder Neuling zunächst schaut, wie er so schnell wie möglich ein bezahltes Mandat ergattert. Warum nicht auch über Leichen?"

„Also, Paul. Das ist mir nun zu theoretisch. Aber ernsthaft. Du musst doch einen Verdacht haben, wenn du so was denkst?"

Steinert spießte ein Stück Fleisch und ein paar Salatblätter auf seine Gabel. Bevor er seinen mundgerechten Bissen in den Mund führte, sagte er: "Die Ochsentour, wie früher, ist nicht mehr. Die kommen in den Bundestag ohne Berufs- und Lebenserfahrung. Jede Menge Selbstüberschätzung – oder man mobbt andere raus, das ist doch inzwischen gang und gäbe."

„Du meinst, die Person hätte dann gleich das Mobbing in eine tödliche Tat verwandelt?", spöttelte Wahlberg. „Aber im Ernst ...?"

„Könnte ja sein." Steinert verhielt sich sibyllinisch. „Vorstände steuern offensichtlich gewollt solche Absurditäten. Das soll deren eigene Macht sichern. Thomas Balzer ist fast der Prototyp einer solchen Entwicklung."

„Ich geb zu, da ist viel Wahres dran. Grundsätzlich gesagt: Es wird nicht nur ein Imageschaden für eine Partei in Kauf genommen, sondern der ganzen Demokratie ein gehöriger Schaden zugefügt. Die Wahlmüdigkeit hat schließlich ihre Gründe."

Paul Steinert erhob sich. „Genau. Da wuchert so etwas wie ein Krebsgeschwür in dem demokratischen Bauchladen, den jeder Politiker wohlfeil vor sich herträgt." Sprach's und verschwand durch die Hintertür, die zum Hof und zu den Toiletten führt.

Wahlberg blickte zum Tresen. Er versenkte sich in die dunkelblauen Augen. Die Frau war etwa Mitte Dreißig. Sie bedachte ihn mit einem kurzen, aber durchdringenden Blick. Seine Augen wanderten über ihre schlanke Figur, die durch den dunklen Rock und die passende dunkle Bluse unterstrichen wurde. Ihr schulterlanges, dunkelblondes Haar umrahmte vorteilhaft ihr eher flächig wirkendes Gesicht. Schmerzlich durchfuhr es ihn. Sie erinnerte ihn an vergangene Zeiten, eine gewisse Ähnlichkeit mit seiner früheren großen Liebe. Er seufzte leise vor sich hin. Als Steinert zurückkam, roch er durchdringend nach Zigarettenrauch.

Wahlberg verspürte eine innere Unruhe. Er blickte öfter zum nahen Tresen, wo die schlanke Bedienung stand.

„Auch einen Verdauungsschnaps?", fragte er Steinert. Er suchte einen Grund, um den Aufenthalt hinauszuzögern. „Hier haben sie selbstgebrannte Obstler."

Er hob die Hand, um Aufmerksamkeit auf sich zu lenken. Nach der Bestellung blickte er der schlanken Gestalt in ihrer dunklen Gewandung nach.

Steinert bemerkte seine Blicke und feixte ein wenig: „Hübsch, was? Sie heißt Julia, wenn dir das weiterhilft." Paul Steinert schien sie näher zu kennen. „Den Namen musst du dir merken, John."

Wahlberg blickte ihn erstaunt, aber auch interessiert an. „Kannst du Gedanken lesen?"

„Ich kann mir schon vorstellen, was du denkst. Aber hier geht es nicht ums Hormonelle."

Wahlberg beschwichtigte ihn mit einigen abwehrenden Handbewegungen. Er fühlte sich ertappt.

„Ist schon gut. Julia Köhnert heißt sie, ist Mitglied der *PFDF* und häufig in der Geschäftsstelle anzutreffen. Sie wäre sicherlich eine geeignete Quelle. Sie hatte sich schon öfter gegen Balzer positioniert."

„Mensch, Paul, du sprichst wie ein Eingeweihter. Du scheinst schon einige Felder beackert zu haben."

„Nun, man muss mit allen sprechen."

Wahlberg runzelte die Stirn. „Das ist ein absolut lahmer Satz. Der könnte auch von einem Politiker kommen. Heraus mit der Sprache."

„Bei Julia handelt es sich um eine Art Sonderfall. Sie war mal mehr oder wenig heftig mit Balzer liiert. Er ging ihr mit seinem Machogehabe auf den Geist. Sie trennte sich. Trotzdem ließ er nichts auf sie kommen."

„Also, die Bettgeschichten wollte ich nicht unbedingt hören", entgegnete Wahlberg. „Aber es verwundert mich schon. Was ich bisher gelesen habe, war Balzer doch ein ziemlich autoritärer Typ."

„Mach mit ihr einen Termin aus", forderte Steinert ungewohnt nachdrücklich.

Julia brachte die klaren Destillate in großen Glasschwenkern. „Bottoms up", diktierte Steinert mit erwartungsvollem Blick.

„Obstbrände sind nicht zum Kippen", warnte ihn Wahlberg und ließ den Schwenker sorgfältig in seiner Hand kreisen. Genüsslich schlürfte er vor sich hin, schaute ins Glas, als harrte er einer Offenbarung. Er beobachtete, wie Steinert seinen Schnaps verkostete.

Wahlberg und Steinert waren fast die letzten Gäste. Außer ihnen war nur noch ein Tisch besetzt. Wahlberg mahnte jetzt zum Aufbruch, bat um die Rechnung und zahlte. Er spürte plötzlich, wie ihm ein Zettel in seine rechte Handfläche geschoben wurde. Sie stand dicht neben ihm. Ihre Augen bedeuteten ihm zu schweigen. Draußen schaute er auf das kleine Stück Papier. In offensichtlicher Hast war mit Kuli die Nummer eines Handys darauf geschrieben worden. Daneben *Julia* und der Hinweis *morgen, 11.00 Uhr*.

Gemeinsam mit Steinert schritt er aus der Gerberstraße zum Leichhof. „Hast du noch den Termin mit Julia verabreden können?"

Er zeigte ihm seine schriftliche Verabredung. „Ich soll sie morgen Vormittag anrufen."

Sein nächtlicher Partner schüttelte den Kopf: „Typisch Julia."

Nach einigen gemeinsamen Schritten trennten sich ihre Wege. Bevor sie sich verabschiedeten merkte er, wie Steinert innerlich mit sich rang.

„Eins noch, John, dass ich heute Nachmittag diese alte Sache erwähnte, die dich den Job gekostet hat, nimm bitte nicht persönlich. Entschuldige bitte." Ein tiefernstes Gesicht unterstrich sein Anliegen. „Aber diese alte Sache, John. Da tauchen Zusammenhänge auf, die du nicht vermutest."

Wahlberg schaute ihn gespannt an. „Was ist es", stieß er hervor, die Augen voller Vorahnung, weit geöffnet.

„John, diese alte Sache von dir, die ich nicht erwähnen sollte, die dich auch berechtigterweise auf die höchste Palme bringt, steht möglicherweise mit dem Tod des Abgeordneten in Verbindung. Deine journalistische Vergangenheit könnte dich wieder einholen." Sein Gesicht verzog sich zu einer Grimasse. „Vielleicht steckt da auch Hansens Kalkül dahinter, dass er genau dir diesen Job zugeschustert hat."

Wahlberg brachte noch ein überraschtes „Ach, was ...?" hervor. Er blickte Steinert hinterher, der wahrscheinlich wieder im Büro schlafen würde.

Die Straßen und angrenzenden Gassen waren weitgehend unbelebt. Sonst hatte Paul Steinert nichts weiter zu seinem Erkenntnisstand beigetragen, fiel ihm unterwegs ein. Aber die letzte Anmerkung zeigte doch, dass er mehr weiß. Als Wahlberg bei der

Wohnung ankam, glaubte er eine Gestalt zu sehen. Dicht an die Wand des Nachbarhauses gedrückt. Er war sich nicht sicher. Er schaute sich nochmal um, während er die Tür öffnete. Alles blieb still. Wahlberg schob es auf den Schnaps. Das Knarren der Treppenstufen begleitete ihn nach oben. Das fand er beruhigend. Mit dem spannenden Gedanken, was Julia von ihm wollte, schlief er ein.

Kapitel 12

Ende Juli 2008

In der Wilhelmstraße 68 liegt das Jakob-Kaiser-Haus, ein mächtiges Bauwerk. Hier firmieren überwiegend die Fraktionen mit ihren Abgeordnetenbüros. Hier liegt das operative Herz des Bundestages. Im dritten Stock des Westflügels sind die Büroräume der Partei für Demokratischen Fortschritt *angesiedelt. Es ist Freitag, außerdem Urlaubszeit. Da wird insbesondere nach dem Motto gelebt „ab eins, machste deins". Trotzdem schleicht noch ein harter Kern von beflissenen Mitarbeitern, mit Papieren in der Hand, über die Flure. Andere trotten meist in Richtung Aufzug, um sich in der im Parterre liegenden Cafeteria zu erfrischen. Die Julihitze fordert ihren Tribut.*

Thomas Balzer, einziger anwesender Abgeordneter der PFDF, *brütet über eine Kleine Anfrage, die schon vor dem Urlaub der Fraktion hätte zugeleitet werden sollen. Ärgerlich, aber Ulla Schmidts Gesundheitsreform hätte sie auch nicht weiter beeinflusst. Er ist bemüht, sich auf den Fragenkatalog zu konzentrieren, jedoch geht ihm der Besuch, den er in einer Stunde erwartet, nicht aus dem Kopf. Er legt das Papier zurück, wirft noch einen Blick auf die vom Wissenschaftlichen Dienst des Bundestags erstellte Expertise, resigniert, schiebt alles zusammen und verfrachtet den Papierstapel auf die Ablage. Das heiße Wetter facht den Durst an. Im Kühlschrank liegt noch eine Flasche billiger Sekt, den jemand vergessen hatte. Für den großen Durst ist er ungeeignet. Er meckert lautlos über seine Mitarbeiter, die wieder einmal vergessen hatten, Getränke ohne Alkohol einzukaufen. Ihm bleibt der Weg nach unten, zur Cafeteria, auch nicht erspart.*

Mit Mineralwasser und einem Kaffee versorgt setzt er sich in die Ecke mit Blick zur Spreeseite, wo er noch den mit der Bundesflagge versehenen Turm, als einen Teil des Reichstagsgebäudes, sehen kann. In seiner direkten Sichtachse jenseits der Spree blickt er auf das Marie-

Elisabeth-Lüders-Haus. Wie üblich flanieren Gruppen von Touristen entlang des Reichstagsufers und lesen die Grundgesetztexte an den Glastafeln, die die südliche Frontseite des Jakob-Kaiser-Hauses umsäumen. Er als einziger Gast betont noch die verlassene Atmosphäre der Cafeteria.

In Gedanken beschäftigt er sich mit seinem Besuch. Vor gut sechs Wochen hatten sie sich auf einem Parlamentarischen Abend kennen gelernt. Dort hörte er einen erstaunlich kritischen Vortrag zu den Praktiken der Pharmaindustrie, vorgetragen von einem Insider. Einiges konnte er für seine politische Arbeit mitnehmen. Anderes war ihm durchaus geläufig. Als Gewerkschaftssekretär innerhalb der IG Bergbau, Chemie und Energie *hatte er schon härtere Positionen erarbeitet, aber bekanntlich tat die Gewerkschaft den Pharmakonzernen nicht richtig weh. Man war auf Tarifpartnerschaft abonniert.*

Später, beim nachfolgenden Buffet, stieß Herbert Meinertz zu einer angeregt diskutierenden, ein wenig schon in Weinlaune versetzten Gruppe, in der Thomas Balzer etwas lauthals das Wort führte. Eigentlich kam der Meinertz damals aus dem Nichts, überlegt er und gießt sich den Rest Mineralwasser ins Glas. Vorher war er noch nie gesehen worden, aber jetzt fast unabkömmlich und fast ständig präsent. Aber wenn es hilft, ihm nächstes Jahr wieder seinen Weg in den Bundestag zu ebnen? In gewisser Weise hat er sich von dem Mann abhängig gemacht. Aber das soll in seinem Beritt bleiben, nicht nach außen dringen, da ist sich der Abgeordnete sicher. Auf seiner Nase tanzt hier keiner herum. Das hat er im Griff.

Als sie sich etwa zwei Wochen nach dem Parlamentarischen Abend zu einem von Meinertz angeregten Gedankenaustausch getroffen hatten, erfuhr er beiläufig von ihm, dass er schon vor Wochen in Mainz einen Aufnahmeantrag in die PFDF *gestellt hätte. Ob das immer so lange dauere, hatte Meinertz ihn mit einem leicht entrüsteten Unterton überrascht. Balzer hatte ihn erstaunt angesehen. Einen Aufnahmeantrag in die Partei? Eigentlich nicht so ganz das übliche Klientel, welches bei der* PFDF *um Aufnahme ersucht. Smarter Typ, noch dazu Rechtsanwalt, wie er ihm vertraulich kundtat, jedoch derzeit freischaffend tätig im Wissenschaftsbereich an der Universität Mainz. Balzer dachte aus dem Bauch heraus, nie in strategischen Dimensionen. Später speiste er den Fragenden mit einem „Gut Ding will Weile haben" ab und blieb damit – zumindest vorerst – in der Vorhand.*

Heute Nachmittag wollen sie den Parteitag, der zwar erst im Herbst stattfinden soll, strategisch vorbereiten. Dazwischen liegt noch die lange Sommerpause und Balzer steckt in Schwierigkeiten. Diese angespannte Situation ist auch dem Rechtsanwalt nicht verborgen geblieben. Ein Grund, Balzer vor zwei Wochen juristischen Rat anzubieten und dieses Treffen vorzuschlagen. Dafür opfere er auch einen Teil seines Wochenendes, teilte ihm Meinertz mit so einem aufgesetzt gewinnenden Lächeln mit.

Der Abgeordnete verabschiedet sich von der einsamen Bedienung, die offensichtlich froh ist, dass er geht. Sie kann jetzt abrechnen und den Laden schließen. Meinertz muss nicht extra an der Pforte abgeholt werden. Aus unerfindlichen Gründen hat sein Besuch einen Dauerausweis. Balzer hatte ihm den nicht ausstellen lassen. In seinem Büro angekommen zieht er die vorbereiteten Unterlagen aus der untersten Schublade. Er ist froh, dass er alleine in der Büroflucht sitzt. Hier haben die Wände oft große Ohren.

Er blättert die Mappe auf und starrt auf sein Konterfei. Er ärgert sich über das Foto, das ihn unvorteilhaft, so wampig, erscheinen lässt. Als er den Fotografen kräftig anspitzen wollte, hat der gleich die Hand gehoben und cool geantwortet: „Du hast an diesem Tag halt so ausgesehen. Und das wird so bleiben, schätze ich." Balzer intervenierte. Er solle es noch einmal versuchen. Das Ergebnis wich aber nicht signifikant vom vorherigen ab. Er verkniff sich dann einen derben Kommentar über die Qualität von Max Schulz, der für die Fraktion die Fotos schießt.

Herbert Meinertz betritt mit lockerem Schritt das Abgeordnetenbüro. Aus seiner schwarzen Rindsledertasche holt er einen kleinen Packen handbeschriebener Notizblätter. Eine Marotte von ihm, in

Zeiten von Computer oder Palmbook noch alles per Hand zu notieren. Er schaut auf das Foto und lächelt anzüglich.

„Gut getroffen – aber wofür benötigst du ein Foto? Für den Landesvorsitz musst du dich doch nicht mehr bewerben, oder?"

„Nun, ich hatte gedacht für eine Pressekampagne, um mein Image innerhalb und außerhalb der Partei aufzubessern. Auch mit Blick auf 2009 – die Bundestagswahl." Aus Balzers Mund klingt ein wenig Hilflosigkeit. „Aber mit diesem Foto kann ich keinen Zweig gewinnen."

„Vergiss das Foto. Lass uns erst einmal Inhalte abklären." Meinertz blättert seine Unterlagen durch. „Du hast dir einiges eingebrockt, was viele der Mitglieder am liebsten auf juristischem Wege abklären würden, um dir eins auszuwischen."

Balzer hebt seine Achseln. In seinem Gesicht breitet sich ein kleines hämisches Grinsen aus. „Die haben doch selbst Schuld. So was macht man nicht mit mir."

„Die von dir angestrengten Verleumdungsklagen klingen aus juristischer Sicht ziemlich konstruiert." Meinertz legt eine bedeutungsvolle Kunstpause ein. „Sie lassen sich vor Gericht höchstwahrscheinlich nicht durchsetzen."

Der Abgeordnete verzieht sein Gesicht und schaut sein Gegenüber an, trotzig wie ein kleiner Junge, der bei einer Lüge ertappt wurde. „Aber die haben doch selbst Schuld", stößt er erneut hervor.

„Sei froh, wenn es zu keiner Verhandlung kommt. Deine Gegner haben für juristische Auseinandersetzungen kein Geld. Du bist als Bundestagsabgeordneter ein finanzielles Schwergewicht. Du hättest sonst gewiss die Arschkarte gezogen, weil es deinem Image schadet. Diese Schwangerenaffäre ..."

Balzer keift ihn an. „Was, zum Teufel, hat das damit zu tun?"

„Eine Frage des Images – wie ich schon sagte."

Balzer schmollt vor sich hin. Am liebsten würde er seine innerparteilichen Gegner beerdigen – und den Bundesvorstand, der ihm immer in die Parteiführung hineinredet. Aber er hat sich bisher immer noch durchgesetzt. Das soll so bleiben.

„Also, Herbert, was schlägst du vor?"

„Meine Strategie ist ganz einfach. Du musst bereits im Vorfeld handeln, oder besser gesagt, handeln lassen, um deine Truppe wieder auf Trapp zu bringen. Lass diese juristische Auseinandersetzung. Das bringt ehrlich nicht."

„Und was rätst du mir?"

„Ganz einfach. Nutze diese Landesschiedskommission für dich. Damit lassen sich Verfahren betreiben, die wir steuern können: Zeitraum, Entscheidungen, Anhörungen und viele weitere Dinge."

„Aber irgendwann werden der Bundesschiedskommission diese Verfahren vorgelegt."

„Das ist richtig. Aber auch das kann die Schiedskommission steuern."

In Balzers Augen keimt Verständnis auf. „Du meinst, wenn es einen geeigneten Steuermann gäbe?"

Meinertz versenkt sich in die Augen des Abgeordneten wie ein Hypnotiseur. „Genau, du setzt mich während des Parteitags zum Vorsitzenden der Landesschiedskommission durch. Es muss sowieso neu gewählt werden."

Balzer schaut ihn misstrauisch an. Es könnte ihm etwas aus der Hand genommen werden. Er taktiert ein wenig. „Zwar ein guter Einfall, aber da will ich eine Nacht drüber schlafen. Mitte August – die Ferien sind dann zu Ende – werden wir uns wieder zu einer Vorstandssitzung in Mainz treffen."

Kapitel 13

Mittwoch, 11. November 2009 – vormittags

Am Morgen saß Wahlberg gut gelaunt am Frühstückstisch. Keine Nachwirkungen des kleinen Zechgelages von gestern. Er war gespannt, warum die unbekannte Julia ihn aufgefordert hatte anzurufen. Ihre großen, dunkelblauen Augen verfolgten ihn. Sie drückten gespannte Ruhe aus. Ihr Blick signalisierte eine Aufforderung. In seiner Phantasie malte er sich einige unkeusche Szenarien mit ihr aus.

Nach dem Frühstück fuhr er das Notebook hoch. Er legte einige Notizen aus seinen mageren Quellen an. Es ärgerte ihn wieder, dass Paul Steinert Informationen zurückhielt. Er fühlte sich am Nasenring durch die Manege gezogen. Das Bundeskriminalamt wird bald seine Zuständigkeit erklären. Der Tod eines Bundespolitikers ist ihre Sache. Da geht es an die Substanz des Staates.

Was hat Steinert mit Julia zu tun? Er kannte sie vermutlich nicht nur von seinen Kneipengängen her. Das musste persönlicher sein. Steinert musste mit der *PFDF* näher in Verbindung stehen, als er ihn glauben lassen wollte.

Welcher Personenkreis oder welche Einzelperson hatten einen Vorteil von Balzers Tod? Vielleicht nur ein herber Denkzettel, der außer Kontrolle geraten war? Wahlberg grinste, als er über das *Edgar-Wallace-Syndrom* nachdachte? Könnte man darüber eine politische Karriere planen oder sie absichern? Andererseits könnte es auch Eifersucht sein. Eines der häufigsten Motive. Vor allem, wenn man Balzers mehr als lockeren Lebenswandel zugrunde legt. Der hatte nichts ausgelassen. Dann die Zerrüttung innerhalb der Partei. Rache für verschmähte Zuneigung? Wahlbergs Gedanken drehten sich fast wie in einem bunten Kaleidoskop. Seine Finger flogen rasch über die Tastatur.

Es war Zeit. Er griff zum Handy. Nach drei Signaltönen hörte er am anderen Ende der Leitung, wie das Gespräch angenommen wurde. Sie fragte leise, mit einem dunklen Timbre in der Stimme: „Sind Sie der Mann von gestern Abend aus der Weinstube Grottum, dem ich meine Handynummer aufgeschrieben habe?"

Wahlberg hielt sein Handy dicht am Ohr und bejahte. „Ich bin gespannt, warum Sie in so konspirativer Weise Kontakt mit mir herstellen wollen."

Schweigen auf der anderen Seite. Er hatte den Eindruck, sie müsse sich ihre Worte genau zurechtlegen. „Ich hatte ein wenig von Ihren Gesprächen mitbekommen. Sie sind doch Journalist?"

„Was haben Sie denn mitbekommen?"

„Eigentlich nicht viel ..."

„Gut, da haben wir schon eine gemeinsame Ebene", stellte Wahlberg fest.

„... aber als der Name Thomas Balzer fiel, konnte ich mir einiges zusammenreimen."

„Und was konnten Sie sich zusammenreimen?"

„Hat Ihnen Herr Steinert nichts erzählt?"

Wahlberg runzelte die Stirn. Wollte sie ihn aushorchen? „Wie passt Paul Steinert in das Bild? Hatte er was mit dem getöteten Thomas Balzer zu tun?"

Er hielt inne. Raum für eine Antwort. Aber Julia Köhnert sprach nicht weiter.

„Sie kennen sich sicherlich schon länger, oder?" Wahlberg irritierte ihr Schweigen. Es war doch ihr Wunsch gewesen, mit ihm ein Gespräch zu führen.

Nach einer längeren Pause antwortete sie: „Ich wollte gestern Abend keine zusätzliche Aufmerksamkeit."

Verdutzt fragte Wahlberg: „Gab's dazu einen Anlass?"

„Ich weiß nicht genau. Aber ich hatte das Gefühl, dass die letzten beiden Gäste ein gewisses Interesse an Ihrer Zweier-Runde hatten."

Wahlberg schwieg verblüfft. Ihm fiel die schattenhafte Gestalt von gestern Nacht ein. War es doch keine Halluzination gewesen?

„Wie kommen Sie zu dieser Annahme?"

„Das will ich nicht am Telefon erörtern. Mit dem Telefonat wollte ich nur einen Termin mit Ihnen verabreden. Würde es Ihnen überhaupt passen?"

„Sicherlich. Sagen Sie warum, wann und wo?"

„Heute Nachmittag um halb drei im Parteibüro. Das *Warum* können wir dann besprechen. Kennen Sie den Weg zum Parteibüro?"

„Den hat mir Paul Steinert gestern schon aufgeschrieben."

Wahlberg packte Unterlagen und Notebook in seinen Rucksack und verließ das Haus. Vor Steinerts Büro klingelte er vergebens. Er wunderte sich. Nach seiner Uhrzeit war es noch zu früh für Steinerts Mittagspause. Wahlberg schlenderte gemächlich über den Theatervorplatz, als Steinert in einiger Entfernung mit eiligen Schritten vorbeitippelte. Er hätte ihn rufen können, aber aus einem Bauchgefühl folgte er ihm in kurzem Abstand. Als Steinert die Bürotür aufschloss, legte Wahlberg lautlos die Hand auf Steinerts Schulter. Er fuhr herum, griff sich an den Hals und stöhnte: „Du kannst einen aber auch erschrecken. Warum sagst du nichts?"

Wahlberg grinste: „Du schaust aus wie das lebendige schlechte Gewissen, wenn du mich siehst." Sie traten ins Büro ein. „Außerdem bist du mir auf deinen kurzen Beinen davongespurtet."

Steinert blickte an Wahlberg vorbei, als wenn er hinter ihm noch einen Verfolger wähnte.

„Du bist irgendwie nervös, Paul. Hast du dich mit einer Quelle getroffen und hast Informationen erhalten, die mir helfen könnten?"

„Du mit deinem durchtrainierten Astralkörper hättest mich auch leicht einholen können." Er versuchte Wahlberg abzulenken. „Aber das hast du scheinbar nicht gewollt und hast dich an mich gehängt wie so ein Eierdieb. Warum diese Heimlichtuerei?"

„Jetzt mach aber mal Pause, Paul. Von wegen Heimlichtuerei. Du hattest mir einen tiefen Einblick in deine Quellen zugesagt."

Steinert schob einige Blätter auf seinem Schreibtisch zusammen. „Inzwischen hat das LKA den Tatort identifizieren können. Man hat Blutspuren von Balzer in der Tiefgarage der *Rheingoldhalle* gefunden. Die Tatwaffe ist aber immer noch verschwunden."

„Was ist mit Julia? Wo ist sie zu verorten?", fragte Wahlberg in sachlichem Ton.

Paul griff das Thema erleichtert auf, wie es schien. „Julia ist hübsch. Da kommt so ein Schwerenöter wie du ganz schön in Bedrängnis."

Wahlberg zeigte seine Zähne ohne zu lachen. Männer ticken offensichtlich immer gleich. Er erklärte ihm, dass er sie gleich treffen würde.

Steinert schob seine ausgeprägte Unterlippe vor, was ihm den Ausdruck eines Karpfens verlieh. „Viel weiß ich nicht", murmelt er. „Privat ist sie, glaube ich, alleinstehend, mit Kind – eine Tochter ..."

„Paul, die private Seite interessiert mich nicht. Dass sie mal mit dem toten Balzer liiert war, hast du mir gestern erzählt, aber auch, dass sie sich innerhalb der Partei nicht die Butter vom Brot nehmen lässt."

„Sie organisiert als ehrenamtliche Geschäftsführerin weiterhin für die Partei den Büroalltag und die anfallenden Abläufe."

„Was heißt weiterhin?"

„Nun, sie wollte zurückzutreten, wegen Balzers Kapriolen – aber ohne sie geht es offensichtlich nicht. Da ist sie dann geblieben."

Die Hintere Bleiche bog rechts von der Gärtnergasse ab. Hier reihten sich Wohnblocks, Büroetagen, Kneipen und kleine Läden im Parterre aneinander. An der Hauswand von Nr. 41 hing ein metallenes Schild mit dem Parteikürzel, darunter war ein Briefkasten eingelassen. Daneben eine Klingelreihe mit Gegensprechanlage. Die *PFDF* residierte im zweiten Stock. Wahlberg drückte die Klingel. Eine krächzende Stimme fragte nach seinem Begehr. Ein kleines Knacken, dann Schweigen. Er wartete. Vielleicht hat man inzwischen die Nase gerammelt voll von Journalisten, dachte er. Erst erfolgreicher Einzug in den Bundestag, dann dieser Mord. Er wollte gerade sein Handy zücken, um nachzufassen, als der Türsummer ertönte.

Im zweiten Stock stand er vor einem runden Auge in der Tür und wurde beobachtet. Dann öffnete ein junger Mann. Er trug ein knallgelbes T-Shirt, worauf *Frieden & Gerechtigkeit* in roten Versalien aufgedruckt stand. Wahlberg hielt ihm sogleich seinen Presseausweis vors Gesicht und sagte kurz: „Mein Name ist Johann Wahlberg."

Der junge Mann stellte sich als Tobias Köhnert vor und sagte: „Sie sind mit meiner Schwester verabredet, gell? Die lässt sich entschuldigen, sie kommt etwas später. Treten Sie bitte ein." Er blickte Wahlberg mit angespannter Ruhe an. Dieselben dunkelblauen Augen wie seine Schwester, schoss es dem Journalisten durch den Kopf.

„Wissen Sie, seit Montagabend rennt uns die Medienmeute die Bude ein. Vor allem diejenigen Presseleute, die während des Bundestagswahlkampfs kein gutes Haar an uns finden wollten oder - noch schlimmer – uns einfach ignoriert hatten."

Er schaute grimmig in die Runde.

„Und welche Funktion haben Sie hier?", fragte Wahlberg.

Eigentlich keine, meinte er. „Der Vorstand ist komplett abgetaucht." Köhnerts Worte klangen leer, schon oft wiederholt, ausgelaugt, fast lethargisch. „Jetzt bin ich so etwas wie eine gehobene Stallwache", meinte er in einem ironischen Anflug.

„Nach meiner Information ist Ihre Schwester wieder die Geschäftsführerin dieser Einrichtung."

„Ja, sie war zurückgetreten. Alles Weitere müssen Sie mit meiner Schwester klären."

„Also, Sie können oder dürfen mir nichts sagen.“ Wahlberg wählte die Offensivstrategie. „Schade. Ich hatte von Ihnen auf ein Meinungsbild zum Todesfall gehofft. Oder eine persönliche Einschätzung zum Verlust Ihres Vorsitzenden.“

„Von mir? Wieso soll ich etwas zum Todesfall sagen?“ Er zupfte nervös an seinen gelben T-Shirt-Ärmeln. „Was die Partei zu sagen hat, das können Sie im Internet nachlesen.“

Wahlberg schlenderte über den Flur und betrachtete die Namensschilder an den einzelnen Büroräumen.

„Und wie war euer Vorsitzender denn so?“ Wahlberg gab sich betont locker.

„Tut mir leid, fragen Sie meine Schwester.“

Wahlberg ließ sich nicht abwimmeln. „In den Zeitungen kursiert viel über Zerrüttung innerhalb Ihres Landesverbands. Wie äußerte sich dies eigentlich?“

In Köhnerts Schweigen schlug die Türklingel an. „Hat sie den Schlüssel vergessen?“, murmelte er vor sich hin und öffnete die Etagentür.

Köhnert und Wahlberg vernahmen laute und hastige Schritte einer größeren Personengruppe im Treppenhaus. Drei Männer und zwei Frauen, jeweils mit Aktenkoffern ausgestattet, hielten vor der halbgeöffneten Tür.

„Mein Name ist Maik Meyers, Leitender Hauptkommissar beim BKA.“ Er überreichte Köhnert ein weißes Blatt Papier, bedruckt mit dem Bundesadler, versehen mit einem Standarttext zur Durchsuchung. „Sie gestatten, dass wir reinkommen.“ Das war keine Frage, sondern eine Feststellung.

Tobias Köhnert versuchte mit einem energischen Gesichtsausdruck die vermeintlichen bürgerlichen Rechte zu schützen, indem er sagte: „Das dürfen Sie aber nicht ...“

„Sie glauben gar nicht, was wir alles dürfen. Es handelt sich um den Mordfall Thomas Balzer.“ Meyers blickte ausdruckslos in die Runde. „Das ist mein Team, das versuchen wird, hier Spuren bezüglich des Mordes an dem Bundestagsabgeordneten aufzunehmen.“ Er hielt Köhnert als auch Wahlberg nochmals die Erlaubnis zur Durchsuchung vors Gesicht.

„Und wer sind Sie?“ Der Kommissar nahm Wahlberg mit strengem Blick ins Visier. Der Journalist passte nicht ins Schema.

Wahlberg zückte seinen Presseausweis. Meyers nahm ihn zur Kenntnis. „Ah, die Großen der Branche sind der *Causa Balzer* auch schon auf der Spur.“

„Nein ... äh, ja.“ Der Journalist war von dem plötzlichen Auftreten der Polizei überrascht.

Köhnert zittert, stellte Wahlberg überrascht fest. „Ihr Name und Ihre Funktion hier, bitte?“ Bevor der junge Mann antworten konnte, wandte sich Meyers um. Ihm war nicht entgangen, wie die Etagentür mit einem Schlüssel geöffnet wurde. Mit aschfahlem Gesicht stand Julia Köhnert in der Tür. „Was wollen Sie? Das ist mein Bruder Tobias. Der hält sich nur gerade mal hier auf.“

Mutterinstinkt, dachte Wahlberg und schloss aus Julias Einsatz, dass sie ihren Bruder in der Bredouille wähnte. Zu Recht oder zu Unrecht?

„Herr Meyers“, Wahlberg sah den Kommissar an, „ich bin hier nur zufällig hereingeschneit ...“

„Nur zufällig? Und das als Journalist?“ Meyers' Tonfall klang ziemlich ätzend.

Gleich wird er von den hungrigen Geiern anfangen, die um das Opfer kreisen, dachte Wahlberg im Stillen. Laut sagte er: „Es gehört zu unserer Verfassung, dass der Presse ausreichend Raum ...“

Der Kommissar unterbrach ihn. „Ist schon klar, was Sie meinen ...“

„Gut. Dann würde ich gerne mit Ihnen über die Ermordung des Bundestagsabgeordneten sprechen.“

„Das ist noch zu früh ...“

„Es geht nur um ein Hintergrundgespräch. Es erscheint vorläufig nichts im MAGAZIN.“

Meyers taxierte den Journalisten aus hellgrauen Augen, Kieselsteinen ähnlich. Als hätte er die Augen aus dem Ufergestein des

Bodensees entnommen, ging es Wahlberg durch den Kopf. Dahinein hatte er nämlich während eines Sommerurlaubs geblickt.

Julia Köhnert stand erschüttert und sprachlos im Flur der Büroflucht und verfolgte den Dialog, während ihr Bruder sich schnell in einen der Büroräume verzogen hatte. Wahlberg trat auf sie zu: „Ist es möglich, das Gespräch auf morgen zu verschieben?"

Sie sah ihn erst entgeistert an. Dann nickte sie.

Kapitel 14

August 2008

„Der Herbert Meinertz ist schon angekommen. Die anderen sind noch nicht da. Wie lange brauchst du noch?"

„Ich stehe in der Großen Bleiche und biege gleich in die Zanggasse ein. Ich muss mir dann noch einen Parkplatz suchen. Vielleicht noch eine Viertelstunde." Balzer drückt das Handy aus.

Als er die Flure der Landesgeschäftsstelle betritt, schlägt ihm Stille entgegen. Er empfindet sie irgendwie bedrohlich. Ein Zeichen eines aufkommenden Sturms? Auf leisen Sohlen tapst der Landesvorsitzende über den Teppichboden zum Sitzungsraum. Er stößt die Tür auf. Sichtlich konsterniert blickt er in das gut fünfundzwanzig Quadratmeter große Zimmer. Er hatte ein erwartungsvoll aufblickendes Publikum erwartet. Ihm schwant nichts Gutes.

„Wo sind die Leute, wo ist der Herbert?", fragt er Julia, die in der halbgeöffneten Tür ihres Büroraums steht.

„Der restliche Vorstand kommt gleich. Marlies Emscher und ihr Adlatus wollten sich noch unbedingt in der Bahnhofskneipe treffen. Und Herbert Meinertz sitzt in deinem Büro und wartet seit etwa einer halben Stunde auf dich."

„Was wollen die Dicke und ihr Dackel? Will sie Stimmung machen? Der Günter Raubach soll sich bloß hüten."

„Ich glaube, wegen der Listenaufstellung. Sie ist der Meinung, dass sie auf eine Spitzenposition gehört." Als Balzer mit kritischem Blick herumfährt, sagt sie beschwichtigend. „Nicht deine, die du anstrebst. Aber Marlies Emscher beißt jeden weg, der ihr gefährlich werden könnte. Und der Raubach liefert ihr die intellektuelle Vorlage."

Balzer verbirgt seinen Ärger hinter einer stoischen Maske, mit zusammengekniffenen Lippen. Aus dem Büroraum hinter Julias Rücken hört er Geräusche. Balzer geht mit strammen Schritten, den

Kopf vorgereckt, auf die Tür zu. Bereit seine Wut abzureagieren. Julia Köhnert versucht sich noch dazwischenzuschieben, aber zu spät. Er drückt sie beiseite. Die verschlossene Tür stemmt er mit ziemlicher Kraftanstrengung auf.

„Was macht der hier?" Der Abgeordnete zeigt mit zorngerötetem Gesicht auf Tobias Köhnert. „Er hat hier nichts zu suchen."

„Mal langsam – mein Bruder hilft mir. Seitdem der Vorstand die Halbtagskraft gekündigt hat, bin ich meinem Bruder sehr dankbar, wenn er mit anpackt – und das kostenlos."

„Wir waren uns alle einig, dass er hier nichts zu suchen hat. Er schnüffelt mir hier zu viel herum."

„Thomas – mein Bruder hilft mir, weil ich es nicht alleine schaffe", wiederholt sie mit drohendem Unterton. Und außerdem, falls du es vergessen haben solltest" – Julias Stimme gewinnt an Schärfe – „ist er immer noch Parteimitglied und hat somit, neben seinen Pflichten, auch alle Rechte. Er wird auch bei der anschließenden Vorstandssitzung als Gast mitwirken. Übrigens – genauso wie dein Herbert Meinertz."

Balzers Gesicht verrät Unmut. „Du kannst dir nicht alles herausnehmen", zischt er Julia im Vorbeigehen zu.

„Thomas, beruhige dich." Julias Ton ist selbstbewusst. „Geh rüber zum Parteifreund Meinertz. Der sitzt da schon wie auf Kohlen. Ich glaube, der will dir etwas erzählen, was wir hier nicht hören dürfen." Die Stichelei ist für alle vernehmbar, auch für den im Nebenraum sitzenden Meinertz. „Im Übrigen", ruft sie ihm nach, „du kannst ja einen Antrag auf meine Entlassung stellen. Vielleicht schmeiß ich auch selbst bald die Brocken hin."

Diese undemokratische Entwicklung in der Partei raubt ihr langsam die Motivation. Wo sind die Ideale geblieben? Ihr Bruder leidet darunter. Und dieser glatte Meinertz? Thomas hat noch viel mit ihm vor, wie man hört. Das hat ihr die Augen geöffnet. Die Liebe geriet aufs Abstellgleis.

Neulich in einer Gesprächsrunde wurde der Begriff postdemokratische Entwicklung *angesprochen. Sie hatten anschließend diesen*

Begriff diskutiert. Der Vortragende erklärte der Runde, wenn Mehrheitsentscheidungen nur noch auf formal-demokratische Weise zustande kommen, zum Beispiel durch das sogenannte Organisieren von Abstimmungen, dann spräche man von einem postdemokratischen Prozess. Die Willensbildung von unten nach oben würde verhindert werden.

„Und die Pluralität innerhalb der Partei ist gefährdet", hatte ihr Bruder ergänzt.

„Dazu gehören doch immer zwei", hatte sie eingewandt, „einer der diesen Prozess einführt und ein anderer, der das passiv hinnimmt, kritiklos."

„Ist der Prozess erst einmal so weit gediehen", war eine der Antworten, dann ist es schwer, ihn rückgängig zu machen. Ein sehr resignierender Ausblick, dachte sie nach dem Vortrag. Sie würde das so nicht akzeptieren.

Nachdem Balzer in seinem Büro verschwunden ist, erhebt Tobias einige Vorwürfe an die Adresse seiner Schwester. „Du hättest ihn mit diesem Gerücht konfrontieren sollen, dass der Meinertz bei einigen im Vorstand als unglaubwürdig eingeschätzt wird."

„Du bist nicht klug, Tobias. Solange die Vorständler ihm den Meinertz nicht direkt um die Ohren hauen ... Auch mir ist er zu glatt, zu undurchsichtig. Paul Steinert hatte neulich so merkwürdige Andeutungen gemacht. Aber uns sind die Hände, sagen wir mal, bis auf weiteres gebunden."

Ihre Stimme trieft jetzt vor Ironie. „Aber vielleicht verkörpert er schon den neuen Typus, den die Partei benötigt, um ein größeres Klientel anzusprechen. Vielleicht ist Thomas der Zeit schon weit voraus, wer weiß?"

„Falls er den Meinertz hier bei uns etabliert, dann weiß ich nicht mehr, ob ich noch in der richtigen Partei bin. Dann muss etwas geschehen. Am besten dreh ich ihm den Hals um."

„Wem?", fragt die Geschäftsstellenleiterin spöttisch. „Thomas oder seinem neuen Adjutanten?"

Die Antwort muss Tobias schuldig bleiben. Das Klingeln des Tele-

fons unterbricht den angespannten Dialog. Julia schaut auf das Display und erkennt die Nummer. „Was gibt es, Beate? Habt ihr eure Windeln abgelegt?"

„Was meinst du mit Windeln?", fragte die Landesschatzmeisterin irritiert.

„Ich hatte den Eindruck, ihr hattet sie vollgeschissen", kommentiert sie das Treffen der im Bahnhof versammelten Vorstandsmitglieder sarkastisch.

„Ich will nur wissen, ob der Landesvorsitzende schon eingetroffen ist", verlangt Beate Handke pikiert. „Deine wenig hilfreichen Sprüche kannst du dir sparen." Sie würden jetzt losmarschieren. Man könne sie in etwa zehn Minuten in der Geschäftsstelle erwarten. „Ist dieser Herbert Meinertz auch da? Dann können wir gleich alles abarbeiten."

„Haben euch Marlies und ihr bauernschlauer Wadenbeißer auf Meinertz angesetzt?"

Julia ärgert sich. Glauben die wirklich, sie könnten im Vorstand etwas gegen Balzer entscheiden? Blauäugige Einschätzung. Als hätten die Vorstandskollegen noch nie die Chuzpe des Landesvorsitzenden und Abgeordneten miterlebt, wie er die gegen ihn gerichteten Interessen zu seinen Gunsten verändern konnte. Aus Beates Mund klang es so, als wollten sie ihm Feuer unter den Hintern legen. Wegen Herbert Meinertz. Wahrscheinlich, befürchtet sie, wird es eher ein Strohfeuer mit geringer Hitzebildung.

Kapitel 15

Donnerstag, 12. November 2009 – vormittags

An der Eingangspforte zeigte Wahlberg seinen Presseausweis vor. Er sei mit dem Hauptkommissar Meyers verabredet. Nach einem Telefonat wurde ihm bedeutet, man würde ihn nach der Frühstückspause abholen. Wahlberg schmunzelte und dachte: Beamtenseele – oder wollte man ihn erst mal absichtsvoll warten lassen, um Stärke zu demonstrieren? Die Sicherheitstür öffnete sich mit einem Summen. Ein Uniformierter führte ihn zu einem kleinen Warteraum.

Meyers holte ihn nach etwa einer viertel Stunde Wartezeit persönlich ab. „Ich hatte heute noch keine Gelegenheit, mir etwas zwischen die Backen zu schieben und mir mal einen ordentlichen Schluck Kaffee zu gönnen." Er schaute auf die im Flur hängende Uhr. „Jetzt haben wir schon zehn Uhr durch."

Der Journalist folgte ihm schweigend.

Meyers fuhr fort: „Normalerweise erledigt solche Gespräche unsere Presseabteilung ..."

Wahlberg betrachtete ihn neugierig von der Seite. „Machen Sie mit mir eine Ausnahme?", fragte er erstaunt.

Sie standen vor einem geöffneten Aufzug. Der Kommissar drückte auf die Zwei. Als sie den Flur im oberen Stock betraten, erhielt Wahlberg eine Antwort: „Nun, einmal stehen wir noch ziemlich am Anfang. Da haben wir noch kein richtiges Futter für die Pressestelle. Zum anderen, wenn ich mich gestern nicht verhört habe, wollen Sie nur Hintergrundmaterial sammeln. Und ich denke, das erstreckt sich nicht nur auf die Polizei."

Wahlberg nickte zustimmend. „Ich vermute, dass sich die Aufklärung des Mordes als ein komplexer Vorgang herausstellen wird."

„Genau, davon gehe ich auch aus – und hier könnte es interessant für uns werden."

Inzwischen waren sie in einem Dienstzimmer angekommen. „Sagen Sie mal, Herr Meyers, das BKA hat doch seinen Dienstsitz im benachbarten Wiesbaden?"

Meyers deutete auf eine kleine Besprechungsecke. „Nehmen Sie bitte Platz. Ich besorge uns noch einen Kaffee."

Während der Hauptkommissar unterwegs war, wagte Wahlberg einen Blick in den angrenzenden Raum. Er sah zwei Uniformierte, einen Mann und eine Frau, im Gespräch vertieft. Sie beugten sich über einen Bericht und zugehörige Fotografien.

„Na, neugierig geworden?" Meyers hatte sich unbemerkt wieder eingefunden, zwei große Becher in der Hand.

„Naja, als Pressemensch hat man nicht so oft die Gelegenheit, die oberen Stockwerke vom LKA kennenzulernen."

„Um auf Ihre vorherige Frage noch zurückzukommen. Das BKA residiert in Wiesbaden und in Berlin. Im LKA sind uns nicht nur Räume zugeteilt, sondern wir erhalten auch kriminaltechnische Unterstützung. Sonst müsste man wegen jeder Kleinigkeit nach Wiesbaden fahren. Wir kooperieren sehr gut." Er schaute bedeutungsvoll auf den Journalisten.

„Stichwort Kooperation. Wie hatten Sie das zuvor gemeint, mit dem *interessant für uns werden*? Worauf bezog sich das *uns*?"

Meyers' kieselsteinfarbige Augen fixierten emotionslos Wahlbergs Gesicht. „Wie ich schon mal sagte, eine Hand wäscht die andere ..."

„Also, Kooperation? Und wie soll die aussehen?"

„Machen Sie es bitte nicht zu kompliziert. Wir werden hier keinen Kooperationsvertrag abschließen. Wenn, dann alles nur auf informeller Ebene."

„Ich bin nicht gerade der Dümmste ..."

Meyers grinste sparsam vor sich hin. „Ohne Kommentar ..." Dann aber in ernsthaftem Ton: „Der Zugang zu den Leuten in der Partei, ich sag mal so, dürfte Ihnen leichter fallen. Da würde das BKA sicherlich auf historisch begründete und daher unüberbrückbare Widerstände stoßen."

„Sie meinen, ich soll für Sie spionieren? Da kennen Sie aber unseren journalistischen Codex nicht."

Meyers schüttelte unwillig den Kopf und sagte mit kühler Stimme: „Egal was oder wie. Wenn es ermittlungsrelevant ist, müssen Sie sowieso damit herausrücken."

„Und was erhalte ich von Ihnen? Meine Infos könnten schließlich die Basis für Ihre Recherchen darstellen."

„Da stimme ich Ihnen zu. Nur: Sie dürfen das Material, das Sie im Gegenzug von uns erhalten würden, nicht veröffentlichen." Er sah Widerstand in Wahlbergs Augen aufflackern. „Also, nicht gleich ...", schränkte er ein.

Er stand auf und winkte dem Journalisten zu, ihn in den Nebenraum zu begleiten. „Ich mach mal den Anfang und zeige Ihnen, was wir haben. Das muss aber unbedingt unter uns bleiben."

Meyers' harte Augen richteten sich durchdringend auf Wahlberg. Der nickte zustimmend.

Der Hauptkommissar schickte die beiden Uniformierten mit ein paar dürren Sätzen hinaus. Dann wandte er sich wieder dem Journalisten zu.

„Wir sichten jetzt gemeinsam diese Fotos und den schriftlichen Obduktionsbericht."

Er breitete auf dem Tisch die Unterlagen aus. Berichte und einige großformatige Hochglanzfotografien. Meyers wies auf das erste Foto. „Schauen Sie mal, wie der Tote zugerichtet ist."

Wahlberg verschwieg seine Kenntnis des Fotos. Schließlich war Paul Steinert auch eine Quelle.

„Er ist ja heftig verprügelt worden. War die Tatwaffe ein Holzprügel oder so etwas Ähnliches?"

„Im vorläufigen Obduktionsbericht steht, dass Balzer am Fundort oder auf dem Weg dorthin zu Tode gekommen ist. Niedergeprügelt wurde er woanders."

Meyers zeigte ein weiteres Foto. „Und zwar hier. In der Tiefgarage der *Rheingoldhalle*." Er wies mit dem Finger auf dunkle Streifen und kleine Flecken, die dort zu erkennen waren.

„Und wo ist der Fundort?"

„Eine ganz ordinäre Bushaltestelle, schräg gegenüber der *Rheingoldhalle*."

„Könnte man im Prinzip von zwei Tatorten sprechen, wenn der Fundort auch als Tatort in Frage käme?" Er erinnerte sich an Steinerts Infos, die ähnlich klangen.

„Könnte sein. Dazu brauchen wir noch weitere Fakten aus der Pathologie. Es ist nicht sicher, ob es der harte Gegenstand war, oder ob er anderweitig zu Tode gebracht worden ist."

„Eine interessante Interpretation des BKA", bemerkte Wahlberg mit leichtem ironischem Unterton.

„Keine 'interessante Interpretation'." Meyers schaute streng auf Wahlberg. „Meine Theorie baut auf Fakten auf."

„Gut, und wie sehen die Fakten aus?"

„Sagte ich schon. Der Corpus ist in einer Bushaltestelle nahe der *Rheingoldhalle* gefunden worden. Die Spurentruppe hat das so dokumentiert."

„Ich verstehe. Ursprünglich ist Balzer überfallen worden, geht durch die Prügelei wahrscheinlich bewusstlos zu Boden. Wird liegengelassen, später aufgesammelt und verfrachtet. Was sagt die Spurensicherung zum Tatort Nummer eins?"

„Hose, Jackett und Hemd wiesen Altölspuren und Abrieb von Zementboden auf. Die Tiefgarage der *Rheingoldhalle* war somit für uns das Nächstliegende. Da sind wir auch fündig geworden. Das war der Tatort Nummer eins, wie Sie sagten."

Er zog ein drittes Foto heran. Wahlberg erkannte darauf eine Aufzugstür. Davor musste der Abgeordnete zusammengeschlagen worden sein.

„Wie der Körper, lebend oder tot, zur Bushaltestelle gebracht wurde, konnte bislang nicht ermittelt werden?"

„Nein, aber schauen Sie die Körperhaltung des Opfers an ..." Meyers zeigte ein viertes Bild.

„Hier, in der Bushaltestelle." Er wies auf den unnatürlich seitlich abhängenden Kopf. „Ein typisches Anzeichen für einen Genickbruch. Das nannte der Pathologe auch als Todesursache. Nur, wo der Genickbruch eintrat und wie, wissen wir noch nicht."

Meyers legte Bild auf Bild, sammelte die Schriftstücke wieder ein. „Also, von der Prügelei ist er nicht gestorben, wenn auch Kopf, Arme und Oberkörper heftig drangsaliert worden sind."

„Warum diese Prügelei? Wie passt das zum Tod?" Wahlberg sah den Kommissar an. „Da muss jemand eine ungeheuerliche Wut oder Enttäuschung, vielleicht auch Eifersucht, verspürt haben. Es sieht fast aus wie eine Tat im Affekt."

„Das könnten die Motive sein. Affekthandlung, wer weiß? Aber entscheidend ist, wann und wie er zu Tode gekommen ist. Hat er den Genickbruch während des Transports, zum Beispiel durch Unachtsamkeit – *also Pech* – erlitten? Oder absichtlich? Ist er vielleicht von der Bank gefallen und hat sich dabei das Genick gebrochen?"

„Warum ist er überhaupt transportiert worden? So etwas muss doch auffallen?"

Beide starrten schweigend auf die Fotos.

„Die Transporteure – oder Täter", meinte Wahlberg, „mussten mindestens zwei gewesen sein, weil es für eine Person schwierig wird, einen solchen Transport zu händeln. Ich tippe auf ein Auto. Das fährt unauffällig in die Tiefgarage ..."

„Da der Todeszeitpunkt auf ein bis drei Uhr morgens festgelegt wurde", sagte Meyers, „schließe ich, dass der Transport zu einer ruhigen Nachtstunde, irgendwann am frühen Morgen erfolgte."

„Aber eins verstehe ich nicht. Warum zur Bushaltestelle, wo er relativ schnell gefunden werden konnte? Selbst mitten in der Nacht." Wahlberg schaute Meyers an, als erhoffte er sich von ihm eine blitzschnelle Aufklärung.

„Sollte etwas damit demonstriert werden? Irgendetwas Politisches? Ich meine, wie sieht es aus mit Drohbriefen, anonymen Anrufen und Ähnlichem aus der rechten Szene?"

„Da liegen uns keine Erkenntnisse vor. Zumindest was Mainz und Umgebung betrifft. Zwar gibt es in Gonsenheim diese verrammelte Trutzburg von Altnazis, wo immer Gedenkfeiern stattfinden. Weitere aktive Neonazi-Nester gibt es in der Pfalz. Ich meine, was Sie da ansprechen ... nun, auszuschließen ist es nicht." Er schüttelte den Kopf. „Aber derzeit gibt es dafür keine Anzeichen."

„Hatten Sie schon Zeit, Zeugen zu befragen?"

„Bisher nur eine Handvoll", entgegnete Meyers. „Die Vorstände, oder solche, die uns als Vorstand bekannt waren. Von den anderen Teilnehmern, es waren gut einhundertfünfzig Personen bei der Veranstaltung anwesend, müssen erst noch von der *PFDF* die Adresslisten erstellt werden."

„Da werden Sie noch viel Arbeit haben. Das ganze Klein-Klein." Meyers brummte zustimmend.

„Was mich jetzt noch gedanklich umtreibt, ist eine bestimmte Frage: Haben Sie Erkenntnisse, ob hier im weitesten Sinne Korruption im Spiel war, sozusagen Politikerbestechung?"

Der Kriminalhauptkommissar schaute ihn mit großen Augen an. „Ihre Bemerkung überrascht mich ziemlich. Wie kommen Sie zu dieser Annahme?"

„Aus bestimmten früheren Quellen tröpfeln solche Gedanken in die Gehirne. Vermutungen, Gerüchte – in diese Richtung. Es gibt irgendwie immer einen wahren Kern bei solchen gedanklichen Umtrieben."

„Als Journalist haben Sie den unbestreitbaren Vorteil, dass Sie Ihre Phantasie schweifen lassen können. Wir müssen uns an harte Fakten halten."

Beide schauten fast gleichzeitig auf ihre Armbanduhren. Es war schon kurz nach Mittag. „Die Zeit ist uns davongaloppiert. Ich muss rüber nach Wiesbaden. Wir bleiben in Kontakt."

Der Kriminalbeamte reichte Wahlberg zum Abschied die Hand.

Beim Hinausgehen hielt Wahlberg inne: „Sagen Sie mal, wer hat ihn eigentlich gefunden und zu welcher Uhrzeit?" Meyers blieb abrupt stehen, von der Frage des Journalisten ein wenig überrascht. „Um viertel nach sechs am Montag in der Frühe. Eine Passantin, die mit dem Bus zum Bahnhof fahren wollte."

„Hatte sie etwas gesehen oder gehört? Vielleicht wie die Leiche hingeschafft worden ist?"

Der Hauptkommissar schüttelte den Kopf. „Die Frau kam von zu Hause. Sie war ziemlich geschockt. Ist auch kein Wunder, wenn man einem solchen Mitfahrer in der Frühe begegnet."

„Herr Meyers, wäre es sehr vermessen zu fragen, wie der Name der Finderin lautet?"

Das Gesicht des BKA-Manns trübte sich ein. „Da darf ich Ihnen keine Antwort geben. Das müssten Sie doch wissen, dass das unter den Datenschutz fällt."

„Herr Meyers, erinnern Sie sich noch? Wir wollen Kooperationspartner werden. Sie wissen doch, als Journalist hat man einen anderen Zugang." Wahlberg grinste unverschämt.

Der Kriminalkommissar verzog keine Miene, als er einen kleinen gelben Klebezettel kurz beschriftete und Wahlberg mit den Worten reichte: „Treiben Sie keinen Unfug damit."

Wahlberg stand wieder vor dem Komplex des LKA. Er schätzte den Bau auf runde einhundert Meter Länge. Zum Teil hohe Bäume und dichte Büsche verbargen die unteren Etagen. Die fünfstöckige, in weiß gehaltene Fassade, unterbrochen durch blauumrandete Fensterreihen, sah nüchtern und steril wie ein Krankenhaus aus. Auch hier werden Operationen durchgeführt, philosophierte Wahlberg im Vorbeischreiten, Operationen ohne Skalpell und Katgut.

Wahlberg entschied sich für einen Fußmarsch entlang des Rheins. Er lief die Kreyßigstraße hinunter in Richtung Goethestraße, schlug den Weg quer durch den Park ein und erreichte über die stille Illstraße die verkehrsreiche Rheinallee, gegenüber dem Zollhafen. Der Gang am Rheinufer verschaffte ihm die Entspannung, die er benötigte, um seine Eindrücke zu verarbeiten. Instnktiv lenkte er seine Schritte zur *Rheingoldhalle.*

Kapitel 16

Donnerstag, 12. November 2009 – nachmittags

Wer hat Balzer erschlagen? Johann Wahlberg hatte ihm gerade einige Details aus dem Obduktionsbericht mitgeteilt. Jetzt stand Paul Steinert wieder in seinem Büro in der Ludwigsstraße und schaute aus dem Fenster. Das quirlige Leben auf der Straße nahm er nicht bewusst wahr. Seine Gedanken kreisten um den Täter, sie kreisten um den Tatgegenstand, sie kreisten um den Tatabend. Ein abgeschnittenes Rundholz von knapp einem Meter. Etwa so dick wie ein Baseballschläger. Er erinnerte sich noch an den Kapuzenmann. Ja, es war eindeutig ein Mann, seine Gangart. Wie er mit dem Prügel ausgeholt hatte. Wenn er nicht gezögert hätte, dann wäre Balzer möglicherweise noch zu retten gewesen. Aber vielleicht wäre er dafür totgeschlagen worden.

Den hellen Mercedes hatte er sehr spät gehört. Da war diese Angst. Er war rasch in die Knie gegangen. Er wollte da nicht hineingezogen werden. Nicht vor dem Hintergrund, den er ahnte. Diese herben Schläge jedoch, wie ihm Johann mitteilte, waren nicht die Ursache für Balzers Tod. Balzer wäre *nur* reif fürs Krankenhaus gewesen. Aber was sollte er tun? Zivilcourage ist so ein zweischneidiges Schwert. So ist er am Leben geblieben, davon war er überzeugt.

War es Tobias gewesen, der da zugeschlagen hatte? Vor vier Tagen war Balzers Siegesparty für den Bundestagseinzug gewesen. Die anderen beiden, Beate Handke und Bernd Homburg, die ihm erfolgreich auf der Liste nachfolgten, waren eher Staffage für den Auftritt des großen Meisters, der sich immer gerne in Szene setzte. Typisch für ihn. Diejenigen, die *not so amused* waren, standen draußen bei Flaschenbier und Zigaretten, gruppiert um Tobias Köhnert, den Wortführer der Gruppe. Er erinnerte sich daran.

Die meisten trugen Kapuzenpullis. Einige ließen in ihrer Hand Holzknüppel auf und ab wippen. Ja, er glaubte sich zu erinnern. Dabei waren auch zwei mit richtigen Baseballschlägern.

Das Telefon klingelte. „Steinert. Was gibt's?", fragte er ungehalten aus seinen Gedanken heraus.

Eine freundliche, ihm bekannte Frauenstimme erklang in Steinerts Ohr, was seine gedankenschwere Stimmung etwas hob.

„Wissen Sie inzwischen schon mehr? Mein Bruder ist wegen diesem Mord – so heißt es doch inzwischen offiziell – ziemlich durch den Wind. Er hat Thomas in der letzten Zeit immer heftiger kritisiert. Ich glaube, irgendwie hat er Schuldgefühle."

Steinert spitzte die Ohren. „Wie kommen Sie darauf, dass Tobias Schuldgefühle haben könnte?"

Sie flüsterte, als könnte sie jemand hören. „Das ist ein Bauchgefühl, Intuition oder so etwas."

„Hört jemand zu?"

„Nein, wie kommen Sie darauf?"

„Nun, Sie flüstern ..."

„Das ist meine innere Anspannung. Dann verschlägt es mir häufig die Stimme."

„Wo steckt denn Ihr Bruder?"

„Keine Ahnung. Er nimmt kein Telefon ab, kein Handy ..."

„Ich mach mir auch so meine Sorgen." Als keine Antwort vom anderen Ende der Leitung kam, fuhr der Journalist fort. „Sie können sich noch an den letzten Sonntagabend erinnern?"

„Sie meinen die Wahlparty?"

„Ja. Da war dieser Trupp der zornigen jungen Männer, der vor dem Eingang stand."

Er hörte ein Räuspern im Telefon, als wollte jemand seine ganze Kraft zusammenkratzen, um sprechen zu können. Julias Stimme klang ziemlich gepresst. „Ich weiß, sie standen herum und diskutierten, und zwar über Thomas und ..."

„... ja, und Herbert Meinertz. Ich hatte so einige Sprachfetzen mitbekommen. Und einige hatten irgendwelche Knüppel und diese dicken Baseballschläger in der Hand." Steinert legte eine bedeutungsschwangere Pause ein. „Auch Tobias hatte einen."

„Aber er hat ihn nicht totgeschlagen." Sie flüsterte wieder, begleitet von einem tiefen Seufzer. „Schließlich hatte ich es an dem Abend geschafft, dass die Prügel und Holzlatten in der Garderobe deponiert worden sind. Von denen war es gewiss keiner."

„Sie wollen damit sagen, dass mehrere Personen Zugriff zu den Prügeln haben konnten? Wer hat dann zugeschlagen? Was meinen Sie?"

Steinert wollte es wissen. Verschwieg Julia Köhnert etwas? Er hätte auch versuchen können, sie zu beruhigen. Dass Balzer nicht an den Schlägen gestorben ist, also nicht totgehauen wurde. Keiner von den jungen Wilden war es gewesen. Das hätte er sagen können. Aber Steinert unterließ es. Er wollte mit Tobias direkt reden. Ohne Vorwarnung durch seine große Schwester. Nach dem Telefonat verließ Steinert das Büro und mischte sich in den nachmittäglichen Fußgängerverkehr in Richtung Theaterplatz.

Gedankenfreiheit. Die brauchte er jetzt. Sein beengtes Büro ließ ihm keinen Platz. Die Szene von damals nistete sich immer wieder in seinen Kopf ein. Die kapuzenverdeckte Gestalt. Wie der Zuschläger über den Aufzug verschwand. Könnte es doch Tobias gewesen sein? Er ließ diese Szene wieder Revue passieren. Die zwei Männer. Sie waren bei laufendem Motor ausgestiegen. Schauten, inspizierten genau. Tuschelten in dieser unbekannten Sprache. Dann hatten die beiden Männer mit dem Auto wieder die Tiefgarage verlassen, diesmal durch das Tor auf der Rheinseite. Dort, so war ihm im Nachhinein aufgefallen, hatten sie noch mal kurz angehalten. Ihn ergriff manchmal eine kalte Faust, die seinen Brustkorb beengte, wenn er daran dachte.

Die ganze Truppe um Tobias Köhnert, überlegte er, wurde durch einen völlig falschen Idealismus gesteuert. Alles Fundis, das war der richtige Begriff, fand er. Islamischer, christlicher, jetzt in einer gewissen Form auch linker Fundamentalismus, ähnlich wie die Anarchisten oder der Baader-Meinhof-Komplex. In der Realität des wirklichen Lebens sind Personen und Handlungen nicht immer in den Kategorien *Schwarz* und *Weiß* zu verorten. John hatte mal gesagt, so erinnerte er sich, die Palette *Grau* erlaube viel differenziertere und abgestufte Interpretationen. Aber hier werden Maximalforderungen aufgestellt. Steinert war überzeugt, wenn der Idealismus nicht durchgesetzt werden kann, dann wird auch zu härtere Methoden gegriffen. Zum Beispiel zu Hartholz.

Unbewusst lenkte er seine Schritte aus der Innenstadt hinaus zum Fluss. Die leichte Brise vom Wasser her, beruhigten die Gedanken. Der Rhein floss träge. Das Wasser von dünnen Nebelschwaden bedeckt. Mancher Schiffer ließ schon am hellen Nachmittag aus Vorsicht das Signalhorn ertönen. Er entschloss sich, seinen Spaziergang in Richtung *Rheingoldhalle* fortzusetzen. Er wollte den Ort, wo er diese Prügeltat miterlebt hatte, noch mal aufsuchen. Er wollte ihn nicht nur bei Tageslicht begutachten, sondern sich auch selbst beweisen, dass seine ab und zu aufkommenden Schuldgefühle nicht berechtigt waren.

Im Eingangsbereich stand eine ihm vertraute Gestalt. Steinert ging behutsam, als wolle er ihn nicht verscheuchen, auf ihn zu. „Wo kommen Sie auf einmal her?“

Erst sah es so aus, als wolle der junge Köhnert davonlaufen. Dann aber blieb er mit einem trotzigen Gesichtsausdruck stehen und sah abwartend auf Steinert.

„Ihre Schwester sucht Sie.“ Steinert sah ihn an.

„Ein recht schwacher Versuch, mit mir ins Gespräch zu kommen“, bemerkte er.

„Na, ich kann auch anders, Herr Köhnert. Waren Sie der Prügeltäter, der Balzer umgehauen hat?“ Steinert musste wohl oder übel zu dem größeren Köhnert hinaufschauen. Er suchte seine Augen.

Aber Köhnert wandte sich ab. „Dazu gibt es nichts zu berichten.“

„Vielleicht doch.“ Steinert spielte eine Trumpfkarte aus. „Ich habe beobachtet, wie Balzer niedergeprügelt wurde. Und wie der Täter durch den Aufzug nach oben hin abhaute."

„Und wer war es? Haben Sie einen Beweis dafür?" Köhnert blickte ihn finster an. „Sie sind nicht ganz richtig im Kopf."

„Ich bin nicht die Polizei, sondern Journalist."

„Warum haben Sie dann Balzer nicht geholfen, wenn Sie anwesend waren?" Köhnert schaute ihn mit einem breiten, schäbigen Grinsen von oben herab an. „Unterlassene Hilfeleistung ist strafbar."

„Das käme auf eine sogenannte Güterabwägung an. Liefere ich eine Täterbeschreibung, dann ..."

„Was wollen Sie denn beschreiben? Nachts ist es hier immer ziemlich düster."

„Ganz einfach. Der Täter hatte einen Kapuzenpulli an, der sah genauso aus wie Ihrer. Dann hatte er Ihre Statur ..."

„Meine Statur? Da täuscht man sich oft. So ein Kapuzenpulli macht alle gleich."

Dann schwieg Tobias Köhnert und schaute Paul Steinert herausfordernd an. Ohne ein weiteres Wort drehte er sich plötzlich um und verschwand durch die Einfahrt zur Rheinstraße. Steinert wollte noch hinterherrufen, er möge doch seine Schwester anrufen. Er unterließ es. Das war ihm dann doch zu albern. Er war nicht der Hüter fremder Häuser. Er hatte genug mit sich selbst zu tun.

„Interessantes Gespräch."

Steinert fuhr wie angestochen herum. Wahlberg trat aus dem Halbschatten heraus.

„Wo kommst du denn so plötzlich her?" Steinert stammelte. „Du warst doch zuvor noch beim LKA."

„Eigentlich beim BKA. Die haben auch Räumlichkeiten beim LKA bezogen."

„Und jetzt?"

„Ich nehme an, da du keine Verabredung mit Tobias Köhnert hattest – zumindest hörte sich das nicht so an – bist du vielleicht aus dem gleichen Grund wie ich hergekommen. Tatortanalyse."

„In der Tat."

„Und wenn ich das richtig gehört habe, bist du auch noch ein Tatzeuge."

„Ach weißt du, es ist alles so kompliziert und hängt mit so vielen anderen Dingen zusammen. Ich will es dir auch erklären."

„Auf Erklärungen warte ich schon lange." Steinert sah, wie Wahlbergs Gesicht rot anlief vor Ärger. Zum wiederholten Male. Nach einer kurzen Pause, in der Wahlberg tief Luft holte, fragte er dann: „Aber du hast was gesehen?"

„Ja, das hast du doch mitbekommen." Steinert fühlte in sich Panik aufsteigen. „Bitte, lass uns später darüber reden."

Aber Wahlberg blieb unerbittlich: „Du hast diese Prügelarie gesehen. Bist nicht eingeschritten." Er schaute ihn abschätzend an. „Naja, das kann ich schon verstehen. Bei deiner unsportlichen Figur hättest du bestimmt den Kürzeren gezogen."

Steinert nickte, dankbar für das Verständnis.

„Aber warum, zum Teufel, hast ihm dann nicht geholfen, als der Täter abgehauen war?"

„John, das ging nicht. In dem Moment kam ein heller Mercedes. Zwei Männer stiegen aus. Ich habe mich wieder platt auf den Boden gelegt ..."

„... und die haben dann Balzer eingeladen?"

„Nein, die schauten nur, was ich merkwürdig fand. Dann hauten die wieder ab. Ich bin geflüchtet. Ich hatte Panik – ich wollte damit nichts zu tun haben."

„Bist du dir sicher, dass dich keiner gesehen hat?"

„Weiß ich nicht. Wie kann ich da sicher sein. Ich will jetzt einfach nach Hause und einen klaren Gedanken fassen."

„Paul, pass auf dich auf. Mir scheint, du steckst tiefer drin, als du vielleicht selber ahnst. Öffne dich endlich, bevor es zu spät ist."

Wahlberg verspürte einen inneren Ruck, der durch seinen ehemaligen Mitarbeiter ging.

„Erinnerst du dich noch an Herbert Meinertz? Der bei den Interviews in der Lochner-Kanzlei dabei war." Steinert sah Wahlberg durchdringend an. „Die wir beide geführt haben ..."

„Ich weiß, was du meinst." Er dachte nach, schüttelte den Kopf: „Keine Idee. Kein Gesicht oder sonst was ..."

„So etwa Einsfünfundsiebzig, Bauchring." Steinert zeigte in einem Anflug von Selbstironie auf sich. „Ähnlich wie bei mir. Agierte mehr im Hintergrund."

„Und was ist mit dem?"

„Er ist hier bei der *PFDF* in Erscheinung getreten. Nein, nicht am Tatabend. Aufgetaucht ist er wie aus dem Nichts, sagte Julia Köhnert. Ich bin ihm bewusst aus den Füßen gegangen. Er weiß nicht, dass mir seine Funktion und vor allem seine Vergangenheit bekannt ist."

Wahlberg schaute ihn mit zusammengezogenen Augenbrauen an, mit Fragezeichen in den Augen. „Woher kennst du seine Vergangenheit? Welche Überraschungen hältst du noch parat?"

„Er ist nicht nur Parteimitglied bei der *PFDF* geworden, sondern war zwischenzeitlich auch noch die sogenannte rechte Hand von Balzer. Meinertz rückt jetzt auch noch für den Verblichenen in den Bundestag nach."

„Du meinst, damit wäre das *Edgar-Wallace-Syndrom* bewiesen?"

„Es ist ein nicht zu verachtendes Motiv."

Wahlberg schüttelte verwundert den Kopf. „Das wäre, wenn das wirklich zuträfe, hammerhart." Dann zog er seine Schultern hoch. „Aber ist eine solche Strategie bei diesem ausgebufften Rechtsanwalt überhaupt vorstellbar?" Er hielt kurz inne. „Gibt es eigentlich auch noch andere Interessenten für die Fleischtöpfe?"

Kapitel 17

Januar 2009

Ein politisch wichtiges Jahr. Jede Menge Wahlen. Julia pinnt den Jahreskalender des Deutschen Bundestags an die Wand. Hier sind die Parlamentstermine und Sitzungswochen für 2009 aufgeführt.

„Ein gutes neues Jahr wünscht Ihnen Paul Steinert. Sie erinnern sich. Wir hatten am Parteitag kurz die Gelegenheit ...“

„Ich weiß, Herr Steinert. Außerdem waren Sie – ich glaube – schon zweimal hier in unserer Geschäftsstelle. Aber da huschten Sie immer schnell an meiner Bürotür vorbei.“

„Ja, da hatte ich einen Gesprächstermin mit dem Abgeordneten Thomas Balzer. Das war im Herbst, kurz vor dem Parteitag.“

„Herr Balzer ist erst nächste Woche in Mainz. Dann aber auch bald wieder auf dem Weg nach Berlin.“

„Hören Sie, Frau Köhnert“ – Steinert lässt seine Stimme dringlich erklingen – „ich bin zwar als Journalist der Neutralität gegenüber Parteien und Personen verpflichtet, aber es gibt auch Bereiche, wo ich meiner eigenen Ethik folgen muss.“

„Wie soll ich Ihr Kauderwelsch verstehen, Herr Steinert?“ Ihre Stimme klingt belegt.

Steinert bleibt umständlich. „Ich habe gewisse Informationen ...“

Sie unterbricht ihn: „Was wollen Sie?“ Ihr Unmut steigert sich: „Wenn jetzt nicht gleich was kommt, was ich verstehe, ist es vorbei mit diesem Wortgezocke.“

„Seien Sie nicht gleich so angefressen.“ Steinert versucht es mit Schmeicheln. „Wenn Sie mir die Chance geben würden, ein wenig Helligkeit in ein diffuses Etwas zu bringen. Mehr kann ich Ihnen nicht am Telefon verraten.“ Das klang schon fast beschwörend.

„Herr Steinert“, Julias Stimme klingt erbost, „Sie reden um den heißen Brei herum. Ihr 'diffuses Etwas' ...“ Sie äfft Steinert nach.

„Also gut, ich sage jetzt zwei Namen und einen Begriff. Wenn es dann bei Ihnen klingelt, dann nennen Sie mir einen Ort und Zeitpunkt, o.k.?“

Sie schweigt, überlegt und entschließt sich zu einem „Ja“.

„Es sind die Namen Balzer und Meinertz, als Begriff Schwarze Sheriffs– also: wann und wo?“

„Moment mal. Nicht so hastig. Auf was beziehen Sie sich dabei?“

„Auf den Parteitag im letzten Herbst. Diese Schwarzen Sheriffs, daran erinnern Sie sich doch noch, oder?“

Sie schwankt zwischen Neugierde und Ablehnung. Die Sache mit dieser Sicherheitsfirma hängt ihr bis heute noch nach. „Gut, ich komme gleich zum Hauptbahnhof. Wir treffen uns am Servicepoint.“

Paul Steinert sah in seinem Trenchcoat aus wie ein Humphrey-Bogart-Verschnitt. Neben ihrer schlanken Gestalt und dem stolz erhobenen Kopf wirkte er noch kleiner als sonst. Auf dem Weg zum Stehcafé am anderen Ende der Eingangshalle versucht sie Steinert auszuholen.

„Das klingt ziemlich brisant, wenn Sie Meinertz und Balzer mit dem damaligen Saalschutz in Verbindung bringen.“

„Warten Sie einen Moment. Ich besorge uns Kaffee. Ein Stück Kuchen?“

Julia Köhnert lehnt den Kuchen dankend ab.

„Nun, Frau Köhnert ...“ Steinert stellt zwei volle Becher auf den Tisch und tippelt eilig wieder zurück, um seinen Kuchen zu holen.

„Also, über meine Seriosität müssen wir uns nicht unterhalten. Ich will auch nicht Ihre Partei – na sagen wir mal – in die Scheiße reiten.“

Er blickt sie abwartend über den Becherrand an. Sie nickt, sagt dann: „Was wollen Sie dann?“

„Ich stehe, wenn auch mit journalistischem Abstand, Ihnen und Ihrer Partei positiv gegenüber.“

„Mann, werden Sie deutlicher.“ Julia schaut demonstrativ auf ihre Armbanduhr.

„Das, Frau Köhnert, ist nicht leicht. Die Faktenlage ist noch dünn, aber es zeichnet sich eine Tendenz ab.“

Der Journalist beißt eine Ecke vom Kuchenstück ab. Er wendet sich wieder der Parteifunktionärin zu.

„Sie könnten mir aber helfen, die Faktenlage zu verdichten. Möglicherweise würde dadurch ein großer Skandal, der Ihre Partei den Einzug in den Bundestag kosten könnte, verhindert werden."

Julia Köhnert fährt sich erschrocken mit der Hand übers Gesicht. Sie schaut Steinert verwirrt an. „Wieso das …?"

„Gehen wir also mal in Medias Res. Auf dem Landesparteitag agierten diese Sicherheitsleute. Ich ging meinem Job als akkreditierter Journalist offen nach. Ich bewegte mich ziemlich uneingeschränkt."

„Ich konnte auch sehen, wie Sie mit Thomas Balzer, als er bei Meinertz und dem Sicherheitschef stand, ganz vertraut tuschelten."

„Richtig." Steinert stützt sich auf den runden Stehtisch auf. „Ich stand auch mal bei Ihnen. Mich haben Sie nicht bemerkt, weil Sie den Aufmarsch der schwarzen Garde mit Wut in den Augen beobachteten."

„Ich habe Sie bemerkt. Und ich war nicht nur wütend, sondern beinahe am Ausrasten. Wer hatte diesen Saalschutz eingefädelt. Ein Schlag ins Gesicht unserer Parteiprinzipien. Gegen Offenheit und Pluralismus." Julia empört sich noch im Nachhinein.

„Waren Sie eigentlich informiert? Wussten Sie, wer diese Sicherheitsfirma angeheuert hatte?"

„Nein, als Geschäftsstellenleiterin bin ich in der Sache völlig übergangen worden. Unsere Schatzmeisterin hat mich erst auf dem Parteitag – man staune – per Zuruf darüber informiert."

„Wissen Sie, ob Ihre Schatzmeisterin Unterlagen über diesen Truppeneinsatz hat?"

„Weiß ich nicht. Vielleicht kann ich etwas herausfinden." Sie mustert ihn kurz, fährt dann mit angehobener Stimme fort: „Aber erst wenn es mir schlüssig erscheint, was Sie vorhaben."

„Das werden Sie gleich sehen. Ich habe nämlich die Truppe fotografiert, und zwar einzeln. Im Fokus hatte ich die Namensschilder, was keiner merkte. Die habe ich erfolgreich über Google und Facebook recherchiert."

„Was meinen Sie mit erfolgreich?"

Steinert berichtet ganz stolz. „Über die Namen konnte ich die Firma rausfinden. Sie heißt WaSiKo, Wach- und Sicherheitsdienst Koblenz. *Ich habe ein paar gute Kontakte zum LKA. Meine Gewährsleute schätzen diese Firma als seriös ein."*

„Schön und gut. Wo ist jetzt das Problem für uns als Partei?"

„Ich habe diese WaSiKo-Firma *angerufen und mich als stellvertretender Geschäftsstellenleiter Ihrer Partei ausgegeben."*

„Was …!" Trotz ihrer Empörung musste sie kurz auflachen. „Was ist dabei rumgekommen?"

„Nun, ich bin erst ein paar Mal weiterverbunden worden. Offensichtlich gab es keine Unterlagen zu diesem Vorgang, eine Partei betreffend."

„Ach was …?"

„Dann habe ich heftig insistiert, den Parteivorsitzenden, den Bundestag vorgeschoben. Die waren auf einmal ganz irre. Dann habe ich das Datum und den Ort genannt, an dem der Einsatz erfolgt war."

„Und …?"

„Es gibt wirklich keinen Vorgang, der die PFDF *betrifft." Steinert schaut triumphierend auf Julia Köhnert. „Keinen Vorgang, keine Unterlagen, keine Kosten."*

„Verstehe ich Sie richtig? Sie wollen damit sagen, dass der Sicherheitsdienst nicht von der Partei geordert worden ist? Von wem dann?"

„Ich hab so meine Vermutungen."

„Dann gab es also auch keine sicherheits- oder schutzwürdige Situation?" Sie sieht ihn völlig perplex an. „Das mit den Neonazis war vorgeschoben?"

„Das genau ist richtig. Das Konzept, das hier angewandt wurde, hieß die Mitglieder verunsichern und ängstigen. Dazu dienten diese schwarzgekleideten Gestalten, ihr SS-mäßiges Auftreten – und alle waren eingeschüchtert."

Wut färbt ihre dunkelblauen Augen noch dunkler. Steinert sieht es und zieht sich ein wenig zurück.

„Sozusagen eine gewollte Destabilisierung der Verhältnisse, wodurch viele Mitglieder frustriert abzogen. Und Thomas konnte seine Wunschkandidaten durchbringen.“ Verbittert sah sie Steinert an. „Hat er sich das ausgeheckt?“

Steinert schüttelt den Kopf. Mit feiner Ironie sagt er: „Ich nehme an, er ist beraten worden.“

„Von wem?“

„Dafür habe ich noch keine feststehenden Beweise – nur wenn meine Ohren es richtig vernommen haben, dann nannte eine Stimme im Hintergrund, dass der besagte Truppeneinsatz von einem Privatmann gebucht wurde.“

Die junge Frau sieht Steinert nachdenklich an. „Wer kann Ihrer Meinung nach Beweise liefern?“

„Vielleicht Sie? Denken Sie doch nach. Die Sicherheitstruppe ist im Einsatz, Balzer und Meinertz waren informiert …“

Julia nickt stumm vor sich hin.

„… und ich soll jetzt mal für Sie spionieren – ich weiß nicht, ob das gut für mich ist.“ Wieder trafen sich ihre Blicke.

Steinert will jetzt den Kessel zum Dampfen bringen. „Was halten Sie eigentlich von Herbert Meinertz? Wie schätzen Sie ihn ein?“

Sie schaut ihn verblüfft an. „Haben Sie da einen Verdacht? Dass er vielleicht …?“

„Ich weiß noch nichts Genaues. Zuzutrauen ist es ihm.“

„Sie kennen ihn also.“ Das war eine Feststellung, der Steinert nicht widerspricht.

Kapitel 18

Donnerstag, 12. November 2009 – nachmittags

Wahlberg hatte das gestrige Überraschungsmoment ausgenutzt. Er hatte Steinert mit Drohung *von Oben* verpflichtet, Licht in das Dunkel um die Person Herbert Meinertz zu bringen. Jetzt saß Wahlberg in Steinerts fensterlosem Besprechungszimmer, während sein Ex-Kollege die Kaffeemaschine in Gang setzte.

„Hier sind wir fast abhörsicher, zumindest für Richtmikrofone von außen“, frotzelte Wahlberg und nahm einen ersten Schluck Kaffee.

Steinert wischte sich ein paar Schweißperlen von seinem massigen Schädel.

„Irgendwie willst du nicht mit deinem Wissen herausrücken. Gibt es besondere Gründe, Paul?“

Steinert wiegte schwerfällig seinen Kopf. „Eigentlich nicht. Man macht sich halt so Gedanken gegen Ende seines Berufslebens. Gründe gibt es keine, sagen wir mal, die rational erklärbar wären. Es ist auch nicht gegen dich gerichtet.“

„Und woran liegt es dann?“

„Wahrscheinlich an meiner eigenen Vergangenheit, sagen wir ehrlicherweise, an meiner Erfolglosigkeit.“

Wahlberg schaute ihn erstaunt aus. „Erfolglosigkeit? Dann wärst du bestimmt nicht beim MAGAZIN. Ich glaube, du übertreibst ziemlich.“

„Ja, was glaubst du denn. Ich hätte auch ganz gerne mal einen größeren Erfolg gehabt.“

„Du meinst, so wie ich“, spöttelte Wahlberg.

Steinert kramte in seinem Jackett nach Zigaretten. Er klopfte fahrig auf seine Taschen. Wahlberg lupfte die Packung unter einem Stapel von Papieren hervor.

„Nein – das Thema ist doch wohl unter uns beerdigt. Mit diesem Todesfall Balzer und der Verbindung zu Meinertz dachte ich halt ... Naja, ist dann doch nichts draus geworden."

Etwas resigniert schüttelte er eine Zigarette aus der Packung. Griff sich das Feuerzeug und zündete sie an.

„Aber geh bitte rüber ins Arbeitszimmer, wenn du unbedingt deine Lunge zufriedenstellen musst."

„Ich erzähl dir erst mal was von früher."

Er zog zweimal hastig hintereinander, dann drückte er die Zigarette aus. Er sammelte sich, sein Blickte richtete sich in die Ferne.

„In den Endsechzigern und Anfang der Siebziger standen wir alle voller Idealismus zum Teil auf der Straße, zum Teil in den Hörsälen. Wir demonstrierten gegen den Muff unter den Talaren. Dann standen mit Willy Brandt *mehr Demokratie* wagen und die Aussöhnung mit dem Osten auf der politischen Agenda." Er wandte sich Wahlberg zu. „Das war alles vor deiner Zeit."

Sein Gegenüber hörte ihm aufmerksam zu.

„Durch sich revolutionär gebende Studenten, die sich mit dem kleinbürgerlichen Alltag konfrontiert sahen, der von ihnen vehement abgelehnt wurde, kam es zu heftigen Attacken von speziellen Minderheiten, die zum *Revolutionären Kampf* aufgerufen hatten."

„Das ging ja auch noch bis in meine Zeit", warf Wahlberg ein. „Die *Bleierne Zeit* fiel bekanntlich in die Endsiebziger."

Steinert nickte zustimmend.

„In Heidelberg war Anfang der Siebziger der Teufel los. Der Staat war in Gefahr, weil die US-Army von einem Kommando der *Roten Zelle*n, oder war es die *RAF*, weiß ich nicht mehr, überfallen worden war. Zwei US-Soldaten gingen dabei drauf. Der Staat wollte handlungsfähig bleiben und setzte auf zwei unterschiedliche Strategien. Zum einen *staatliche Gewalt*, die wieder Gegengewalt provozierte. Zum anderen setzte er verstärkt auf Unterwanderung der *revolutionären Szen*e. Es gab keine politische Gruppierung oder linksstehende Partei, die nicht vom Verfassungsschutz infiltriert war. Es gab einige spektakuläre Geschehnisse ..."

Steinert versank kurz in Gedanken, schenkte sich Kaffee nach. „Auch ich wurde Teil eines Unterstützerkollektivs für die später einsitzenden *RAF-Genossen*. Dazu gründeten wir eine Studentenzeitung, die wir *Roter Funke* nannten. Die Redaktion übernahm ich. Das machte ich nicht uneigennützig. Ich wollte die studentisch-revolutionäre Szenerie weiter beobachten und darüber berichten. Dafür war dieses Blättchen ein guter Ausgangspunkt."

Wahlberg unterbrach ihn: „Du denkst daran, dich auch noch an den besagten Herbert Meinertz zu erinnern?"

Steinert schwieg irritiert, hob den Blick, als sei er gerade aus einem kurzen Traum erwacht. „Sicher. Sicherlich. Ich wollte es nur verständlich machen, aus welchen Gründen ... aber das gehört alles dazu."

„O.K., o.k. – mach einfach weiter. Ich lausche."

„Also gut." Steinert sammelte sich wieder. „Ein langhaariger *Genosse*, so 20 bis 22 Jahre alt, kam aus dem Nichts. Er war auf einmal da und erregte eine breite Aufmerksamkeit. Studierte an der juristischen Fakultät und wurde dem Umfeld der *Roten Zellen* zugerechnet. Sein Name war Herbert Meinertz".

Er blickte Wahlberg bedeutungsvoll an. Der zeigte keine Reaktion. Er fuhr fort. „Rhetorisch hervorragend. Man konnte schon meinen, er hätte eine Ausbildung als Redner genossen. Mit seinem sächselnden Dialekt trieb er die Studenten immer wieder an, dem *kapitalistischen und imperialistischen Treiben der USA ein Ende zu bereiten*, das war der Jargon damals."

„Er sächselte? Das heißt er kam von drüben?"

„Ja, das hat er immer zum Besten gegeben. Er sei geflüchtet, weil er nicht zur NVA wollte, dann die Unfreiheit des Geistes in der DDR. Jetzt bekäme er Unterstützung durch einen freiheitlichen Staat." Steinert überlegte kurz und murmelte: „Eigentlich hätte er hier zur Bundeswehr gemusst ..."

„Mensch, Paul. Da hattet ihr euch aber mit einem mächtigen

Gegner angelegt? Die USA – das war doch Staatsdoktrin – die waren Teil der freiheitlich-demokratischen Grundordnung, wie ich mich noch erinnern kann. Und wer die öffentlich schmähte, der stand doch im Verdacht, ebenfalls gegen diese FDGO zu sein."

„John, diese Verhältnisse wurden doch ständig in hitzigen Diskussionen *entlarvt*. Mit dem Begriff der freiheitlich-demokratischen Grundordnung – oder *Grunzordnung*, wie es ein Politclown mal definierte – wurde Schindluder getrieben. Jeder Kriegsdienstverweigerer wurde darauf eingeschworen. Aber das ist eigentlich ein anderes Blatt."

„Du wolltest mir über Meinertz einiges erzählen."

„Richtig. Im *Roten Funken* bearbeitete ich vor allem die Kolumne. Da stellte ich die Frage: Wer ist Herbert Meinertz? Mein Interesse war deshalb geweckt worden, weil es erst so aussah, als wenn ein reiches Bürgersöhnchen mal seine revolutionären Attitüden ausleben wollte."

„Gib zu, du warst neidisch ..."

Um Steinerts Mund spielte ein kleines Lächeln. „Äußerlich fiel Meinertz nicht weiter auf: lange Haare, anti-bürgerlicher Habitus, wie schon erwähnt, revolutionäre Rhetorik, um sich innerhalb der *anti-imperialistischen* und *anti-kapitalistischen* Gruppierungen zu etablieren. Er hatte einen ausgesprochenen Geltungstrieb. Viele sogenannte Freunde unter den Studenten und besonders unter den Studentinnen. Roter Sportwagen, dann große Weingelage im *Weinloch* in der Heidelberger Altstadt. Einige Studenten fragten sich da schon, wo kommt das alles her?"

Wahlberg wurde ein wenig unruhig. „Was also hast du herausgefunden?"

„Es gab keine Familie Meinertz in Westdeutschland."

„Damals beim Interview in der Anwaltskanzlei Lochner, da bist du auf Meinertz aufmerksam geworden. Wodurch hattest du ihn erkannt. Das ist ja über dreißig Jahre her ...".

„Eigentlich nur durch seine Stimme, obwohl mich die äußere

Erscheinung schon stutzig machte. Als er was nachfragen musste. Das war seine Stimme, sein sächselnder Akzent. So etwas bleibt."

„Aber das alles reicht doch nicht für einen Verdacht gegen Meinertz aus", warf Wahlberg ein.

„Noch ein kleiner Ausblick in die Vergangenheit klärt es vielleicht. Denn, ganz schnell nach meinem Artikel war der Herbert Meinertz wie vom Erdboden verschwunden. Und ebenso kurios erschien es mir, dass auch ein gewisser" – und hier hob Steinert in einer dramatisch anmutenden Geste den rechten Arm – „ein Kurt Lochner ebenfalls Heidelberg verließ."

Wahlberg staunte, was Steinert mit einem breiten Lächeln quittierte.

„Wie du dich erinnerst, beim Interview hast du besagten Kurt Lochner, gemeinsam mit seinen Bruder, befragt. Anwesend war auch Herbert Meinertz."

„Also kannten sich Meinertz und Lochner schon in Heidelberg."

„Genau. Aber der Lochner von damals war ein stiller Mitläufer, nicht zu vergleichen mit dem heutigen Lobbyisten."

„Und warum tauchte der Meinertz so plötzlich ab?"

„Nicht nur ich, auch viele andere dachten, dass er ein Spitzel des Verfassungsschutzes war. Da wies alles darauf hin: aus der DDR, keine müde Mark auf der Naht. Dann Studienplatz, keine Bundeswehr – und vor allem ausreichend Geld, um Einfluss zu gewinnen. Dann, als meine entscheidende Frage kam, war er verschwunden. Den stillen Kurt Lochner hat übrigens sein Vater Aloys nach Bonn verfrachtet. Das hatte ich noch recherchiert."

„Also müsste jetzt auch noch damit zu rechnen sein, dass bei Meinertz noch einer mithört oder sogar mit steuert."

„Als ich Meinertz damals wiedererkannt hatte, ließ ich keine Quelle aus. Er war seit etwa Anfang der 2000er bei der Staatsanwaltschaft Moabit, Abteilung Korruptionsverbrechen. Dann plötzlich bei Lochner & Lochner."

„In der Tat. Das lässt tief blicken. Unwissentlich hat man wohl

den Bock zu Gärtner gemacht."
„Ich denke eher wissentlich." Steinert nickte grimmig. „Und ich sag dir, mit helfenden Händen."
„Haben die Schlapphüte die Lobbyisten im Visier ...".
„Oder die *PFDF* – vergiss nicht, dass Meinertz dort ziemlich oben steht."
„Du meinst, da sind auch helfende Hände am Werk gewesen?"

Kapitel 19

Freitag, 13. November 2009 – vormittags

Freitagmorgen. Es war früh, keine sieben Uhr. Wahlberg lag noch im Bett. Bereits drei Tage, lief er mit einem Haufen ungeordneter Informationen herum. Zwar wollte er gleich aufstehen, aber er schob nur seinen Oberkörper hoch, um sich ein wenig aufzurichten, um seinen Kopf auf das hölzerne Bettende abzulegen. Er dachte nach. Zwei Gedankenstränge liefen ihm durch den Kopf. Paul Steinerts Andeutungen auf Korruption. Dann diese merkwürdigen Begleitumstände zu Balzers Todesursache. War es Mord war oder eine Art Versehen, das zum Tode führte. Hier Klartext zu haben würde das mögliche Motiv erklären. Und damit genauere Rückschlüsse auf den Täterkreis zulassen. Es mussten mehrere Täter sein. Das Auto, das Paul Steinert damals gesehen hatte ...

Mit einem Ruck stand er auf. In der Pantryküche stellte er Teewasser auf und hing das mit *Ostfriesisch Broken* gefüllte Teeei in die Glaskanne. Dann verschwand er in der Dusche unter einem warmen Regenschauer. Wahlberg spekulierte auf das Treffen mit Julia. Er erhoffte nähere Informationen von ihr. Als Funktionsträgerin der *PFDF* musste sie mehr wissen. Über Personen, politischem Einfluss – und die Rolle ihres Bruders.

Während er sich abtrocknete, schenkte er sich eine Tasse ein. Er stellte sich mit der Tasse ans Fenster und beobachtete einen Spatz, der in dem ungepflegten Hinterhof umherflog. Der Vogel setzte sich schließlich auf einen der dürren, schon blätterlosen Äste eines ebenso dürren Baums und äugte zum Fenster hinüber. Der Spatz galt für ihn seit seiner Kindheit als mythischer Geselle, der sich frech und furchtlos, trotz geringer Größe, durchzusetzen wusste.

Als Jugendlicher, inspiriert von Karl Mays Old Shatterhand und Winnetou, schmeckte er häufig sein Indianerblut, wie er es nannte. Er beobachtete Tiere, insbesondere Vögel, um in seinen Phantasiewelten mit ihnen zu kämpfen oder unverbrüchliche Freundschaften zu schließen. Die Nase oft in verwunschene Grassteppen versenkt, ab und zu über die hohen Gräser gelinst, robbte er vorwärts, um den imaginären Feind auszuspähen. Das unbekannte Gelände, das er erkundete, war nichts anderes, als die weitflächige Wiese des Bauern Kurth, die sich damals hinter seinem Elternhaus in der Nähe von Lübeck ausbreitete. Als er vor Jahren diese seine Welt noch einmal erleben wollte, musste er feststellen, dass alles zugebaut war.

Jetzt spürte er wieder Indianerblut in sich pochen. Es reizte ihn, diesen Hinterhof näher zu inspizieren. Vielleicht war das mal nützlich, vor allem, wenn er an diesen ominösen nächtlichen Schatten dachte. Vielleicht bräuchte er mal einen Fluchtweg. Im Keller öffnete er die metallene Außentür und stand vor einem mit Ziegeln gemauerten Ausgang. Neun ausgetretenen Stufen führten in Augenhöhe in die zugewachsene Hoffläche. Zwar war schon Tageslicht, aber durch den grau verhangenen Himmel blieb die Stimmung im Hof nebelig trist. Der Spatz war verschwunden. Das karge Ambiente schien noch nicht einmal den kleinen, grauen Aufdringling zu erfreuen.

Wahlberg schritt gemächlich die Stufen hoch und nahm Kurs auf die hinter den Büschen eingelassene Holzpforte. Zeit und Wetter hatten ihr den einstmals grünen Anstrich geraubt. Einige Sträucher, an den Ästen noch spärliche Reste an herbstlich getöntem Laub, verdeckten die abblätternde Farbe. Ein verrosteter Riegel hielt die Tür am Mauerwerk. Wahlbergs Bemühungen, die Tür mit der Hand zu öffnen, blieben zunächst fruchtlos. Er nahm einen der herumliegenden Bruchsteine auf und schlug auf den kurzen Metallknopf, mit dem der Riegel vor- und zurückgeschoben werden konnte. Langsam lockerte er sich, bis er seinen Widerstand ganz aufgab und die Tür wie von selbst quietschend herumschwang. Jenseits der Tür erblickte er einen ähnlich ungepflegten Garten, ein ähnlich großes Areal wie das, aus dem er kam.

Wahlberg schaute nach links. Am Ende der Gartenmauer entdeckte er einen gemauerten Auslass, der oben mit einem Rundbogen abschloss. Der Journalist schaute sich um. Keine neugierigen Augen.Er durchquerte rasch den Nachbarsgarten und spähte um die Ecke des Auslasses. Aus einem schmalen Gang drangen Verkehrsgeräusche und Gesprächsfetzen. Nach einigen Schritten stand er in der Augustinerstraße, etwa zehn Meter von der Augustinerkirche entfernt. Wahlberg ging zurück. Er beschloss die Türangeln und den Riegel zu schmieren.

Als Wahlberg die Treppe zur Wohnung erklimmen wollte, ertönte ein nerviges Schnarren über der Haustür. Der Klang war ihm fremd. Er drehte sich auf dem Treppenansatz um. Durch die Milchglasscheibe der Haustür sah er den verschwommenen Umriss eines Menschen. Vorsichtig fragte er nach dem Begehr.

„Herr Wahlberg“, ertönte ein warmer Mezzosopran, „seien Sie nicht so ängstlich. Hier ist Julia Köhnert.“

Da stand sie in einem taillenbetonenden hellen Trenchcoat vor der Tür. Der lässig hochgestellte Kragen umrahmte ihr dunkelblondes Haar. Von ihrer linken Schulter hing quer über die Brust, gehalten von einem breiten Lederriemen, eine dunkelbraune Ledertasche. Sie stützte sich mit ihrer rechten Hand auf dem oberen Teil der Tasche ab. Die dunkelblauen Augen blickten ihn herausfordernd an. Um ihre feingeschnittenen Lippen lag ein Lächeln, als freue sie sich diebisch, ihn überrascht zu haben.

„Ich habe mir gedacht, da wir uns sowieso für elf Uhr zu einem Treffen verabredet hatten. Nun, da konnte ich doch gleich vorbeikommen, nicht wahr?“ Es klang keck aus ihrem Munde.

„Woher wussten Sie, wo ich wohne. Von Paul Steinert?“

Sie lächelte maliziös. „Nun, ich habe so meine Quellen.“

Entweder Paul oder sie hat mich beobachtet, überlegte er. Wie auch immer, mal sehen, was das wird.

„Und jetzt bitten Sie mich herein, damit nicht alles zwischen Tür und Angel abläuft."

Das klang nach einer massiven Aufforderung, wenn auch durch ein kokettes Augenzwinkern gemildert.

Er öffnete die Tür weit, trat übertrieben ehrerbietig, mit einer angedeuteten Verbeugung, zurück und folgte ihr über die knarrenden Stufen nach oben.

Sie warf in jeden Raum einen kurzen Blick, bevor sie sich im kombinierten Wohn- und Arbeitszimmer einen Platz aussuchte. Einen angebotenen Kaffee lehnte sie ab mit dem Hinweis, dass sie ja gemeinsam in der Backstube etwas frühstücken wollten. Er nickte zum Einverständnis.

Sie setzte sich, während Wahlberg sie erwartungsvoll anblickte. „Wollen Sie nicht wenigstens Ihren Mantel, äh ..., ablegen?" *Ausziehen* hatte ihm auf den Lippen gelegen. Er musste vorsichtig sein mit seinen *Freud'schen Fehlleistungen*.

„Ja, gut." Sie zögerte, stand auf und legte den Trenchcoat über einen Stuhl. Sie nestelte ein wenig an ihrem großzügig ausgeschnittenen, zur Farbe der Augen passenden Pullover, als sie sich setzte. Unwillkürlich drängte sich ein Vergleich mit Susann Hespers' graziöser, schlanker Figur auf.

„Nun – ich will gleich unnützen Smalltalk vermeiden." Julia Köhnert unterbrach seine frivolen Gedankengänge. „Meinen Bruder Tobias haben Sie gestern im Parteibüro kennen gelernt. Sie haben gleich versucht, ihn ein wenig auszuquetschen."

Wahlberg schlug einen Plauderton an. „Das ist so eine Unart von Journalisten. Aber leider kam mir der Meyers vom BKA dazwischen."

„Ja, das BKA hat unser Büro ziemlich umgekrempelt. Die Beamten haben noch nicht einmal gesagt, um was es geht. Sie haben uns nur den Wisch, der ihnen die Durchsuchung erlaubte, vor Augen gehalten."

„Frau Köhnert, sagen Sie mir doch erst einmal, warum Sie mir die Telefonnummer Ihres Handys aufgeschrieben haben? Aus dem gestrigen Telefonat ging das nicht klar hervor.“ Wahlberg zog die Augenbrauen so hoch, das die Falten auf seiner Stirn fast bis zu seinem schütteren Haaransatz hinaufwuchsen.

„Sie wissen, wie die Presse über unsere Partei schreibt. – Wenn sie schreibt ...“

„Wie schreibt sie denn, die Presse?“

„Sie wollen mich provozieren, Herr Wahlberg? Sie wissen doch, wie sie schreibt.“ Sie lehnte sich ein wenig zurück. Zwei senkrechte Falten über ihrer Nasenwurzel bildeten zwei tiefe Kerben.

Er beschwichtigte sie. „Ich will Sie nicht provozieren, aber irgendwie habe ich das Gefühl, dass wir um den heißen Brei herumreden. Ich vermute, Sie wollten mit mir über Thomas Balzer sprechen, oder über bestimmte Entwicklungen in Ihrer Partei, oder“ – er verzögerte absichtsvoll – „gibt es etwas, was ich über Ihren Bruder wissen sollte? – Das wäre eventuell auch ein spannendes Thema.“

Sie beobachtete ihn irritiert, dann stand sie auf. Sie bewegte sich ein paar Schritte auf und ab, als müsste sie ihre Konzentration neu aufbauen.

Wieso wäre mein Bruder ein spannendes Thema?“

Wahlberg wägte seine Worte vorsichtig ab. „Ihren Bruder Tobias habe ich gestern – als ich von Meyers vom BKA kam – mit Paul Steinert gesehen.“

Als er Tobias‘ Namen erwähnte, zuckte sie kurz zurück, dann überdeckte matter Glanz ihre vormals strahlenden dunkelblauen Augen. Tiefgründige Seen wurden zu flachen, graublauen Gewässern. Aber plötzlich richtete sie sich auf, so als hätte man sie angestoßen.

„Ach, da waren Sie. Was hat dieser schreckliche eiskalte Meyers gesagt? Gibt es Neuigkeiten zum Tathergang?“

„Es ist jetzt kein Geheimnis mehr, wird morgen auch in der Zeitung stehen: Es gibt zwei Tatorte, aber keiner lässt sich so richtig dem Mord zuordnen.“

„Wie soll ich das verstehen?“

„Nun, in etwa so: Erst ist er heftig verprügelt, dann wegschafft und in einer Bushaltestelle gefunden worden. Alles im Umkreis der *Rheingoldhalle*."

Sie räusperte sich vorsichtig. Leise fragte sie: „Sagt Ihnen eigentlich der Name Meinertz, Herbert mit Vorname, Beruf Rechtsanwalt, etwas?"

Verdutzt blickte der Journalist von seiner Kaffeetasse hoch. „Paul hat mir gestern eine ähnliche Frage gestellt."

„Könnte er es gewesen sein?"

„Was? Sie meinen, dass er den Tod von Balzer verursacht hat, oder dass er der Mörder ist? Wie kommen Sie darauf?"

„Nun, wenn man es genau überlegt ... Er hat schließlich einen Vorteil, wie es jetzt aussieht. Er wird für Thomas in den Bundestag nachrücken."

Wahlberg wiegte den Kopf hin und her. „Ist mir bekannt, aber ich glaube es nicht. Das wäre doch zu offensichtlich. Er soll doch ein ausgefuchster Rechtsanwalt sein." Er rührt nachdenklich in seinem Kaffee herum. „Ich würde ihn kennen, meint Paul. Ich kann mich nur nicht an ihn erinnern. Vielleicht verdränge ich da was."

Sie schaute ihn skeptisch an. „Weil er so ein ausgefuchster Rechtanwalt ist?"

„Hm", er hielt inne, „das muss ich mir mal durch den Kopf gehen lassen."

Aber Julia war schon auf einem anderen Trip. „Hat das BKA noch etwas zum Tod von Thomas oder zum Tathergang erzählt?"

Aha, dachte Wahlberg. Sie will wissen, ob ich etwas Bestimmtes weiß. Sie hat Angst um ihren Bruder. Warum?

Julia Köhnert drängte. „Hat das BKA noch was gesagt?"

Er schüttelte den Kopf und sagte ausweichend. „Mehr war von der Polizei nicht zu erfahren." Eine mögliche Kooperation mit Meyers verschwieg er wohlweislich.

Trotz der unbefriedigenden Antwort lag eine gewisse Erleichterung in ihren dunkelblauen Augen. Er registrierte ein innerliches

Aufatmen. Sie muss schon ziemlich unter Stress stehen, wenn sie bei dieser Auskunft Erleichterung verspürt. Hält sie ihren Bruder für einen Mörder?

„Welche Rolle spielen Sie in dieser ganzen Angelegenheit? Ihr Bruder wollte mir partout keine Auskünfte geben."

„Keine. Bis vor einem halben Jahr war ich Geschäftsführerin in der Landesgeschäftsstelle. Ich trat aus persönlichen Gründen von meinem Job zurück. Jetzt bin ich wieder an Bord."

„Warum?"

„Erst waren es persönliche Gründe. Jetzt erfordert es die politische Sachlage unserer Partei."

„Hatten die *persönlichen Gründe* mit dem Vorsitzenden Balzer zu tun?"

Julias Wangen überzog eine leichte Röte. „Was geht Sie das an", fragte sie schnippisch.

„Man spricht auch von Korruptionsverdacht." Wahlberg wagte einen Schuss ins Blaue.

Als sich Julia empört und mit offenem Mund aufrichtete, legte Wahlberg nach: „Hat nichts mit Ihnen zu tun." Er fasste sie genauer ins Auge, als er fragte: „Könnte Ihr Bruder etwas in dieser Richtung vermuten?"

„Wie kommen Sie darauf und wer erzählt das?"

„Journalisten schützen ihre Quellen, Frau Köhnert." Er sah sie ernst an. „Ihr Bruder soll neulich heftig auf Balzer reagiert haben. Ihm ist dieser Korruptionsverdacht bekannt, nicht wahr?"

Julia Köhnert schwieg und starrte die in Birke furnierte Tischplatte an.

„Sie müssen meine Nachfragen verstehen. Es ist eine hochpolitische Situation. Dazu gehören auch Sie und Ihr persönliches Umfeld."

„Aber ich habe mit dem Tod von Thomas nichts zu tun."

„Aber vielleicht Ihr Bruder?"

Der aufkommende Schrecken verwandelte ihr Gesicht in eine aschfahle Maske. Wahlberg hatte Mitleid mit ihr.

„Lassen Sie uns rausgehen. Es ist gleich Mittagszeit. Zu spät für Frühstück." Er lächelte sie an.

Julia wirkte erleichtert. Noch während sie ihren Trenchcoat überzog, verließ sie fast fluchtartig Wahlbergs Appartement. Unten an der Eingangstür wartete sie auf ihn.

Kapitel 20

September 2008

Eine tiefstehende Abendsonne übermalt an diesem Frühherbsttag im September mit mattem Rotgold die markanten Gebäude entlang der Spree. Herbert Meinertz ist auf dem Weg vom Berliner Bahnhof Friedrichstraße zum nur wenige Minuten entfernten Hotel Artist Riverside *am gegenüberliegenden Spreeufer. Von seinem Hotelfenster aus hat er einen Blick auf die im leichten Wind wehenden Fahnen auf den Ecktürmen des Reichstagsgebäudes.*

Er beobachtet eine Vielzahl von vorbeiziehenden weißen Touristenschiffen. Im Osten reflektiert die Kugel des Fernsehturms am Alexanderplatz die dicht einfallenden Sonnenstrahlen. Meinertz liebt diese Großstadt, in der er über sechs Jahre gewohnt hat.

Wenn er morgen in die Residenz der Anwälte Lochner & Lochner fährt, wird er vom erfolgreich verlaufenen Parteitag berichten können. Mit der Gerichtsbarkeit in der Landespartei hatte er Einblicke in das Leben eines Abgeordneten gewinnen können. Das übertraf völlig seine bisherigen Vorstellungen. Das öffentliche Rampenlicht, der Machtapparat, Büro und Mitarbeiter. Da zeichnete sich eine Möglichkeit ab, wie den weitverzweigten Polypenarmen der so bedächtig und bieder wirkenden Lochner-Brüder zu entkommen wäre. Sie durften nicht unterschätzt werden. Die raffinierten Brüder hatten ihn dazu gebracht, dass er einige ihrer haarigen Aufträge ausführte. Er hat sich in ihre Hände begeben, war Teil von ihrem Imperium. Als er damals Kurt Lochner am Hackeschen Markt traf, hatte er sich das noch anders vorgestellt. Jetzt hofft er auf die neue Chance, um ihren Fängen zu entkommen.

Der Rechtsanwalt erhebt sich vom Frühstückstisch, nimmt seine dunkelbraune Schweinsledermappe von der Garderobe auf und verschwindet in Richtung Bahnhof Friedrichstraße. Im Tiefgeschoss steigt er in die S 2 *und erreicht den Potsdamer Platz in wenigen Minuten. Im zehnten Stock der Lochner-Residenz wird er schon erwartet.*

Kurt Lochner bittet an den Konferenztisch und platziert sich an die Längsseite, die Fensterreihe im Rücken.

„Herr Meinertz, was bringen Sie uns Neues?"

Meinertz sitzt den beiden Brüdern gegenüber. Er gibt sich bescheiden. Nichts wäre tödlicher, als sich in diesen heiligen Hallen aufgeräumt zu zeigen.

„Nun, Sie haben mich hierher bestellt, um zu hören, ob Ihr Invest politische Früchte trägt. Verbunden damit, welchen Stellenwert ich in dieser Partei bisher erreichen konnte. Ich denke, das ist Ihr Anliegen." Meinertz spielt den Ball sacht, aber präzise zurück ins Spielfeld der beiden Lochners.

„Sehr richtig." Der ältere Lochner äußert sich knapp.

Der jüngere beugt sich etwas vor, was Meinertz als Anzeichen einer kleinen Anspannung deutet. Er kaut Kaugummi, stellt er verwundert fest. Nervosität? Meinertz versteht sich auf Äußerungen der menschlichen Körpersprache.

„Wenn Sie nichts dagegen haben, würde ich gerne erst einmal Ihr finanzielles Engagement hervorheben." Meinertz wählt mit Bedacht seine Worte. „Dadurch ist es mir möglich geworden, eine erfolgreiche Strategie aufzubauen, damit der Parteitag, also die ganzen Wahlvorgänge, ein Ergebnis in unsere Richtung bekommen konnte."

Bevor Kurt etwas sagen kann, schaltet sich Heinz ein: „Sie haben doch auch einen schriftlichen Bericht dazu erstellt, wenn ich mich nicht täusche?"

Meinertz klopft bestätigend auf seine dunkelbraune Mappe.

„Na, dann beschränken Sie sich bitte auf das Wesentliche. Unsere Zeit ist, wie immer, knapp."

Meinertz nickt zustimmend. Er holt mit einem kleinen entschuldigenden Lächeln einen Spickzettel aus seiner Ledermappe und bittet um Aufmerksamkeit. „Also, wenn Sie jetzt gestatten ..."

Die Gebrüder Lochner nicken zustimmend.

„Ich konnte Balzer davon überzeugen, einen mentalen Rahmen zu schaffen, der auf die Parteimitglieder nachdrücklich einwirken würde."

„Einen Moment." Kurt Lochner runzelt die Stirn. „Bleiben Sie bitte bei einem normalen Deutsch. Mentaler Rahmen?"

„Damit meine ich eine Art geistige, eine psychologisch auf die Mitglieder einwirkende Atmosphäre ..."

Der jüngere Lochner unterbricht. „Wie mein Bruder schon sagte. Reden Sie nicht so gedrechselt. Kurz ausgedrückt: Er wollte einen bestimmten Druck aufbauen, um Leute einzuschüchtern oder zumindest zu beeindrucken. Stimmt das?"

„Ja, so könnte man es auch formulieren. Eigentlich war es ganz leicht, Balzer davon zu überzeugen, dass eine uniformierte Sicherheitsfirma diesen – ich sag mal – Überzeugungsdruck herstellen könnte. Das passt in seine autoritären Denkstrukturen."

„Welche Begründung hatten Sie sich ausgedacht?"

„Wir hatten zwei Begründungen. Die offizielle war, das heißt für den Sicherheitsdienst, dass einige oppositionelle Mitglieder Randale machen wollten. Ein hohes Störpotenzial wurde unterstellt, was den Ablauf des Parteitags bedroht hätte."

„Mich erinnert das irgendwie an den Begriff Schutzstaffel. Schon mal was davon gehört?" Kurt Lochner lacht leise. „Und die Mitglieder haben das so ohne weiteres hingenommen", fragt Heinz Lochner.

„Für die inoffizielle Seite, das heißt für die Mitglieder hieß es, dass Neonazis den Parteitag stürmen könnten. Das war natürlich Tinnef, weil das Polizeisache ist. Die Ordnungshüter hätte man dann rufen müssen."

„Aber die Mitglieder haben das geglaubt? Da sind doch intelligente Leute dabei." Heinz schüttelt erstaunt den Kopf. „Da sind doch einige sogar im Bundestag."

„Nein, die meisten Mitglieder waren empört. Draußen vor der Eingangstür standen mehrere Pulks von aufgebrachten Leuten. Die riefen Balzer-SS oder Weg mit den Schwarzen Sheriffs.

Die Schutztruppe musste schon einige Anfeindungen aushalten."

„Wie viele dieser Personenschützer waren dann engagiert worden?" Der Ältere der Brüder grinst vor sich hin, als hätte er einen umwerfenden Scherz zum Besten gegeben.

„Es waren fünf Männer und zwei Frauen. Ganz in schwarz gewandet, mit einem schwarzen Barett. Richtig kantige Gesichter. Sie sahen aus wie von einem Panzerspähtrupp abkommandiert."

„Hatte das Szenario dann auch den gewünschten Effekt?"

„Nun, die Mitglieder mussten sich eintragen, erhielten ihre Unterlagen. Daneben standen dann jeweils diese martialischen Gestalten. Ich bin davon überzeugt, dass genau diese Schutztruppe die für uns psychologisch notwendige Situation, diesen Druck, wie Sie vorhin sagten, herbeigeführt hat."

„Das kann ich mir vorstellen. Wenn man Angst erzeugen kann, dann geht es leicht, Menschen zu manipulieren." Heinz Lochner nickt zustimmend.

„Ja", lässt sich auch Kurt Lochner vernehmen. „Angst essen Seele auf. War mal so ein Film in den 1970er Jahren. Ich glaube Fassbinder. Aber ich habe bis heute noch nicht begriffen, was die Brigitte Mira an dem großen Schwarzen gefunden hatte ... naja, ist auch egal."

„Die Empörung schlug schon hohe Wellen. Sämtliche Medien waren da. Einige versuchten sich zu produzieren, versuchten den Balzer als Undemokraten *madig zu machen. Andere versuchten zu deeskalieren. Der lauteste Geiferer war der Bruder der Landesgeschäftsführerin, während sie sich eher ruhig verhielt. Vielleicht weil sie mal mit Balzer zusammen war."*

„Was heißt zusammen war? Ich dachte Balzer ist verheiratet."

„Kurt, sei nicht so borniert."

Meinertz hält inne, entschuldigt sich kurz und sucht in der Mappe nach einem Gegenstand. Er legt ein Bild auf den Konferenztisch.

„Dies ist Balzer", stellen die beiden Brüder unisono fest und tippen mit dem Finger auf den männlichen Part der beiden Personen.

„Und das ist Julia Köhnert", erklärt Meinertz.

„Mit der hübschen Frau war der Balzer zusammen?" Heinz schob seine schmale Gestalt nach vorne. Er mustert die Frau ausgiebig.

„Als seine Geliebte?" Der behäbige Kurt lässt nicht locker.

„Du bist wohl nicht von dieser Welt", scherzt sein Bruder. „Jeder Prominente, der was auf sich hält, hält sich eine kleine Dame, die ihm die Umstände erleichtern hilft, die durch die lange Abwesenheit von der Familie eintreten." Heinzens Stimme trieft mal wieder vor Sarkasmus.

Kurt schaut Heinz skeptisch an. „Glaubst du, dass wir mit einer solchen Gurkentruppe in unserem Sinne arbeiten können?"

„Hör mal, wir planen längerfristig. Denk an die GRÜNEN, *die waren ein Chaoshaufen und jetzt machen sie es mit den Schwarzen. Ist noch alles drin – und vielleicht haben wir's sogar selber in der Hand." Kurt Lochner deutet mit einer lässigen Handbewegung auf Meinertz.*

„Wie ist es dann weitergegangen oder ausgegangen?"

„Ich glaube, die Anwesenden – egal ob Balzers Gefolgsleute oder die anderen, diese zersplitterte Opposition, waren beeindruckt. Der Landesvorsitzende ließ mit der schwarzen Schutztruppe seine Muskeln spielen. Dieses Gefühl setzte sich durch den gesamten Ablauf fort."

Die Brüder sahen sich an. „Dann scheint er doch eher ein leichtes Spiel gehabt zu haben?"

„Nicht ganz. Bei der Besetzung des Tagungspräsidiums gab's noch ziemlich Zoff. Da stürzten sich die Medienleute drauf. Fernsehkameras, Fotoshooting, Interviews – alles dabei gewesen. Aber" – Meinertz hält inne – „als dann die Besetzung des Tagungspräsidiums mehrheitlich für Balzers Vorschlag stimmte, war die Luft raus. Ein großer Teil der oppositionellen Gruppen ging raus und kam nicht mehr wieder. Balzer hatte mich dann als Vorsitzenden vorgeschlagen. Das war's im Prinzip."

„Sie wollen damit sagen, der Rest war ein Kinderspiel? Balzer räumte sozusagen den Parteitag ab. Alle Achtung." Kurt Lochner nickt wohlwollend.

Sein Bruder Heinz will es genauer wissen. „Er ist also wieder gewählt worden, seine ganze Mannschaft bestätigt?"

„Genauso ist es."

„Und was war mit Ihnen?"

Herbert Meinertz ziert sich ein wenig und bewegt sich leicht kokettierend mit dem Oberkörper. „Ich bin jetzt der Vorsitzende der Landesschiedskommission. Arbeit liegt schon auf dem Tisch. Die Oppositionellen haben Einspruch gegen den Parteitag eingelegt."

„Dann haben sich unsere 10.000 Euro Einsatz doch gelohnt, was meinst du Heinz?"

Die beiden Brüder lächeln wie aus einem Guss. „Na, dann erklimmen Sie sicherlich auch bald weitere Karrierestufen in dieser Partei." Heinz Lochner grinst anzüglich.

Meinertz lächelt zurück und denkt, während er seine Utensilien zusammenpackt, wenn die wüssten. Kurz vorm Hinausgehen stoppt er die Brüder. „Ein Anliegen habe ich noch. Es könnte wichtig sein."

Sie drehen sich abrupt um.

„Wissen Sie, als wir uns vor Beginn des Parteitags mit dem Chef der Personenschützer abstimmten, schlich auch ein kleiner dicker Journalist um uns herum. Er stellte Fragen nach den Einsatzgründen der Sicherheitsleute …"

„Aber das ist doch alltägliches Journalistengeschäft." Heinz Lochner unterbrach ihn äußerst ungehalten.

„… und stellte sehr unbequeme Fragen nach der Finanzierung, schließlich sei diese kleine Partei nicht üppig ausgestattet", führte Meinertz seinen Satz fort. „Und ich meine, er war vor Jahren mal hier gewesen."

Die Brüder blicken sich an, dann wenden sie sich an ihren Rapporteur. „Haben Sie einen Namen mitbekommen?"

„Ja – Paul Steinert, Balzer redete ihn so an."

Beide Brüder stehen wie angewurzelt vor Meinertz. „Der Paul Steinert? Der vom MAGAZIN?"

Der Name scheint zu irritieren, denkt Herbert Meinertz, nickt aber zustimmend, ohne einen Ton zu sagen. Droht von dieser Seite Gefahr für seine Pläne?

Kapitel 21

Freitag, 13. November 2009 – abends

Wahlberg beendete seine Abendmahlzeit mit einem trockenen Rheinhessen, leichte Frucht, süffig und zufriedenstellend. Ein Fertiggericht musste heute Abend herhalten. Sonst legte er viel Wert auf Selbstgekochtes. Er liebte es über den Vegesacker Wochenmarkt auf dem Sedanplatz zu spazieren, Obst, Gemüse, frischen Fisch, Kräuter und Gewürze auszusuchen, mit den Marktbetreibern *zu schnacken*, wie man dort sagt. Der Geruch von Marinaden, Fisch, Lamm, Bratenduft und Knoblauch, den er mit vollen Zügen einsog.

Er hatte Sehnsucht nach seinen gewohnten Utensilien, eigentlich nach seinem Zuhause insgesamt. Seine Musikinstrumente, seine Musik. Ihm fehlten auch warme und sanfte Arme, die ihn umfassten, eine zärtliche Stimme, der er nachsinnen konnte, dunkle Augen wie Seen, in die er sich versenken wollte. Julia nistete sich in seine Gedanken ein. Er schenkte sich nach. Der Wein versöhnte ihn ein wenig mit seinem Aufenthaltsort.

Die Gedanken zur *Causa Balze*r drängten sich wieder in den Vordergrund, obwohl er lieber zärtliche Fäden gesponnen hätte. Warum wurde eigentlich die Leiche von Balzer von der unteren Ebene der Tiefgarage zur Bushaltestelle geschleppt? Wer ging solch ein fast fahrlässiges Risiko ein – und vor allem warum? War es Tobias Köhnert und seinen Kumpanen zuzutrauen, dass sie öffentlich ein Exempel statuieren wollten? Was war mit Herbert Meinertz? Steinert hatte ihm jetzt einiges offengelegt. Ihn musste er unbedingt befragen.

Wen haben wir noch? Balzers Frau in Bad Kreuznach. Sie musste auf jeden Fall interviewt werden. Dann der Zettel in seiner Hosentasche mit dem hingekritzelten Namen. Nicole Blank, die den Toten gefunden hatte. Wie wichtig war sie? Was konnte sie über den Fundort aussagen oder über den Zustand der Leiche. Schließlich hatte sie den Toten zuerst gesehen.

Dumm nur, dass er von Nicole Blank keine Anschrift oder Telefonnummer hatte. Meyers erwähnte, dass sie immer an dieser Bushaltestelle *Rheingoldhalle/Am Rathaus* einsteigen würde. Nicole Blank müsste demnach in der Nähe der Haltestelle wohnen. Nach Abgleich der im Telefonbuch vorgefundenen Anschriften mit dem Wohnumfeld erhielt er den Namen Blank zweimal in diesem Wohnquartier angezeigt. Altenauergasse 2 sowie Hintere Christofsgasse 12. Aber vorher stand Balzers Witwe auf dem Plan.

Er verspürte Lust auf einen kleinen Spaziergang. Ein wenig in den dunklen Gassen und mit Blick in die erleuchteten Schaufenster der Mainzer Innenstadt zu bummeln. Der Weg zur Augustinerstraße war nur spärlich beleuchtet. Aber dort, im hellen Licht, herrschte noch emsige Betriebsamkeit, die Geschäfte schlossen erst in einer Stunde. Von der Augustinerstraße schlenderte er in Richtung Leichhof, bog aber schon vorher in die Grebenstraße ab. Vor der Weinstube Grottum ging er langsamer und pirschte sich an die Fenster heran. Vielleicht arbeitete Julia heute und er konnte einen Blick auf sie erhaschen. Ihm blieb die Einsicht verwehrt. Köpfe an den vorderen Tischen versperrten den Blick nach innen.

Er wollte keine Aufmerksamkeit auf sich ziehen und bog nach einigen schnellen Schritten in die Domstraße ein. Die Straße mündete auf den Liebfrauenplatz, begrenzt durch die mächtigen Dommauern. Am Ende des massigen Bauwerks öffnete sich der historische Marktplatz. Hier, hatte er erfahren, findet von alters her regelmäßig der Wochenmarkt statt, mit einem vielfältigen Angebot an Naturalien, Backwaren, Bekleidung und Küchenartikeln. Morgen früh würde dieser Markt Gelegenheit bieten, seiner Lieblingsbeschäftigung nachzugehen.

Wahlberg spazierte in Richtung Gutenbergplatz und Staatstheater. Unwillkürlich lenkte er seinen Schritt in Richtung Steinerts Büro. Ihn trieb die Neugierde, ob sein früherer Kollege um diese Uhrzeit, inzwischen hatte die Domuhr schon acht Mal geschlagen, auch die großen Handelshäuser hatten ihre Kunden und Angestellten nach Hause geschickt, noch in seinem Büro saß. Als er die Häuserflucht, in der Steinert residierte, erreicht hatte, blickte er nach oben.

Aus Steinerts Büro schien ein mattes Licht. Wahrscheinlich sitzt er am Schreibtisch, bei der Funzel von Schreibtischlampe, und hackt auf seinem Keyboard herum. Wahlberg stellte sich plastisch vor, wie Steinert im Zwei-Zeigefinger-Suchmodus einen Bericht schrieb. Sie hatten beide nie die Zeit gehabt, ein ordentliches Zehn-Finger-System zu erlernen. Schließlich sah man einem Bericht nicht an, ob er mit zwei oder zehn Fingern getippt wurde.

Er hatte nicht die Absicht, Steinert aufzusuchen. Wahlberg wollte schon weitergehen, als er oben Bewegung feststellte. Schatten sprangen hin und her. Er scheint Besuch zu haben. Neugierig geworden, verkroch sich Wahlberg ins Dunkle hinter einer Platane. Plötzlich ging das Licht in Steinerts Büroraum aus, dann wieder an. Als spiele jemand mit dem Lichtschalter. Wahlberg wartete. In ein paar Minuten, so schätzte er, würde Steinert aus der Tür treten. Und mit ihm sein Besuch, wenn er sich nicht täuschte.

Am Fenster erschien Steinerts großer Kopf. Er reckte seine kurzen Arme nach oben und kippte das Bürofenster nach innen. Eine Minute später wurde die Beleuchtung im Büro gelöscht, das Flurlicht angeschaltet. Steinert kam in Begleitung zweier Personen herunter. Gewissenhaft schloss er den Eingang ab und bewegte sich mit seinen beiden Begleitern im Schatten der Geschäftsgebäude in Richtung Theaterplatz. Wahlberg folgte ihnen auf der anderen Straßenseite. In ihm pochte wieder das Indianerblut. Der Jäger war in ihm erwacht. Die drei Personen schräg vor ihm waren aufgereiht wie die Orgelpfeifen: Links trippelte

Steinert aufrecht mit seinen kurzen Beinen, in der Mitte ging, wie die Umrisse zeigten, eine Frau und rechts beschloss ein etwas größer gewachsener Mann die kleine Gruppe.

Steinert führte das Wort und gestikulierte manchmal heftig, wie es seine Angewohnheit war. Als die Gruppe die Straßenseite wechselte, und das Licht der Straßenlaternen auf sie fiel, stutzte Wahlberg. Er traute seinen Augen nicht und glaubte an eine Täuschung. Die weibliche Person in der Mitte war Julia. Eifersucht und Enttäuschung überkam ihn. Er wollte sichergehen und versuchte näher heranzukommen, ohne gesehen zu werden, was in den ziemlich unbelebten Straßen nicht so einfach war.

Die Gruppe bog in die Schöfferstraße ein. Die Frau blieb stehen und zeigte in einem Schaufenster auf einen Gegenstand. Im hellen Licht der Beleuchtung erkannte er sie. Neben ihr stand ihr Bruder Tobias. Die drei hatten etwas ausgeheckt, davon war Wahlberg überzeugt. Das hatte Julia eingefädelt. Ihr ging es um den Schutz des Bruders. Hatte der denn so viel Dreck am Stecken? Oder überlegte die Gruppe Vorsichtsmaßnahmen, um Tobias aus dem Kreis potenzieller Verdächtiger herauszuhalten?

Wahlberg blieb weiter an der Gruppe dran. Er folgte ihr bis zum L'Arcade in der Leichhofstraße. Die drei verschwanden darin. Wahlberg blieb im Schatten eines Hauses stehen. Ein paar vereinzelte Passanten liefen an ihm vorbei. Er war unschlüssig, ob er noch warten sollte. *Ominös*, hatte Paul gesagt, sei der Tod des Bundestagsabgeordneten. Das schien aber nicht nur für den Tod selbst zu gelten, sondern auch für ganz bestimmte Beziehungen, wie er heute Abend feststellen konnte. Beziehungen, die er nicht ohne weiteres durchschaute. Die mussten schon älter sein. Dazu fehlte ihm nicht nur ein Puzzleteil zu dem Spiel, sondern ein ganzer Kasten an Einzelteilen. Paul verschwieg ihm weitaus mehr, als er nach außen vorgab.

Inzwischen hatte er sich in den Schatten des großen Kastanienbaums auf dem Leichhof gestellt. Von da aus überblickte er den Eingang des Restaurants. Er überlegte, ob er Julia ansprechen sollte, wenn sie herauskam. Das verwarf er schnell. Sie würde ihm das als *Stalking* auslegen. Nach einer guten halben Stunde fuhr ein Taxi vor. Julia stieg rasch ein. Das Taxi nahm Kurs auf die Gutenbergstraße, in die das Fahrzeug links einbog. Vermutlich brachte das Taxi Julia zum Hauptbahnhof. Sie wohnte wahrscheinlich in einem der Mainzer Vororte.

Wahlberg wurde auf eine Geduldsprobe gestellt. Paul Steinert und Tobias Köhnert verließen gegen halb zwölf das Lokal. Wahlberg hielt sich hinter dem dicken Stamm versteckt und beobachtete sie. Sie bummelten langsam zurück. Wie es schien, zu Steinerts Büro. Als er sich aus dem Schatten löste, zuckte er schnell wieder zurück. Ein Mann trat aus der dunklen Ecke der Sparkassenfiliale hervor. Er war bemüht, den Anschluss an die beiden vor ihm laufenden Männer zu halten. Er machte aber keine Anstalten, die beiden einzuholen oder gar zu überholen. Wahlberg beobachtete die in dunkle Kleidung gehüllte Gestalt, deren Strickmütze tief in die Stirn gezogen war. Vor Steinerts Büroeingang blieben beide für eine kurze Verabschiedung stehen.

Der dunkel Gekleidete stand nun an dem Platz, den Wahlberg vor gut drei Stunden eingenommen hatte und starrte nach oben. Das Deckenlicht ging an und musste nach kurzer Zeit wieder dem matten Schein der Schreibtischlampe weichen. Dem Schattenspiel nach hatte sich Steinert wieder an den Schreibtisch und sicherlich ans Notebook gesetzt. Wahlberg vermutete, dass Steinert die Gesprächsergebnisse noch notieren wollte, bevor er wieder auf seiner bequemen Couch nächtigte. Der Dunkle stand wie angewurzelt und starrte zum Bürofenster hinauf.

Wahlberg hatte genug gesehen. Inzwischen war es fast Mitternacht geworden. Sein Bett wartete. Als er nochmal zur Stelle blickte, wo der dunkle Späher gestanden hatte, war der Platz leer. Wahlberg schaute vorsichtig in die Runde. Der schien für heute aufgegeben zu haben, vermutete er und machte sich auf den Weg zurück, wieder quer über den Leichhof. Schon eine makabre Bezeichnung für einen Ort mitten in der Stadt, dachte er und durchschritt schnell die kurze Straße mit der gleichen Bezeichnung.

An der Ecke sah er die dunkle Gestalt stehen, die sich gerade noch vor Steinerts Büro aufgehalten hatte. Sein Magen zog sich zusammen. Äußerlich gab er sich betont ruhig. Er konnte die Person nicht genau erkennen. Nur den Schatten, die dunkle Kleidung und die Strickmütze. Als er in die dunkle Gasse eintrat, die zu seiner Wohnung führte, rannte er das kurze Stück Wegs. Den richtigen Schlüssel hatte er schon im Laufen herausgesucht. Bevor er die Tür verschloss, lauschte er nochmal. Er hörte nichts. Wer war das, fragte er sich, als er sich knarrend nach oben bewegte.

Für Wahlberg begann eine unruhige Nacht. Ihm gingen die Begegnungen, vor allem mit dem Dunklen, nicht aus dem Kopf. Julia. Warum Steinert? Zeitweise schlief er ein, schreckte wieder auf. Hatte er jetzt ein Knarzen auf der Treppe gehört? Behutsam, fast lautlos stand er auf, öffnete leise die Schlafzimmertür und lauschte. Nichts Außergewöhnliches. Sein Unterbewusstsein hatte ihm sicherlich einen Streich gespielt. Er trank noch einen Schluck Wein, in der Hoffnung, dann zur Ruhe zu kommen. Gegen Morgen schlief er ein.

Kapitel 22

Samstag, 14. November 2009 – vormittags

Susann Hespers überraschte Johann Wahlberg am frühen Vormittag mit einem Anruf. Nach einem kurzen Smalltalk leitete sie unmittelbar zur Sache über.

„Haben Sie inzwischen über Herbert Meinertz etwas erfahren können?“, fragte sie mit drängelndem Unterton.

„Der Name läuft mir in der letzten Zeit ständig über die Füße. Ich wundere mich nur über das allseitige Interesse an ihm.“

„Wer hat denn den Namen Herbert Meinertz erwähnt?“

„Mein Ex-Kollege Steinert, mit dem ich hier in Mainz wieder zusammengetroffen bin. Er hatte ein wenig aus seiner Vergangenheit erzählt. Da spielte Meinertz offensichtlich verschiedene tragende Rollen. Aber was interessiert Sie ...?“

Sie unterbrach ihn. „Sie haben mich vor der Berliner Kanzlei Lochner & Lochner gewarnt. Meinertz war oder ist noch dort beschäftigt. Nun ist er in Mainz.“

„Was hat das mit mir zu tun? Sind Sie etwa an ihm dran ...?“ Von der nächtlichen Begegnung erzählte er ihr nichts. Wer beobachtet eigentlich wen? Ob es der ominöse Meinertz gewesen war, der da Nächtens herumschlich?

Meinertz hat mich in Köln getroffen. Er schlug mir ein Geschäft vor.“

Wahlberg war baff. „Warum schlägt Meinertz Ihnen ein Geschäft vor?“

„Er wüsste was, sagte er. Ich vermute stark über die Anwälte Lochner ...“

„Interessant. Wenn Sie mal mehr darüber wissen ...?“

„Mal sehen, was wir tun können.“

Ihre warme Stimme beim Abschied drang wie Balsam in sein

inneres Ohr. Aber er grübelte wieder, wo und wie er sie einordnen sollte. Vor allem, woher hatte sie seine Telefonnummer?

Wahlberg war nicht überrascht, als ihm Paul Steinert, frisch rasiert, die Bürotür öffnete. Er stellte seine Tüten und Beutel mit den auf dem Wochenmarkt erworbenen Utensilien in der Pantryküche ab.

„Wolltest du mich mit deinen Kochkünsten verwöhnen?“, fragte Steinert in aufgeräumter Laune.

Wahlberg sah ihn ernst und besorgt an. „Sag mal, Paul, hast du eigentlich Sicherheitsvorkehrungen hier in deinem Büro getroffen?“

Steinerts Augen flackerten, als sie sich Wahlberg zuwandten. „Wieso?“, brachte er noch betont forsch hervor. Aber der plötzliche Schweißaustritt auf seiner Stirn sprach Bände.

„Ich vermute“ – Wahlberg neigte seinen Kopf kurz zur Straßenseite hin – „dass du beschattet wirst. Ob permanent oder nur sporadisch, weiß ich nicht einzuschätzen.“

Ihm entging nicht das Zittern, das Steinerts Körper auf einmal durchlief.

„Paul, rück mal mit der Sprache raus ...“

„Wie kommst du darauf, dass ich beschattet werde?“ Steinerts Stimme klang nach einem eigensinnigen Kind, das bei einem verbotenen Spiel ertappt worden ist.

„Weil ich es gesehen habe, verdammt noch mal.“ Wahlbergs Ärger und Frust über Steinerts ständige Ausflüchte brachen sich Bahn.

„Du warst gestern Abend mit Julia Köhnert und ihrem Bruder unterwegs.“

„Spionierst du mir nach?“

„Hör zu, Paul. Es war der pure Zufall.“

Er erzählte von der gestrigen nächtlichen Begebenheit, unterschlug aber die abendliche Beobachtung.

„Erzähl mir endlich die Zusammenhänge, sonst explodier ich hier noch.“

Steinert schlich sichtlich deprimiert, mit eingeknickten Knien, was seinen kleinen, gedrungenen Körper noch zwergenhafter erscheinen ließ, zu seinem Schreibtisch. Ein Bollwerk, hinter dem er sich zur eigenen Sicherheit verschanzte.

„Paul, da liegt doch was in der Luft. Wirst du bedroht?“

Steinert hing zusammengesunken hinter seinem Schutzwall. Er holte tief Luft und ließ sie langsam mit einem schwer anmutenden Seufzer entweichen. Dann bückte er sich und zog aus der unteren Schulblade drei Zettel, alle in Postkartengröße, hervor. Er schob sie über den Schreibtisch.

Wahlberg drehte sie zu sich. Auf jedem Zettel stand die gleiche gedruckte Drohung: *Schweig lieber, sonst geht's dir wie Balzer.*

„Jeder Schrieb mit unterschiedlichem Datum“, stellte Wahlberg fest. „Das klingt wie ein Kinderscherz. Nimmst du diese Drohung ernst? Warst du bei der Polizei?“

Als Steinert nickte und gleich danach den Kopf schüttelte, schaute Wahlberg ihn irritiert an. „Was? Ja oder nein?“

„Kein Kinderscherz. Ich nehme die Drohung ernst, weil ich den oder die Schatten auch schon bemerkt habe. Aber vielleicht wollen die mir auch nur Angst einjagen.“

„Das scheint denen ja gelungen zu sein, wenn du mit Zittern reagierst.“ Wahlberg hielt kurz inne, fragte dann: „Welche die?“

Steinert wich einer Antwort aus. „Bei der Polizei war ich nicht.“

„Paul, du musst endlich dein Wissen preisgeben. Was hast du in der Hand? Bedrohst du jemand? Geh zu dem Menschen vom BKA!“

„John, *du* rätst mir zur Polizei? Du als ausgebuffter Journalist? Das ist ja fast gegen die Berufsehre.“

Aber seine forschen Worte standen in eklatantem Widerspruch zu seiner körperlichen Haltung. Er suchte weiter hinter seinem Schreibtisch Schutz.

„Ja, Paul, ich weiß. Gerade wir Journalisten können viel bewirken, Öffentlichkeit herstellen. Aber wir sind auch häufig schutzlos in unserem Tun. Dann müssen wir auch mit der Polizei kooperieren. Auch wenn wir investigativ arbeiten wollen oder müssen."

Wahlberg versuchte Steinert aufzumuntern. Er tat ihm leid. Steinert bewegte seinen Oberkörper nach vorne. Er griff nach einem Bleistift, zerbrach ihn mittendurch, ohne hinzusehen.

Betroffenheit lag in Wahlbergs Stimme, als er feststellte: „Paul, du hast richtigen Schiss."

Steinert nickte vor sich hin, atmete wieder tief durch, öffnete den Mund – und schwieg.

„Paul", Wahlbergs Stimme nahm einen eindringlichen Ton an, „du musst sagen, was du weißt und was andere interessieren könnte."

Der Andere presste die Lippen zusammen. Dann sagte er: „Also – es gibt Verbindungen zu früher. Da tauchen Zusammenhänge auf, die du jetzt noch nicht ahnst."

„Dann erklär sie mir. Und gib mir mehr Hinweise zur Personalie Meinertz. Worin ist er aktuell verstrickt?" Wahlberg schaute ihn gespannt an.

„John, diese alte Sache von dir steht möglicherweise mit dem Tod des Abgeordneten in Verbindung." Er hielt inne, bewegte die Lippen, als müsse er die nächsten Sätze erst tonlos vorformulieren. „Deine, sagen wir mal, journalistische Vergangenheit könnte dich wieder einholen."

„Aha, lass mich raten. Lochner & Lochner?"

Steinert räusperte sich. „Vielleicht steckt auch Hansens Kalkül dahinter, dass er genau dir diesen Job zugeschustert hat."

Steinert starrte regungslos in Wahlbergs verdutztes Gesicht. „Warum sollte Hansen so etwas tun?" Wahlbergs Spannung stieg.

„Sicher verlässt er sich dabei auf deine Kompetenzen. Vielleicht will er dir aber auch Genugtuung verschaffen?" Er lächelte wieder, wenn auch zurückhaltend.

Wahlberg schüttelte den Kopf. „Das muss mir Hansen ins Gesicht sagen. Sonst glaub' ich das nicht."

„Also, John." Steinert erschien wieder etwas entspannter. „Ein paar Klarheiten." Er sammelte sich. „Balzer hatte intensiven Kontakt zu Lochner & Locher in Berlin."

„Dieser Abgeordnete der *PFDF*? Zu dieser Anwaltskanzlei, die mich damals reingeritten hat?" Wahlberg stand die Empörung unverstellt im Gesicht. „Wie hast du das erfahren?"

„Der Abgeordnete kam vor gut einem halben Jahr zu mir. Er hatte sich wahrscheinlich von Lochner & Lochner anheuern lassen. Balzer ließ sich darüber nicht so genau aus. Machte nur so vage Andeutungen."

„Aber was zum Teufel verbindet – zumindest nach außen hin – einen linken Gewerkschafter mit dieser auf Lobbying spezialisierten Anwaltskanzlei, die ganz groß im unlauteren Geschäft angesiedelt ist?"

„Nun, ganz einfach. Weil er mit den meisten in seiner Partei in Verschiss geraten war. Er hatte wahrscheinlich Angst um seine Macht innerhalb der Landespartei."

„Mal ehrlich, Paul. Wie kann sich ein Bundestagsabgeordneter nur so ausliefern? Das kann ja nur eins bedeuten ..."

„... das, was die Spatzen schon von den Dächern pfeifen. Er war Teil dieses Lobbying-Systems der Berliner Anwälte."

„Du nimmst an, dass Balzer Unterstützung von diesen Lobbyisten erhalten hatte?"

„Ich habe nichts angenommen", sagte Steinert und kicherte kurz. „Er glaubte – das vermute ich – das kleinere Übel zu wählen. Wenn's in der Partei nicht mehr klappt, dann bekommt er vielleicht einen Job."

„Einen Job? Das passt nicht, Paul. Die Lochner-Brüder vergeben keine Jobs. Die wollten seinerzeit schon ein Lobby-Netzwerk aufbauen. Davon haben die bestimmt nicht abgelassen."

„Du hast Recht. Balzer als Netzfaden für ein zukünftiges Geflecht. So ein Abgeordneter zieht dann die anderen an wie Scheiße die Schmeißfliegen."

Wahlberg grinste über Steinerts deftigen Vergleich. „Könnte ich mir vorstellen. Die Lochners waren immer schon gute Zukunftsstrategen."

„John, daraus ist zu schließen, dass nicht die Macht in der Partei, sondern die Wiederwahl zum Bundestag das entscheidende Motiv zur Unterstützung war. – In der Partei nützt er ihnen ja nichts."

„Das ist absolut richtig. Aber jetzt lass mal ein paar Sätze sprudeln."

Steinert wählte zögernd seine Worte, als könne er sich nicht von ihnen trennen. „Balzer erzählte mir, als er letztendlich in den Bundestag gewählt wurde, die Anwälte hätten ihn unter Druck gesetzt. Sie wollten ihren Tribut." Er tupfte sich die schweißumflorte Stirn.

„Das klingt wie Grimms Märchen: Rumpelstilzchen ..."

Steinert schaute ihn mit Stirnrunzeln an. „Wieso ...?"

„Naja. Heute brau ich, morgen back ich, übermorgen ..."

„Ach, ja – das passt. So denken die Lochner-Brüder: statt der Königin ihr Kind, den allseits willigen Balzer."

„Genau. Seine Wiederwahl ist für die Lochners lukrativ. Aber vorher mussten die Lochner-Brüder etwas in die Wege leiten, was ihrem Klienten Balzer helfen konnte, aber ihn nicht gleich kompromittierte."

„Und da, John, kommt Herbert Meinertz ins Spiel." Steinerts Gesicht überzog sich mit einem ungesunden Hellrot. „Er war in der *PFDF* der Ankerpunkt der Berliner Anwälte.Und er hatte die Sturmtruppen zum Parteitag organisiert."

„Das ist neu für mich. Alle Achtung. Dann wird mir alles ein wenig klarer."

„Danke." Über Steinerts Gesicht flog flüchtig ein kleines Lächeln. „Aber er wollte nicht mehr mit den Brüdern. Er suchte einen Ausweg. Balzer fragte mich, ob das nicht eine Story fürs MAGAZIN wäre."

„Wieso kam er zu dir? Warum hat er dir das alles erzählt? Er hätte sich in Berlin auch ans Hauptstadtbüro wenden können."

„Klingt vielleicht nicht ganz so überzeugend. Aber er hatte Vertrauen zu mir gefasst." Steinert gerierte sich ein wenig selbstgefällig. „Die Story, die er auftischte, hatte zwar Brisanz – aber er konnte nichts belegen – leider."

Wahlberg ließ nicht locker. „Wieso hatte er Vertrauen zu dir? Das kommt doch nicht einfach so angeflogen?"

„Ich hatte doch seinerzeit, als diese Büroaffäre mit der schwangeren Angestellten im MAGAZIN stand, mit ihm lange gesprochen. Kannst du dich an den Bericht darüber noch erinnern?"

Wahlberg nickte: „Für ihn hatte das doch erhebliche Folgen in der Landespartei und der Bundestagsfraktion. Ein ehemaliger Gewerkschafter, der mit linkem Anspruch öffentlich auftritt, durfte so etwas nicht zulassen."

„Genau." Steinert unterstrich Wahlbergs Aussage mit heftigen Handbewegungen.

„Aber wie hat sich euer Vertrauensverhältnis entwickelt?"

„John, wie sind Politiker landläufig gestrickt? Sie stehen manchmal völlig alleine in dieser politischen Welt. Sie haben keinen, mit dem sie reden können, der nicht irgendwo gleich eine Forderung hochhält. Misstrauen begleitet ihre ganze Karriere. Da öffnen sich manchmal emotionale Schleusen. Das glaubst du nicht."

„Ich weiß, ich weiß. Und das viele Selbstmitleid, das noch hinzukommt. Diese armen Politiker, die können einem so leidtun." Sie grinsten sich an.

„Genauso ist es, John. Und wir Journalisten können zuhören und ihren eitlen Seelen schmeicheln – da lassen sie dann häufig Dinge raus, über die wir wieder schreiben können."

Bei Paul Steinert schien der alte Elan zurückgekehrt zu sein. Er war wieder ganz in seinem Element. „Und wenn wir der eitlen Seele geschmeichelt haben, dann kommen sie immer wieder wie Süchtige zurück zu dem, der ihnen die Nadel gegeben hat. Diese heißt dann *Vertrauen*." Seine Miene drückte Zuversicht aus.

„Aber Vorsicht, werter Herr Kollege. Wenn's in der Zeitung

steht, und ihnen das Ganze nicht mehr passt, dann haben wir die Schuld. Wir, die nachrichtengeilen Medien."

Steinert nickte mit wissendem Blick. Wahlberg trat auf ihn zu. Sein Partner im Geiste trat vorsichtshalber wieder einen Schritt zurück.

„Paul, du scheinst alle diese Zusammenhänge sehr gut zu kennen. Wie es deine Gewohnheit ist, hast du bestimmt ein umfangreiches Dossier angelegt. Oder irre ich mich?" Er klopfte mit Nachdruck auf Steinerts Schreibtisch. „Ich rate dir, rück diese Infos raus."

Steinert druckste. Schwierige Situation. Seine Unterlagen, seine Recherchen. So aus der Hand zu geben.

Wahlberg stieß nach: „Kann es sein, dass andere vielleicht vermuten könnten, du hättest ein solches Dossier angelegt? Diejenigen, die jetzt als Schatten auftauchen?"

„O.K." Ein tiefer Seufzer entlud sich aus Steinerts rundem Körper, aber diesmal nicht angstbeladen, sondern eher resignierend. „Ich stell dir diese Sachen in den nächsten Tagen zusammen."

„Gut Paul, alles d'accord. Dann haben wir wichtige Seiten, wenn auch noch nicht alles, geklärt. Morgen Vormittag fahr ich zu Balzers Witwe. Also spätestens am Montag in deinem Büro."

Zögernd fragte Steinert, ob er heute noch etwas vorhätte. Wahlberg strahlte ihn an: „Weißt du, Paul. Heute ist mal Freizeit angesagt. Gleich geht's zum Stadion, mal Mainz 05 anschauen. Und heute Abend ins Kino."

„Und das alles alleine?"

Wahlberg verzog sein Gesicht zu einem künstlichen Grinsen.

Kapitel 23

April 2009

Julia steht mit etwas gequältem Gesichtsausdruck auf, um heißes Wasser für eine Wärmflasche zu holen. Das beste Hausmittel für diese besonderen Unpässlichkeiten, wie ihre Mutter ihr immer geraten hatte.

Gestern war die Aufstellungsversammlung der Landesliste für den Bundestag 2009. Es war eine Woche nach Ostern, ein kühler Frühlingstag. Vor ihrem geistigen Auge defilieren noch mal Krawattenträger und schicke Kostüme an ihr vorbei. Wenn sie sich richtig erinnert, dann stolzierten etwa zwanzig Männer und acht Frauen, in mehr oder weniger feines Tuch gekleidet, im Mittelgang des Kleinen Saals in der Mainzer Rheingoldhalle *auf und ab. Hektische Gestik und hochrote Gesichter. In kleinen Gruppen wurden kaum die Chancen der Bundestagsaspiranten diskutiert, sondern die eigene Karriere. Die Nervosität nahm allenthalben zu, weil der Bär noch nict erlegt war.*

Vor der Eingangshalle hatte sich die selbsternannte Opposition versammelt. Ihr Bruder war auch wieder dabei. Sie bemerkte, dass die Mehrzahl der langsam eintreffenden Stimmberechtigten kein Interesse an Händel und Auseinandersetzung hatte. Dabei ging es gar nicht darum. Julia wusste es besser. Die kleine oppositionelle Minderheit bewegte immer noch der Aufmarsch der Schwarzen Sheriffs *am letzten Parteitag. Aber Meinertz und Balzer hatten im Vorfeld des Parteitags bereits die Weichen geschickt gestellt, so dass sich die Diskussionsgewichte frühzeitig verschoben hatten. Das war ein kluger Schachzug, geht es ihr durch den Kopf, während sie sich die Wärmflasche auf den Bauch legt.*

Trotz des gestrigen Erfolgs wird die Glaubwürdigkeit des Landesvorstands weiterhin angezweifelt. Dieser Widerspruch verwundert sie nicht. Einerseits will man den Wahlerfolg, andererseits wollen die Mitglieder die Wahrheit hören. Sie wünschen die Auflösung dieser hartnäckigen Gerüchte, die um die Finanzierung der Schwarzen Sheriffs *kreisen.*

Nun liegt sie hier und ärgert sich, weil sie gestern früher gehen musste. Ihre Unpässlichkeiten hatten sich bereits zu Mittag ankündigt. Die Wahlen zur Aufstellung der Kandidatenliste wollte sie sich nicht mehr zumuten. Ihr war es eigentlich auch egal, wer da auf der Liste vorne weg marschierte. Für sie war es sicher, dass Thomas Balzer den ersten Platz ergattern würde. Die Zweit- und Drittplatzierten hatten noch eine reelle Chance für den Bundestag. Der Vierte auf der Liste kam für den Hoffnungslauf in Frage, wenn es denn Hoffnung für sie oder ihn gab, überlegte sie. Aber Genaueres weiß sie bis heute nicht. Sie freut sich schon auf den Besuch von Katja Weinberg.

Es klingelt an der Wohnungstür. Da ihre kleine Tochter nicht zu Hause ist, quält sie sich, in eine Decke gehüllt, die Treppe hinunter, um zu öffnen. Zu ihrer Überraschung steht Paul Steinert vor dem Haus.

„Oh, wenn Sie krank sind …" Der Journalist lässt seinen Satz gefühlvoll ausklingen.

„Mir geht's nicht gut, und ich muss wieder zurück auf die Couch."

Betont barsch versucht sie ihn abzuwimmeln, obwohl sie natürlich neugierig ist. Was hat Steinert bewogen, den weiten Weg vom Zentrum in den Mainzer Stadtteil Laubenheim auf sich zu nehmen?

„Woher haben Sie meine Adresse?"

„Mit Verlaub, Frau Köhnert", Steinert spitzt die Lippen als wolle er anfangen zu pfeifen. „Ich hatte mal Ihren Bruder ausgehorcht. Natürlich hätte ich vorher anrufen können …", flötet der Journalist in charmanter Tonart.

Sie ist verärgert. „Ja, was wollen Sie denn von mir? – Gleich bekomme ich noch Besuch."

„Das stört mich weniger." Er grinst sie an. „Aber ernsthaft. Ich dachte, es könnte Sie interessieren, was ich noch rausgefunden habe. Man sollte das besser unter vier Augen besprechen."

„Ach wissen Sie, Herr Steinert, neulich Ihre Andeutungen, diese unbewiesenen …"

„Aber jetzt gibt es neuere Fakten", wirbt er um Einverständnis. „Zwar noch nicht ganz harte", schränkt er ein. „Aber es geht jetzt um diesen Herbert Meinertz. Der ist gestern auf den vierten Listenplatz gewählt worden."

„Der Meinertz? Unglaublich." Julia denkt an diese unflätige Marlies Emscher, die sich auch auf diesen Platz beworben hatte. „Wie konnte das passieren?"

„Lassen Sie mich mal rein", Steinert will von der Eingangstür weg, „oder sollen wir das hier draußen verhandeln?"

„Ja, gut – aber nur kurz. Denken Sie daran, dass ich noch Besuch erwarte."

„Das hatten Sie schon erwähnt." Steinert tritt in den Hausflur, während Julia etwas unbeholfen auf der Treppe vorangeht.

Als es kurz darauf erneut an der Haustür klingelt, kommt der ungebetene Gast ihr zuvor. „Quälen Sie sich nicht weiter", sagt er und tippelt zur Haustür. Frauenstimme und Männerstimme mischen sich im Flur. Sie untermalen den Treppenaufmarsch.

„Ist das nicht der Journalist vom MAGAZIN, der uns beim Landesparteitag belauscht hat?", fragt Katja Weinberg kess mit einem Augenzwinkern.

„Dafür hatte ich mich aber auch entschuldigt – und ich habe nichts davon veröffentlicht", empört sich Steinert mit gespielter Theatralik.

Weinberg blickt skeptisch auf den kleinen Mann herab. „Sie haben seit dem Skandal um seine schwangere Mitarbeiterin immer einen guten Draht zu Thomas Balzer gehabt. Na, ich hoffe, das hat für uns keine Nachteile."

„Nein, um Gottes Willen, ich gebe doch meine Quellen nicht preis."

Julia deutet mit der Hand auf einen Platz neben sich. „Katja, erzähl mal von dieser unmöglichen Listenaufstellung zum Bundestag." Sie neigt den Kopf in Richtung Steinert. „Er hat schon was zum Besten gegeben."

„Ach, ja, Sie waren ja auch da. Als Thomas Balzer seinen ersten Listenplatz – ich muss sagen – mit Bravour angegangen und gewonnen hatte ... · Es war aber absehbar."

„In der Tat, was der vorher gerödelt hatte." Paul Steinert pflichtet ihr bei.

Ein bitteres Lächeln umspielt Julias Lippen. „Gerödelt, meinen Sie? Eher kräftig eingefädelt."

Katja pflichtet ihr bei. „Ja, gerödelt, getäuscht und getrixt. Könnte man so sagen. – Schade, dass du nicht mehr dabei warst. Du hättest dieses betont undurchdringliche Gesicht unseres Vorsitzenden ansehen müssen. Die Sphinx sah dagegen alt aus. Dann sein verbaler Aufgalopp. Das war schon gekonnt – das muss ich neidvoll anerkennen."

„Aber wie konnte der Meinertz ...?"

„Mit Verlaub, Frau Köhnert, ich war ja auch zugegen. Vielleicht kann ich noch etwas Erhellendes beitragen."

„Da bin ich aber gespannt." Die Angesprochene wendet sich mit ironischem Augenzwinkern dem Journalisten zu.

„Ich hatte auf dem letzten Parteitag den Eindruck, dass Herbert Meinertz einen strategischen Coup um die Macht geplant hatte. Mit Billigung des Vorsitzenden – schließlich hatte er mitgeholfen, ihn zu stabilisieren ..."

Julia erinnert sich. Balzer, in sattem bordeauxrotem Jackett, saß ganz vorne im Saal, etwa zwei Schritte von Podium und Mikrofon entfernt. Der Platz, wo er am besten seine Präsenz demonstrieren konnte. Mit schnellem Zugriff zum Mikrofon.

„Bist du noch geistig anwesend, oder schwelgst du wieder in Erinnerungen?" Katja grinst anzüglich. An Steinert gewandt: „Wie sehen Sie dann diese Listenaufstellung?"

„Wie ich zuvor schon sagte, Meinertz plante etwas für die Listenaufstellung. Er will partout in den Bundestag. Aus welchen Gründen auch immer. Und er ist geschickt, weil er mit dem vierten Platz durchaus eine realistische Chance hat. Aber das Entscheidende war, dass Balzer nichts davon geahnt hat. Er hatte nämlich eine Liste präsentiert, die aber von der Mehrheit abgelehnt wurde."

„Das wundert mich aber. Ohne Wissen von Balzer läuft doch nichts." Julia hat sich mit geröteten Wangen vorgebeugt.

„Herbert Meinertz war viel unterwegs. Ich weiß das. Ich war oft dabei." Steinert hüpfte aufgeregt auf seinem Stuhl wie ein Springball. „Auf fast jeder Mitgliederversammlung hat er seine Dienste angeboten, hat mit freundlicher Stimme und Grinsemanier Sympathien abgeräumt. Vorzugsweise, wenn Balzer in Berlin war."

„Das wäre eine Erklärung. Aber was hat die dicke Emscher, vor allem ihr Adlatus, dieser windige Souffleur, gesagt?"

„Na, die war außer sich. Die will das Schiedsgericht anrufen und die Wahl anfechten. Der sind einige der Gerüchte über Balzer und Meinertz untergekommen. Der Raubach hat richtiggehend in Richtung Meinertz gedroht."

„Apropos Gerüchte, Herr Steinert, Sie wollten noch einiges dazu beisteuern, nicht wahr." Katja grinst Julia an.

„Ich verstehe und verschwinde auch gleich. Mein Thema betrifft noch mal den Herrn Meinertz. Aber wie ich schon eingangs sagte, sind die Fakten immer noch nicht so hart, dass man darauf bauen könnte, zumindest journalistisch."

Er schränkt mit herabgezogenen Mundwinkeln ein: „Politisch schon eher, da genügen ja häufig Gerüchte."

„Und was erzählt man sich so in der Gerüchteküche?", fragte Katja interessiert.

„Tja, Ausgangspunkt ist immer noch Balzers Strategie des Machterhalts. Das ist nicht unbekannt. Und dass Meinertz sich so hintenherum in eine bestimmte Position, sagen wir mal, eingeschlichen hat, haben wir gerade erörtert."

„Was meinen Sie mit eingeschlichen? Wollen Sie damit sagen, das war geplant?"

„Ja, genau, Frau Köhnert. Und das ist die Crux. Aber nicht er, sondern andere haben geplant. Das Ganze hat eine Brisanz, die auch meine berufliche Zukunft betreffen könnte." Er schaukelt mit seinem großen Kopf. „Eigentlich schon einmal betroffen hat. Deshalb muss ich auch vorsichtig sein."

Beide Frauen blicken den kleinen Journalisten angespannt und neugierig an.

„Die Verursacher sitzen höchstwahrscheinlich in Berlin. Aber wie das jetzt zusammenhängt, das muss ich erst noch genauer recherchieren. Aber eines scheint mir gewiss: Meinertz ist höchstwahrscheinlich fremdgesteuert."

Er steht abrupt auf, nimmt sein Täschchen und lässt zwei verdutzte Frauen hinter sich, als er sich mit einem kurzen „Adjüs" verabschiedet.

Kapitel 24

Sonntag, 15. November 2009 – den ganzen Tag

Auf sein Klingeln öffnete eine junge Frau in einer kurzen Lederjacke und dem unattraktiven gelb-grünem Hemd, mit dem Polizisten bekleidet sind. Ihr brünettes Haar trug sie straff zurückgekämmt, zu einem Pferdeschwanz gebunden. Ihre Hand lag auf der Dienstwaffe. Ein wachsamer Blick, zuerst an Wahlberg vorbei, die Straße musternd, dann nahm sie ihn ins Visier. Ein kühl wirkender Gesichtsausdruck, fast tonlos die Frage.

„Ja, bitte?"

„Stör ich bei irgendetwas, was vielleicht das Tageslicht scheut?" Der Journalist grinste breit und hielt ihr seinen Presseausweis vor das Gesicht.

Sie drehte sich unmittelbar um. Er betrachtete den bekannten rustikalen Schnitt der Uniformhose. Dass man Menschen, erst recht Frauen, in eine solche Unförmigkeit steckt, dachte er.

„Chef, da steht ein Journalist vor der Tür."

Zu Wahlbergs Erstaunen trat Maik Meyers aus einem der Räume. „Sie hier in Bad Kreuznach?"

„Der Herr Journalist. Da kreuzen sich wieder unsere Wege. Da hatten wir wohl die gleichen Gedanken."

„Kann sein. Jeder macht so seinen Job."

„Nun, Herr Wahlberg, gibt's was Neues bei Ihnen?"

„Eigentlich nichts – nur die übliche Recherche."

„Und da steht dann auch die Witwe auf dem Plan." Seine kieselfarbigen Augen fixierten Wahlberg eindringlich.

Die etwas vollschlanke, in schwarz gekleidete Monika Balzer schob sich langsam an zwei weiteren Polizeibeamten vorbei. Ihr rundes, mütterlich wirkendes Gesicht glühte vor Aufregung. Sie stellte sich erst in den Hauseingang und blickte in die Runde. Sie schaut, ob die Nachbarn reagieren, dachte Wahlberg. Wahrscheinlich hocken die jetzt alle hinter den Gardinen und erzählen sich die Märchen vom toten Abgeordneten.

Frau Balzer blickte ernst auf Wahlberg: „Sie hatten gestern Abend mit mir telefoniert?“ Ihre Frage klang eher wie eine Feststellung. Es war ihr anzumerken, dass sie die Polizei so schnell wie möglich aus dem Haus haben wollte. Sie hatte Hoffnung, ihn als Verbündeten gegen diese öffentliche Schmach gewinnen zu können.

„Viel Aufwand für einen solchen Besuch, meinen Sie nicht auch, Herr Meyers?“ Wahlberg nahm Blickkontakt zur Witwe auf. „Und dann noch am Sonntag?“

Der Kriminalhauptkommissar verfolgte diese kurze Szene mit wachen Augen. „Wir sind dabei zu gehen.“

Als die Truppe abmarschierte, zupfte Wahlberg den Chefermittler vom BKA kurz am Ärmel, um diskret zu fragen. „Wie weit sind Ihre Recherchen gediehen?“

Meyers verharrte kurz in einer angespannten, leicht vorgebeugten Haltung. Als sei er nicht entschieden, ob er was sagen sollte. Es schien ihn zu drängen, vieles zu sagen, zu erklären, aber es kam nur ein kurzer Satz: „Wir haben Tobias Köhnert heute Morgen festgenommen.“ Dann nahm er Fahrt auf, um seiner Mannschaft schnell hinterherzueilen.

„Wieso das?“ Wahlberg schrie ihm nach, um den Polizisten zu stoppen.

Der lief weiter, drehte sich kurz um, und schrie zurück: „DNA-Spuren.“

„Das kann nicht sein!“ Aber sein Rufen hallte ungehört über die Straßen der kleinen Einfamilienhaus-Siedlung. Die Motoren der Dienstfahrzeuge übertönten jedes Geräusch.

„Das kann nicht sein“, er wiederholte es leise, als er das Haus der Witwe betrat, „dass es Tobias war.“

Monika Balzer war schon vorausgegangen. Wahlberg schloss leise die Haustür. Er sammelte sich, um *seinen* Job zu machen.

„Nun ist alles durcheinandergeraten. Wie viel Zeit können Sie mir noch einräumen?“, fragte er, als er das Wohnzimmer betrat.

Er schaute verdutzt. Auf einer ausladenden Wohnlandschaft, mit dem Rücken zum großen Wohnzimmerfenster, saßen mit ernsten Gesichtern die Witwe und ihre zwei kleinen Töchter, beide in adrettem Dunkelblau, ebenso pausbäckig wie ihre Mutter.

„Ich habe nicht mit der Polizei, überhaupt nicht mit dem BKA, gerechnet. Das war ein Schock für uns drei." Monika Balzer ging nicht auf seine Frage ein. „Über eine Stunde waren die hier. Und fragten Dinge, als wären wir an der ganzen Sache schuld." Sie umfasste mit ihren Armen die Schultern ihrer beiden Kinder. Die Kinder duckten und kuschelten sich an die Mutter.

Frau Balzer hört sich überhaupt nicht traurig an, stellte Wahlberg fest. Eher empört, als hätte man sie in ihrer Ruhe gestört. Sie schien befreit, bereit ihr Leben neu zu gestalten.

„Ich würde gerne mit Ihnen ..."

„Ich weiß. Das hatten wir ja gestern am Telefon besprochen." Sie schlug einen resoluten Ton an. „Erst muss ich meine Kinder versorgen. Die bekommen gleich ein Mittagessen, danach – schlage ich vor – bringe ich meine Töchter zur Oma und wir spazieren einmal die Nahe entlang."

Es blieb ihm nichts anderes übrig, als einzuwilligen. Dann wolle er die Zeit noch für sich selbst nutzen und würde in einer guten Stunde wieder zurück sein.

Tobias Köhnert, der Name stach ihm gleich wieder in den Kopf, als er das Haus verlassen hatte. DNA-Spuren, sicherlich, wenn das stimmt, was Paul Steinert ihm erzählt hatte. Wenn die von Paul gesehene *Kapuze* Tobias war, und der den Prügel geschwungen hat, dann fallen genau diese Spuren an. Umgekehrt ließe sich auch feststellen: Wenn die DNA auf Tobias zutrifft, dann war er – zumindest – am Tatort. Aber auch da blieben Fragen offen. Vorher oder nachher? An der Leiche oder im Umfeld? Welches Umfeld, das in der Tiefgarage oder an der Bushaltestelle? Bleib cool, sagte er sich, denk an deinen Job. Nichts Persönliches.

Wahlberg hatte die Fußgängerzone angesteuert, die sich zu einem größeren Platz ausweitete. Er setzte sich in ein kleines Café, bestellte Kaffee und ein belegtes Brötchen. Heute Abend wollte er selber kochen. Aus seinem gestrigen Drang heraus, mal nichts zu tun, was an Pflichten und Aufgaben erinnerte, hatte er sein Hobby auf heute Abend verschoben. Obwohl es ihm leid tat, dass Salat, Gemüse und Fisch nicht mehr die frische Güte hatten wie gestern. Die genüssliche Vorstellung seines abendlichen Menüs, dazu eine Flasche Muscadet aus dem Rheingau, verdrängte zwar zeitweilig die Gedanken an Tobias Kröhnert, aber nicht an seine Schwester. Sie, die Beschützerin ihres Bruders. Wie musste sie sich fühlen.

Auf dem Weg zur Witwe ärgerte sich Wahlberg über Meyers und sein Truppenaufmarsch. Als sei ihm erst jetzt bewusst, dass das Interview mit der Witwe wahrscheinlich in die Hose gehen wird. Für spontane Äußerungen, die man durch geschicktes Fragen herauskitzeln kann, würde sie jetzt zu befangen sein. Mal sehen, was kommt, ermunterte er sich selber. Was dann kam, das konnte er schon von weitem sehen. *Seien Sie bitte nicht böse oder enttäuscht, aber meine beiden Kinder konnte ich nicht weiter alleine lassen. Der Schmerz über den Vater, dann die Polizei. Möglicherweise geht es ein anderes Mal.* Das stand auf einem Zettel, der an der Haustür klebte. Irgendwie hatte er das kommen sehen. War er froh darüber? Tatsache war, dass auch er durch Meyers' Anwesenheit den Faden und die Lust an diesem Gespräch verloren hatte. Aber es war nicht aufgehoben, nur aufgeschoben. Ein Interview mit der Witwe war Pflicht.

Wahlberg schritt hastig zum Kreuznacher Bahnhof. Mit weit ausgreifenden Schritten, fast lief er. So erreichte er kurz vor halb drei Uhr nachmittags gerade noch den Regionalexpress. Der spuckte ihn eine halbe Stunde später, fast pünktlich um eine Minute vor drei, im Mainzer Hauptbahnhof wieder aus. Über sein Handy hatte er bereits im Zug versucht, Julia Köhnert zu erreichen. Mit dem Telefon am Ohr hastete er die Bahnhofstraße runter in Richtung Dom. Dann versuchte er es bei Paul Steinert. Erst im Büro, dann privat. Nach vielen Wiederholungen erklang eine alkoholisierte, verschwommene Frauenstimme: „Paul?“ Er legte auf.

Als er vor dem mächtigen Dom stand, während die Straßen nach und nach in sanftes Licht getaucht wurden, war ihm nach Heimat zu Mute. Aber er ließ sein Appartement erst noch links liegen und marschierte strammen Schrittes auf Steinerts Büro zu. Kein Licht im ersten Stock, keine Antwort auf sein Klingeln. Was soll's. Dann wird jetzt gekocht, murmelte er halblaut vor sich hin.

Musik fehlte ihm. Das gehörte zum Ritual beim Kochen. Im TV-Programm gab's nichts Adäquates. Also beließ er es bei einer Gesprächskulisse, die von Fußballberichten zur Bundesliga herrührte. Er hob interessiert den Kopf, als eine kurze Reportage über *Werder Bremen* erschien. Gestern sechs zu Null in Freiburg, jetzt Tabellenzweiter, einen Punkt hinter der Werkself aus Leverkusen. Er fühlte sich mit der Heimat verbunden.

Der gekühlten Muscadet beschlug leicht das gefüllte Glas. Wahlberg ließ den Wein kreisen. Er schimmerte hellgelb. Ein paar vorsichtig genippte Tropfen ließ er um seine Zunge schmeicheln. Der leicht nach Apfel und Zitrus schmeckende Wein moussierte ein wenig und hinterließ ein kleines Prickeln am Gaumen. Wahlberg ahnte das Zusammenspiel von Fisch und Wein schon voraus. Einen großen Schluck widmete er dann *Werders* Erfolg. Der Fernseher wurde ausgeschaltet. Er hatte seine Schuldigkeit getan.

Er beizte den Fisch, putzte den Salat, goss für die Marinade Essig und Olivenöl zusammen, schmeckte mit Salz und Pfeffer ab. Die handgemachten Nudeln mussten nur fünf Minuten kochen, somit stellte er schon die Pfanne auf den Herd und erhitzte Öl mit ein wenig Butter. Den gut abgetupften Fisch ließ er beidseitig kräftig anbraten, um dann die Hitze um zwei Drittel zu reduzieren. Der Tisch wurde für eine Person eingedeckt: Weinglas und

Besteck. Er wendete noch einmal den Fisch, rührte abschließend den Salat um, hob mit der Schaumkelle die Nudeln heraus. Überraschend schnarrte die Glocke an der Haustür.

An der Tür stand Julia Köhnert. Erhitzt und mit aufgelöstem Haar. Sie sah umwerfend attraktiv aus. Aber ihr Sinn stand nicht nach Komplimenten.

„Sie müssen mir helfen", forderte sie ihn auf. „Mein Bruder ..."

Er unterbrach sie. „Ich weiß davon. Schon seit heute Vormittag."

„Und warum haben Sie nicht ...?"

„Ich habe öfter versucht, Sie zu erreichen. Aber keiner ging ans Telefon."

„Sie haben ja recht", murmelte sie dumpf.

„Kommen Sie mit hoch? Ich habe gerade Essen fertig. Es gibt Fisch."

„Man riecht's durchs ganze Haus." Sie knarzten die Treppen hoch.

„Und einen guten Schluck Wein gibt's auch noch."

„Habe ich auch mit", sagte sie und zeigte auf ihre Umhängetasche. „Ein kleines Gastgeschenk. Ich dachte, damit ließe sich leichter reden und nachdenken."

Nachdem er Fisch, Nudeln und Salat auf verschiedene Teller und Unterteller verteilt hatte, goss er Wein ein und reichte das frische Brot dazu.

„Was haben Sie für einen Wein mitgebracht", fragte er neugierig. Sie händigte ihm eine Flasche Weißwein aus. „Legen Sie ihn noch in den Kühlschrank. Er ist vom Weinberg meines Vaters."

Wahlberg zog erstaunt die Augenbrauen hoch.

„Ja, ja, die rote Winzerstochter." Ihre Stimme hatte einen Anflug von Selbstironie. „Selbst geerntet, ein Riesling."

Sie aßen schweigend. Sie ließ ein flüchtiges Lob zum Muscadet einfließen. Anschließend kippte sie das Glas mit einem Ruck. Winzerstochter und Weinbanause? Wahlberg staunte. Als hätte sie seine Gedanken geahnt, bedauerte sie. „Ich bin aber keine Banausin, mir war einfach danach. Das müssen Sie verstehen.“

Während er die Teller zusammenstellte, die Gläser nochmal füllte, fragte er, was sich heute abgespielt hatte.

„Sie kamen um sechs Uhr früh. Meine Mutter rief mich aus ihrem Schlafzimmer an. Sie hätten Tobias abgeholt.“

„Woher wusste das Ihre Mutter?“

„Tobias hatte nicht in der Wohngemeinschaft übernachtet, sondern bei unseren Eltern. Er hat da noch sein Zimmer.“

„Was wird ihm vorgehalten?“

„Ich weiß nicht genau: Mord oder Mordversuch an Thomas Balzer.“ Sie schlug sich die Hände vors Gesicht. Sie wühlte in der Tasche. Wahlberg reichte ihr ein Papiertaschentuch und sie tupfte sich die Tränen ab.

„Lassen Sie uns aufs Sofa setzen“, forderte er sie auf, das ist gemütlicher, als am Tisch.“ Dann erzählte er von Maik Meyers, den DNA-Spuren und dem vergeblichen Versuch eines Interviews mit Monika Balzer.

„Tobias hat damit nichts zu tun“, behauptete sie in eigensinnigem Ton, wie ein kleines, trotziges Mädchen.

„DNA-Spuren müssen nicht unbedingt gleich einen Täter überführen. Kommt doch darauf an, wann diese Spuren beigebracht worden sind. Aber ...“ Wahlberg erzählte von Paul Steinerts Gespräch in der Tiefgarage. Daraus könne man entnehmen, dass sich Tobias dort aufgehalten hatte.

Julia fing an zu schluchzen. Tränen liefen an ihren Wangen herab. Wahlberg legte seinen Arm um sie, um sie zu trösten. Sie litt schwer darunter, dass ihr jüngerer Bruder unter Mordverdacht stand. „Er war es nicht. Bestimmt nicht.“

„Aber es sprechen doch Indizien gegen ihn.“

„Sie sind auch noch gegen mich und gegen meinen Bruder.“ Enttäuscht schlug sie mit ihren kleinen Fäusten heftig auf seine breite Brust ein.

Sie hielt inne. „Das klingt so hohl. Das ist der Beweis.“

Irritiert fragte er: „Beweis? Wofür?“

„Na, dass Sie kein Herz haben.“ Sie blickte wie ein waidwundes Tier zu ihm hinauf. Auf einmal mussten beide lachen.

„Aber mir ist eigentlich nicht nach Lachen zumute“, sagte sie düster. „Er war es nicht.“

Wahlberg drückte Julia sanft an sich. Er verspürte keinen Widerstand. Im Gegenteil, sie entspannte sich und rückte etwas heran. Ein Glücksgefühl stieg in ihm auf.

„Sie haben sicherlich diesen Herbert Meinertz in Verdacht. Aber auch der muss bewiesen werden. Genauso wie eine Täterschaft Ihres Bruders.“

Wahlberg vernahm leichte Atemzüge. Er hob ihr Gesicht an. Ihre Augen waren geschlossen. Er roch den Duft ihres Haares. Langsam schob er seine Nase über ihren Scheitel, verharrte eine Weile und drückte sie dann tiefer in die Fülle ihrer Haare. Julia zog den Kopf zurück und schaute ihn fest an. Ihre dunkelblauen Augen schoben sich an ihn heran. Dann umfasste sie seinen Nacken und zog den Kopf zu sich heran. Sie suchte seine Lippen. Sie hielt sich an ihn gepresst wie ein Mensch, der Rettung aus tiefster Not bedurfte. Ihre Lippen lösten sich wieder. Seine Nase wanderte ihren wohlduftenden Hals hinauf.

„Johann, so ist doch dein Vorname?“ Es klang schüchtern. Julia hatte Schalk in den Augen. Sie umfasste ihn und blickte zu ihm auf. „Wäre es sehr vermessen, wenn ich dich bitte ...?“

Er küsste sie wieder, weniger heftig, dafür zärtlich, viel zärtlicher. Ein kleines Lausbubenlächeln überzog sein Gesicht. „Du meinst, wenn ich nichts dagegen hätte ...?“

„Genau, das meine ich.“

„Dann muss ich wohl noch ein Bett beziehen, oder?“

„Vielleicht reicht auch eine Bettdecke – und ein Pyjama für zwei?“

Kapitel 25

Montag, 16. November 2009

Er hatte in der Frühe das Knarren der Tür gehört, wie die Treppenstufen geräuschvoll nachgaben und die Haustür leise ins Schloss fiel. Wahlberg stand rasch auf, lief zum Fenster. Es nieselte. Sie ging eilig durch den Lichtkegel der Straßenlaterne, hob kurz den Blick nach oben. Eine Kapuze überschattete ihre Augen. Hatte sie gestern Abend einen solchen Pulli an? Er war zu müde, um darüber Gedanken zu verlieren. Später, sagte er sich. Wahlberg stieg zurück ins Warme, zog die Bettdecke über beide Ohren und vergrub sich darin. Aber warum geht sie? Er war enttäuscht. Sie hätte noch zum Frühstück bleiben sollen. Darüber schlief er wieder ein.

Gegen neun Uhr morgens starrte Wahlberg in den nebeliggrauen Hinterhof, drehte die Heizung hoch. Er schaute auf den Tisch. Zwar unwahrscheinlich, aber er hatte sich einen einfachen Zettel, ein Abschiedswort von ihr erhofft. Alter Romantiker, schalt er sich. Jetzt wartete eine einsame Tasse Tee auf ihn. Er trank einen Schluck und ärgerte sich. Gestern wäre die Chance gewesen, endlich zu fragen, was sie und ihr Bruder neulich bei und mit Paul Steinert besprochen hatten. Er hätte gerne gewusst, wie der Kontakt zwischen ihr und Paul zustande gekommen war. Missmutig starrte er auf sein Handy. Vielleicht sollte er sie anrufen? Unbehagen stieg in ihm hoch. Wenn er jetzt anrief, sah das nur nach enttäuschtem Liebhaber aus.

Während er grübelte, kam ihm das Gespräch von Freitag wieder in den Sinn. Paul wollte ihm heute Unterlagen, seine Dossiers, liefern. Hat sich Paul vom Acker gemacht? Eigentlich unwahrscheinlich. Er hörte im inneren Ohr noch die klägliche, alkoholbenebelte Stimme von Steinerts Frau. Entschlossen griff er, mit einem Blick zur Uhr, zum Telefon und rief in Steinerts Vorstadtwohnung an. Ein mehrfaches Räuspern erklang an seinem Ohr. Rau klang es: „Bist du's Paul?"

Wahlberg stellte sich kurz vor. Steinerts Frau konnte keine Auskunft über ihren Mann geben. Sie legte grußlos auf. Er wählte die Büronummer. Wieder keine Antwort. Sorge stieg langsam wie saures Magenwasser in ihm hoch. Als er sie bis zum Hals anstehend fühlte, entschloss er sich, Horst Hansens Privatnummer anzurufen. Steinerts Chef meldete sich ziemlich ungehalten.

„Hast du eigentlich einen Zweitschlüssel für euer Büro in Mainz", fragte Wahlberg, als er die näheren Umstände erklärt hatte. „Für den Fall, dass Paul sich aus Angst verdünnisiert hat."

„Glaubst du das?"

„Eigentlich nicht, aber ..."

„Naja, abwarten. Schlüssel haben wir. Es scheint eilig, was?" Als hätte er Wahlbergs stummes Nicken geahnt, versprach er per Express Haus- und Büroschlüssel zu schicken.

„Vielleicht noch heute Abend, spätestens morgen früh sind die Schlüssel dann bei dir."

„Da ist noch was, Horst. Es zeichnet sich ab, dass ich in Kürze ein paar Recherchen in Berlin machen muss."

„Aha", Hansen schien der Vorschlag wenig zu begeistern. „Und wozu?"

„Ich brauch ein rundes Bild vom Leben des Herrn Balzer. Ich will mal ein paar von der Partei- und Fraktionsspitze befragen. Nicht, dass ich hier das Tötungsmotiv vermute – das liegt sicherlich woanders in Berlin begraben."

„Sei vorsichtig – ich weiß ganz genau, worauf du hinaus willst."

„Wirklich? Dann müsste es doch in deinem Sinne sein, im ehemals bestellten Garten nochmal umzugraben?"

„Tolle Metapher." Feine Ironie überzog Hansens Stimme. „Wer sagt denn sowas?"

„Nun, Paul Steinert – zum Beispiel."

Die Stimmung sank. Kühl bemerkte Hansen, dass ihn Steinerts

Vermutungen einen Dreck scheren würden. Falls er unbedingt Berlin aufsuchen müsste, schließlich könne er es nicht verhindern, dann aber bitte mit Vorsprache bei ihm im Büro. Interessante Reaktion, befand Wahlberg.

Wahlberg beschloss zu frühstücken, hatte aber vergessen einzukaufen. Nun stand er mit einem Rest Tee zum wiederholten Mal vor der tristen Kulisse des Hinterhofs. Durch Hinausschauen ändert sich aber nichts. Also griff er wieder zum Telefon und wählte langsam und bedächtig. Nach zweimal Läuten meldete sich eine matte Frauenstimme mit Balzer. Wahlberg bemühte sich um einen verständnisvollen Ton, bat auch um Entschuldigung, aber das Interview, das gestern ausfallen musste – er wiederholte sein Verständnis wegen der Kinder – ob es heute ...

Erstaunlich sachlich kam eine knappe Antwort: „Sie können kommen." Nach einer kurzen Pause: „Meine Kinder sind bis abends bei den Großeltern."

„O. K., dann nehme ich den nächsten Zug." Er schaute auf seine Armbanduhr. „Ich bin kurz nach halb zwölf bei Ihnen."

Mit einem Kneifen in der Magengrube erreichte Wahlberg den Mainzer Hauptbahnhof. Er versorgte sich mit Brötchen und einem Becher Kaffee, die er während der halbstündigen Fahrt verzehrte. Als er vor dem Eigenheim der Familie Balzer aus dem Taxi stieg, öffnete Monika Balzer, schon mit Mantel bekleidet, die Tür.

„Wir gehen hier runter", gab sie die Richtung vor. „Zwar ist es im November nicht so attraktiv, aber die Nähe zum Wasser ..."

Der schmale Weg am Ufer der Nahe war feucht überzogen. Verdorrte Blätter, erkennbar noch in Herbstfarben, hingen vereinzelt in Geästen. Wahlberg überlegte kurz, wie er das Gespräch beginnen sollte, als die Witwe von selber anfing. „Sicherlich wollen Sie mich auf die Affären meines Mannes ansprechen, wie ich diese Demütigungen ausgehalten habe, was meine Kinder in der Schule erdulden – nein, noch schlimmer – erleiden mussten. Und wie sie sich jetzt fühlen, wo ihr Papa tot ist."

„Sie schildern Ihre Situation sehr sachlich. Ich hatte mehr Bitterkeit erwartet."

„Vielleicht bin ich abgestumpft." Sie wandte ihm ihr Gesicht zu. Ihre Wangen glühten trotz der Novemberwitterung wieder wie bei einem Teenager.

„Frau Balzer." Wahlberg hielt kurz ein, während sie sich ihm neugierig zuwandte. „Vorab muss ich etwas klarstellen. Das MAGAZIN macht keinen Sensations- oder Klatschspaltenreport. Bestimmte persönliche Tatsachen werde ich schon erwähnen müssen, wenn sie die Umstände erklären. Mir geht es im Wesentlichen um weiterführende Fakten. Ich will die Motive, die zum Tod Ihres Mannes geführt haben, herausfinden."

„Sie wollen also auch Detektiv spielen? Der Beamte vom BKA hatte gestern das Gleiche gesagt. Was unterscheidet Sie eigentlich?"

Gute Frage, dachte Wahlberg. Laut sagte er: „Nun, das BKA betreibt die Aufklärung eines Tötungsdelikts, die Medien betreiben Aufklärung für die Öffentlichkeit und erfüllen damit ein verbrieftes Grundrecht. Sie wissen doch: die 'Vierte Gewalt'."

„Ich weiß nicht, ob ich Ihnen da weiterhelfen kann."

Wahlberg hatte den Verdacht, dass die Witwe gerne gesehen hätte, wenn ihr Schicksal und das ihrer Kinder in bunten Blättern abgebildet werden würde. Deshalb wollte er auch gleich vorbeugen: „Honorare zahlen andere Gazetten."

Ein Anflug von Enttäuschung überzog ihr Gesicht. Ihre Wangen glühten noch intensiver, trotz der Kühle und Feuchte. Innerlich schüttelte Wahlberg bei dem Gedanken den Kopf, wie unverfroren Menschen sein können, ihr eigenes Leid zu vermarkten.

„Nun, Frau Balzer, es sind ein paar Fragen zu Personen, mit denen Ihr Mann in näherem Kontakt gestanden hat."

Die Enttäuschung schwang immer noch mit, als sie antwortete: „Es wäre halt wegen der Kinder gewesen ..."

Er konnte nicht an sich halten. „Und Ihre Nachbarn, die Ihnen doch schon so dicht auf der Pelle sitzen? Wenn Sie einen Geldbetrag erhalten hätten – das wäre doch irgendwann herausgekommen. Was glauben Sie, wie schnell da das Wort gierig gefallen wäre. Ob das den Kindern gut getan hätte?"

Ängstlich wie sie ihn ansah, wurde ihm sofort bewusst, dass er vorsichtiger argumentieren musste. Sonst konnte er das Interview ganz streichen. Er atmete tief durch und schaute auf das ruhig fließende, etwas schlammige Wasser der Nahe.

„Entschuldigen Sie, Frau Balzer."

„Vielleicht haben Sie Recht. Es macht dann keinen guten Eindruck ..."

„Ich will von Ihnen auch nur Auskünfte über ein paar Personen, mit denen Ihr Mann in engerem Kontakt gestanden hat oder gestanden haben könnte. Kennen Sie Paul Steinert? Haben Sie ihn mal kennen gelernt?"

Monika Balzer hatte ihren ruhigen Ton wiedergefunden. „Der kleine, etwas rundliche Journalist? Ja, sie trafen sich früher, also vor gut einem Jahr, öfter hier in seinem Arbeitszimmer. Ich glaube, nein bestimmt, auch in Mainz. Das habe ich mitgehört."

„Wie oft haben sich die beiden getroffen?"

„Vor gut einem halben Jahr haben die Treffen bei uns aufgehört. Aber sie haben sich sicherlich in Mainz weiter getroffen. Die Zwei konnten gut miteinander. Das hat mein Mann öfter gesagt. Hier haben sie sich vielleicht vier oder fünf Mal getroffen. Dann haben sie meist ein paar Flaschen Wein leer gemacht."

„Haben Sie auch mal gehört, worüber geredet worden ist?"

„Nein, die sind immer im Arbeitszimmer verschwunden. Dann war die Tür zu."

Sie verließen den Uferweg, um über eine Treppe auf die parallel zum Fluss führende Straße hinaufzusteigen. Das wäre hier immer ihr Wendepunkt bei ihren Spaziergängen, erklärte sie. Für Wahlberg ein Signal, schnell seine Fragen zu stellen.

„Hat Ihr Mann den Namen Herbert Meinertz erwähnt? War der auch mal bei Ihnen?"

Sie zögerte lange mit einer Antwort. Gedankenschwer sagte sie: „Wie soll ich das erklären. Mein Mann sagte einmal, der wäre aufgetaucht wie aus dem Nichts. Aber das hatte ihn anfangs überhaupt nicht gestört. Der war auch mal hier. Ein mittelgroßer, auch etwas fülliger Mensch. Nicht so dick wie der Journalist."

„Anfangs nicht gestört – dann aber später?"

„Mein Mann schaute bei Personen immer auf den Nutzen, den er von ihnen hatte. Irgendwann hatte er den Eindruck, so sagte er mal, dass Herbert Meinertz ihn ausnutzen würde."

„Gabe es darauf Reaktionen von Ihrem Mann?"

„Heftige. Mein Mann wurde ganz wütend. Er hatte nämlich Angst, die Kontrolle zu verlieren. Kontrolle war für ihn eigentlich alles." Sie schaute ihn grimmig an. „Auch in der Familie."

„Nannte Ihr Mann mal einen genaueren Zeitpunkt zu Meinertz' Auftauchen?"

„Ich glaube, als sich Thomas richtig mit der Partei angelegt hatte – das war vor mehr als einem Jahr – da musste er befürchten, dass er nicht mehr für die Bundestagswahl aufgestellt werden würde." Plötzlich schluchzte sie laut auf und Tränen liefen ihr übers Gesicht. „Wäre er bloß nicht mehr aufgestellt worden ..."

Wahlberg fühlte sich zunehmend unwohl. Er kam sich vor wie ein Eindringlich in intimste Sphären. Interviews berühren die Seele, durchschneiden sie manchmal. Beide Seiten sind betroffen.

„Also, vor etwas mehr als einem Jahr trat Meinertz sozusagen in das Leben Ihres Mannes und seiner Partei ein und hat sich hochgearbeitet."

„Hochgearbeitet ist übertrieben. Mein Mann hatte die Weichen so gestellt. Und fragte gar nicht, was der Kerl so machte und woher er gekommen war." In Monika Balzers Stimme klang eine tiefe Enttäuschung durch, die Wahlberg irritierte. „Zum Bruch kam es, als sich Herbert Meinertz erdreistete – so der O-Ton meines Mannes – sich auf die Landesliste für die Bundestagswahl zu setzen. Gegen das Bestreben meines Mannes, wohlgemerkt. Aber durch sein joviales Auftreten hatte er bei den Mitgliedern unwahrscheinlich an Einfluss gewonnen. Ein richtiger Menschenfischer, was mein Mann nie war. Der wollte immer mit dem Kopf durch die Wand und versuchte andere dabei auszutricksen."

Balzers Haus war schon in Sichtweite. Sie hielt kurz inne und schaute ihn wieder an. „Und jetzt hat ihn dieser Schweinehund auch noch beerbt. Dafür könnte ich ihn umbringen." Ihre Augen waren hart wie Rohdiamanten.

„Das lassen Sie bitte keinen hören. Falls dem Meinertz was passiert, sind Sie zuerst dran." Wahlberg sagte das in einem übertrieben spöttischen Ton. „Aber ernsthaft. Glauben Sie, dass Herbert Meinertz mit dem Tod Ihres Mannes in Verbindung steht? Oder sogar Täter oder Anstifter sein könnte?"

Sie blieben jetzt vor dem Gartentor stehen. „Wollen Sie noch mit auf einen Kaffee hereinkommen?"

Wahlberg wiegte den Kopf hin und her. „Danke für die Einladung, aber wissen Sie, Paul Steinert ist nicht auffindbar. Ich muss mich drum kümmern."

„Auch in Ordnung. Ob Herbert Meinertz mit dem Tod von Thomas zu tun hat? Eigentlich liegt das für mich auf der Hand. Ihm nützt das am meisten. Er ist Nachrücker und wird die großzügige Besoldung eines Bundestagsabgeordneten erhalten."

„Kommen noch andere Parteigänger oder –gängerinnen Ihres Mannes in Frage? Sagen wir mal: aus anderen Gründen?"

„Da müsste ich oder könnte ich Ihnen eine endlos lange Liste aufstellen, wen mein Mann schon alles auf dem Gewissen hat. Da hat sich schon viel Wut aufgestaut."

„Denken Sie dabei auch an Tobias Köhnert?"

„Den Bruder vom Kurzzeit-Gspusi meines Mannes?" Wahlberg verzog keine Miene bei dieser Einordnung von Julia.

„Den kenn ich nicht so. Ich habe gehört, dass er zu den *Jungen Wilden* in der Partei gehört – immer Opposition. Naja, Thomas hat's ihnen ja auch leicht gemacht."

„Den hat Meyers vom BKA gestern wegen Mordverdacht an Ihrem Mann verhaftet."

„Was?“ Sie riss die Augen auf. „Der? Ich fasse es nicht.“

„So“, sagte Wahlberg. Dann gab er ihr flugs die Hand, murmelte noch eine Entschuldigung und einen Abschiedsgruß. Dann eilte er wieder zum Bahnhof. Monika Balzer blieb mit ihrem Erstaunen alleine zurück.

Eilig verließ er den Mainzer Hauptbahnhof. Er nahm sich voller Ungeduld und Sorge ein Taxi mit Ziel Ludwigsstraße. Er klingelte mehrfach. Vergebens. In der gegenüberliegenden Bäckerei richtete er sich mit Kaffee und einer Rosinenschnecke auf eine längere Wartezeit ein. Während er gespannt den Büroeingang beobachtete, durchforstete er nochmal das Gespräch mit Balzers Witwe. Einiges, was ihm im Nachhinein ungereimt erschien, ging ihm wiederholt durch den Kopf. Wie passten ihre unterschiedlichen Charakterbeschreibungen von Meinertz zusammen: Empörung, jovialer Menschenfischer, Rachegelüste, dann diese Aussage, dass er künftig die großzügig bemessenen Diäten eines Bundestagsabgeordneten beziehen würde. War es eine Neidattacke oder Enttäuschung? Wahlberg war sich sicher, da steckte noch mehr dahinter. Die Witwe musste nochmals befragt werden.

Nach einer Stunde und vier großen Bechern Kaffee schoss er auf seine Wohnung zu. Der Kaffee trieb ihn aufs Klo. Nach seiner Erleichterung probierte er es wieder über sein Handy. Keine Reaktion von Paul. Steckte vielleicht Meinertz dahinter? Diese Frage erschien ihm auf einmal ungeheuer wichtig. Er sollte ihn schnellstens aufsuchen. Paul hatte ihm am Freitag noch die Anschrift gegeben.

Als Wahlberg aus dem Bus in der Straße Am Römerlager ausstieg, überrannte ihn fast ein mittelgroßer, etwas beleibter Mann, der noch unbedingt den Bus erreichen wollte. Dem kleinen Schleppkoffer, der hinter ihm hin- und herflog, konnte er gerade noch mit einem eleganten Sidestep ausweichen. Wahlberg lief auf den gegenüberliegenden Wohnkomplex zu und fand Meinertz‘ Mietwohnung auf Anhieb. Das Fenster im Dachgeschoß blieb dunkel, auch nach mehrmaligem Klingeln. Er wollte wieder zurück zur Bushaltestelle, als sich die Haustür öffnete.

„Suchen Sie jemanden?“, fragte eine ältere Frau misstrauisch.

„Ja, ganz richtig. Herbert Meinertz. Der wohnt doch hier.“ Wahlberg deutete auf das Klingelschild.

„Oh, der ist gerade weg. Mit so einem Koffer auf kleinen Rädern.“

Welch ein bizarrer Zufall, dachte er und schlug den Rückweg ein. Aber wo ist Paul?

Kapitel 26

Anfang Oktober 2009

Thomas Balzer hat sich auf dem Weg zum Potsdamer Platz bewusst gegen seine Gewohnheit, den Fahrdienst zu ordern, für diesen zwanzigminütigen Spaziergang entschieden. Er spielt gedanklich durch, was ihn in der Anwaltskanzlei erwarten könnte. Natürlich wollen sie ihn zur Kasse bitten. Er war ihnen etwas schuldig. Wie sagte der jüngere Bruder beim ersten Zusammentreffen, so banal wie aus deren Sicht richtig: Eine Hand wäscht die andere. Oder, wie er es sagen würde, wo eine Seite gewinnt, verliert die andere. Das ist eines dieser kapitalistischen Grundgesetze.

Was tun? Diese Frage hat er sich noch nicht abschließend beantwortet, als er das Hochhaus betritt. Balzer geht auf den Aufzug zu und drückt den Knopf zur Etage der Anwaltskanzlei. Da müsste die Knete schon stimmen. Aber andererseits haben sie ihn doch jetzt schon in der Hand. Er hat Mephisto seine Seele verkauft, um seiner Karriere willen. Können sie ihn nötigen und erpressen? Er hat inzwischen eine Ahnung, wie skrupellos die Lochners ihre ohne Zweifel vorhandene Macht, ihre Netzwerke ausnutzen würden, falls er aus dem Ruder läuft.

Was hat er als Gegenstrategie aufzubieten? Es läuft ihm kalt über den Rücken, als er den großen, getäfelten Vorraum der Kanzlei betritt. Vielleicht liegt es auch an der Klimaanlage, die noch im Spätherbst für frische und kühle Luft sorgt. Er wird schon erwartet. Schau'n wir mal, was angeboten wird, denkt er, als er den beiden Brüdern die Hand schüttelt.

„Herzlichen Glückwunsch zum erneuten Einzug in den Bundestag." Der generöse, etwas selbstgefällige Tonfall von Kurt Lochner leitet die Gesprächsrunde, zu der man sich im kleinen Sitzungszimmer eingefunden hat, ein.

Balzer antwortet mit einem kurzen, etwas angestrengt herausgestoßenen „Dankeschön".

„Und ihre Partei hat hervorragend abgeschnitten. Das eröffnet jetzt ganz neue Zukunftsszenarien", sekundiert Heinz seinem Bruder.

„Jetzt können wir uns schrittweise von der sommerlichen Prognose der herbstlichen Realität zuwenden. Und damit wären wir gedanklich schon auf dem Weg, wie wir nützlich mit dieser neuen Realität umgehen." Heinz Lochner liebt es, direkt auf das Ziel zuzusteuern.

„Nützlich umgehen?" Balzer richtet seinen Blick auf den jüngeren Lochner.

„Nun ich sagte mal, dass eine Hand die andere wäscht. Sie erinnern sich?" Der jüngere Lochner bleckt die Zähne. „Wir erwarten nun Ihre Dienstleistungen. Schließlich haben wir Sie bisher fein rausgeputzt. Wir erwarten von Ihnen – und er stach mit seinem Zeigefinger wie mit einem Florett auf ihn zu – dass Sie unsere Hand nun waschen. Wir wollen nun von Ihnen gepflegt werden." Er lachte meckernd über seinen Witz.

„Wie soll denn diese Nützlichkeit, wie Sie es ausdrücken, aussehen? Was könnte ich denn ausrichten als unbekannter Politiker in einer unbedeutenden Partei?"

„Hören Sie, Herr Balzer. Ihre Partei ist nicht so unbedeutend. Sie hat erstaunlich zugelegt. Und stellen Sie Ihre persönliche Bedeutung nicht so unter den Scheffel. Sie sind doch als Stellvertreter in der Fraktionsführung im Gespräch. Wir würden gerne weiter mithelfen."

Kurt Lochner, der seinem Bruder gern das Reden überlässt, pflichtet diesem bei. „Alles läuft auf einmal nach links. Ihre Topleute treiben die anderen vorwärts."

„Was haben Sie denn davon, wenn die Republik nach links rückt? Das ist doch überhaupt nicht Ihre Klientel. Um es mal ganz klar auszudrücken: Wofür möchten Sie einen linken Politiker wie mich gewinnen – oder wie Sie es sagten – nutzen?"

Die beiden Brüder schweigen kurz, sehen sich an. Heinz ergreift das Wort und sagt in fast brutaler Offenheit: „Nicht jeder linke Politiker ist gleich links. Viele sind käuflich. Denken Sie doch an die beiden

Vorzeigegewerkschafter Steinkühler und Zwickel.“

Balzer ringt innerlich nach Fassung. „Was meinen Sie damit?“

Heinz Lochner lächelt maliziös. „Wir räumen sozusagen hinter Ihnen wieder auf, wenn Sie Ihre Skandale einfädeln.“

„Muss ich mir solche Unterstellungen gefallen lassen?“

„Warten Sie es ab, wir haben einiges in Petto. Zum Beispiel einen guten Überblick über Ihre Liebschaften.“

Balzer starrt seine Gegenüber mit hochrotem Kopf an. „Meine Privatsachen gehen Sie gar nichts an. Woher wollen Sie so etwas wissen?“

Kurt Lochner wendet sich an den Abgeordneten. „Wir wollen in die Zukunft blicken. Wozu also einen linken Politiker einbinden? Die Finanzkrise bestimmt noch für längere Zeit unseren gesellschaftlichen Tenor. Es gilt Schaden von unserer Demokratie abzuwenden. Ihr Vorsitzender spricht schon von einem notwendigen Systemwechsel. Wohin soll das führen?“

Sein jüngerer Bruder Heinz gibt sich sachlich: „Wir wissen natürlich auch, dass es in Ihrer Partei eine Reihe vernünftiger Köpfe gibt. Sie rechnen wir dazu. Vor allem in Ihrer Spitzenposition sind Sie ein Gewinn.“

„Sie denken also, Sie hätten mit mir das große Los gezogen, oder?“

„Sehen Sie, Herr Balzer.“ Kurt Lochner schaut Balzer mit ernster Miene an. „Diese Krise belastet uns doch alle. Wir benötigen einiges an zusätzlichen Staatsmitteln, zum Beispiel für Steuerentlastungen, damit die Leistungsträger unserer Gesellschaft wieder ihre Vorbildfunktion wahrnehmen können.“

Balzer traut seinen Ohren nicht. „Sie rufen nach Staatsknete, nachdem Sie und Ihres Gleichen voll auf den neoliberalen Zug aufgesprungen sind. Das ist schon heftig.“ Er steht abrupt auf. „Aber nicht mit mir.“

„Wenn wir den Finanzkollaps durchstehen wollen“, Kurt Lochner, von Balzers Einwand völlig unberührt, spinnt das Gespräch weiter fort, „dann müssen wir den Massen“ – bei diesem Begriff hebt er beide Hände in pastoraler Pose, fast segnend – „einiges zumuten. Dazu

benötigen wir auch Hilfe von links, für den gesamtgesellschaftlichen Konsens. Da wird einiges auf uns zukommen. Das muss die Politik der Zukunft absichern."

Lochner, der Jüngere, übernimmt wieder seinen Part im Dialog. „Da kommen Sie dann ins Spiel. Wir benötigen in jeder Partei ein oder zwei Leute, mit denen wir vertrauensvoll" – sein Mund verzieht sich wieder zu einem ironischen Grinsen – „zusammenarbeiten können."

„Sie verlangen, dass ich meine Reputation als Abgeordneter aufs Spiel setze."

„Aber Herr Abgeordneter", wieder dieses zynische Grinsen im Gesicht von Heinz Lochner, „wenn Sie geschickt agieren, dann verlieren Sie auch nicht Ihre Reputation. Aber Sie müssen Ihre inneren Widersprüche auflösen. Wenn Sie sich gut anstellen, dann wird man sich auch gerne nach Ihrem Ausscheiden aus dem Bundestag an Sie erinnern. Sie wissen doch: Der Drehtüreffekt."

Balzer geht unschlüssig auf und ab. Setzt sich wieder hin und schaut in die erwartungsvollen Gesichter der Brüder. „Nun, sagen wir mal so: Was wäre drin, wenn ich geschickt agiere?"

„Das käme drauf an, bis zu sechsstelligen Summen, so im unteren Bereich – wenn Sie geschickt sind, auch steuerfrei", offeriert Kurt Lochner.

„Was wäre dann meine konkrete Aufgabe in Ihrem Szenario?"

„Denken Sie in die Zukunft hinein. Unsere Strategie läuft auf eine langfristige Projektion hinaus. Wie mein Bruder schon sagte, wir gehen schweren oder vielleicht sogar sehr schweren Zeiten entgegen. Entscheidend für die weitere Zukunft wird dann die Zusammensetzung des Bundestags 2013 sein."

„Ihre Projektion basiert auf einer sich verschärfenden sozialen Lage, die über das Jahr 2013 hinausreicht." Trotz des Politjargons klingt die Empörung in Balzers Stimme deutlich durch. „Dazu wäre ich dann nützlich, wie Sie vorhin sagten?"

Kurt Lochner, den Abgeordneten genau im Blick, mischt sich nun ein. „Wir haben Deutschland im Fokus. Wir wollen weiterhin geord-

nete Zustände, und das auf Dauer. Wir wollen keine Idealisten in unseren Reihen. Das verdirbt das Geschäft. Deshalb ist unsere Antriebsfeder und Belohnung schlichtweg Geld oder Vergleichbares."

Der Abgeordnete schürzt die Lippen und schiebt dabei die Unterlippe ein wenig vor. Er schaut die Brüder an. „Mal ehrlich. Sie hebeln also unsere parlamentarische Demokratie aus, um Ihren Einfluss und Gewinn zu sichern. Dafür machen Sie mir als Abgeordneten ein Angebot, das ich eigentlich nicht ablehnen kann. Es klingt verlockend, aber es fällt mir schwer."

Balzer blickt in zwei leidenschaftslose Augenpaare. Politik ist für diese Vertreter ihres Genres die Basis dafür, sozusagen der Rohstoff, der durch ihre spezielle Lobbyarbeit verfeinert und damit zur Ware wird. Sie handeln ein Geschäft ab, denkt Balzer, nur ein Geschäft. Und ich bin dafür ein wohlfeiles Medium.

Heinz Lochner meldet sich in unterkühltem Tonfall: „Sollen wir noch ein Schippchen drauflegen?"

„Sie verscherbeln dann diese Informationen, die Sie von mir haben wollen, nicht wahr?" Balzer ignoriert Lochners Frage. „An wen eigentlich?"

„Wie ich Ihnen schon eingangs sagte. Wir machen uns Sorgen um die Zukunft hier in Deutschland. Also werden wir auch mit allen relevanten gesellschaftlichen Kräften zusammenarbeiten, um diese Zukunft zu sichern."

„Reden Sie bitte mal mit mir Klartext. Wer gehört zu diesen relevanten gesellschaftlichen Kräften? Könnte da auch der Verfassungsschutz dabei sein?"

Als Antwort auf seine Fragen erhält er ein mokantes, wissendes Lächeln.

„Kurt, weißt du etwas über den Verfassungsschutz?"

„Ich bitte dich, lieber Bruder, der stört doch nur unsere Geschäfte."

Balzer fühlt sich langsam in einen Abgrund hinab gesogen. Haben diese beiden ihn jetzt im Sack? Eigentlich ist er bereits durch die Finanzierung der damaligen Schutztruppe auf dem Parteitag erpressbar geworden. Über seine Liebschaften können sie nicht alles wissen. Von einigen schon, aber bestimmt nicht von allen.

Es ist kein schlechtes Gewissen, das ihn plagt. Es ist pure Existenzangst. Das Geld abzocken, dann aussteigen? Wenn es schief geht, bliebe ihm wahrscheinlich nur noch Hartz-IV. Welchen Weg gibt es, um aus dem Dilemma herauszukommen? Er müsste sich mal wieder mit Steinert austauschen.

Kapitel 27

Dienstag, 17. November 2009 – vormittags

Ein durchdringendes Schnarren schreckte Wahlberg aus dem Schlaf. Er langte nach seiner Armbanduhr auf dem Tischchen neben seinem Bett. Schon viertel nach acht. Er war spät eingeschlafen. Noch um Mitternacht hatte ein uniformierter Bote Hansens Expresspäckchen gebracht. Neben den Schlüsseln fischte er aus dem wattierten Umschlag noch einen kleinen Zettel heraus. Eine von Hansen verfasste handschriftliche Notiz: *Das sind die beiden Schlüssel zu Paul Steinerts Büro. Einer für die Haustür, der andere fürs Büro. Will wissen, wo Paul abgeblieben ist. Sein Material muss unbedingt gesichert werden. Ruf mich bitte an. Gruß Horst.*

Als das unangenehme Schnarren erneut erklang, sprang er aus dem Bett. Er warf sich den Bademantel über, schlüpfte in seine Latschen und öffnete die Tür einen Spalt. Er blinzelte in den grauen Morgen. Ihn fixierten kieselgraue Augen aus einem Gesicht, das sich dicht vor dem Türspalt befand.

„Guten Morgen, Herr Wahlberg. Dürfen wir reinkommen?"

Der Journalist sah, wie sich hinter dem Rücken von Maik Meyers, dem Kriminalhauptkommissar, eine weitere Gestalt hervorschob. Die Polizistin, mit dem straffen Pferdeschwanz. Diesmal in einen modischen Mantel gewickelt. Ihn erstaunte die Wandlung von Sonntag zu heute.

Vor Überraschung und noch ein wenig vom Schlaf benebelt öffnete er die Tür – um sie gleich wieder zuzudrücken. Meyers Adjutantin stellte ihren Fuß dazwischen.

„Eh, das ist Hausfriedensbruch. Unverschämtheit", empörte er sich. „Haben Sie einen Durchsuchungsbefehl?"

„Lassen Sie das." Kurz und knapp kam die Anweisung. Die Pferdeschwänzige zog hastig den Fuß zurück. „Wir müssen mit

Ihnen reden."

„Das ist ja mal was Neues", spöttelte Wahlberg, etwas wacher und wieder in seine Rechte eingesetzt. „Worum geht's denn?"

„Steinert!"

Ahnungsvoll schloss Wahlberg die Augen. Er stütze sich am Türrahmen ab.

Ein Funken Mitleid schimmerte in Meyers kieselfarbigen Augen. Sie wussten schon, was Wahlberg nun konkret erfahren würde.

„Lassen Sie uns herein. Dann können wir reden."

Wahlberg gab die Tür frei. Die beiden Beamten folgten ihm nach oben. Im Wohnzimmer stellte er sich mit dem Rücken ans Fenster. Er bot beiden die Couch zum Sitzen an.

„Er ist tot!" Aus Wahlbergs Mund klang es nicht wie eine Frage, sondern wie eine vorweggenommen Bestätigung. „Wo haben Sie ihn gefunden?"

„Ja." Meyers blieb bei seinem Pokerface. „Spaziergänger. Gestern Nachmittag am Rheinufer. Die Leiche trieb im Wasser, fast unter der Theodor-Heuss-Brücke."

Wahlberg dachte an die kleine knubbelige Gestalt des Paul Steinert. Trauer, Wut, Enttäuschung wechselten sich in seinen Gefühlen ab. Bruchhafte Erinnerungen stiegen in ihm auf. Aus einem unerfindlichen Grund musste er an Pauls kleine Nase denken. Die sein Gesicht so dominierte, sympathisch und witzig.

„Haben Sie einen Verdacht?" Meyers fixierte ihn.

„Er war so merkwürdig, eher ängstlich, würde ich mal sagen. Sonst ..." Wahlberg zuckte mit den Schultern. Er überlegte, ob er seine Beobachtungen von Freitag preisgeben sollte. Vielleicht später.

„Wie ist er zu Tode gekommen?"

„Schädeltrauma, die Kalotte eingeschlagen", war die kurze Antwort des Kommissars. „Tatwerkzeug offensichtlich ein Holzprügel. Parallelen zu Balzer."

Wahlberg konnte seine Tränen gerade noch hinunterschlucken.

Er bemühte sich um Routine. „Haben Sie schon Ergebnisse zu den Todesumständen, Zeitpunkt, Tatort oder ähnliches?"

„Er wurde wahrscheinlich dort niedergeschlagen, wo man ihn ins Wasser geworfen hat. Die Leiche hat sich dort verhakt. Unter der Brücke ist die Strömung nicht so stark."

Die letzten Tage mit Paul liefen wie ein Film an seinem inneren Auge vorbei. Meyers hatte weitergesprochen, was Wahlberg in seiner mentalen Abwesenheit nicht gleich registrierte. Er bat um Wiederholung. Der Hauptkommissar sagte, er könne ihm noch nicht viel erzählen, die Untersuchung der Leiche dauere noch an.

„Sie lag etwa zwei, drei Tage im Wasser, ein wenig unter dem Ufergestrüpp. Das ist nicht lange. Trotzdem verändert sich der Leichnam wesentlich, im Gegensatz zu einem frischen."

Vor zwei Tagen, ging es Wahlberg durch den Kopf, vielleicht eher drei? Er dachte an den Freitagabend.

„Wäre er den Strom hinabgetrieben, dann hätte man ihn an einer anderen Stelle aufgefunden oder er wäre vermutlich stark durch die Rheinschifffahrt beschädigt worden. Schiffsschrauben oder so ähnlich, Sie wissen ja ..." Meyers erstaunlich lange Sätze drangen wieder in Wahlbergs Bewusstsein.

„Wir suchten ihn schon das ganze Wochenende."

„Wer ist wir?"

„Nun, sein Arbeitgeber in Berlin, der gleichzeitig mein Auftraggeber ist – und natürlich ich." Wahlberg entschloss sich jetzt, seine Beobachtungen weiterzugeben.

„Es war so unwirklich. Er hatte Angst. Ich glaube, er fühlte sich verfolgt."

Der Kriminalhauptkommissar wandte ihm sein verschlossenes Gesicht zu. „Erzählen Sie."

„Ich habe beobachtet, wie er Freitagnacht in sein Büro ging. Meist hat er dort übernachtet, wenn's spät wurde."

„Sie haben Paul Steinert, Ihren Kollegen, verfolgt oder bespitzelt oder so ...?"

Wahlberg wehrte ab. „Das war Zufall. Ich machte nach dem Essen einen Abendspaziergang. Licht war in seinem Büro. Dann kam er mit Julia und Tobias Köhnert im Schlepptau heraus. Da wurde ich neugierig ..."

„Sie mussten einen Grund gehabt haben." Wahlberg hatte das Gefühl, Meyers graue, harte Augen bohrten sich in sein Gehirn.

„An dem Abend? Nein, das war wirklich Zufall. Ich war eher wütend, als dass ich mir Sorgen machte."

Meyers Assistentin notierte Wahlbergs Aussagen. „Was gab es noch?", fragte der Kripobeamte.

„Paul Steinert trug ein Geheimnis mit sich herum, das den Fall Balzer vielleicht erhellen könnte. Er wollte es mir immer wieder mitteilen." Verbitterung und Enttäuschung schlugen in seiner Stimme durch.

„Das könnte ein Motiv für Steinerts Tod sein. Und ein Tobias Köhnert rückt noch näher in den Fokus der Ermittlung."

„Als ich den Dreien hinterherging, wollte ich rausfinden, welche Querverbindung es zwischen ihnen geben könnte."

„Hatten Sie Erfolg?" Meyers harte Augen färbten sich spöttisch.

„Nein, aber an eine Tatbeteiligung von Tobias Köhnert glaube ich nicht."

„Das wird sich in irgendeiner Weise herausstellen, so oder so. Haben Sie am Freitag noch etwas bemerkt, was Sie nicht verschweigen dürfen?"

Wahlberg schaute ihn an. Aber Humorlosigkeit war Meyers Markenzeichen.

„Zwei Dinge noch. Paul wurde, als er Freitagabend in seine Büroräume eintrat, von einem *Kapuzenpulli* beobachtet. Das habe ich gesehen. Übrigens, derselbe Schatten, davon bin ich überzeugt, stand in meiner Nähe, als ich meine Tür aufschließen wollte. Auch im Kapuzenpulli."

„Könnte es Tobias Köhnert gewesen sein?"

„Definitiv nein. Der ist größer, schlanker. Der *Kapuzenpulli* wirkte kleiner, vielleicht untersetzt."

Meyers stand abrupt auf. „Übrigens. Wir müssen in Steinerts

Büro. Haben Sie Schlüssel dazu? Oder sollen wir den Hausmeister bemühen?"

Geistesgegenwärtig sagte Wahlberg: „Schlüssel sind aus Berlin unterwegs." Er warf einen kurzen Blick auf das kleine, mitternächtlich zugestellte Kuvert, das neben dem Laptop lag. „Das MAGAZIN – er hob die Zeitschrift extra hervor – will den Umständen auch auf die Füße helfen. Ich sage Ihnen dann Bescheid."

Ironie stand in Meyers Augen. „Gut gebrüllt, Löwe." Er hob kurz die Hand. „Wir finden den Weg hinaus."

„Halt", rief Wahlberg. „Das hätte ich beinahe vergessen. Am Samstagvormittag rückte Paul Steinert damit raus, dass er Drohbriefe erhalten hatte."

„Wo sind die?"

„Im Büro, in seinem Schreibtisch."

Wahlberg lauschte dem abwärtsgehenden Knarren der Stufen. Die Haustür schloss mit einem kleinen Knall. Wahlberg zog sich hastig an. Er musste Steinerts Büro schnell erreichen, bevor Meyers doch den Hausmeister holte. Wieder fällt Frühstück aus. Ein Elend, dachte er. Paul ist tot.

Die Haustür zum Bürotrakt in der Ludwigsstraße stand offen. Er stieg die steinernen Treppen hoch zum ersten Stock. Ein Stapel verschiedener Zeitungen lag vor der Bürotür. Es gab Wahlberg einen Stich, als er daran dachte, dass diese tägliche Pflichtlektüre eines Journalisten nicht mehr gebraucht wurde. Er positionierte sich vorsichtig neben dem Zeitungsstapel. Er schaute sich kurz um. Entschlossen schob er den Schlüssel ins Sicherheitsschloss.

Wahlberg bewegte sich auf Fußspitzen durch den kurzen Flur. Durch die Glasscheibe des Büroraums hindurch schimmerte verzerrt ein Lichtschein. Sachte drückte er mit dem Ellbogen an den Türrand. Er öffnete die Tür zunächst nur handbreit und schaute vorsichtig durch den Spalt. Dann die linke Schulter vor, schob er mit einem heftigen Ruck die Tür auf. Eine Windhose schien Tabula rasa gespielt zu haben. Mit Erschrecken stellte er fest, dass der Büroraum verwüstet war. Papiere, alte Zeitungen und sogar

Mobiliarteile lagen durcheinandergewirbelt vor ihm. Wer hat da gewütet, fragte er sich, und was hat die Person bei Paul gesucht? Die Dossiers?

Die auf den Teppichboden herabgefallene Schreibtischlampe leuchtete immer noch und illuminierte die Szenerie von unten. Wahlberg fand einige rotbraune Flecken, nicht übermäßig viele. Er prüfte sie mit seinem Fingernagel. Seiner Meinung nach waren sie älter als ein oder zwei Tage. Anscheinend ist Paul nicht hier überfallen worden. Die Räume sind wahrscheinlich später durchsucht worden. Hatte man Pauls Schlüssel bei ihm gefunden?

Im ersten Überblick stellte er fest, dass Steinerts Notebook verschwunden war. Dort würde aber wenig Brisantes zu finden sein. Paul legte viel Wert auf Sicherungskopien. Steinert hatte seinen rosafarbenen 4-Gigabyte-Stick immer auf den kleinen Haken am Lampenarm inmitten der gleichfarbigen Gummibänder aufgehängt. Ein Schlaufuchs, der das Offensichtliche als ein sicheres Versteck ansah.

Wahlberg trat vorsichtig auf und untersuchte die herabgefallene Schreibtischlampe. Der Haken stand jetzt leer nach oben. Die Gummibänder lagen drum herum verteilt. Wie ein Kriminalist nahm er seinen Kugelschreiber und schob die Gummiringe ein wenig zur Seite und stocherte in dem bunten Bündel. Vergebens, dachte Wahlberg und wollte sich schon aufrichten. Da sah er das dünne rosafarbene Bändchen, ähnlich den rosa Gummiringen, die unter dem Lampenschirm hervorlugten. Er war fündig geworden. Daran hing der gesuchte USB-Stick.

An der Bürotür sicherte er nach allen Seiten. Dann verließ er das Haus, ohne gesehen zu werden. Sein Magen entspannte sich. Der Journalist fasste in seine Hosentasche und ließ den kleinen Datenspeicher durch seine Finger wandern.

Wahlberg fuhr auf kurzem Weg zum Hauptbahnhof und stellte sich in eine öffentliche Fernsprechzelle. Abhörsicher. Hansen war sofort am Telefon. Er informierte kurz seinen ehemaligen Chef. „Mein Gott“, und er vernahm einen tiefen Seufzer. „Weiß seine

Frau davon?“

„Keine Ahnung. Wird wohl die Polizei übernehmen.“

Dann aber war Hansen gleich wieder in der Spur. „Hast du sein Material?“

„Ich denke ja. Seinen rosa USB-Stick, mit dem er immer rumgespielt hat. Aber ich habe noch nichts gecheckt.“ Er berichtete von Meyers Fakten zu Steinerts Tod.

„Ich werde morgen noch nicht nach Berlin kommen. Ich will hier noch einiges rausfinden. Den Stick bringe ich dann mit. Das BKA wird Fragen stellen, wenn die nichts an Unterlagen bei Paul finden.“

„Das müssen wir erst mal riskieren. Mach auf jeden Fall eine Kopie und schick sie mir zu.“

„Ich bring die Kopie am Mittwoch mit. Das ist sicherer.“

Wahlberg hörte zwar Hansens Unmut, aber er hängte schnell ein. Er war begierig, sich die Dateien anzusehen. Frühstück konnte weiter warten.

Kapitel 28

Dienstag, 17. November 2009 – vormittags

Die Bahnverbindungen von Frankfurt nach Berlin sind schon ein Graus. Auch am Montagabend. Wie gut, dass er sich die 1. Klasse leisten konnte. Die in der zweiten mussten schon ab Kassel stehen oder saßen eingeklemmt zwischen ihren Gepäckstücken und den Waggonübergängen. Herbert Meinertz hatte gestern noch kurzfristig Order bekommen, in die Bundeshauptstadt zu reisen. Dem Wunsch seiner Chefs musste er Folge leisten. Aber nicht mehr lange, hoffte er. Als er das letzte Mal zum Rapport in Berlin erschien, erinnerte er sich, übermalte die tiefstehende Abendsonne des damaligen Frühherbsttages, zwei Wochen vor der Bundestagswahl, die markanten Gebäude entlang der Spree mit mattem Rotgold.

Sein Blick aus dem Fenster des Hotel *Artist Riverside* traf an diesem frühen Dienstagvormittag auf verschwommene Konturen des Reichstagsgebäudes. Durch den Nebel, der ab und zu aufriss, erhaschte er zeitweise freie Sicht auf die Ecktürme. Deren Flaggen hingen trostlos herab. Die Spree unterhalb seines Hotelzimmers lag wie ausgestorben. Die Vielzahl der weißen Touristenschiffe, die sommerlich gewandeten Besucher, die abendliche Musik, die sich über das Wasser hingezogen hatte, waren verschwunden. Von Ferne ragte der Fernsehturm aus dem Nebel empor. Die Kugel schwebte über dem Alexanderplatz wie eine Dame ohne Unterleib.

Nach dem opulenten Frühstück griff sich der Rechtsanwalt seine neue dunkelbraune Schweinsledermappe und verschwand in Richtung Bahnhof Friedrichstraße. Die S 2, die in wenigen Minuten den Potsdamer Platz erreicht, rauschte gerade heran. Im zehnten Stock der Anwalts-Residenz bat Kurt Lochner dann in den Konferenzraum. Er platzierte sich an die Längsseite des Tisches, die Fensterreihe im Rücken.

„Herr Meinertz, was bringen Sie uns Neues?“ Der joviale Ton stand im Gegensatz zu der abweisenden Körpersprache seines Bruders Heinz. Verschränkte Arme, eingefrorene Gesichtszüge, steife Haltung. Kaubewegungen. Von ihm ging eine unausgesprochene Warnung aus.

„Nichts, was Sie nicht schon wüssten.“

Heinz Lochner öffnete den Mund, als wollte er etwas dagegen einwerfen. Er schloss ihn wieder. Kaubewegungen.

„Nun, Herr Meinertz, in Mainz gibt es zwei Todesfälle zu beklagen. Beide recht spektakulär. Könnten Sie uns da weiterhelfen?“ Kurt Lochner behielt seinen konzilianten Ton bei.

Meinertz zeigte wenig Regung. „Wieso überrascht es mich nicht. Ich meine, dass Sie mich fragen, ob ich helfen könnte. Nur frage ich mich, wobei ...?“

Heinz Lochner öffnete wieder den Mund. Diesmal unterbrach er den Besucher.

„Heute ist Dienstag. Wir wissen also seit einer Woche vom Tod des Abgeordneten Balzer. Gestern Nachmittag ist eine weitere Leiche gefunden worden. Ein Journalist. Sie kennen ihn. Sie haben hier schon mal seinen Namen erwähnt.“

„Ihn kennen? Glauben Sie, ich habe damit etwas zu tun?“

Kurt Lochner gab in seiner Behäbigkeit ein beruhigendes Bild ab. Trotzdem standen bei Meinertz alle Antennen auf Empfang. Er war gewarnt. Er kannte seine Gegenüber.

„Falls ja, verurteilen wir Sie nicht.“ Kurt, der Ältere, lächelte milde.

„Sie glauben, dass ich wirklich ...“

Heinz ergriff wieder das Wort. „Damals, als das MAGAZIN diese beiden Journalisten schickte, Titelthema Lobbyismus ...“ Er klang ärgerlich. „Sie saßen mit uns am Tisch. Auch wenn Sie in der Gesprächsrunde nichts zu sagen hatten.“

Meinertz stand immer noch. Er gab sich kühl. Diese Szenerie

hatte er noch gut vor Augen. Er wich aus. „Wie war sein Name noch?“

„Sie verarschen uns hier nicht. Damit Ihnen das klar ist. Sonst blüht Ihnen etwas, was nicht mehr rückgängig zu machen wäre.“ Mit einem heftigen Schlag auf den Tisch untermauerte Heinz Lochner seine Worte.

„Sie wollen mir doch nicht etwa drohen?“, fragte Meinertz, äußerlich unbeeindruckt.

Der ältere der beiden Lochner-Brüder blieb bei seinem ruhigen Ton. „Nebenbei, er hieß Paul Steinert.“

„Aha. Ich glaub, den Namen nannte ich mal.“ Meinertz fragte sich, ob das jetzt ein *good-guy-bad-guy-Spiel* wird.

„Wissen Sie, warum sich mein Bruder so aufregt, dass er sogar solche anstößigen Wörter gebraucht?“ Der ältere Lochner hob nun auch die Stimme an. „Können Sie sich das vorstellen? Warum?“

Der Angesprochene zuckte mit einer gespielten Ratlosigkeit die Schultern. Er glaubte zu wissen, was die Brüder vorhatten. Er schaute auf den stehenden und den sitzenden Lochner. Absichtlich zögerte er kurz, schob die Unterlippe vor. „Nein.“

Kurt Lochner schob seinen massigen Körper vom Fenster weg und setzte sich neben seinen Bruder.

„Nehmen Sie endlich mal Platz“, fuhr er jetzt ungehalten den immer noch an der Eingangstür stehenden Meinertz an. „Diese beiden Todesfälle tangieren möglichweise unsere Interessen. Balzers Tod war für uns sekundär, kein Problem. Aber jetzt noch Steinert? Da könnte in der Presse ein missliches Bild von uns entstehen.“

„Ein missliches Bild.“ Meinertz griff den Wortlaut auf, während er den Stuhl vom Tisch abrückte. „Wollen Sie mir erzählen, Sie sind von diesen Todesfällen – sagen wir mal – überrascht worden?“

Er setzte sich den beiden Brüdern gegenüber. Sie schauten ihn an. Sachlich, unaufgeregt. Er hatte den Eindruck, beide zusammen wirkten wie ein träges, vieräugiges Reptil, das jederzeit gierig zustoßen könnte, um ihn zu verschlingen.

„Weswegen haben Sie mich hierher bestellt?“ Mit der Frage wollte Meinertz wieder in Vorhand kommen. Er hoffte, dass er den Ball ins Spielfeld der beiden Kanzleiinhaber platzieren konnte.

Heinz Lochner witterte das Katz- und Mausspiel. Sein Bruder nickte anerkennend, als er den Besuchszweck konkretisierte: „Sie werden uns diese beiden Todesfälle erklären.“

„Ich soll Ihnen diese beiden Todesfälle erklären? Ich bin doch nicht die Polizei. Was habe ich damit zu tun?“

„Sie haben so einen frechen Ton an sich. Das gefällt uns gar nicht.“

Heinz giftete laut in seine Richtung. Meinertz dachte, dass er ihn bald kreuzweise könne. Kurt Lochner legte seine Hand beschwichtigend auf den Arm seines Bruders.

„Was Sie damit zu tun haben, ist uns ja nicht klar. Das genau sollten Sie uns erklären, bevor Sie es der Polizei erklären müssen.“

Meinertz schaute ihn verblüfft an. „Glauben Sie, dass ich mich zum Sündenbock eigne? Was denken Sie von mir?“

Dann schaute er triumphierend die beiden Brüder an. „Mich sucht die Polizei nicht. Die hat schon einen anderen eingelocht.“

„Ach ja. Und wen?“ Kurt Lochner beugte sich interessiert vor.

„Das haben Sie also bisher nicht erfahren.“ Meinertz richtete sich gerade. „Den Bruder vom ehemaligen Liebchen des Herrn Balzer. Tobias Köhnert heißt er.“ Er lehnte sich zufrieden zurück und schaute auf die Brüder. Die regten sich aber weiter nicht.

„Ich habe den Eindruck, dass Sie mir hier einen Rundschlag von konkretem Wissen bis hin zur konkreten Beteiligung an Balzers und Steinerts Tod verpassen wollen, oder?“

„Nun, ja, so genau will ich es nicht nennen“, schwächte Kurt Lochner ab.

„Wie Sie es auch immer nennen wollen – denken Sie immer

daran: Wir sind alle Juristen ..." Meinertz fühlte Mut in sich aufkeimen. Trotzdem konnte er seine Befangenheit gegenüber den großmächtigen, wenn auch unscheinbar wirkenden Lochner-Brüder nie richtig abbauen.

„Genau. Wir sind alles Juristen. Aber glauben Sie mir, Herr Meinertz, zum Schluss sind immer *wir* die Ausgebufften."

Das war nicht geblufft. Nein, bisher war es *immer* so. Meinertz sackte innerlich zusammen. Äußerlich hielt er sich aufrecht.

„Sehen Sie, Herr Meinertz. Denken Sie denn wirklich, wir schicken Sie so ohne weiteres zurück nach Mainz? Dachten Sie, wir kappen die Leine?" Heinz Lochner grinste wölfisch mit gebleckten Zähnen. „Wir sind so ziemlich über alles, was Sie tun, informiert."

„Sie bespitzeln mich", stellte Meinertz ohne großes Erstaunen fest.

„Na, na", klang es leutselig aus Kurt Lochners Mund. „Wir verschaffen uns nur ein wenig Transparenz. Wir haben gar nichts dagegen, dass Sie mal nach Köln fahren und eine junge, hübsche Dame treffen. Man ist ja schließlich ein Mann."

„Es bekommt natürlich einen etwas anderen Geruch, wenn man weiß, dass diese Dame eine versierte Journalistin ist", wusste der Jüngere zu ergänzen.

Meinertz fühlte sich nach Strich und Faden ausgetrickst. Was hatte er diesem vieräugigen Reptil entgegenzusetzen? Seine Hoffnung lag ausschließlich in seiner neuen Zukunft.

„Es gibt noch andere Journalisten", antwortete er zögernd und setzte heftiger hinzu: „Alles scheinen Sie auch nicht zu wissen. In Mainz ist der Journalist, der damals die Interviews fürs MAGAZIN leitete, der Kollege von diesem Steinert, wieder aufgetaucht. Mir scheint, der ist auf Balzers Tod angesetzt, und wahrscheinlich auch auf den von Steinert."

„Ach, ja?", kam es ehrlich erstaunt über Kurt Lochners Lippen. „Woher wissen Sie das?"

„Von der jungen, hübschen Dame, die Sie gerade erwähnt haben.“ Etwas Triumph schwang in Meinertz' Stimme mit.

„Ach, ja? Und wie hieß er noch, dieser Journalist?“

„Der heißt Johann Wahlberg, nicht wahr?“, ließ sich Heinz Lochner vernehmen. „Für wen arbeitet er? So nach seinem Rausschmiss?“

„Wie ich hörte, als *freelancer.* Auftragsarbeit.“

„Für wen?“

„Keine Ahnung.“

Die beiden Brüder sahen Meinertz voller Misstrauen an. Sie schwiegen. Aber Meinertz hatte den Eindruck, dass sich hinter ihren Stirnen Unruhe ansammelte.

„Nun ja. Herr Meinertz. Wir fassen mal zusammen.“ Kurt war weiterhin die Ruhe selbst. „Sie stehen unmittelbar oder mittelbar mit zwei Morden in Verbindung.“

„Was erlauben Sie sich für eine Unterstellung.“ Meinertz unterbrach den älteren Lochner.

Aber der fuhr ungerührt fort: „Sie treffen sich mit einer Journalistin in Köln, die zu Ihnen bekannten Themenfeldern recherchiert – und dann – was wir noch gar nicht angesprochen haben: Sie stehen als Nachrücker für den Bundestag fest.“ Kurt Lochners Ton wurde lauter. Er dehnte die Worte. Wie ein althergekommener Schulmeister hob er den rechten Zeigefinger: „Das war mit uns nicht abgesprochen. Sie wollen sich wohl in die Immunität flüchten, was?“

In Meinertz' Kopf pochte es. Wer war der Spitzel, der ihn in die Nähe von zwei Morden rücken konnte? Zwei Morde. Das war zu viel. Er durchforstete die ganze Agenda an Personen in Mainz. Keine Ahnung. Wahrscheinlich haben sich Lochner & Lochner beizeiten professionelle Dienste eingekauft.

„*Cui bono* fragte Cicero immer“, schlaumeierte Heinz. „Wem nutzt der Tod von Balzer? Da stehen Sie doch ganz oben auf der Liste.“ Heinz Lochners Gesicht überzog sich mit einem hässlichen Grinsen.

Meinertz fühlte einen zunehmenden Druck auf sich lasten. Er

wünschte sich weg. „Also." Er ordnete seine Gedanken. „Es besteht kein Grund zur Annahme, dass ich etwas mit dem Tod von Balzer oder dem Journalisten zu tun habe. Wenn ich oben auf einer Liste stehen würde, dann hätte man mich mindestens schon zu einem Verhör geholt." Meinertz gewann wieder an Selbstsicherheit. Seine Stimme klang fester. „Somit sind auch keine Rückschlüsse auf Sie möglich."

Jetzt war Kurt, der Besonnene, wieder an der Reihe. „Sie waren doch zwischenzeitlich immer wieder in Berlin. Stimmt es, dass Sie sich öfter mit Bogdanow, dem Ukrainer, getroffen haben?"

„Das ist doch eine bodenlose Unterstellung." Meinertz spuckte fast die Worte in Richtung der Lochners. „Bogdanow ist doch Ihr Spezi für besondere Aufgaben, nicht meiner." Meinertz warf einen kurzen Blick auf die Brüder. „Falls die Polizei mich fragen sollte, könnte ich das auch mal erwähnen."

„Da sind Sie mal ganz vorsichtig", blaffte Heinz Lochner.

Kurt blieb weiterhin ruhig. „Wo waren Sie, als der Journalist getötet wurde?"

„Ich weiß nicht, wann der getötet wurde. Also kann ich auch nicht sagen, wo ich war. Logisch?" Meinertz bekam einen Panikschub. „Ich habe damit nichts zu tun." Er schrie es fast.

„Nun gut." Die beiden Brüder lächelten sich an. „Wir mussten einfach sichergehen wie Sie reagieren würden. Nehmen Sie es uns nicht übel. Aber das BKA wird Sie gewiss noch ordentlich in die Mangel nehmen."

Meinertz stand starr, wie vom Donner gerührt. „Sie haben sich mit mir eine Art Jux oder Spiel erlaubt? Das ist ja ungeheuerlich, ja menschenverachtend, wie Sie mit einem umgehen."

„Meinertz, hören Sie auf." Kurt Lochner war ernsthaft erzürnt. „Mir kommen die Krokodilstränen. Sie haben keinen Anlass, hier den Moralapostel zu spielen. Dazu wissen wir einfach zu viel von Ihnen. Was auch sein Gutes hat. – Und denken Sie daran. Auch ein Bundestagsmandat schützt nicht vor alles."

Heinz Lochner zauberte sich wieder sein wölfisches Grinsen

ins Gesicht. „Sie können jetzt gehen. Ihre Spesen reichen Sie wie üblich ein."

Meinertz wartete auf den Aufzug, drehte sich kurz um. Als er sich alleine wähnte, atmete er laut durch. Unten blickte er noch einmal an diesem gläsernen Turm hoch, als wolle er sich endgültig verabschieden. Dann hastete er über die gefährlich belebte Potsdamer Straße zur *S 2*.

„Ist er ein sicherer oder ein unsicherer Kantonist?" Auf Kurts Frage wiegte Heinz seinen schmalen Schädel ein wenig hin und her.

„Wir haben ihn verunsichert, das ja. Könnte er uns gefährlich werden? Was und wie viel würde er unter Druck aussagen?"

„Na, ja. Was weiß er denn schon. Können wir doch alles hübsch bestreiten."

„Dieses Bundestagsmandat ärgert mich ungemein. Ich glaube, das hatte er schon lange geplant. Da haben wir nicht aufgepasst."

„Ich hatte den Eindruck, dass er in einem Vorgefühl von Unabhängigkeit lebt."

„Der Meinertz ist irgendwie auch naiv ..."

„Heinz, wir müssen da wohl oder übel Geld in die Hand nehmen."

Der Bruder schaute ihn skeptisch an. „Wie meinst du das? Bogdanow? Oder Bestechung?"

„Wie auch immer. Aber dass der Wahlberg da mitzumischen scheint, macht mir – ehrlich gestanden – mehr Sorgen. Und ich dachte, wir hätten ihn damals dauerhaft entsorgt."

Kapitel 29

08. November 2009

„Na, gut geschlafen?" Die Stimme von Thomas Balzer klingt an diesem Sonntagmorgen rau durchs Telefon, wie nach einer durchzechten Nacht.

Paul Steinert, sonst immer verbindlich, hat keine rechte Lust auf banalen Smalltalk. „Zuhause schläft es sich immer am besten."

„Sie sind also zu Hause. Übrigens, sind Sie heute Abend bei unserer Wahlparty dabei?"

„Das will ich nicht auslassen. Gibt es etwas Neues in der bewussten Sache?"

„Ja, ich hätte da noch was." Balzers vorher ausgelassene Stimme klingt auf einmal gepresst. „Könnten Sie etwa zwei Stunden vorher vorbeikommen?"

Steinert verspürt den Druck, der auf Balzer lastet. Vorsichtig fragt er: „Haben Sie irgendwelche zusätzlichen Erkenntnisse *sammeln können, welche aus Ihrem Dilemma helfen würden?"*

„Das Dilemma hat sich inzwischen ausgeweitet." Ängstlichkeit klang in Balzers Worten mit. „Sie drohen mir nicht nur mit sogenannten kompromittierenden Bildern und von mir abgezeichneten Rechnungen, sondern sie überwachen mich auch. Im konkreten Fall sogar uns."

„Wen meinen Sie mit sie und mit uns?"

„Man – wer auch immer – hat uns zusammen gesehen. Wissen Sie noch, als wir uns gegen Ende der Sommerpause in Berlin getroffen hatten. Bei dem Griechen da – in der Nähe des Savignyplatzes."

Steinert runzelt die Stirn. Wer mag da ein solch auffälliges Interesse an der Beobachtung eines zweitrangigen Politikers und eines Provinz-Journalisten haben. Diese Konstellation trifft man schließlich zigmal am Tag in Berlin und anderswo.

„Wer sind die? Haben die sich mal geoutet, sagen wir mal mit einer Forderung?"

„Jetzt wollen sie mich erpressen und gleichzeitig vor Ihnen warnen."

„Herr Balzer, bei allem Respekt, aber ich habe den Eindruck, Sie lassen auch keinen Fetttiegel aus, wenn es die Chance gibt, in einen solchen hineinzutreten. Und ich habe auch den Eindruck, dass Sie nicht nur ständig in die Scheiße treten, sondern auch bis über den Arsch drinstecken. Sie haben sich selbst in alles hineinmanövriert. Jetzt ziehen Sie mich auch noch mit runter."

„Na hören Sie mal, wie reden Sie mit mir?"

„Hören Sie erst mal zu. Sparen Sie sich Ihre Stilfragen." Steinert ist wutentbrannt wie selten. „Hier geht es offensichtlich um ganz andere Dimensionen."

„Mensch, Paul, du bist so laut. So kenn ich dich gar nicht." Steinerts Ehefrau steht in der Tür mit Besteck und einem Geschirrhandtuch.

Er scheucht sie mit einigen Handbewegungen aus seinem Arbeitszimmer. Seine Zähne mahlen auf und ab, seine Wangenmuskeln zucken. Mit finsterem Ton fordert er den Abgeordneten auf, die Karten offen auf den Tisch zu legen. „Mich interessiert jetzt einfach alles, außerdem bin ich Journalist."

„Aber nicht am Telefon."

„D'accord. Aber dann sofort und nicht heute Nachmittag. Wo sind Sie? Schon in Mainz an diesem frühen Sonntag?" Aus Steinerts Stimme klingt Sarkasmus durch.

„Ich bin in Mainz", kommt eine lahm klingende Antwort.

„Ich bin in einer Stunde in meinem Büro, das kennen Sie ja. Und passen Sie bloß auf, dass Ihnen keiner folgt."

Als Steinert mit dem PKW in die Ludwigsstraße einbiegt, steht Balzer schon vor der Eingangstür zum Gebäude. Er hupt kurz. Balzer versteht sein aufforderndes Winken und steigt rasch ein.

„Gehen wir nicht in Ihr Büro?"

„Nein, schau'n wir erst einmal, ob uns jemand folgt. Es könnte doch sein, dass uns auch hier jemand beobachtet."

Steinert schaut herausfordernd auf seinen Fahrgast. Er biegt in die Große Langgasse ein und fährt Richtung Hauptbahnhof. Unterwegs beobachtet er die wenigen nachfolgenden Autos. Vor dem Hauptbahnhof reiht er sich in den Kaiser-Wilhelm-Ring ein. Nach einigen hundert Metern hält er an und schaut wieder in den Rückspiegel. „Bisher noch nichts Auffälliges", kommentiert er die Situation. „Wir biegen gleich in die Goethestraße ein, dann kommt der Goetheplatz, ein kleiner Park mit Bänken. Da haben wir einen guten Überblick."

Er deutet mit einer Kopfbewegung auf Balzers Jackett und fragt: „Sind Sie nicht ein bisschen zu dünn angezogen?"

„Witzbold. Ich dachte, wir gehen in Ihr Büro."

Sie setzen sich, abgeschirmt durch eine lichte Buschreihe, auf eine Bank in der Nähe der Inneren Mission am Raupelsweg. Die frühsonntägliche Stille wird nur durch den knatternden Lärm eines Mopeds, der sich bald zwischen den Häuserreihen entlang des Raupelsweg verliert, gestört.

„Jetzt will ich etwas genauer als sonst hören, was seit dem letzten Monat bis heute passiert ist", fordert der Journalist den Abgeordneten auf. „Sie müssen mehr Farbe in dieses grau-diffuse Bild bringen." Steinert packt ein kleines Notebook aus, das er schreibbereit auf seinen Schoß legt. „Ich will mir ein paar Notizen machen."

Balzer fröstelt. Er überlegt einige Augenblicke. Steinert hat den Eindruck, er müsse sich durchringen. Balzer beginnt mit jammervollem Timbre in der Stimme, dass er seine politische Karriere hätte aufgeben müssen, wenn man ihm nicht von außen – wie er es bezeichnet – geholfen hätte. Er wollte Abgeordneter bleiben, aber er musste sich mit dem Teufel einlassen.

Der Abgeordnete wirkt auf Steinert wie ein nasser Waschlappen: so aufgeweicht, so ohne Kontur. Und so etwas soll uns eventuell auch noch regieren.

„Nun mal Klartext. Wer ist das, was Sie als von außen bezeichnen?" Steinert will seinen Verdacht, dass die Quelle allen Übels in Berlin sitzt, untermauern.

„Man hat mir gedroht, wenn ich nicht weiter mitmachen würde.

Sie würden einen Skandal inszenieren, der nicht nur mich beträfe, sondern die ganze Partei. Sie wollten das so aufziehen, dass die Nutten-Affäre mit Peter Hartz und Volkswagen wie ein Kinderfilm aussehen würde.“ Balzer schaut Steinert gequält, Hilfe suchend, von unten an.

„Wer droht Ihnen?“, fragt der Journalist beharrlich.

Balzer geht auf diese Frage nicht ein. Er wirkt abwesend. „Damals in diesem griechischen Lokal – da hatte ich vom Einfluss der Lobbyisten auf die Politik im Allgemeinen, und auf bestimmte Politiker speziell gesprochen. Sie erinnern sich?“

„Ja. Aber damals wie heute drücken Sie sich ziemlich allgemein aus. Wir brauchen etwas Konkretes. Nur von Ihnen kommt nichts.“ Steinert klopft heftig auf seine Zigarettenpackung, als wolle er die Glimmstängel für Balzers Schweigen bestrafen. Eine Zigarette fällt aus der Packung. Er hebt sie auf und führt die Flamme seines Feuerzeugs an die Spitze.

Balzer zieht sein Jackett enger. „Könnten wir nicht bald woanders hin?“

„Jetzt lenken Sie mal nicht ab.“ Der Journalist ereifert sich. „Sie sollen Ross und Reiter nennen.“ Er inhaliert tief. „Je eher, desto weniger frieren Sie.“

Der Abgeordnete ist angespannt. „Nun, Sie wissen doch selber, dass es jede Menge Büros in Berlin gibt, die mit dem politischen Lobbying zu tun haben. Die planen sogenannte Kontaktebenen, zum Beispiel über Einladungen zu Tagungen mit speziellen Angeboten, auch im Ausland. Inklusive spezieller persönlicher Betreuungsprogramme.“ Balzer grinst dümmlich vor sich hin.

„Hören Sie Balzer, das ist doch alles bekannt. Keine alten Hüte. Ich will jetzt Namen hören, sonst kann ich Ihnen nicht helfen.“

„Hier läuft etwas ab, das gegen unsere Demokratie gerichtet ist“, ereifert sich Balzer.

Jetzt mokiert sich Steinert und sagt: „Dieser Anspruch ist mir aber bei Ihnen neu. Aber wer sich mit dem Teufel einlässt – so wie Sie – darf auch nicht zimperlich sein, oder?“

Balzer schweigt, kämpft mit sich selbst.

„Dann sag ich Ihnen was, Herr Balzer: Die Anwaltskanzlei, die Sie an den Eiern hat, heißt Lochner & Lochner. Jetzt beziehen Sie dazu erst einmal Stellung."

„Sie wussten es schon? Warum nerven Sie mich dann so mit Ihren Fragen?"

„Nicht, weil ich es von Ihnen hören wollte, sondern weil ich harte Fakten von Ihnen haben will. Diese Anwälte sind uns schon lange bekannt. Nach meiner Meinung muss denen das Handwerk gelegt werden. Auch im Sinne unserer Demokratie. Das sage ich als Bürger."

Balzer stehen, trotz der Kühle, Schweißperlen auf der Stirn. „Ich habe da noch eine Quelle, die ich heute Abend, bei unserer Nachwahl-Party, anzapfen kann. Danach werde ich Ihnen die harten Fakten liefern können."

Balzer ist aufgestanden und trappelt mit seinen Füßen, um die Blutzirkulation wieder auf Vordermann zu bringen.

Steinert fragt ihn mit unbewegter Miene: „Welche Rolle spielt eigentlich Herbert Meinertz?"

Balzer reagiert wie ertappt. „Wie kommen Sie jetzt auf den?"

„Nun Sie waren doch nicht besonders erfreut, als er sich quasi selbständig machte? So als Viertplatzierter?"

Balzer wollte den Disput kleinreden. „Ja, das ist richtig. Aber wir haben uns ausgesprochen."

„Meinertz ist für die Anwälte Lochner der Mann fürs Spezielle und manchmal auch fürs Grobe." Steinert fixierte den Abgeordneten. „Ich habe ihn in Berlin neben diesen Brüdern sitzen gesehen. Er ist auf Sie angesetzt worden."

„Das hat er mir auch erzählt. Er ist meine Quelle, die mir die harten Fakten liefern will."

Steinert schaut überrascht zu dem auf- und ablaufenden Balzer hoch. „Das macht mich platt. Der ist wirklich Ihre Quelle?" Der Journalist wollte es kaum glauben. „Was versprechen Sie sich von Meinertz?"

„Einen Ausweg aus dem Dilemma. Wenn es nicht klappt, brauch ich Ihre Hilfe: eine öffentliche Darstellung, wie eine solche Lobby- oder besser Korruptionspraxis abläuft."

„Einen Ausweg. Wenn Sie meine Hilfe wollen, muss ich aber wissen, wie der aussehen soll." Steinert fügte hinzu. „Sie könnten damit auch sich selbst und Ihrer Partei schaden."

„Ich hoffe, dass nichts herauskommt. Deshalb will ich denen zunächst nur drohen. Die Lochner-Anwälte sollen mich freigeben. Sie, Herr Steinert, sind dann meine Sicherheit, weil Sie dann alles Material erhalten."

Steinert erhebt sich. Beide gehen langsam am Raupelsweg entlang. Sie hören ein Rascheln in ihrer unmittelbaren Nähe, einige hastige Schritte, dann das Knattern eines Mopeds.

„Verdammt", zischt Steinert, „ich habe zuvor nur auf Autos geachtet. Wir sind zumindest beobachtet worden, vielleicht sogar belauscht."

„Verdammt", wiederholt der Abgeordnete. „Ich glaube, ich muss mich für heute Abend noch mal absichern. Sonst ist's zappenduster."

Kapitel 30

Dienstag, 17. November 2009 – abends

Ab und zu schenkte er sich Tee nach, der auf einem Stövchen heiß gehalten wurde. An Essen war nicht zu denken. Er hatte die Daten auf zwei andere USB-Datenträger gezogen, weil das BKA bald Pauls Original-USB-Stick einfordern würde. Paul Steinert hatte einen erheblichen Aufwand betrieben. Er hatte einen wahren Fundus aufgelegt, der ihm jetzt wahrscheinlich zugutekam. Er fühlte Bitterkeit in sich aufsteigen. Hätte Paul doch bloß früher etwas gesagt, dann hätte man seinen Tod vielleicht verhindern können. Vielleicht. Wahlberg ballte die Faust. Ich schwör dir, Paul, murmelte er, ich werde alles dafür tun, die hinterhältigen Täter aufzuspüren. Er vermutete, dass hier wahrscheinlich auch der Schlüssel für Balzers Ableben zu finden sei.

Wahlberg klickte neugierig die verschiedenen Dateien durch. Wenig schmeichelhafte Worte zu Balzer: egozentrisch, nachtragend, in höchstem Maße misstrauisch, kriecherisch, im Grunde korrupt. Dem gleichen Ordner entnahm er einen kurzen Hinweis, dass Julia über Herbert Meinertz unterrichtet worden war. Zorn stieg in ihm hoch. Sie hätte ihn informieren können, nein, sogar *müssen*. Vielleicht wäre Schlimmeres verhütet worden. Wahlberg geriet ins Grübeln. Hat sie Pauls Informationen an ihren Bruder weitergegeben? Hatte sich Tobias doch als Rächer aufgespielt und geprügelt? Er hoffte nicht. Er klickte einen weiteren Ordner zu *Meinertz* an. Das Klingeln des Telefons unterbrach seine Nachforschungen.

„Hier Meyers“, klang es sonor aus der Hörmuschel. „Wir müssen uns morgen unbedingt unterhalten.“

„Gibt es Neuigkeiten? Haben Sie schon ein aktuelles Untersuchungsergebnis zu Paul Steinert?“

„Die Aufklärung von Steinerts Ermordung ist Polizeisache.“ Kurz und knapp wie immer. „Da kümmert sich das LKA drum.“

„Sehen Sie keinen Zusammenhang zu Balzer ...?“

„Wir sehen zunächst zwei Morde ...“

„... die doch zusammengehören“, unterbrach ihn Wahlberg.

„Das werden wir dann feststellen können, wenn Sie die Unterlagen von Steinert herausrücken. Wir haben jetzt nicht darauf gewartet, dass Sie uns freundlicherweise die Büroschlüssel zur Verfügung stellen. Der Hausmeister hat die Tür geöffnet. Jetzt sind Sie dran.“ Der drohende Unterton war nach der für Meyers ziemlich langen Rede nicht zu überhören.

„Wie meinen Sie das, mit dem *dran sein*?“

„Herr Wahlberg“, Meyers klang jetzt amtlich, „kommen Sie bitte morgen Vormittag zu mir ins Büro. Sie können mit der Bahn über den Rhein nach Wiesbaden fahren. Ich erwarte Sie um elf Uhr.“ Sprach's und legte auf.

Wahlberg überlegte nicht lange. Ihm blieb im Prinzip gar nichts anderes übrig. Er wollte die *kontrollierte Kooperation* mit Meyers beibehalten. Wahrscheinlich wird ihm Meyers morgen die Leviten lesen, weil er schon vorher Pauls Büro herumgesucht hatte. Die Spurensicherung arbeitet effizient. Mit Meyers hatte er einen erfahrenen Beamten gegenüber. Der war nicht so leicht auszutricksen.

Er fuhr das Notebook wieder hoch. Er tippte wieder auf *Meinertz*. Er hatte von Paul schon einiges gehört. Aber die Biografie, die Steinert angelegt hatte, bot noch mehr über den Rechtsanwalt. Schon erstaunlich, wie er neidlos anerkennen musste. Studium der Rechtswissenschaften und Soziologie in Göttingen und Heidelberg. Fast klassische Studienorte der Elite, stellte er fest. Zwei Semester in der Göttinger Studentenverbindung *Brunsviga*, dann nicht aufgenommen worden wegen *unziemlichen Verhaltens*. Da hat er vielleicht die Freundin vom Fuchsmajor flachgelegt, sinnierte er mit leichtem Grinsen. Warum hatte Paul das unterschlagen? Vermutlich war ihm das nicht so wichtig.

Sonst gaben die Unterlagen nichts Neues über Meinertz her. Nichts, was Paul ihm nicht schon erzählt hatte. Meinertz' Biografie begann mit der *Republikflucht* Ende der 1960er, sein – im Verhältnis zur Göttinger Burschenschaft – plötzlicher linksradikaler Gesinnungswandel. Der Verdacht, V-Mann des Verfassungsschutzes gewesen zu sein.

Bis er wieder in Berlin bei den Anwälten Lochner auftauchte, gab es ein großes zeitliches Loch. Was hatte er dazwischen gemacht? Kein Hinweis. Aber am Schluss eine aktuelle Notiz: Anstellung bei der Staatsanwaltschaft Moabit, seit 2002 *von Oben*. Was konnte das bedeuten? Hatte weiterhin der Verfassungsschutz seine Hände im Spiel? War Meinertz sowohl V-Mann bei Lochner als auch bei der *PFDF* tätig? Oder gab es sogar noch andere Querverbindungen?

Julia wusste noch nichts von Pauls Ermordung, als Wahlberg sie anrief. Er hatte lange gezögert, ihr den Tod mitzuteilen. Ihr klammheimliches Abhauen hing ihm noch mächtig nach. Das hatte er wie einen persönlichen Affront empfunden.

„Paul Steinert hast du ja gut gekannt – oder soll ich wieder Sie sagen?"

„Was soll das? Bist du beleidigt und wenn ja, warum?"

„Wir müssen reden. Ich muss mehr wissen über das Verhältnis zu Paul Steinert, über Herbert Meinertz, warum Tobias unschuldig sein soll." Er vermied geschickt eine persönliche Anrede.

Schweigen auf der anderen Seite. Er hörte sie atmen. „Ich will darüber nicht reden – und Tobias ist unschuldig."

„Warum?" Das bezog er auf beide Aussagen.

„Lass mich bitte in Ruhe. Du kannst alles bei Paul Steinert erfragen. Wenn er dir nichts sagt, dann werde ich es auch nicht tun."

„Paul hat mir schon einiges erzählt. Mehr wird er mir nicht erzählen" – er baute eine kleine Kunstpause ein – „können."

Wieder Schweigen, nur ihr Atem ging leise.

„Paul ist tot." Diese drei Worte sprach Wahlberg besonders

langsam aus. Sie verursachten einen leisen, aber gequälten Aufschrei am anderen Ende der Leitung.

„Das ist nicht wahr. Du bist gemein. Du willst mich erpressen."

Wahlberg fühlte sich schlecht. Er hätte seine Rachegelüste wegen der Enttäuschung vom Montagmorgen nicht ausleben dürfen. Jetzt litt er mit ihr.

„Tut mir leid. Es stimmt leider. Auch Paul ist ermordet worden."

Er hörte ihr Schluchzen.

„Wir müssen reden. Ich muss Sachverhalte recherchieren. Du musst mir helfen. Eventuell könntest du dazu beitragen, Pauls Mörder zu fassen."

„Ich muss nachdenken."

„Bitte nicht zu lange. Ich brauche deine Hilfe."

Wieder Schweigen am anderen Ende der Leitung. Er hörte, wie sie tief durchatmete. „Gut – Johann." Sie ließ die persönliche Ansprache kurz wirken. „Ich schaff gleich noch die Bahn. In gut zwanzig Minuten im Hauptbahnhof am *Servicepoint*."

Er empfing sie mit einem halb aufgegessenen Sandwich. „Tut mir leid. Aber ich komme kaum noch zu geregelten Mahlzeiten." Er schluckte schnell den Bissen hinunter.

Sie musterte das bescheidene Produkt und meinte trocken: „Hunger treibt's wohl rein."

„Ich muss jetzt etwas trinken. Gehen wir dort drüben hin, zur Eckkneipe." Er wies mit einer Kopfbewegung über den Bahnhofsvorplatz. Auf dem Weg dorthin erläuterte er ihr, dass er anderntags das Gespräch mit dem Kripomann hätte, der ihn – nicht unberechtigt – in die Mangel nehmen würde.

„Ich habe Durst, nach dem trockenen Bissen", sagte er. Er zog einen ordentlichen Schluck aus dem großen Bierglas, während Julia an ihrem Kaffee nippte. Sie schaute ihn traurig, aber erwartungsvoll an.

„Weißt du, zu zwei Dingen brauche ich Auskünfte." Er ergriff ihre Hand, was sie zuließ. Sie schaute ihn fragend an.

„Kannst du mir etwas über die Vorgänge vom achten November, von diesem Partyabend, erzählen?"

Sie nickte. Ihre Blicke richteten sich nach innen. Sie wirkte abwesend. Sie atmete tief durch und sprach dann mit sehr leiser Stimme.

„Eigentlich nur die Hälfte. Ich kam erst gegen zehn Uhr. Die Stimmung soll bis dahin ganz gut gewesen sein. Später hatten die *Jungen Wilden* versucht, mit einer großen Clique Zoff zu machen, aber ich hatte die Sache schnell im Griff. Sie mussten ihre Prügel am Eingang abstellen. Das war auch ein Haufen Holz, was sich am Vordereingang aufstapelte."

„Wer war alles da? Ich meine so aus dem Führungskader?"

„Nun, Katja, dann Bernd Homburg, der über den dritten Platz und Beate Handke, die über den zweiten Listenplatz in den Bundestag gekommen waren. Dann noch die dicke Marlies Emscher, Listenplatz fünf. Dabei Günter Raubach, kurz der Souffleur genannt. Die beiden sind unzertrennlich."

„Von einem Souffleur habe ich noch nichts gehört."

„Von ihm heißt es, er sei das Gehirn von der Emscher. Ohne ihn sei sie noch nicht einmal die Hälfte wert."

Wahlberg reibt sich die Nase. „Raubach. Der Name sagt mir nichts."

„Er ist eigentlich ziemlich schlecht dran. Er hat sonst nichts. Er macht für sie alles, in der Hoffnung, dass er über sie noch was werden kann."

„Was war zu diesem Zeitpunkt mit Balzer?"

„Als ich ankam, war er nicht mehr da. Katja erzählte mir, dass sich Balzer und Steinert lautstark gestritten hätten. Wo Paul doch immer eher zurückhaltend war. Aber beide hätten schon ziemlich einen über den Durst getrunken. Bei dem Streit, sagte Katja, ging es um Unterlagen, die er Paul versprochen hatte. Aus irgendwelchen Gründen wollte er sie nicht herausrücken. Paul solle sich noch gedulden. Dann wäre Balzer plötzlich verschwunden gewesen."

„Sie hatte nichts Genaueres gehört?“

„Nein. Aber gegen Mitternacht, Katja war gegangen, tauchte er – oh Wunder – leibhaftig wieder auf. Relativ nüchtern und entspannt, wie mir schien. Er grinste so – wie soll ich sagen – irgendwie so hinterhältig, nein, verschlagen, ist der bessere Ausdruck.“ Ihre Stimme wurde von Satz zu Satz eindringlicher. Ihr Gesicht nahm eine hektische Röte an. „Steinert schoss sofort auf ihn zu und fing laut an zu lamentieren. Ich hab‘ gehört, wie er nach einer Mappe mit Unterlagen fragte.“

„Meinte er die gleichen Unterlagen?“

„Das konnte ich nicht heraushören. Aber was ich hören konnte, war, dass die Mappe jetzt an einem sicheren Ort sei.“

„Was war dann? Jetzt kommen wir doch langsam zum Zeitpunkt des Überfalls auf Balzer.“

„Balzer flüsterte Paul Steinert noch etwas zu. Dann verschwand er Richtung Tiefgarage. Ich schaute ihm noch nach. Er schwankte schon wieder heftig, weil diese Kabbelei mit Paul wieder nur unter Alkohol vonstattenging.“

„Und Paul?“

„Gute Frage. Der war plötzlich verschwunden. Den hat auch keiner mehr gesehen. Er ist ja auch so klein und unauffällig – naja, war ...“ Ihre Augen füllten sich mit Tränen. „Ich bin dann, als Balzer verschwand, auch gegangen. Die Emscher und ihr Anhang waren offensichtlich schon vorher weg.“

„Hm, das deckt sich in etwa mit dem, was mir Paul neulich erzählte.“ Als sie ihre Augen fragend auf ihn richtete, vermied er weiteren Blickkontakt. Er wollte keine Erklärung abgeben, wie und warum Paul Steinert Zeuge des Überfalls auf Balzer wurde.

„Sag mal, was hattet ihr drei neulich in Pauls Büro zu besprechen?“

„Was? Wer ist ‚ihr‘?“ Ein Stirnrunzeln begleitete ihre Frage.

„Ich sah euch, dich, Paul und deinen Bruder Tobias, letzte Woche Freitagabend aus dem Büro in der Ludwigsstraße herauskommen. Etwa um acht Uhr.“

„Spionierst du uns nach?“

„Nein.“ Wahlberg lächelte sie an. „Das bin ich in letzter Zeit häufig gefragt worden. Nein, ich hatte Lust auf einen kleinen Verdauungsspaziergang. Ihr seid mir sozusagen über die Füße gelaufen. Und ich bin euch dann, neugierig wie ich war, nachgegangen. – Also, was gab‘s bei euch?“

„Nun, ich will es mal glauben. Wir haben an diesem Abend auf Tobias eingeredet und ihn auch überzeugt, dass er mit diesen *Jungen Wilden* nur unpolitischen Scheiß baut, der uns als Partei nur schadet. Es hat gefruchtet. Deshalb ist es für mich nicht hinnehmbar, dass er eingebuchtet worden ist.“ Empörung ließ wieder ihr Gesicht erröten.

„Und da hat euch Paul ausführlich über den Herbert Meinertz unterrichtet. Weil er Nachrücker ist, hat er natürlich ein klassisches Motiv. Aber ob der Mann so dusselig ist ...?“

„Es sind schon andere wegen weniger ...“

„Das ist richtig. Aber das ist mir zu vordergründig. Meinertz ist meiner Meinung nach Teil eines Gesamtzusammenhangs.“

„Ein Killer?“

„Glaube ich nicht. Vielleicht ein Koordinator.“

Zum Abschied umarmte sie ihn lange. Sie suchte seine Lippen.

Kapitel 31

Mittwoch, 18. November 2009 – vormittags

Hammerhart. Wahlberg war, das musste er zugeben, immer wieder fasziniert von Meyers kieselgrauen Augen, die so unerbittlich in die Welt schauten. Ob sie auch freundlich, betroffen, glücklich oder so ähnlich blicken konnten?

„Guten Tag, Herr Wahlberg. Haben Sie die Unterlagen mitgebracht?" Er schaute, als vermisse er eine Aktentasche.

„Das, was Sie suchen, passt in meine Hosentasche." Wahlberg zog den rosafarbenen USB-Stick hervor und legte ihn auf die Schreibtischunterlage.

„Und?"

„Was heißt *und*?"

„Nun, Sie haben sich doch sicherlich schon schlaugemacht?"

„Leider nicht so in dem Maße, wie ich es mir vorgestellt hatte. Die Zeit war zu knapp."

„Herr Wahlberg, Sie wissen, dass ich Sie belangen könnte wegen Behinderung unserer Ermittlungen im Falle Paul Steinert."

Wahlberg sieht in das regungslose Gesicht seines Gegenübers. „Ist schon klar. Aber so sehr habe ich Ihre Ermittlungen auch nicht behindert. Es führen keine direkten Spuren zum Mörder. Es sei denn, Sie würden den Mord an meinen Ex-Kollegen im Zusammenhang mit der Tötung von Balzer sehen."

„Das steht zur Überprüfung an, da sind wir dran."

„Das ist ja mehr als erfreulich." Bei Wahlbergs spontanem Ausspruch verzog das Pokerface ein wenig die Mundpartie. Mit viel Willen, dachte Wahlberg, kann man den Gesichtsausdruck auch als ein kurzes, knappes Lächeln interpretieren.

„Naja", Meyers winkte mit einer müden Handbewegung ab. „Da Sie schon mal Einblick hatten. Sind da wichtige Fakten drauf?“ Er deutete auf den vor ihm liegenden USB-Stick.

„Steinert hat, oder jetzt hatte, vor allem den Herbert Meinertz im Visier. Von ihm hat er einen ziemlich lückenlosen Lebenslauf recherchiert. Er bezieht sich auch auf eventuelle Kontakte zum Verfassungsschutz. Vielleicht hat er sich auch in etwas verrannt.“

Die kieselgrauen Augen ruhten wieder emotionslos auf ihm. „Verfassungsschutz? Da lass ich nachhaken.“

„Paul Steinert erzählte mir letzte Woche noch, dass er Balzer über Meinertz‘ Rolle in dem Spiel informiert hätte. Am Partyabend, also am Vorabend von Balzers Tod, soll es mehrere heftige Dispute zwischen Balzer und Steinert gegeben haben.“

„Wer ist Ihre Quelle, wenn ich fragen darf?“

„Das können Sie gerne wissen. Julia Köhnert. Ich vermute, dass es dabei um *Materia*l ging. Und ich glaube, dass Steinert dieses von Balzer ausgehändigt bekommen sollte, aber – wie ich von Frau Köhnert hörte – Balzer verschwand damit. Sie hatte den Eindruck, als wenn Balzer Paul Steinert vertrösten würde. Als er später wiederkam, war er ohne Material. Dieses war in einer Mappe zusammengefasst worden. Die müssen wir finden.“

„Ich hör‘ immer *wir*.“ Meyers mokierte sich wieder einmal. „Na, Schwamm darüber. Handelt es sich bei diesem Material, wie Sie sagen, vielleicht um, sagen wir mal, kompromittierende Unterlagen?“

„Wahrscheinlich. Aber nicht gegen Balzer, sondern gegen die besagten Hintermänner. Sie sollten das mit einbeziehen.“

„Vielen Dank für Ihre lehrreiche Stellungnahme.“ Meyers gab sich sarkastisch. „Wir wissen auch, wie wir unseren Job machen müssen.“

„Oh, Entschuldigung. Ich wollte Ihnen nicht auf die Füße treten. Es sind einfach nur meine geistigen Ergüsse, die mir kamen, als ich selber anfing zu denken.“

Wieder nur der harte Blick des Hauptkommissars.

„Herr Meyers, vielleicht hilft ein kurzer Blick in die gemeinsame Vergangenheit von Steinert und mir.“

„Gut, erzählen Sie“, forderte er Wahlberg auf.

„Vor gut fünf Jahren waren Steinert und ich an einer Story dran, die sich mit den Auswucherungen von Lobbyismus befasste. Konkret und genau muss es Bestechung und Korruption heißen. Und zwar von den Gebenden wie auch den Nehmenden. Das zentrale Spielfeld dieser Akteure wird mit *Politik* umschrieben.“

„Das ist für mich nichts Neues.“ Meyers schaute ihn skeptisch an.

„Glaube ich. Noch ein paar Sätze. In diesem Zusammenhang haben wir die renommierte, andere sagen ausgebuffte, Anwaltskanzlei Lochner & Lochner in Berlin befragt. Dort hat Steinert den Herbert Meinertz wiedererkannt, und zwar aus Heidelberger Studientagen. Nach mehr als drei Jahrzehnten.“

„So etwas kann vorkommen.“

Wahlberg schaute düster auf Meyers. „Ich glaube, Sie nehmen mich nicht ernst.“

„Ich bitte Sie, Herr Wahlberg. Das tu ich doch.“

„Ich glaube, Sie wollen mich verarschen.“ Wahlberg reagiert erbost.

Zu Wahlbergs Erstaunen deuten Meyers Mundwinkel ein sparsames Lächeln an.

„Gut. Aber wir lassen jetzt besser das Katz-und-Maus-Spiel. Was ich sagen wollte: Meinertz erscheint als Parteimitglied der *PFDF* in Mainz, dient sich dem innerhalb der Partei angeschlagenen Balzer als juristische Unterstützung an und stabilisiert ihn sozusagen. Balzer gewinnt alle relevanten Partei-Wahlen.“

„Eine interessante Geschichte. Das meine ich nicht negativ. Aber wo in unserer Theorie können wir Balzer und Steinert in einen Zusammenhang stellen?“

„Der Zusammenhang steht auf vier Säulen. Balzer und Steinert sind nur zwei. Die anderen zwei heißen Meinertz und Lochner-Brüder. Meiner Meinung nach ist erst aus dieser Vierer-Konstellation eine Theorie zu entwickeln.“

„Gut, Wahlberg, klingt logisch. Die Frage ist, in welchen Beziehungen stehen diese zueinander? Das wäre doch auch ein Teil einer solchen Theorie, oder?"

„Wir haben einerseits diese Dossiers von Steinert. Da sind einige Relationen beschrieben. Besser wäre aber, wenn uns Balzers Material zur Verfügung stehen würde."

„Darauf können wir bislang nicht zurückgreifen. Wenn wir es hätten, könnten wir an die Hintermänner herankommen. So sehen Sie das, oder?"

„Genau. Nur wenn jemand etwas zu verbergen hat, will er, dass es verborgen bleibt. Zur Not kann man jemand mundtot machen, auch physisch."

Meyers ließ nachdenklich seinen Kopf in der aufgestützten Hand ruhen. „Zwar gut nachgedacht, aber mich stört daran, dass die direkte Verbindung zwischen den einzelnen Säulen noch fehlt."

Wahlberg stimmte zu: „Aber das Wörtchen *noch* ist die entscheidende Vokabel."

„Nehmen wir mal an, dass zwischen dem toten Abgeordneten und dieser Anwaltskanzlei eine Verbindung besteht."

„Die beschreibt doch Steinert ziemlich genau."

„Richtig. Aber dies bleibt solange eine Vermutung, solange kein belastbarer Beweis dafür vorliegt. Der dieses *missing link* beibringen könnte, wäre nach Ihrer Einschätzung Herbert Meinertz?"

„Davon bin ich überzeugt." Wahlberg freut sich, dass Meyers gewillt war, ihm zu folgen. „Und er ist gleichzeitig Nutznießer von Balzers Tod. Er rückt in den Bundestag nach. Das ist ein zusätzlicher Grund, ihn zu befragen."

„Das sehe ich auch so. Da bleiben wir auch am Ball, zumindest versuchen wir es."

„Was meinen Sie mit 'versuchen es'?"

Wahlberg staunte, als Meyers ihm ein wenig kleinlaut mitteilte: „Wir haben es schon versucht. Er ist mir durch die Lappen gegangen."

„Mir im Prinzip auch", gesteht der Journalist, „wir sind uns neulich begegnet, ohne uns zu kennen. Wir liefen aneinander vorbei, als ich seine Wohnung aufsuchen wollte."

„Wir haben seine Wohnung überprüft. Er ist seit Tagen nicht anzutreffen. Aber ich kann ihn nicht ohne weiteres zur Fahndung ausschreiben, wenn es nur eine Vermutung gibt."

„Es gibt offensichtlich nichts, außer dass er Nachrücker geworden ist, was Meinertz in Verdacht bringen könnte."

Meyers nickte wieder. Dann fragte er: „Warum war Steinert so scharf auf diese Unterlagen, die ihm Balzer versprochen hatte?"

„Ich denke, es waren zwei Dinge. Einmal die Gebrüder Lochner dem Kadi vorzuführen, als Akt persönlicher Gerechtigkeit. Zum anderen – nun, Paul Steinert war gerade sechzig geworden. Er deutete mal an, dass er noch mal mit einer heißen Story auf den Markt wollte – bevor er in Rente gegangen wäre."

„Meinen Sie, er wollte nur die Story, oder wollte er mehr?"

„Sie meinen so etwas wie Erpressung? Nein, bestimmt nicht. Zwischen Balzer und Steinert bestand zwar immer ein leicht angespanntes Verhältnis. Aber ich glaube, Balzer suchte Schutz durch Öffentlichkeit. Aber Balzer war meiner Meinung nach nicht zuverlässig. Er hat Paul Steinert hingehalten."

Meyers wiegte seinen schmalen Schädel hin und her. „Sie sagen Schutz durch Öffentlichkeit. Dann nehme ich mal an, Balzer wollte aus irgendwas aussteigen. Man hat ihn erpresst, um ihn für etwas gefügig zu machen. Er suchte einen Ausweg, wie er diese Erpressung kontern konnte. Unterlagen oder dieses Material, quasi als Gegenerpressung. Wäre das denkbar?"

Wahlberg nickte. „Denkbar schon. Steinert und ich waren vor fünf Jahren schon um einiges weiter. Es hat trotzdem nicht gereicht, weil wir keinen Beweis hatten." Er hielt inne und sah den Kriminalbeamten an. „Ich gehe davon aus, dass Steinert diese Unterlagen an diesem Abend auch nicht mehr erhalten hätte. Darauf wette ich."

„Wie kommen Sie darauf?"

„Balzer hat offensichtlich am Abend jemand besucht, dem er seine Unterlagen, diese Mappe, übergab. Er war ja für ein paar Stunden abwesend."

„Ein paar Stunden ist ziemlich lange. Da konnte er überall gewesen sein. Theoretisch sogar in Bad Kreuznach."

„Ich glaube, Balzer wollte sich später noch mit jemand treffen. Aber es könnte sein, dass der Falsche aufgetaucht ist."

„Wie kommen Sie darauf?"

Wahlberg erzählte von Steinerts Eingeständnis, wie dieser den Prügelüberfall miterleben musste.

Meyers war sauer. „Scheiße. So geht das nicht."

Wahlberg schwieg erst, sagte dann: „Wenn Pauls Ermordung nicht dazwischen gekommen wäre, hätte er das Ihnen bestimmt schon vorgestern mitgeteilt."

Meyers holte tief Luft. „O.K. – akzeptiert." Dann überlegte er laut. „Das heißt, nach Auffassung von Steinert gibt es zwei getrennte Aktionen. Einmal diese Prügelorgie, dann ein heller Mercedes. Die Insassen steigen aus und begucken sich den dort liegenden Balzer. Dann fahren sie wieder weg. – Was ist das für ein Panoptikum?"

Wahlberg zuckt die Achseln. „Wahrscheinlich sind die nochmal wiedergekommen ..."

„... und haben dann Balzer zu Tode gebracht. – Scheiße, noch einmal."

„Wie weit sind Sie eigentlich mit Balzers Tod?"

„Wenn ich mir das von Ihnen anhören muss, kann ich fast behaupten: wieder so ziemlich am Anfang. Jetzt wird das Motiv ja noch unklarer. Die Personenpalette mit Verdächtigen wurde dadurch noch mehr erweitert."

„Wie ist er denn jetzt zu Tode gekommen?"

„Schwierig. Immer noch ... aber zu neunzig Prozent kein Unfall oder ein *Transportschaden*, sondern ein gekonnt aufgesetzter Genickbruch. Aufgesetzt auf die Kante eines Hartschalensitzes in der Bushaltestelle. Ich schätze mal ein Profi."

„Aber was ich immer noch nicht verstehe. Warum wird er dort hingeschafft, dann getötet und liegengelassen. Das ist doch nicht professionell? Die Gefahr entdeckt zu werden, ist doch immens?“

„Ich vermute stark, dass die Täter dieses Risiko bewusst eingehen wollten. Was würde schon passieren, wenn zwei Personen eine dritte in der Mitte mit sich schleppen. Die gehen vom Auto zur Haltestelle, machen einen auf besoffen ...“

„Aber warum, Herr Meyers?“

„Ich gehe davon aus, dass der tote Balzer als Warnung gedacht war. Adressiert an eine bestimmte Person. Vielleicht ist es diejenige, bei der Balzer seine Unterlagen hinterlegt hat.“

„Meinen Sie, dass der Verfassungsschutz als eine mögliche Verbindung zu Meinertz eine Rolle spielt?“

Wahlberg fühlte sich plötzlich durch seine eigene Frage wie elektrisiert. Er wollte die Antwort nicht mehr abwarten. Eilig bot er Meyers seine Hand zum Abschied, der sie auch kräftig schüttelte, ihm dann verdutzt nachblickte.

„Bis später. Ich melde mich.“

Nur eine Vermutung, sagte er sich. Eine Ahnung, um welche Person es sich handeln könnte. Sie stand schon lange ganz oben auf seiner Liste.

Kapitel 32

Mittwoch, 18. November 2009 – mittags

Ihren großen, überdimensionalen Koffer hatte sie diesmal per Postfracht aufgegeben. Befreit von jeder großen Gepäcklast führte sie nur noch ihre braune Hängetasche und ein kleines Notebook mit. Jetzt saß sie im Zug nach Bremen. Susann Hespers resümierte. Sie hatte eine gute Woche in den ziemlich aufgeräumten Archiven der WDR-Studios zugebracht. Den gesamten Müllskandal nochmals durchleuchtet. Zwar war das meiste schon publizistisch verarbeitet worden. Aber sie war mit einem Spezialauftrag unterwegs. Als Herbert Meinertz überraschend den Kontakt in Köln zu ihr suchte und ihre Recherche einige fundierte Teilergebnisse erbrachte, war sie überzeugt, dass es Zusammenhänge zum Abgeordneten Balzer und seinem überraschenden Tod geben könnte. Sie überlegte kurz und griff zum Handy. Nach einigen Freizeichen wurde am anderen Ende auf Empfang gedrückt. Sie meldete sich: „Hallo, Herr Wahlberg."

Sie hörte ein ziemlich einsilbiges Echo: „Hallo."

„Sie klingen nicht gerade erfreut, mich zu hören. Haben Sie viel zu tun?"

Sie merkte, wie sich Wahlberg aufrappelte. „Entschuldigen Sie, bitte. Hier sind jetzt Sachen passiert, die berühren fast schon meine Privatsphäre."

„Was ist passiert? Hängt es mit dem Todesfall dieses *PFDF*-Politikers zusammen?"

„Davon bin ich auf jeden Fall überzeugt." Sie hörte ihn durchs Telefon schnaufen und tief Luft holen. „Mein Ex-Kollege aus früheren MAGAZIN-Zeiten, mit dem ich hier die ganzen Recherchen gemacht habe, ist tot. Erschlagen. Die Polizei tappt im Dunkeln."

„Du meine Güte. Der Paul Steinert etwa?“

„Richtig.“ Mit einem misstrauischen Unterton fragte er: „Sie kennen ihn? Er hatte das Büro in Mainz geleitet.“ Susann Hespers druckste ein wenig herum. „Ja, Paul Steinert kenne, oder jetzt, kannte ich. Ich hielt das nicht für so wichtig, Ihnen davon zu erzählen.“

„Ich hatte mich neulich schon etwas gewundert, als Sie seinen Namen erwähnten ... woher kannten Sie ihn?“

„Also, kurz und knapp. Er war, als ich ein kurzes Volontariat beim MAGAZIN absolvierte, mein Anleiter. Als Sie schon weg waren und er noch in Berlin.“

Wahlberg schwieg irritiert. „Hatten Sie etwa diese gemeinsame Zugfahrt eingefädelt? Das war kein Zufall, oder?“

„Es war Zufall. Das müssen Sie mir glauben. Ich fahr Ihnen doch nicht absichtlich mit dem Koffer über die Füße.“ Sie spürte trotz der Entfernung seine Skepsis. „Schildern Sie mir bitte, was genau mit Paul Steinert passiert ist.“ Das eindringliche Mitgefühl in ihrer Stimme beruhigte ihn.

„Nun, wie ich schon sagte, man weiß noch nichts Genaues. Es war vorgestern, dass man ihn gefunden hat. Unter einer Rheinbrücke in Mainz. Mit eingeschlagener Kalotte. Davor war er drei Tage verschwunden.“

„Eine eingeschlagene Kalotte ...?“

„Das ist der hintere Teil des Schädels“, erklärte Wahlberg.

„Wie schrecklich. – Paul Steinert hatte mir damals Ihre Berichte gegeben und mich auf das Thema in dieser alten Ausgabe des MAGAZINs hingewiesen. Ich vermute, ohne ihn hätte ich Sie gar nicht ... äh ... erkannt.“ Sie schalt sich, weil sie sich beinahe verplappert hätte. „Er hatte mir nämlich ein größeres Foto von Ihnen gezeigt. Das kleine in der Zeitschrift, Sie wissen schon, war nicht erkennungstauglich.“

„Hm, das trifft mich ein wenig. Ich habe Paul seinen 'Verrat' eigentlich nie verziehen. Aber hier lief es ganz gut – auch zwischenmenschlich. Er hatte dann doch von mir einiges gehalten?“

„Das kann ich nur bestätigen. Der Tod von Paul Steinert macht mich traurig."

„Ja, in der Tat. Aber warum rufen Sie mich an?"

„Vielleicht auch, weil ich wieder zurück nach Bremen fahre." Kokettierend fügte sie hinzu. „Ich hätte gerne wieder eine solche nette Reisebekanntschaft wie Sie gehabt."

„Na, Sie können aber einem Mann um den Bart gehen. Was ist es wirklich", fragte er mit nüchterner Stimme, froh das Thema Steinert nach hinten verschieben zu können.

„Ich hatte vor ein paar Tagen Ihnen gegenüber den Namen Meinertz erwähnt. Er wollte sich bei mir nochmal melden. Er hatte es bei unserem Treffen so dringend gemacht. Jetzt scheint er abgetaucht zu sein."

„Worum ging es da?"

„Geld. Geld und nochmal Geld." Sie schüttelte sich. „Er hätte etwas zu verkaufen, was einen ungeheuren Skandal auslösen würde. Das würde den bisherigen Müllskandal in Köln noch weit übertreffen."

„Wann hatte er Sie nochmal getroffen?"

„Im Anschluss an unsere gemeinsame Bahnfahrt, also am 10. November."

„Also, einen Tag nach Balzers Auffinden."

Sie hörte ihn undeutlich vor sich hin sprechen. „Was nuscheln Sie so? Was war mit welchen Materialien?"

„Nichts. War laut gedacht. Hier sind nämlich belastende Unterlagen verschwunden. Solche, die Balzer an Steinert weitergeben wollte, was er dann doch nicht tat. Jetzt sind beide tot. Und die Unterlagen verschwunden."

„Sie glauben, Meinertz hat diese Unterlagen? Sehen Sie dort Zusammenhänge?" Hespers klang ganz aufgeregt.

„Ich bedanke mich für Ihren Anruf. Sie bestätigen meine Spürnase. Entschuldigen Sie jetzt bitte ..." Abrupt beendete er das Gespräch mit einem langgezogenen *Tschüs*.

Die Journalistin blickte konsterniert auf ihr Handy. So plötzlich wurde sie nur selten abgefertigt. Ausschlaggebend war offensichtlich, dass Meinertz gewisse Unterlagen haben könnte. Aber trotzdem eine böse Unart, auch wenn Wahlberg vom Jagdeifer gepackt worden war. Sie würde ihm dafür nochmal die Leviten lesen. Dabei hätte sie doch gerne gewusst, wann er wieder zurück nach Bremen fährt.

Ihre Gedankenausflüge wurden durch das nostalgische Klingeln eines alten Telefons unterbrochen. Sie liebte diesen Ton, wie er in den früheren Kinoschinken zu hören ist. In den Comics führten diese massigen Apparate, wenn sie klingelten, immer einen Tanz auf dem Schreibtisch auf. Diese wuchtigen, schwarzen Telefonmonster mit ihren schweren Hörern in der Gabel. In manchen dieser Krimis auch beliebt für Mord- und Totschlag. Sie musste unwillkürlich an Paul Steinert denken. Es klingelte weiter. Endlich drückte sie aufs grüne Knöpfchen.

„Ah, da ist doch jemand am anderen Ende. Hier ist Hansen."

„Welche Überraschung. Guten Tag, Herr Hansen. Dass Sie mich anrufen, hat sicherlich eine tiefere Bedeutung."

„Lass deine Ironie. Du bist jetzt auf der Rückreise. Was hast du in Köln herausgefunden?"

„Erzähl' ich dir gleich. Hast du schon von Paul Steinerts Tod gehört?"

„Ja, natürlich. Wahlberg hat es mir gestern mitgeteilt. Woher weißt du von Pauls Tod?"

„Ich hatte zuvor Johann Wahlberg angerufen. Ich wollte ihm noch ein paar Takte zu Herbert Meinertz erzählen. Das schien ihn ziemlich zu beflügeln."

„Ich hoffe, du hältst dich an unsere Abmachung ..."

„Keine Sorge. – Ich lass es wie eine Zufallsbekanntschaft aussehen, was im Grunde ja auch stimmt."

„Hat er etwas über seine Arbeit in Mainz erzählt?"

„Nun, er denkt, dass der Mord an Paul im Zusammenhang mit dem anderen Todesfall steht."

„Hat er irgendetwas über die Anwaltskanzlei Lochner & Lochner verlauten lassen? Sammelt er Argumente für einen Besuch bei denen?"

„Nein, er sprach von verschwundenen Unterlagen, die möglichweise in Meinertz' Hände gelangt sind. Ich vermute, dass Meinertz sie an die Anwälte weitergibt."

„Hm." Horst Hansen klang nicht überzeugt. „Der kocht sein eigenes Süppchen."

„Bei meinen Recherchen bin ich auf nichts Neues gestoßen. Das war uns beiden von vornherein klar. Dass die Anwälte Lochner & Lochner dort auch involviert waren, wussten wir auch schon. Jetzt habe ich aber zumindest Belege dafür, dass es nicht nur ein Soloauftritt von dieser Anwaltskanzlei war, sondern dass sie diese Müllfirma mit dem abstrusen und euphemistischen Namen *Landschaftspflege* seit Jahren schon begleiteten. Anwaltlich wie auch als Kontaktknüpfer, als Lobbyist und Netzwerker – über die Parteigrenzen hinweg."

„Dann hat Landschaftspflege offensichtlich eine noch tiefere politische Bedeutung. Das ist in NRW ein weites Feld." Hansen lachte verhalten.

„Du meinst, da wird die politische Landschaft gleich mit gepflegt."

„Das kann man so annehmen." Das Lachen verschwand wieder aus seiner Stimme. „Hast du Johann Wahlberg gegenüber Andeutungen gemacht oder sogar Ergebnisse ..."

„Nun ja – fiel aber nicht weiter auf, denke ich. Er zeigte keine großen Reaktionen."

„Der sammelt eher mit dem Hirn als mit Papier oder Notebook. Er hat ein unwahrscheinliches Gedächtnis ... - na, Schwamm darüber, bleibt ja alles in unserer geistigen Familie."

„Der Meinertz erscheint mir als unsicherer Kantonist. Der soll derzeit aus Mainz verschwunden sein. Wahlbergs Vermutungen deuten darauf hin, dass er eventuell Unterlagen hat, mit denen er sein Mütchen kühlen könnte. Vielleicht zur Erpressung ...? Oder weitere Menschen könnten den Tod finden?"

„Wenn du die Lochner-Brüder meinst, da habe ich so meine Zweifel, weil die einfach nicht zu toppen sind, wenn es um die eigene Absicherung geht.“ Susann Hespers konnte sich jetzt gut vorstellen, wie Hansen seinen Kopf langsam und abwägend von einer Seite zur anderen bewegte. Nach kurzem Schweigen fragte er: „Hat Wahlberg irgendetwas zu polizeilichen Ermittlungen gesagt? Ist das BKA oder LKA eingeschaltet? Hat er Kontakte zu den Beamten?“

Sie schüttelte den Kopf. Erinnerte sich dann, ins Handy zu sprechen: „Nein. Keine Ahnung, keine Andeutungen.“

„Was hast du sonst noch einsammeln können, was wir hier in Berlin oder Hamburg nicht haben?“

„Nun, den Abgleich mit euren Archiven müsst ihr vornehmen. Ich habe einiges zu Lochner & Lochner, Meinertz, Wahlbergs Bericht von 2007 und zu den Ereignissen in Mainz passen könnte. Gut vierzig Seiten lang.“

„Fleißig, fleißig. Gib mir bitte einen kurzen, wirklich kurzen Überblick. Schlagworte bevorzugt.“

„Gut. Lochner soll Schmiergelder in Millionenhöhe verteilt haben. Konnte nicht nachgewiesen werden. Zahlungseingänge in der Schweiz. Keine Absender. Adressaten, überwiegend kleine Fische, konnten erwischt werden. Der *Herr des Mülls*: Wegen Bestechung und Schwarzgeld sollte er hinter Schloss und Riegel kommen. Gegen sagenhafte 100 Millionen Euro Kaution kam er frei. Die Lochner-Brüder konnten in der Hauptverhandlung das Verfahren über getürkte Aussagen ...“

„... diese Verfahren kenne ich“, unterbrach Hansen kurz den Report von Hespers.

„Dachte ich mir. Aber weiter im Text – mit Verfahrenstricks wie ärztlichen Gutachten konnte alles weitgehend entschärft werden. In der Summe lief es auf eine Steuerhinterziehung – zwei Jahre auf Bewährung – hinaus.“

„Tja, Susann, solche Leute leben und Paul Steinert musste sterben.“

„Es bestätigt meine Auffassung, dass die sogenannten Eliten – auch Leistungsträger genannt – das Gemeinwesen zugrunde richten. Sie hebeln, ausgestattet entweder mit Herkunft oder mit *schnellem Geld* unser Staatswesen aus. Alles läuft im Prinzip nur noch wie über Beziehungen auf dem Schwarzmarkt. Köln ist ja nur ein Teil eines Sumpfes, aber inzwischen signifikant und bekannt als *Kölner Klüngel*. Aber Ähnliches findet man fast überall." Eine große Empörung durchzog ihr Statement.

„Das kann ich nur bestätigen." Hansens Stimme klang bedrückt. „Aber viel liegt auch an uns, den Medien. Nichts hat sich mehr verändert, und das entlang meiner langen Laufbahn als Journalist, als die Rolle der *Vierten Gewalt*. Sie nimmt diese Aufgabe nicht mehr richtig wahr. Und dadurch verliert sie immer mehr an Ansehen."

„Johann Wahlberg hatte neulich ähnliches gesagt ..."

„Das glaube ich, er war schließlich ein Opfer von Geschäften und Skandalen."

„Sei nicht so pessimistisch. Schau dich an. Du vertrittst doch noch ethische Werte."

„Danke für die Blumen. Wir brauchen Öffentlichkeit. Das schützt die Gesellschaft, aber auch unsere Quellen, letztendlich auch uns Journalisten."

„Aber Öffentlichkeit ohne handfeste Zeugen und sichere Quellen? Geht so nicht ..."

„Vielleicht könntest du Meinertz' Beweise mal sichten? Wäre er offen für so etwas?"

„Er hat auch nur angedeutet. Nichts Konkretes. Wedelte nur mit so unbestimmten Sachen herum. Das könnte sich als ein Kuckucksei entpuppen. – Du weißt es ja selber."

„Dann ist Vorsicht geboten. Wenn er jetzt in einen Mordfall verwickelt wäre, dann greift bei ihm die Kronzeugenregelung höchstwahrscheinlich auch nicht mehr."

„Johann Wahlberg will ja in den nächsten Tagen nach Berlin fahren. Vielleicht könnt ihr eine neue Strategie entwickeln."

„Mal sehen. Mir passt es eigentlich nicht. – Aber wann kommst du mal wieder nach Berlin? Mama wartet schon so lange ...“

„Nur Mama?“ Sie griente vor sich hin und verabschiedete sich.

Kapitel 33

Mittwoch, 18. November – abends

In der Altenauergasse 2 gab es sechs Klingelschilder. Blank, N. stand auf dem untersten Schild. Neben dem Klingeltableau war keine Gegensprechanlage installiert. Keine Möglichkeit zum frühen Abwimmeln, dachte Wahlberg. Er tippte ein paar Mal auf den Klingelknopf und wartete auf das Summen des Türöffners. Stattdessen öffnete sich ein Fenster in der rechten Wohnung im Untergeschoss. Eine weibliche Stimme fragte nach seinem Anliegen. Verdammt, dachte er, ganz schön clever. Die Gegensprechanlage aus dem Fenster. Wahlberg trat einen Schritt zurück und blickte nach oben. Eine kurzhaarige Brünette sah auf ihn herab. In ihrem ovalen Gesicht dominierte ihr rotgeschminkter Kussmund. Ihre braunen Augen blickten fragend.

„Sind Sie Nicole Blank?", fragte er.

„Warum wollen Sie das wissen?"

„Das kann ich Ihnen erst sagen, wenn ich weiß, ob Sie Nicole Blank sind."

„Gut, bin ich – jetzt aber raus mit der Sprache."

Ihre Stimme klang rau und ziemlich energisch. Abwehr und Neugierde schwangen gleichzeitig mit. Wahlberg beschlich das Gefühl, auf der Hut sein zu müssen.

„Es handelt sich um vertrauliche Dinge, die ich mit Ihnen besprechen möchte."

Sie verteidigte ihr Terrain. „Ich kenn Sie nicht, warum soll ich Sie hereinlassen?

„Wollen Sie, dass die Straße oder Ihre Mitbewohner im Haus …?"

„Die Leute sind mir sowieso egal", kam es knallhart von oben.

Wahlberg zeigte ihr seinen Presseausweis. Er arbeite fürs MA-

GAZIN. Mit einem gespielt dramatischen Gestus flüsterte er: „Die Leiche an der Bushaltestelle."

„Mit einer Leiche habe ich nichts zu tun." Sprach's und verschloss wieder das Fenster.

Wahlberg stand verdutzt davor. Das war aber ein kurzer Auftritt, dachte er. Er drehte sich um und überlegte noch, ob er telefonisch nachhaken sollte, als die Stimme aus dem Fenster hinter ihm noch einmal ertönte.

„Sagen Sie mal, gibt's irgendwie ein Honorar?" Ihre braunen Augen, vorher fragend, jetzt berechnend. Sie verstummte aber schnell, als Passanten am Haus entlanggingen. Wahlberg sagte: „Kommt drauf an ..."

Sie blickte nach links und rechts und winkte mit dem Kopf zur Haustür. Sie würde jetzt den Türöffner drücken. Wecke ein wenig Gier, dann öffnet sich die Tür, reimte Wahlberg so aus dem Stegreif. Er grinste vor sich hin.

Nicole Blank stand in körperbetonter, sportiver Kleidung im Eingang zu ihrer Wohnung. Wahlberg schätzte die mittelgroße Frau auf Ende dreißig. Sie blickte mit einer Spur Unsicherheit auf ihn.

„Wie kommen Sie darauf, dass ich eine Leiche gefunden hätte?"

„Irgendwie haben Sie diese Frage doch schon selber beantwortet, indem Sie mich hereinbaten, oder?"

„Ich geb's zu. Bisher hatte sich bloß die Polizei für meine Aussage interessiert. Wie, wo und wann. Mehr nicht."

Sie führte Wahlberg durch einen kurzen Flur in ein kleines Wohnzimmer. Fernseher an der Wand, integriert in eine etwas abgenutzte Schrankwand in hellem Furnier. Gegenüber gruppierte sich ein altes Sofa mit zwei passenden Sesseln, alles in lindgrün. Davor stand ein kleiner, flacher Tisch, passend zur Farbe der Schrankwand. Ein Teppich in beige vervollständigte die einfache Einrichtung. Über dem Sofa prangte ein in grellem Gelb und Rot gehaltenes Plakat der *PFDF*, was bei Wahlberg eine stille Verwunderung auslöste. Sonst waren die Wände leer bis auf eine grüne, wie ein Horn geformte Wandvase, die neben der Tür hing.

„Die ist von meiner Mutter“, sagte sie, als sie Wahlbergs Blick bemerkte. „Ich müsste mal wieder ein Blümchen reinstellen.“

Sie bot ihm einen Platz auf dem Sofa an und wiederholte ihre Frage nach einem Honorar. „Diese Magazine, so hört man, zahlen doch immer gut.“

„Grundsätzlich zahlen sie dann, wenn man etwas zur Erhellung oder Aufklärung beitragen kann. Insofern muss ich doch erst einmal wissen, was Sie erlebt und erfahren haben, ob es sich lohnt.“

„Na, wenn’s so ist.“ Sie setzte sich ihm gegenüber, beugte sich weit vor, so dass er tiefe Einblicke gewinnen konnte. „Wollen Sie Kaffee? Dann kann ich eine Zigarette dazu rauchen. Ich will es mir nämlich langsam abgewöhnen. Deshalb rauch‘ ich nur zum Kaffee ...“

„Na, ja.“ Wahlberg hatte einen ironischen Zug um den Mund. „Wenn Sie vielleicht Tee trinken würden, dann wär das Problem doch gleich erledigt, oder?“

Sie schaute ihn irritiert an. Vielleicht hat sie’s nicht verstanden, mutmaßte er. Sie stand auf, holte heißes Wasser und Pulverkaffee – und ein angebrochenes Päckchen mit Filterzigaretten.

„Was können Sie mir erzählen?“

Rücksichtsvoll öffnete sie das Fenster. „Damit der Qualm nicht so lange im Zimmer bleibt“, erklärte sie.

„Gibt es was aus Ihrer Sicht zu erzählen?“

Sie zögerte. Schaute ihn dann pfiffig an. „Ich denke schon. Das war so schrecklich, als ich den Toten dort liegen sah. Ich dachte noch, der arme Mann. Gestern noch lustig und heute ...“ Sie schauerte.

Wahlberg stutzte. „Wie meinen Sie das mit *gestern noch lustig* – hatten Sie ihn am Vortag lustig gesehen?“

Sie wich aus. „Das ist doch nur so eine Redensart.“

„Die kenne ich aber nicht.“ Der Journalist hakte nach. Er deutete auf das über ihm hängende Plakat: „Hat man Sie hier oder auf dem Polizeipräsidium vernommen?“

„Auf dem Präsidium. Warum fragen Sie?“

„Ganz einfach, wenn die Ermittler der Polizei dieses Plakat gesehen hätten ... Wahrscheinlich wären konkrete Fragen zu dem Toten gekommen. Zum Beispiel, ob Sie Mitglied in dieser Partei sind, den Parteivorsitzenden kennen, ob und welche Kontakte Sie zu ihm pflegen – und so weiter und vieles mehr.“

Sie wurde blass. „Frau Blank, ich bin Journalist. Was Sie mir erzählen, werde ich vertraulich behandeln.“

„Also, ich bin kein Parteimitglied. Aber ich war schon das eine oder andere Mal auf Veranstaltungen. Mich interessierte die Politik, die sich zum Beispiel für soziale Belange einsetzt.“

Wahlberg musterte sie intensiv. „Auf solchen Veranstaltungen haben Sie auch Thomas Balzer gesehen oder sogar näher kennengelernt?“

„Die Partei ist klein und übersichtlich. Da geht es manchmal wie in einer Familie zu.“

Wahlberg nickte ihr aufmunternd zu. „Erzählen Sie bitte die ganze Geschichte. Wie haben Sie Balzer kennen gelernt. Und welche Beziehung wurde daraus.“ Wahlberg stach jetzt bewusst ins Innere ihrer Seele.

Sie wehrte sich noch zaghaft: „Woher wollen Sie wissen, dass ich Thomas Balzer kennen gelernt habe oder dass ich eine Beziehung zu ihm hatte?“ Zwei kleine Tränen rannen aus ihren Augenwinkeln, die sie mit dem Handrücken wegwischte.

„Sie hatten eine – das merkt man.“

„Ja, ich geb’s zu“, bekundete sie zögernd dem Interviewer. „Er war sehr von sich überzeugt. Das hatte mich anfangs ziemlich gestört. Aber das muss wohl die besondere Eigenart von Politikern sein.“

Sie sammelte ihre Erinnerungen von damals ein. „Er sah mich als die attraktive Unbekannte, die Neue, die sich auf dem politischen Parkett bewegt. Als ich sagte, dass mir Parteipolitik egal sei, schien ihn das eher anzuspornen. Er machte mir gleich Avancen.“

„Was hatte Sie bewogen, ihn näher kennen lernen zu wollen?“

„Sehen Sie, so viel Abwechslung und Aufmerksamkeit habe ich nicht jeden Tag, wie an diesem Abend. Er war auf eine etwas linkische Art charmant, immer ein provozierendes Lächeln in seinem weichen Gesicht. Kurzum: Er war ganz angenehm, auch wenn er einen unsteten Charakter hatte."

„Wie ging es dann weiter mit Ihnen beiden?"

Sie musterte ihn abschätzend. Sie gab sich einen Ruck, als wolle sie sich zur Wahrheit zwingen. „Ich war nicht verliebt. Ich hatte eher das Gefühl einer angenehmen Abwechslung, als er mich tags darauf besuchte. Ich hatte auch nichts dagegen, dass wir in meinem Bett landeten." Sie zündete sich eine weitere Zigarette an – inhalierte tief. Dann strich sie sich, mit Blick auf Wahlberg, über ihre Brüste. „Ich kann mich gut blicken lassen. Trotzdem sind interessante Männer rar gesät. Warum soll ich ihn rausschmeißen. Mir tat er gut. Nach gut zwei Monaten war diese Episode zu Ende."

„Wie das?"

„Kurz nach den Sommerferien brachte er einen Typen mit, der ihn managen würde. Ein Rechtsanwalt. So hellblondes Haar, kleiner Schnäuzer. Irgendwie ganz nett ..."

„Das war sicherlich Herbert Meinertz, nicht wahr?"

„Ja, Herbert heißt er. Kennen Sie ihn?"

„Nein, aber beinahe hätte ich ihn kennen gelernt." Er schilderte ihr von seiner Begegnung mit ihm, die eigentlich keine war. „Warum brachte Balzer ihn mit?"

„Das war so, als wenn er der Ersatzmann für Thomas sein sollte. Stellen Sie sich das mal vor." Die Entrüstung stand ihr mitten ins Gesicht geschrieben. Ihr Busen wogte heftig. „Das ist doch ziemlich unverschämt, oder?"

Wahlberg blieb ungerührt. „Hat er in der Zeit mit Ihnen über seine Familie gesprochen, oder über andere Beziehungen?"

Sie beruhigte sich schnell. „Indirekt, ja. Es waren mehr Andeutungen. Er sprach von Familie."

„Fühlte er sich bedroht?"

Sie überlegte kurz. „Also, so etwas hat er nie erwähnt. Wenigstens nicht in diesen Räumen. Hier wollte er nur vögeln."

Sie versank in Schweigen. Dann sagte sie plötzlich: „An dem Abend, als sie drüben diese Party feierten, war er hier."

Als Wahlberg das hörte, glaubte er seinen Ohren nicht. „Was? Und das haben Sie der Polizei verschwiegen?"

„Ja", bekannte sie kleinlaut. „Aber verstehen Sie mich nicht falsch. Ich habe das Glück, seit kurzem wieder in Arbeit zu sein. Ich bin noch in der Probezeit. Wenn das in der Zeitung gestanden hätte, in Verbindung mit dieser Partei ..."

Wahlberg nickte ihr zu. „Ich verstehe – aber erzählen Sie mir von diesem Abend."

„Nach dem abendlichen Wetterbericht stand Balzer plötzlich vor der Haustür. Er klingelte ziemlich heftig und anhaltend. Voll wie eine Haubitze, so ziemlich. Thomas stützte sich im Türrahmen vom Wohnzimmer ab", sagte sie mit leiser Stimme. „Mir war das ziemlich zuwider. Sein besoffenes Auftreten, und dass er die ganze Zeit nichts von sich hat hören lassen. Außerdem wollte ich mir den *Tatort* ansehen."

Sie verlor sich ein wenig in Gedanken. Dann sprach sie weiter: „Er hatte so einen irren Blick. Dann stellte er sich mitten ins Wohnzimmer hin und sagte ‚Jetzt hab ich's in der Hand', und er hatte auch was in der Hand."

„Eine Mappe."

Sie schaute ihn erstaunt an. „Woher wissen Sie das?"

„Vielleicht das Corpus Delicti."

„Sie meinen den Grund, warum man Thomas umgebracht hat?"

Wahlberg hatte sie fest im Blick. Sie wurde aschfahl.

„Wie ging es mit Balzer weiter?"

Die Brüste hoben und senkten sich, als sie tief durchatmete. „Der Versuch, ihn hinauszuschaffen, schlug fehl. Ich habe ihn dann ins Wohnzimmer gelassen, wo er sich mit einem Grunzen in den Sessel fallen ließ – und sofort einschlief."

„Und da blieb er die ganze Zeit?"
„Ja, eigentlich schon."
Ihr Zögern weckte bei Wahlberg Misstrauen.
„Es war kurz vor Mitternacht. Da habe ich ihn dann wieder wach bekommen. Ich musste am anderen Tag früh aufstehen", erklärte sie Wahlberg. „Mit Kaffee bekam ich ihn wieder auf die Beine. Ich dachte, die Kühle der Nacht würde ihm wieder klare Gedanken verschaffen."
„Was war mit dieser Mappe?"
„Die hatte er wieder mitgenommen. Er hatte vergessen, wo er sie hingelegt hatte. Dann zog er sie unter dem Sessel vor."
„Komisch. Mein Ex-Kollege hat mir erzählt, dass Balzer ohne Mappe zurückkam. Ist es möglich, dass er die Mappe unbemerkt hier bei Ihnen versteckt hat?"
„Also, das wäre ja noch schöner. Also, ich bin schon mein eigener Herr – äh, Frau – hier im Haus."
„Noch eine Frage zu Herbert Meinertz." Er beschwichtigte Nicole Blank. „Nichts Persönliches. Aber ich muss es schon wissen: Kommt Herbert Meinertz jetzt öfter zu Ihnen und welchen Eindruck macht er so auf Sie?"
„Eigentlich geht Sie das nichts an, was mein Privatleben betrifft. Aber, was soll's. Er besucht mich häufiger, so zweimal die Woche mindestens. Aber – das will ich gleich mal betonen – ohne alles ..." Sie schaute ihm bedeutungsvoll in die Augen. „Also, kein Sex."
Wahlberg war baff. Beinahe hätte er gefragt, wieso nicht. Aber er wollte es sich mit ihr nicht verderben. Sie war sicherlich eine noch auszuschöpfende Quelle – und nicht unattraktiv. Er hatte das Gefühl, dass sie ihn gerne noch länger dabehalten hätte. Obwohl er seinen Kaffee unberührt stehen ließ.
Wahlberg gab ihr noch seine Karte mit der üblichen Floskel. „Wenn Ihnen noch etwas einfallen sollte, dann ..." Er verließ sie mit einem zwiespältigen Gefühl. Sie verbarg etwas. Und wenn schon keinen Sex, fragte er sich, was wollte Meinertz stattdessen?

Kapitel 34

Donnerstag, 19. November 2009 – vormittags

„Hallo Herr Meyers, ich glaube, ich hab‘ da einen wichtigen Hinweis für Sie."

„Hören Sie, Herr Wahlberg, ich bin auf dem Sprung. Ich muss eine Ermittlung durchführen." Er zögerte, dann ein nervöses Räuspern. „Zwar geht es Sie nichts an, aber bei Steinerts Witwe ist eingebrochen worden. Gestern Abend wahrscheinlich."

„Raub, Diebstahl oder suchten die Täter etwas Bestimmtes?"

„Erst mal keine Ahnung, Herr Journalist. Den Tatort muss ich selber in Augenschein nehmen. Natürlich könnte es ein profaner Bruch sein, er könnte aber auch im Zusammenhang mit unseren Mordfällen stehen."

Überraschend gesprächig dieser Mann, stellte Wahlberg für sich fest. „Nehmen Sie mich bitte mit. Ich kenn die Witwe, wenn auch nur flüchtig. Aber ich denke, es wird sie beruhigen."

„Sie sind aber auch nur dann ein absoluter Menschenfreund, wenn es um Ihre Vorteile geht."

„Das stimmt nicht, sonst hätte ich Ihnen nicht meinen Hinweis angeboten. Ich bin der festen Überzeugung, dass er Ihnen etwas nützt."

„Wieso sind Sie davon überzeugt?", brummte Meyers in sein Telefon.

„Holen Sie mich einfach ab, dann erzähl ich Ihnen alles Weitere."

„Nun, gut. Halten Sie sich bereit. Wir sind in Ihrer Nähe."

Wahlberg war gerade fertig mit seinem späten Frühstück, als es an der Haustür laut schnarrte. Zwei PKWs standen in der schmalen Gasse. Aus dem solobesetzten stachen Meyers kieselgraue Augen durch die Seitenscheiben.

„Also, was ist mit dem Hinweis und Ihren Überzeugungen?“, fragte der Hauptkommissar während des Anfahrens.

„Nun, Herr Kommissar, ich bin geradezu überzeugt, dass die Polizei schludrig bei der Vernehmung von Zeugen vorgegangen ist.“

„Wie kommen Sie denn darauf?“ Das klang abwehrend und zornig gleichzeitig.

„Ich sprach gestern lange mit Nicole Blank. Sie wissen doch noch, diejenige, die die Leiche von Balzer gefunden hat.“

Meyers drehte kurz den Kopf zu Wahlberg, als wolle er auf die Schnelle dessen geistige Qualitäten überprüfen. Die harten Augen versuchten sich in Wahlbergs Kopf einzubrennen. Der Journalist nahm es mit lächelnder Genugtuung zur Kenntnis. Meyers räusperte sich wieder.

„Jetzt wollen Sie mir eine reinwürgen und das dann schön in Ihrem MAGAZIN breittreten.“

„Ich habe nicht gesagt, dass die Schuld beim BKA liegt.“

Meyers Stimme klang versöhnlicher. „Also, dann raus mit der Sprache.“

„Nicole Blank wurde bisher nur als Finderin der Leiche interviewt, nicht wahr?“

„Als das LKA den Mord aufgenommen hat, war sie die einzige Zeugin, die am Fundort zugegen war. Ihre Personalien wurden notiert. Sie musste schnell weg, weil sie ihren Zug nach Ingelheim erreichen musste. Es wurde – laut Protokoll – ein Abendtermin für ein Protokoll vereinbart. Am Spätnachmittag war sie dann in der Kreyßigstraße. Der Busfahrer hat dann soweit ihre Aussagen bestätigt.“

„Thomas Balzer hatte sie am Vorabend seines Todes, als die Wahlparty stattfand, besucht. Ist dort eingeschlafen, wieder aufgewacht, dann wieder zurück zur *Rheingoldhalle* marschiert.“

Der Wagen ging fast in die Knie, als Meyers hart in die Bremsen einstieg. Beinahe wäre er in der Kolonne auf den vor ihm fahrenden PKW aufgefahren.

Wahlberg sah ihn erschreckt an. „Halten Sie bloß den PKW unter Kontrolle. Sonst erzähl ich Ihnen nichts mehr."

Meyers quetschte ein „Entschuldigung" durch seine wohlgeordneten Zahnreihen. Ein „verdammt noch" schickte er hinterher.

„Meucheln Sie mich bitte nicht. Ich bin ja nur der Überbringer schlechter Nachrichten."

„Hat mich aber fast vom Hocker gerissen."

Der Kriminalbeamte steuerte das Fahrzeug wieder in ruhiger Manier in Richtung Mainz-Finthen. „Was wollte Balzer bei ihr?" Wahlbergs Erzählung mündete schließlich in der Feststellung, dass die verschwundene Mappe mit den *Materialien* oder Unterlagen auch im Zusammenhang mit dem Einbruch bei Steinerts Witwe stehen könnte.

„Ich vermute stark, dass dieser Mappeninhalt inzwischen große Begehrlichkeiten weckt. Vielleicht sind es unterschiedliche Interessen, die dahinterstecken. Und diese Papiere sind so brisant, weil sie Motiv und Täter verraten könnten."

„Aber es nützen auch die besten Papiere nichts, und das sage ich aus meiner Erfahrung als Kriminaler, wenn die Beweise fehlen. Konkrete Zeugen, zum Beispiel."

„Trotzdem – es kann sein, dass die Einbrecher dachten, bei Paul Steinert wäre noch etwas zu holen, obwohl er mir damals versicherte, dass Balzer keine Mappe dabei hatte, als er diese Prügel erleiden musste. Er war ja auch schon ohne Mappe zur Wahlparty zurückgekehrt."

Inzwischen war die Fahrzeugkolonne in die Straße Am Weisel eingebogen. Sie hielten vor der Nummer vier, einem schmucken Reihenhaus.

Kurz vor dem Aussteigen bekundete Wahlberg sein Misstrauen gegenüber Nicole Blank. „Ich habe den Eindruck in Sachen Mappe, dass die Blank nicht alles sagt. Die schleppt noch etwas mit sich rum. Ich vermute, die weiß mehr. Das sagt mir mein Bauch."

„Mein Gott, Ihr Bauch. Bekommen Sie da keine Blähungen?" Meyers Kieselaugen blitzten belustigt.

Das Erscheinen von Elsa Steinert auf dem Weg, der durch ihren Vorgarten führte, unterbrach das Gekabbel der beiden Ermittler. Sie war gut einen halben Kopf größer als ihr verstorbener Mann. Elsa sieht so abgehärmt aus, fand Wahlberg, der sie noch von der Berliner Zeit her kannte. Er schüttelte ihr die Hand und sprach noch ein verspätetes Beileid aus, während die Kriminaltechniker schnurstracks ins Haus gingen. Es war ihr Routinejob.

„Ist etwas gestohlen worden?" Meyers stellte seine erste Routinefrage.

„Kommen Sie bitte näher. Wir setzen uns ins Wohnzimmer." Die Frage beantwortete sie zögerlich. „Nein. Soweit ich das überblicke. Ich meine damit, dass im ganzen Haus nichts in Unordnung war. Nur Pauls Zimmer – er hat es eigentlich immer unter Verschluss gehalten, sogar saubergemacht hatte er immer selber – ist durchwühlt worden. Aber ob da etwas fehlt ...?" Sie zuckte mit den Achseln.

„Hatte ihr Mann in der letzten Zeit öfter Besuch? Ich meine, so im letzten halben Jahr?" Meyers schaute sie erwartungsvoll an.

Sie hob und senkte ihre schmale Brust und entließ einen Seufzer. „Ja, da war zweimal dieser tote Abgeordnete, dieser Balzer, hier. Einmal haben wir zusammen gegessen. Aber auch nur, weil er den ganzen Tag noch nichts Richtiges zu sich genommen hatte. Es gab Eintopf, der ihm gut schmeckte."

Sie sagte das etwas verschämt. „Dann aber verzogen sie sich. Im Arbeitszimmer von Paul ließen sie dann die Tassen hochleben."

Wahlberg mischte sich ein, was Meyers mit Stirnrunzeln verfolgte. „Wann war der Balzer das letzte Mal hier? Hatte er etwas bei sich? Eine Mappe, oder ähnliches. Was er zum Beispiel – als er ging – nicht mehr dabei hatte?"

„Er war letztes Mal mit Paul Ende Oktober hier gewesen. Wie ich hörte, hatte es schon in Berlin angefangen, das heißt der Balzer kam direkt aus Berlin und wollte ..."

Meyers unterbrach sie: „Was meinen Sie damit *es hatte schon in Berlin angefangen?*"

„Na, ja, der Bundestag eben ..."

Meyers spürte wie ein Suchhund durch die Räume. „Kein anderer war hier? Keine Rechtsanwälte? Andere Besucher?" Meyers ließ nicht locker.

„Einmal war die Tür nicht ganz geschlossen – wissen Sie, ich bin auch neugierig ..." Sie blickte etwas kess in Richtung der beiden Männer. „Da ging es um einen Rechtsanwalt, der – wie ich aus Pauls Mund hörte – sich bei der Partei, der Balzer angehörte, eingenistet oder eingeschmeichelt haben soll."

„Haben Sie mal den Namen Herbert Meinertz gehört?"

„Daran kann ich mich nicht erinnern. Ich glaube nicht. Das meiste hatte doch Paul immer in seinem Büro erledigt. Er kam ja oft tagelang nicht nach Hause." Ihr Kopf fiel auf ihre Brust. Wahlberg fühlte mit ihr. Sie wollte die Schmach, die sie dabei empfunden haben musste, überdecken. Er sah, wie sie sich mit dem Handrücken ein paar Tränen abwischte.

„Gab es Gründe, dass er so häufig wegblieb?" Wahlberg hätte Meyers an die Gurgel gehen können. So etwas von unsensibel, dachte er.

Aber Elsa Steinert hatte sich schnell im Griff. Sie atmete tief durch und antwortete kühl: „Wir hatten uns auseinander gelebt. Jeder hatte so seinen Kreis und seine Hobbies. Pauls Hobby war seine Arbeit. Ich hatte manchmal den Eindruck, er wollte zum Schluss seines Arbeitslebens noch einen dicken Fisch an Land ziehen."

Wahlberg nickte. „Vielleicht wäre es ihm sogar gelungen, wenn er nicht so sehr ein Geheimnis draus gemacht hätte. Wir waren im Grunde wieder auf einen Nenner gekommen. Im Prinzip hatten wir uns ausgesöhnt ..."

„Das ließ Paul letzte Woche, als er auf einer kurzen Visite hier war, auch durchblicken. Ich war froh darüber." Sie wandte sich an Meyers. „Wann kann ich Paul beerdigen?"

Meyers war mit dieser Frage sichtlich überfordert, was Wahlberg in Erstaunen versetzte. „Ist die pathologische Untersuchung denn noch nicht abgeschlossen?“, fragte er, um sie zu unterstützen. Er wollte aber auch wissen, wann die Untersuchungsergebnisse vorliegen würden.

Die Techniker brachten Meyers um die Antwort. Sie standen an der Eingangstür zum Wohnzimmer. „Haben Sie was gefunden, meine Herren?“

„Es sind Einbruchsspuren an der Verandatür feststellbar, also aufgehebelt. Das Arbeitszimmer“, ein Techniker wandte sich an Elsa Steinert, „war das jetzt immer noch abgeschlossen gewesen?“

„Ja, sicher. Sie haben doch alle Utensilien von Paul – auch die Schlüssel.“

„Na, dann haben Sie diese Tür mit einem einfachen Dietrich geöffnet. Ist ja auch ein einfaches Schloss.“

„Konnten Sie andere Spuren sichern? Schauen Sie bitte auf solche, die man in einen Zusammenhang mit Mord bringen könnte.“ Meyers war sichtlich in seinem Element. „Also auch jedes Hautpartikelchen oder Fremdhaar, die uns Hinweise auf den Täterkreis geben könnten.“

„Wir haben alles eingesammelt, was irgendwie nach DNA aussah.“ Sie standen in ihren weißen Ganzkörperanzügen, bereit wieder abzufahren.

„Wann kann ich Paul beerdigen? Diese Antwort sind sie mir noch schuldig.“ Elsa Steinert, schmalbrüstig, abgehärmt, stand nach über vierzig Ehejahren immer noch fest an ihres Mannes Seite. Sie wollte eine würdige Verabschiedung für ihn.

Wahlberg mischte sich ein. „Ich ruf Sie morgen an. Es ist vielleicht“ – er sagte das mit Blick auf Meyers – „etwas persönlicher …“

Als sie wieder im Auto saßen, fuhr Meyers Wahlberg an. „Was war das jetzt für ‘ne Kiste?“ Er war erbost über Wahlbergs eigenmächtiges Handeln.

„Herr Meyers, Sie haben nicht so die ganz große Sensibilität an den Tag gelegt. Kann ich ja verstehen, ist ihr tagtäglicher Job. Da bleibt manches auf der Strecke.“ Er drehte sich auf dem Beifahrersitz zu ihm hin. „Verstehen Sie bitte, Sie ist die Frau meines Ex-Kollegen. Ich möchte ihr alles ein wenig erleichtern."

„Vielleicht haben Sie recht ..."

Die Rückfahrt verlief ohne Worte. Bis plötzlich Wahlberg sagte: „Ich habe gerade nachgedacht ..."

„Ach, ja?" Meyers zog das ja ironisch in die Länge.

„Ich hatte immer den Verdacht, dass Meinertz seine Hände im Spiel hätte ..."

„Jetzt nicht mehr?"

„Doch, aber anders. Erst dachte ich, Meinertz hätte die Papiere am Abend der Wahlparty – sagen wir mal – an sich genommen. Wenn Balzer aber ohne Papiere oder Mappe wieder aufgetaucht war, dann hätten andere annehmen können, er hätte sie Paul Steinert übergeben ..."

„Balzer dem Steinert? Diese Papiere oder Materialien? Und der hat sie dann nach Hause mitgenommen?"

„Könnte sein. Paul sagte mir aber, dass er nichts hätte. Aber wussten das auch andere?" Er überlegte. „Andererseits war er auch versessen auf einen großen Coup – was seine Frau auch noch bestätigte."

„Sie werden konfus in Ihren Schlussfolgerungen, Herr Journalist." Meyers ließ diesen Satz genüsslich auf der Zunge zergehen.

Wahlberg ruckte ein wenig vor. „Wieso konfus ...?"

„Nun, zuvor hatten Sie den Verdacht, die Blank hätte was zu verbergen. Vielleicht hat sie auch was zu verstecken. Schon mal daran gedacht?"

„Ja, stimmt. Julia erinnerte sich neulich, dass Balzer von einem sicheren Ort gesprochen hatte."

„Und Sie nehmen jetzt an, der könnte bei der Blank sein?"

Wahlberg hob und senkte ein paar Mal seine Schulter. „Könnte sein."

Als Meyers ihn in Höhe Holzstraße raus ließ, fragte Wahlberg: „Gibt es jetzt eigentlich noch etwas, was den Verdacht bei Tobias Köhnert aufrecht hält?"

„Ach, das wissen Sie also noch nicht. Der junge Köhnert ist seit gestern Abend wieder auf freiem Fuß."

„Na, wunderbar ..."

„Eigentlich könnten wir ihn heute schon wieder einbuchten. Er hatte ein Motiv, bei Steinert einzusteigen. Und der Bruch bei Steinert war heute Nacht."

Kapitel 35

Donnerstag, 19. November 2009 – nachmittags

Johann Wahlberg wählte seine Worte mit Bedacht. „Meinen Glückwunsch. Dein Herzenswunsch ist in Erfüllung gegangen. Der Herr Kriminal hat es mir gestern mitgeteilt, dass dein Bruder seit vorgestern Abend wieder in Freiheit ist."

„Danke. Meine Eltern und ich – wir sind alle froh."

„Konntest du ihn gestern Abend noch sprechen?"

„Ja, am Telefon. Meine Mutter, mein Vater, meine Tochter. Jeder wollte wissen wie's so in einem Gefängnis aussieht."

„Weißt du, wo er gestern Abend war?"

Erst war Stille, dann brach es aus ihr hervor. „Was soll diese Frage. Das ist eine bodenlose Gemeinheit. Lass endlich meinen Bruder in Ruhe." Julia schrie aufgebracht ins Telefon. „Willst du meine Familie ständig an den Pranger stellen. Tobias hat nichts mit diesen Vorfällen zu tun."

„Beruhige dich bitte. Reg dich nicht unnötig auf. Ich will keinen an den Pranger stellen."

„Das tust du aber ständig."

„Das ist nicht wahr. Erst recht nicht jemanden aus deiner Familie. Meyers hat einen Satz gesagt, der möglicherweise mit Vorsicht einzuschätzen ist." Er erzählte ihr vom Einbruch bei Paul Steinert – und von Meyers Ausspruch.

„Ich glaube, dass der Kommissar sich irrt. Welches Motiv sollte dein Bruder haben, sich belastendes Material zu besorgen. Vor allem kann er nichts damit anfangen, weil diejenigen, die es betrifft, wahrscheinlich in Berlin sitzen – na ja, eventuell Meinertz noch."

Seine Worte beruhigten sie – aber nicht ganz. „Johann, verzeih mir diese Entgleisung. Aber es nervt mittlerweile alle. Aber ich will ehrlich sein: Tobias hatte sich neulich nach Unterlagen über Meinertz erkundigt. Das war aber, bevor er in diese Untersuchungshaft kam."

„Dann erinnere ihn bitte nicht mehr daran. Hatten Meyers und seine Leute, als sie damals das Büro auf den Kopf stellten, etwas gefunden, das wie einschlägige Papiere, Unterlagen oder so ähnlich aussah?"

„Nein, die sind mit leeren Händen wieder gegangen."

„Dann komm doch bitte in die Geschäftsstelle. Wir beide schauen uns Meinertz' Büroraum nochmal genauer an. Ich melde mich wieder. Jetzt will ich Balzers Witwe noch einmal besuchen. Hast du sie mal kennen gelernt?"

„Nur von Ferne. Ist das wichtig für deinen Job?"

„Nein, überhaupt nicht. Aber weißt du, dass sie dich mal als Kurzzeit-Gspusi ihres Mannes bezeichnet hat?" Wahlberg grinste vor sich hin.

„Das ist doch die Höhe. Diese kleinbürgerliche Schickse konnte auch nur bei einem solchen Mann wie Balzer landen."

„Du doch auch."

Erst Schweigen, dann ein verhaltenes Lachen. „Ach, Johann, das verstehst du nicht."

Da war sich Wahlberg nicht so ganz sicher. Ihm fiel dazu ein treffender Satz von Karl Valentin ein. Der sagte einmal kurz und knapp, im Zusammenhang mit der weiblichen Gefühlswelt: „Immer diese Irrationalität der Weiber ..." Das sah er auch so. Im Allgemeinen wie im Besonderen.

„Wir können uns in das Arbeitszimmer meines Mannes setzen. Das wird jetzt nicht mehr als solches gebraucht." Monika Balzer reichte Wahlberg zur Begrüßung die Hand und führte ihn in ein großes mit einigen Regalen ausgestattetes Zimmer, dazu ein kleiner Schreibtisch. Fast keine Bücher, wenige Ordner. Ein bisschen wenig *Arbeitszimmer*, dachte Wahlberg. Dafür eine ausladende hellbraune Couchgarnitur und eine schwere Eichenkommode.

„Ich setze schnell Kaffee auf. Nach dem Mittagessen bringt er doch wieder die Lebensgeister auf Trab.“ Wahlberg nickte zustimmend. Er war froh, dass die Witwe so unkompliziert seiner Bitte um ein weiteres Interview gefolgt war. Ich bin gespannt, ob ihr meine Fragen gefallen werden, murmelte er halblaut vor sich hin.

Sie servierte auf dem Couchtisch, setzte sich züchtig mit schräg und geschlossen gehaltenen Beinen ihm gegenüber. Sie trug einen schwarzen Rock, passend zur gleichfarbigen Bluse. Trauerkleidung. Unpassend fand er, dass sie helle, mit lustigen Katzenköpfen verzierte Hausschuhe trug.

Wahlberg bedankte sich nochmal artig für ihre Bereitschaft, ein Gespräch mit ihm zu führen. „Ich wollte noch ein paar Hintergründe zu Thomas Balzers Leben erfahren. Das kann für die Ermittlungen hilfreich sein.“

Monika Balzers Wangen fingen wieder an zu glühen. Aber eher aus Verlegenheit. „Ich bin mir nicht so sicher. Ich will Thomas doch nichts Negatives nachsagen.“

„Es wäre hilfreich, wenn Sie mir Informationen geben könnten. Eventuell könnten wir ein Täterprofil ableiten.“ Diese Lüge sei mir gestattet, sprach er still zu sich.

Laut sagte er: „Wir müssen herausfinden, wer noch ein Motiv haben könnte, Ihren Mann zu töten. Zum Beispiel jemand aus dem ehemaligen Umfeld Ihres Mannes.“

„Er ist Vielen auf die Füße getreten, oder hat sie bewusst aus den Entscheidungsebenen der Partei raushalten wollen. Oder einfach ausgedrückt: Er wollte bestimmte Leute nicht hochkommen lassen.“

„Nach meinen Recherchen war Ihr Mann doch in der *SPD* gewesen. Warum dann zu einer Konkurrenzpartei?“

„Nun, Thomas hatte nie seine Karriereambitionen aufgegeben. Er startete mehrere Versuche. Ich weiß nicht, ob es Ehrgeiz oder ein Minderwertigkeitskomplex war, der ihn dazu antrieb. Eigentlich kam er ja aus sogenannten kleinen Verhältnissen, so wie der

Ex-Kanzler Schröder. Bei der *SPD* fiel er letztendlich durch, weil die Konkurrenz auf den *billigen* Plätzen zu groß war. Bei der Gewerkschaft hatte man ihm klar gemacht, dass seine anhaltenden Mobbingversuche der Karrierekiller gewesen seien. Naja, da bot sich doch eine neue Partei wie eine Offenbarung an."

„Was war das mit Mobbing in der Gewerkschaft?"

„Es wollte unbedingt was werden. Auf Teufel komm raus, wollte er an die Spitze kommen. Der Versuch missglückte. Die Gewerkschaftsführung bekam das schnell spitz. Es wurde frühzeitig gegengesteuert. Thomas stand kurz strahlend oben. Dann fiel er tief, musste im zweiten Glied wieder kleine Brötchen backen. Ausgeweint hat er sich an meiner Schulter." Empörung, begleitet von Verachtung klang mit.

Verbittert sagte sie: „Die Familie war für ihn zweitrangig, obwohl er zu seinen Kindern ziemlich aufmerksam war."

„Also, Sie sind sozusagen auf die Rolle reduziert worden, die hierzulande als die weiblich-natürliche angesehen wird. Auch in einer Partei mit linkem Anspruch."

Mit Ärger in der Stimme sagte sie „Ja."

„Irgendwann musste Ihr Mann zur damals sich bundesweit konstituierenden Partei *PFDF* Zugang gefunden haben?"

Sie formulierte mit einer gehörigen Portion Sarkasmus: „Bei einer neuen Partei hat man dann die besten Chancen, wenn die Verhältnisse und die Machtpositionen mehr oder weniger in der Schwebe sind. Wer dann zuerst das Maul aufreißt, hat gewonnen. Und Thomas hatte eine gute Ausgangsposition hier in Rheinland-Pfalz. Skrupel kannte er sowieso nicht, dass hatte er ja schon in der Gewerkschaft bewiesen."

Wahlberg merkte, wie der Zorn in ihr hochkochte.

„Das war nicht meine Welt. Meine baut auf Solidarität mit den Armen und Schwachen auf. In der Altenpflege lernt man das, und das ist wichtig, weil man irgendwann selber alt wird und auf diese Solidarität angewiesen ist."

„Wie ging es weiter mit der *PFDF*?" Wahlberg drängelte.

„Tja, wie war das noch? Ich bin eigentlich überfragt. Thomas kam von einer der vielen Versammlungen im Vorfeld und berichtete stolz, dass man ihn zum zweiten Vorsitzenden gewählt hätte. Wen als ersten, weiß ich nicht mehr."

„Auf der Gründungsversammlung wurde aber Ihr Mann als erster Vorsitzender vorgeschlagen und gewählt."

„Richtig. Später wurde mir erzählt, dass Thomas sich mit unfairen Mitteln durchgesetzt hätte, was nichts anderes bedeutete, als dass er wieder die Mitbewerber rausgemobbt hatte. Aber im Gegensatz zu früher, hatte er sich durch eine Mannschaft von Gleichgesinnten abgesichert."

„Was ich nicht verstehe, wie die anderen Parteimitglieder dieses Mobbing zulassen konnten. Ich meine, da waren doch viele Menschen, die der neuen Partei gegenüber positiv eingestellt waren. Vor allem ihrem Programm standen sie doch aufgeschlossen gegenüber. Gab es keinen Aufstand gegen das Mobbing? Diese neue Partei wollte doch ein solches Handeln unterbinden. So was stand zumindest in ihrem Programm?"

„Ja, das Programm, da kann man viel reinschreiben. Aufstand gab's haufenweise. Ich hatte auch den Gründungsparteitag besucht. Da hat man mir vorgehalten, dass diese Abstimmung manipuliert gewesen sei. Was konnte ich dafür. Ich habe mich geschämt."

„Das muss ihm doch eine Reihe von Feinden eingebracht haben?"

Frau Balzer schaute ihn misstrauisch an. „Glauben Sie etwa, dass jemand von den Mitgliedern die Hand gegen Thomas erhoben hat?"

„Wir müssen allen Eventualitäten nachgehen. Natürlich ist es heute schwierig nachzuprüfen, ob noch alte Feindschaften bestehen – und ob die jetzt noch zuschlagen würden. Ich glaube, wir sollten uns mal der jüngeren Vergangenheit zuwenden."

Wahlberg sah, wie die Witwe aufatmete und entspannte.

„Dazu gehört auch diese Beziehung zu Herbert Meinertz." Ihre

Spannung nahm prompt wieder zu.

„Wie meinen Sie das?", fragte sie vorsichtig.

„Hatten Sie eine engere Beziehung zu Herbert Meinertz?" Wahlberg war sich bewusst, dass diese Frage ein Killer sein konnte. Er wollte aber das Risiko eingehen.

„Was erlauben Sie sich ..."

„Bitte, Frau Balzer, ganz sachlich gemeint. Wir suchen Herbert Meinertz schon seit Tagen. Sie hatten ihn neulich mit Kerl betitelt. Mit Verlaub, aber das, und noch ein paar weitere Äußerungen von Ihnen, klang wie eine kleine menschliche Enttäuschung, die Sie erlebt haben könnten."

Monika Balzer starrte ihn an. Er schaute freundlich zurück. Sie erhob sich und öffnete den Mund. Wahlberg hatte die Befürchtung, dass sie gleich etwas Obszönes ausstoßen würde. Sie schnaufte tief durch und sagte dann: „Soll ich Ihnen noch etwas Kaffee nachschenken?"

Wahlberg schloss die Augen, weil sie ihm sonst aus dem Kopf gefallen wären – verharrte ein wenig und fing an zu lachen. Die Witwe, mit tiefrotem Gesicht, hielt sich nicht mehr zurück und prustete ebenfalls lauthals los.

„Wir sollten das als Erwachsene sehen", war ihr Kommentar nach einer kurzen Verschnaufpause. „Ich will versuchen, es zu erklären." Sie setzte sich in Positur und glühte noch mehr, als sie erzählte. „Thomas brachte den Meinertz häufiger mit, mal schickte er ihn auch alleine her, um etwas abzuholen." Sie entrüstete sich noch im Nachhinein. „Der hatte sogar den Schlüssel zu seinem Arbeitszimmer, den ich nie zu fassen bekommen hatte."

„Wie entwickelte sich das Verhältnis?"

„Herr Wahlberg, dies will ich nicht in Ihrer Gazette lesen. Das muss klar sein."

„Das ist schon klar. Mir geht es um etwas ganz anderes. Nicht um Bettgeschichten."

„Mit Bettgeschichten und Herbert Meinertz könnte ich auch nicht dienen. Er hat es mal versucht, mein Mann hatte mich total vernachlässigt. Wie ich zuvor schon sagte, Familie war nicht ...“

Wahlberg fielen die Worte von Nicole Blank ein. Er überlegte: War es ein körperliches oder psychisches Problem? „Ich war auch nicht abgeneigt“, fuhr sie fort. Schließlich zeigte er sich immer als gutsituierter Gentleman – aber irgendwie klappte es nicht. Ich glaube, das Problem lag bei ihm. Ich war enttäuscht und habe ihn mal ziemlich angeblafft. Er wurde ausfallend, wollte meinem Mann davon erzählen. Ich sagte ihm, das mach ich schon selber. Da war dann Ruh‘ eingekehrt. Und die sogenannte Beziehung beendet.“

„Wann war er zum letzten Mal hier?“

„Das ist schon lange her. Noch vor der Bundestagswahl. Danach kappte auch mein Mann die Verbindung zu ihm. Den Grund kennen Sie ja.“

„Also, dann hat er vor kurzem keine Unterlagen hier abgeholt oder vorbeigebracht?“

„Nein. Der ist nie wieder hier aufgetaucht.“

„Hm, dann könnte es sein, dass sich Meinertz in großer Gefahr befindet.“

„Sie meinen, diese Unterlagen sind die Wurzel allen Übels?“

„Ich glaube, ja. Diejenigen, die hinter den Morden stecken, wollen diese Mappe haben. Und diese Kreise denken möglicherweise, dass Meinertz sie hat.“

Nach kurzem Nachdenken ergänzte er halblaut: „Oder doch Nicole Blank.“

Er erhob sich und ging zur Tür. „Ich muss jetzt los.“

„Wer ist Nicole Blank?“

„Das wollen Sie gar nicht wissen – und ich kann es Ihnen auch nicht sagen. Ermittlungen.“

Wahlberg kam sich wie ein Kriminalhauptkommissar vor. Aber nur kurz.

Kapitel 36

Freitag, 20. November 2009 – vormittags

Wahlberg hatte den Zug um 06.28 Uhr in Mainz genommen. Jetzt trabte er gemächlich vom Bahnsteig 11 des Berliner Hauptbahnhofs zur S-Bahn. Mal sehen, ob gleich der Anschluss klappt, dachte er. Seit dem Frühsommer gab es nur noch den ausgedünnten Fahrplan, weil die meisten S-Bahn-Züge wegen Wartungsversäumnissen eingezogen worden waren. Das Glück war mit ihm. Die S 75 rauschte heran, natürlich überfüllt. Er klemmte sich zwischen Tür und einen korpulenten Herrn mit nassem Schirm. Für eine Station war es zu ertragen. An das Berliner Nieselwetter hatte er nicht gedacht. In Mainz war es wieder mild gewesen.

Vom Bahnhof Friedrichstraße bewegte er sich, seinen Rucksack zum Schutz gegen den feinen Regen über den Kopf haltend, auf die Renommiermeile Unter den Linden zu. Rechts bog er ab, Richtung *Brandenburger Tor.* Auf der Hälfte des Wegs sah er den werbewirksam vermarkteten Eingang zum MAGAZIN. Sein ehemaliges Zuhause. *Zuhause*, so hatte er immer sein Büro gegenüber anderen bezeichnet. Zu Hansen hatte er sofort Zutritt. Der sah ihm mit geneigtem Kopf und einem schiefen Lächeln entgegen.

„Na, wie war die Fahrt?“, meinte der Chef vom Hauptstadtbüro in väterlichem Ton, obwohl er nur elf Jahre älter war.

„Na, wenn’s dich interessiert. Ich hab unterwegs noch ein wenig geschlafen. Nicht viel mitbekommen. Außerdem geht die Strecke bis Fulda ständig durch diese nervigen Tunnel.“

„Kaffee? Wir können auch gleich zum Essen gehen. Nein, nicht in die Kantine“ – er hatte den Missmut in Wahlbergs Gesicht richtig gedeutet – „ein kleines Restaurant in der Französischen Straße. Ich hab schon reservieren lassen.“

Nachdem Wahlberg zwei kleine Schlucke vom sehr heißen Kaffee getrunken hatte, schaute er erwartungsvoll seinen ehemaligen Chefredakteur an. Als der immer noch am Schreibtisch rumräumte, ergriff er das Wort. „Hättest du es lieber gesehen, ich wäre nicht nach Berlin gekommen?"

„Hm, kommt darauf an. Zwar versteh' ich, dass du deinen Job erledigen willst ..."

„... aber?"

„Ja, aber – ich bin der Ansicht, dass die Zeit noch nicht reif genug ist, um massiv bei den Anwälten zu intervenieren."

„Ich will nicht intervenieren ..."

„Johann, ich kenn dich. Auch wenn du meinst, du intervenierst nicht, intervenierst du. Manchmal fehlt dir eine gehörige Portion an Fingerspitzengefühl."

„Ich denke, diese Sache in Mainz darf keinen Aufschub mehr bekommen. Die Sache mit Paul ..."

„Das tut mir wirklich so leid. Ich hab ihn zwar als Arschloch beschimpft, damals als er dich hat hängen lassen – aber so zu enden ..." Hansen hob beide Hände verzweifelt nach oben, als wollte er einen späten Segen für seinen ehemaligen Angestellten erbitten – oder Gnade für sich selbst.

„Ich glaube, du hast ihn zu wenig akzeptiert. Er fühlte sich übergangen."

Hansen schaute Wahlberg mit gekrauster Nase an, als wäre er einem schlechten Geruch ausgesetzt. „Wieso?"

„Nun, Paul hatte ein paar Mal angedeutet, dass du mir nicht nur einen Job als *freelancer* verschafft hast, sondern meine Anwesenheit in Mainz richtiggehend betrieben hättest."

„So etwas hat Paul dir bestimmt nicht erzählt ..."

„Doch, doch. Ich denke, dass du über Paul schon Infos hattest, die Balzer und die Lochner-Brüder betrafen. Gehe ich recht in der Annahme, dass du im Prinzip die Geschehnisse vor rund zwei Jahren auch noch nicht verarbeitet hast?"

Hansen nestelte an seiner Lesebrille, die an einer Kette um seinen Hals hing, dann zog er seine Lippen zusammen, bis sie zugespitzt erschienen. Wahlberg kannte diese unbewussten Gesten zur Genüge. Jetzt fehlt noch, schätzte er, dass er seinen Bart an seiner rechte Gesichtshälfte reibt. Die Frage war Hansen sichtlich unangenehm. Unwillkürlich fuhr seine Hand hoch und rieb die rechte Seite seines angegrauten Vollbarts.

„Horst, du hast in mir einen Terminator gesucht und gefunden. Ich habe nichts dagegen. Nur wäre es einfach fair gewesen, du hättest es mir gleich selbst gesagt. Diese Heimlichtuerei hat möglicherweise Paul das Leben gekostet."

„Johann, halt ein und rede dich nicht in Rage. Es hat seinen Sinn. Ich gebe zu, dass ich dich vielleicht – drücken wir es mal negativ aus – missbraucht habe. Positiv gewendet: Dich kann man nicht so ohne weiteres rausschmeißen. Du bist ungebunden. Ein Plus bei diesem Auftrag, der sich als brisanter erwies als ich annahm. Wie der Verlauf mit Paul zeigt."

„Brisant heißt dann offensichtlich auch tödlich", sagte Wahlberg in Anspielung auf Steinerts Tod. „Gibst du mich auch zum Abschuss frei?"

Hansen wurde langsam zornig. „Johann, ich bitte dich. Wäge deine Worte. Halte dich bitte zurück. Ich sehe jetzt, dass es ein Fehler war, dich und Steinert nicht von vornherein auf gleiche Augenhöhe zu bringen. Ich bedauere zutiefst, dass es Paul das Leben gekostet hat."

Er bebte immer noch, als er sich erhob. Er war bemüht, ruhig und sachlich zu bleiben.

„Lass uns gehen. Wir laufen – so etwa zehn, zwölf Minuten. Das entspannt."

Sie schritten schweigend nebeneinander her. Kurz vor dem Restaurant sagte Wahlberg: „Horst, tut mir leid. Natürlich ist es nicht deine Schuld. Ich hatte Paul auch oft genug aufgefordert, nachdrücklich aufgefordert, mich an seinen Recherchen zu beteiligen. Ich merkte, er wollte auf seine alten Tage selber noch einmal ein wenig glänzen. Seine Frau bestätigt das übrigens auch."

Hansen rang sich zu einem „Hm, Hm" durch. Wahlbergs vorherige Worte mussten sich bei ihm erst einmal setzen. Soweit kannte Wahlberg seinen ehemaligen Chef. Nach der Vorsuppe sondierte Hansen vorsichtig das Terrain.

„Was hast du jetzt im Einzelnen vor? Was sind deine nächsten Schritte?"

„Nun, nach unserem Mittagsmahl werde ich die *PFDF*-Fraktion in der Wilhelmstraße aufsuchen. Ich habe einen Termin um drei Uhr mit der Fraktionsspitze vereinbart. Vorher werde ich aber noch – unangemeldet – bei einem mir bekannten Mitarbeiter der Fraktion vorbeischauen ..."

„Warum unangemeldet? Überraschungscoup?"

Wahlberg lächelte seinem Gegenüber zu. Auch Hansen sah jetzt wieder entspannt aus. Er nahm die Lesebrille ab, die er beim Essen bräuchte – hatte er ihm früher mal mit einem Augenblinzeln zugeraunt – um die Buchstaben in der Suppe lesen zu können. Nun schaute er erwartungsvoll auf sein Gegenüber, während das Hauptgericht serviert wurde.

„Nun, ein informelles Gespräch ist immer von Vorteil. Nicht so verabredet oder bestellt. Das könnte die Gesprächsbereitschaft erhöhen."

„Und wenn er Sprechverbot hat?"

„Na, ja. Das wäre Pech, aber nicht das Ende der Fahnenstange. Es könnte ihn aber durchaus bewegen, später doch noch Kontakt aufzunehmen. Du weißt ja, wie das ist. Manche kann man als verbal inkontinent bezeichnen."

Jetzt lächelte auch Hansen wieder: „So, so – verbal inkontinent, muss ich mir merken."

„Damit meine ich, die können nicht mehr an sich halten, die müssen rauskommen mit ihrem Wissen, ihren Vermutungen, dem Tratsch ..."

„Schon klar, ich habe verstanden. – Willst du sie nach Balzers Verbindungen befragen?"

„Ich weiß noch nicht. Da will ich eher intuitiv vorgehen. Mir liegt eigentlich mehr am Atmosphärischen. Wenn es die Möglichkeit zu konkreten Verbindungen ergibt …? Na, dann lass ich das nicht aus."

„Wie hast du eigentlich einen Termin bei den Anwälten bekommen? Haben sie nicht versucht, dich abzuwimmeln? Für die müsstest du doch als *persona non grata* gelten?"

„Die Zusage hat mich selber erstaunt. Vielleicht planen die einen eigenen Coup?"

„Willst du massiv vorgehen?"

„Ich will, wenn es geht, sie aus der Reserve locken."

„Gut, Johann. Es könnte vielleicht doch schon sein, dass die Zeit reif ist. Du kennst diese Spinnen im Netz, aus eigener Erfahrung. Trotzdem, sei morgen vorsichtig."

Sie verzichteten auf den Nachtisch und ließen sich dafür im Café Einstein mit einem schnellen Espresso verwöhnen. Hansen reichte ihm zum Abschied die Hand. „Informiere mich unbedingt, wenn du morgen alles hinter dir hast."

Wahlberg nickte und lief in Richtung Wilhelmstraße 68a, zum Gebäudekomplex des Jacob-Kaiser-Hauses. Sein Dauerausweis von früher öffnete ihm flugs die mechanischen Türen. Er schritt zu den hinter der Pförtnerloge eingebauten Aufzügen. Im dritten Stock erreichte er nach einigen Schritten das Abgeordnetenbüro. Der Name *Balzer* stand noch unverändert neben dem Eingang. Ob da jemals *Meinertz* stehen würde, sinnierte er. Er klopfte. Ein leises Herein forderte ihn zum Eintreten auf. Zurzeit wäre keiner da, erhielt er zur Auskunft. Er sei nur ein Praktikant und gleich weg. Auf die Frage, wo die Belegschaft sei, erhielt er ein Achselzucken. Er hinterließ zwei seiner Visitenkarten, mit der Bitte um Verteilung.

Großer Mist, ging es ihm durch den Kopf. Die Uhr signalisierte noch eine halbe Stunde bis zum Termin. Er ließ sich in eine Sitzecke nieder und durchblätterte einige Parteiblätter der *PFDF*. Auf Seite drei der Ausgabe wurde insbesondere der Abgeordnete Balzer herausgestellt, mit einer vorbildlichen Rede gegen die Machenschaften der Pharmaindustrie, ihre Abzockerei und ihre

Preistreiberei. Nirgendwo in Europa sind die gleichen Medikamente so teuer wie in Deutschland, las er da. Wahlberg stimmte dieser Aussage unbedingt zu. Er kannte diese vergleichenden Studien. Er verglich die Ausgabe mit dem heutigen Datum. Sie war keine Woche alt. Balzers Tod hatte diese Aussage und sein eventuelles Engagement an der Lobbyfront überholt.

„Ah, das MAGAZIN gibt uns mal wieder die Ehre. Sie kommen auch immer dann, wenn's bei uns brennt. Sicher wie das Amen in der Kirche."

Als Wahlberg eintrat, erhob sich der Fraktionsvorsitzende kurz zum Hände schütteln. Er ließ sich sofort wieder hinter seinem großflächigen Schreibtisch nieder. „Aber viel Zeit habe ich nicht. Ich muss gleich einige Parlamentarier treffen, aus anderen Fraktionen."

Das hatte Wahlberg geahnt, dass ein solcher Spruch kommen würde. Hier soll nichts rausgelassen werden. Vielleicht kann ich ein wenig auf den Busch klopfen. Er musterte ihn unauffällig. Bei dem mittelgroßen Mann stach ihm vor allem die große Nase ins Auge. Ein Gesichtserker, wie sein Vater solche Auswüchse bezeichnet hatte. Wahlberg setzte sich ungebeten auf den Stuhl gegenüber dem Schreibtischungetüm. Er hatte den Eindruck, es würde seinen Besitzer verschlucken.

„Herr Leonhard, ich kann verstehen, dass der Tod Ihres Parteifreundes Balzer ein schwerer Schlag für Sie ist."

„Es hat mich persönlich, wissen Sie, total aus den Latschen gekippt."

„Aber eigentlich müssten es doch mehr die Umstände sein, die zum Tode führten ..."

„Ja, selbstverständlich, die waren ja unheimlich und ominös. Das BKA ist gestern vorstellig geworden ..."

„Haben die auch erzählt, dass es immer noch nicht klar ist, wo der Tod erfolgte beziehungsweise wie er eingetreten ist?"

Leonhard schwieg bedeutungsschwer. Wahlberg hatte den Eindruck, dass der Fraktionschef das Thema im persönlichen Umfeld von Balzer ansiedeln wollte. Weg von der Fraktion und der Partei. Dafür hatte der Journalist Verständnis. Aber er ließ nicht locker. Die wenige Zeit musste genutzt werden.

„Nach den festgestellten Umständen ist auf Balzer ein Angriff mit Todesfolge – das kann man ja behaupten – verübt worden. Welches Motiv könnte dafür naheliegen?"

„Also, das weiß ich beim besten Willen nicht", verkündete Leonhard mit Nachdruck.

„Es gibt mehrere Motive, wie man den Medien entnehmen kann. Balzer war aus bestimmten Gründen nicht sehr beliebt, hatte auch in seiner vorparlamentarischen Zeit schon erheblich schädigend in seiner Partei gewirkt. Dann geht das Gerücht der Bestechlichkeit um ..."

„Also, hören Sie mal zu. Das eine oder andere, was in seinem privaten Beritt passiert ist, haben wir in der Fraktion nicht gut gefunden. Das ist schon richtig."

„Sie haben das unter den Teppich gekehrt."

Der Fraktionsvorsitzende bekam einen hochroten Kopf, was Wahlberg um dessen Gesundheit fürchten ließ.

„Vorsicht, Herr Wahlberg. Hüten Sie Ihre Zunge. Da ist nichts dran. Das wäre nicht im Sinne unserer Fraktion."

Leonhard hatte sich steil aufgerichtet und nahm eine bedrohliche Haltung ein. „Außerdem sage ich Ihnen auch als Jurist: Wir befinden uns in einem laufenden Verfahren. Sie stellen Beschuldigungen auf, zu denen Balzer nicht mehr Stellung nehmen kann ..."

„Ja, weil er tot ist. Aber die Ursachen, die zum Tode führten, sowie die Hintergründe – interessiert Sie das nicht? Teilen Ihre Fraktionskollegen Ihre Auffassung?"

„Wissen Sie was", Leonhard blickte demonstrativ auf die Uhr, „ich habe jetzt meinen Termin – Sie wissen schon ..."

„O.K. – eine abschließende Bemerkung: Kennen Sie die Anwaltskanzlei Lochner & Lochner, hier in Berlin? Morgen Vormittag habe ich dort meinen nächsten Termin."

„Lochner & Lochner? Da gab's mal was, glaube ich. Sonst ..." Er schüttelte den Kopf und ließ sein Gesicht in bedauernde Falten fallen.

„Mit diesen Herren habe ich morgen ein Gespräch. Ihnen wird Bestechung von Politikern unterstellt", betonte Wahlberg. „Noch wird unterstellt! Beweise werden bald folgen. Ihr toter Fraktionskollege könnte sich als Schlüsselfigur entpuppen."

Leonhard trippelte unruhig hin und her. Ob ihm dies Thema unangenehm war, oder ob sein Termin drückte, konnte Wahlberg nicht unterscheiden. „Wie man so hört, soll Balzer einen engen Kontakt dorthin gepflegt haben."

Wahlberg bemerkte beim Handschlag, dass der Vorsitzende der PFDF-Fraktion nicht nur blasser aussah als zu Beginn der kurzen Unterredung, sondern auch unangenehm schweißnasse Hände hatte. Im Gegensatz zur Begrüßung.

Er fragte sich, während er unauffällig seine Hände am Hosenbein trockenrieb, ob Leonhard mehr wisse. Oder war er ebenfalls in diese Sache verstrickt? Wahrscheinlich nicht. Der hatte eher die Hosen voll. Ein biederer Parteifuzzy, der Angst vor schlechtem Karma hat.

Kapitel 37

Freitag, 20. November 2009 – tagsüber

„War es klug, einem Termin mit diesem Journalisten Wahlberg zuzustimmen?" Kurt Lochner, der Vorsichtige, fragte am Vormittag seinen Kaugummi kauenden Bruder Heinz.

Der betrachtete ihn mit gespieltem Erstaunen. „Na, gestern warst du noch einverstanden. Hast du etwa Angst, der könnte bei uns etwas herausfinden, was wir nicht wollen?" Heinz Lochner war überzeugt, dass sie alles – wie immer – unter Kontrolle hatten. „Auch er steht unter Beobachtung."

„Weißt du, Heinz, mich irritiert, dass der wieder aus der Versenkung aufgetaucht ist. Und ich dachte, seinerzeit hätten wir ein Exempel statuiert."

Auch Heinz Lochner, der meist zu konfrontativen Situationen neigte, legte seine Stirn in krause Falten, wenn er an Wahlberg dachte. Aber er wähnte sich in der Vorderhand. „Soviel ich weiß, ist er von dem ehemaligen Chefredakteur und jetzigen Chef des Hauptstadtbüros, Horst Hansen, in Marsch gesetzt worden. Nun, ja – wegen Balzer."

„Könnte noch mehr dahinterstecken als nur der Tod von Balzer? Will Wahlberg uns mit diesem Tod in Verbindung bringen?"

„Deshalb, lieber Kurt, ist es sinnvoll, mal zu hören, welche Meinung er so hat. Es ist immer gut zu wissen, was der Gegner denkt."

Kurt nickte zustimmend. „Wir könnten ihm einiges über Herbert Meinertz erzählen. Das könnte ihn dann auf andere Gedanken bringen. Was meinst du?"

„Du denkst an ein Ablenkungsmanöver? Aber unterschätze diesen Journalisten nicht."

„Meinertz zum Fraß vorwerfen? Nein, das meine ich nicht.

Aber wie wäre es mit wohldosierten Anmerkungen?“ Der Jüngere der Brüder zeigte Bedenken. „Wir müssen vorsichtig sein. Meinertz weiß zu viel.“

Kurt Lochner bestätigte. „Meinertz ist noch eine Baustelle. Eine Lösung steht noch aus.“

„Also mauern wir bei Wahlberg nicht, sondern gehen in eine kontrollierte Offensive.“ Der Ältere schmunzelte beifällig. Sein breites Gesicht legte sich aber bald wieder in nachdenkliche Falten: „Wenn er den Tod seines Kollegen anspricht?“

„Kurt, damit haben wir nichts zu tun. Das könnte ich sogar beschwören.“

„Darauf würdest du sogar einen Meineid leisten, stimmt‘s“, bemerkte Kurt mit feinem Spott.

Heinz Lochner betrachtete seinen Bruder irritiert, die Augen zusammengekniffen. „Was soll das ...?“

„Ach, nur so eine Bemerkung nebenbei.“ Kurt Lochner schaute den Jüngeren mit einem wissenden Lächeln an. „Übrigens, was meintest du vorhin, als du sagtest, der Wahlberg steht unter Beobachtung?“

Ihr Gespräch wurde durch die Ankündigung, ein Herr Wahlberg stünde im Besucherzimmer, unterbrochen.

„Lassen Sie ihn noch ein wenig schmoren. Sagen wir mal“ – er blickte rasch zu seinem jüngeren Bruder – „eine viertel Stunde.“ Heinz nickte zustimmend.

„Aber nichts anbieten“, instruierte er die ältere, wohlfrisierte Empfangsdame.

„Deine Frage ist schnell beantwortet. Wir haben Leute vor Ort, die sich um die verschiedenen Angelegenheiten kümmern.“

„Aber diese Todesfälle, die sind offenbar außer Kontrolle geraten, oder?“

„Kann man so nicht sagen.“ Die Antwort von Heinz klang in Kurts Ohr wieder einmal kryptisch.

Aber, so sagte sich Kurt Lochner im Stillen, das sei auch die Angelegenheit seines Bruders.

Wahlberg musste innerlich grinsen. Diese Methode hatte schon lange ihre Wirkung verloren. Zumindest für aufgeklärte Besucher. Er hatte diese machtdemonstrierende Wartezeit schon einkalkuliert. Man will gezielt Geringschätzung zeigen. Er verzog kein Gesicht und blieb steif sitzen. Vielleicht würde man ihn auch heimlich beobachten? Das wäre diesen Monster-Brüdern durchaus zuzutrauen. Er überdachte nochmal seine Ziele. Was erwartete er von diesem Gespräch? Seine Messlatte war ganz unten angesetzt. Eigentlich will er hier nur aufs Gras schlagen, wie ein altes japanisches Sprichwort sagt, um die vielleicht vielen Schlangen aufzuscheuchen.

Nach genau fünfzehn Minute kam die auf weiß mit bläulichem Glanz toupierte Dame ins Besucherzimmer und forderte ihn zum Mitkommen auf. Der Raum, in dem er den beiden Brüdern gegenübersaß, war derselbe wie vor gut zwei Jahren. Die zwischen ihm und den Anwälten massigen Tische enthoben ihn des Rituals eines verbindlichen Händeschüttelns. Er hatte den Eindruck, dass es auch den Gebrüdern Lochner so recht war. Sie machten nicht mal Anstalten, sich zu erheben. So blieb es bei einem gegenseitigen, schmallippigen „Guten Tag".

Nach einigen Minuten der absoluten, aber angespannten Stille – man hatte den Eindruck eines Showdowns – ergriff Kurt Lochner, in vielfältig erprobtem, moderatem Ton, das Wort.

„Wahlberg – ähm, so ist doch Ihr Name – welches Problem führt Sie zu uns?"

„Nun, es sind die Mainzer Ereignisse, über die Sie sicherlich schon gut unterrichtet sind."

„So, so. Die Mainzer Ereignisse. Was genau bezeichnen Sie damit", wollte Heinz Lochner wissen.

„Sie müssen mich nicht für dumm halten ..."

„Aber ich bitte Sie, das liegt uns doch fern. Ich bestehe auf eine genaue Definition, damit wir alle auf dem gleichen Stand des Wissens sind, Herr Wahlberg."

Überheblichkeit und Spott durchdrangen die Sätze des jüngeren Lochner. Wahlberg musste sich beherrschen. Dieser personifizierten Arroganz hätte er gerne die Fäuste zu schmecken gegeben.

„Wie ich in Erfahrung gebracht habe", fuhr der ältere Anwalt fort, „sind Sie wieder als Journalist tätig." Er schlug ebenfalls die provozierende Taktik ein. „Naja, das ist bekanntlich kein Qualitätsbeweis. Jeder kann sich so nennen. Aber das soll nicht unser zentrales Thema sein."

„Wie wir hörten", Heinz Lochner ergriff erneut das Wort, „schreiben Sie wieder fürs MAGAZIN. *Wieder*, muss ich betonen. Man hatte Sie doch rausgeschmissen."

Wahlberg bemühte sich, seine aufwallenden Gefühle ruhig zu halten. Nur nichts anmerken lassen. Sie sind ein eingespieltes Team. Lass dich nicht provozieren.

„Sehen Sie, meine Herren, Kompetenz lässt sich nicht so einfach verdrängen. Und wenn die Wahrheit in Gefahr ist, dann braucht man solche Leute wie mich."

„Und hier bei uns, denken Sie, kann man Wahrheiten auf die Spur kommen. Aber Sie haben es doch selber erfahren, dass Wahrheit etwas Relatives ist. Wahrheit, Herr Wahlberg, ist das Kampfmittel der Mächtigen. Die bestimmen nämlich, was Wahrheit ist. Das sage ich mal so unter uns."

„Ich will mich gar nicht über Ihre ethischen oder moralischen Grundsätze unterhalten. Aber ich gebe Ihnen recht: Wahrheit ist relativ und die Mächtigen haben den Vorteil davon."

Mit freundlich geneigtem Kopf nimmt Kurt Lochner die Bestätigung seiner Ansichten hin.

„Und ich kann es sogar noch ergänzen: Was Wahrheit ist, bestimmt der Sieger. Und hier, meine Herren, ist es noch nicht ausgemacht, wer den Platz als Sieger verlässt."

Ein verbaler Schlag, der das Gesicht des Älteren wieder in betrüblichere Falten versetzte, während das des Jüngeren stoisch blieb. Wahlberg versuchte vergeblich, Augenkontakt aufzunehmen. Bei Kurt Lochner war es wegen der dicken Brillengläser schwierig. Heinz Lochner wich ihm beständig aus.

„Sie überschätzen sich, Herr Wahlberg. Ihre Wahrheiten will keiner wissen. Sie befinden sich in einer selbst ernannten Mission, ohne irgendeinen Rückhalt. Damals nicht, heute auch nicht."

„Nun, *Mission* ist deutlich zu hoch gegriffen, *selbst ernann*t ebenso. Ich habe einen Auftraggeber und der verlangt Berichte. Und es gibt einen entscheidenden Unterschied zu damals: Diesmal stehen Ihre Machenschaften durch diese ein bis zwei ungeklärten Todesfälle in Mainz ziemlich im Fokus des Interesses, nicht wahr?"

„Was meinen Sie mit Machenschaften? Was wollen Sie uns hier unterschieben?"

„Nun, von mir hören Sie hier überhaupt nichts, was gegen mich verwendet werden kann. Aber alleine der Tod meines früheren Kollegen Paul Steinert ..."

„Das mit Ihrem Kollegen tut uns leid, nicht wahr, Heinz?" Der nickte zustimmend, wenn auch zögerlich. „Glauben Sie, wir hätten damit in irgendeiner Weise zu tun?"

„Seien Sie nicht so heuchlerisch", fuhr Wahlberg hoch.

„Mit dem Tod von Steinert haben wir wirklich nichts zu tun", betonte jetzt auch Heinz Lochner.

„Heißt das im Umkehrschluss, mit dem Tod an Balzer schon?" Wahlberg starrte mit Pokerface in Richtung der Anwälte.

„Sie glauben doch selbst nicht, dass Sie darauf eine Antwort erhalten."

„Nun, es ist schon ausführlich und seriös recherchiert worden. Wir haben, das heißt einschließlich meines Kollegen Paul Steinert, ziemlich viele Hintergründe in Erfahrung gebracht."

Seine Kontakte zu Meyers vom BKA erwähnte er erst einmal nicht. Man weiß nie, wie weit die Fäden dieser Juristen ins Innenministerium reichen. Viele hatten schon seit ihren Studienzeiten lebenslange Netzwerke und langlebige Seilschaften aufgebaut.

„Als ich Ihnen vor etwa zwei Jahren hier gegenübersaß, da verdrückte sich ein Herbert Meinertz in die Ecke. Der saß da wie am Katzentisch und notierte eifrig mit. Haben Sie den noch unter Vertrag?“

Die beiden Brüder sahen sich an. Keiner wollte anscheinend etwas sagen. „Wenn Sie dazu nichts sagen wollen?“ Stilles Starren von Gegenüber. „Dann erlauben Sie mir folgende Anmerkung: Herbert Meinertz ist von Ihnen nach Mainz – wie sagt man so schön – delegiert worden, um sich dem Balzer anzudienen. Trifft das zu?“

„Selbst wenn es zuträfe, würde es sich in erster Linie um eine Personalangelegenheit handeln. Aus rechtlichen Gründen allein dürften wir hierzu keine Auskunft geben.“ Kurt Lochner schöpfte mokant aus seinem juristischen Fundus.

„Kurt, aber er ist doch kein Angestellter von uns.“ Der Jüngere schaltete sich ein. „Nach meinem Wissensstand ist Herr Meinertz, sozusagen von einem Tag auf den anderen, nach Mainz gezogen. Ich glaube, er hatte dort eine nette weibliche Bekanntschaft gemacht.“

„Sie meinen, Sie wissen nichts. Aber Sie wissen, dass Sie sich auf unsicherem Boden befinden. Ihr Herr Meinertz hat durch den Tod des Abgeordneten Balzer einen unwahrscheinlichen Vorteil erhalten. Das könnte auf Sie zurückfallen.“

„Mit dem Bundestagsmandat haben wir nichts zu tun.“

„Aha, davon wissen Sie aber. Wer hat Ihnen davon erzählt?“

„Das erfährt man so nebenbei aus der Zeitung. Sie sollten aber diese Spur auf jeden Fall weiter verfolgen. Das ist doch das Naheliegende.“

„Glauben Sie, dass das klug ist? Ich meine ganz ehrlich. So bescheuert kann man doch nicht sein. Sie als gestandene Anwälte. Meinertz würde doch bei einem Verhör behaupten, dass Sie die Anstifter sind.“

Wahlberg blickte in zwei säuerliche Mienen.

„Dann“, sagte der Journalist, „sollten wir uns auch noch kurz den Ursachen zuwenden ...“

„Welchen Ursachen?“ fragte Heinz Lochner.

„Balzer und Steinert sind doch nicht ohne Motiv zu Tode gekommen. Es musste doch einen Anlass geben. Und dieser ist meiner Meinung nach unmittelbar mit Ihren anwaltlichen und beratenden Tätigkeiten verknüpft.“

„Das sehen Sie so“, antwortete der Jüngere. „Im Übrigen sind unsere *Tätigkeite*n, egal was Sie darunter verstehen, seriös. Das lassen wir Ihnen gerne durch die Anwaltskammer Berlin bestätigen.“

„Ihre *Tätigkeiten* umfassen auch den Herrn Meinertz. Ihn halte ich für ein ausführendes Organ – also jemanden der Ihre *Tätigkeiten* operativ erledigt. Schließlich hat er auch eine gewisse Vorgeschichte, die Ihnen bestimmt nicht unbekannt ist.“

Für Wahlberg überraschend, fixierte Heinz Lochner plötzlich seine Augen.

„Vorgeschichte? Was wollen Sie damit ausdrücken?“ Die Fragezeichen schwebten bedrohlich in der angespannten Atmosphäre.

Wahlberg wollte jetzt mal laut aufs Gras klopfen. „Nun“, antwortete er betont süffisant, „seine Mitarbeit im Verfassungsschutz kennen Sie sicherlich ...“

Kurt und Heinz Lochner regten sich nicht. Es schien, als perlten alle Aussagen und Behauptungen ab wie Wasser auf einer Ölhaut.

Kurt Lochner ergriff nach einer Weile des eisigen Schweigens das Wort. „Herr Wahlberg, zu dem, was Sie als Ihre Meinung darstellen, gibt es weder einen Zusammenhang noch ein Motiv. Ich denke, wir haben heute alles erschöpfend behandelt ...“

„Nun, das sehe ich anders.“

„Das können Sie gerne. Aber hier sind wir die Herren im Haus. Ich rate Ihnen, und ich denke, das ist auch im Sinne meines Bruders Heinz, überheben Sie sich nicht mit Themen, die Sie nicht stemmen können. Sie haben schließlich schon einschlägige Erfahrungen gemacht. Man zieht schnell den Kürzeren. Sie wissen ja, wo die Tür ist.“

„Schön, schön. Aber auch Sie sollten daran denken, dass für jedes Imperium die Zeit kommt …“

Die beiden Brüder ließen sich Tee bringen. Mit nachdenklichen Gesichtern rührten sie in ihren Tassen.

„Hat uns das was gebracht? Damals war der Wahlberg nicht so großspurig im Auftreten. Ich hatte den Eindruck, der hat viel angesammelt.“

„Ich kann mich erinnern, dass Meinertz mal gesagt hatte, er würde den Steinert irgendwoher von früher kennen. Wenn es jetzt umgekehrt ist: Der Steinert kannte Meinertz wirklich gut, dann hatte er auch was über ihn. Diese ganze Chose hat jetzt der Wahlberg geerbt.“

„Und vergiss nicht den Nachlass, von dem uns Balzer erzählt hatte.“

„Der schwirrt auch noch rum. Wo, weiß keiner. Dem Wahlberg darf das nicht in die Hände fallen.“

„Mich irritiert, dass schon wieder der Verfassungsschutz ins Spiel gebracht wurde. Meinertz als Agent?“ Kurt Lochner schaute seinen Bruder fragend an. „Wir stehen doch seit ewig auf Seiten der Verfassung.“

Kapitel 38

Samstag, 21. November 2009 – vormittags

Meyers hatte ihn schon früh aus den Federn geholt. Nicht, dass er schon wieder mit attraktiver Begleitung vor der Haustür stand. Laut klingelte es aus seiner Hose, die er etwas achtlos über den kleinen Hocker im Schlafzimmer geschmissen hatte. Wahlberg war noch nicht ausgeschlafen. Vorher hatte er nochmal Horst Hansen im Hauptstadtbüro besucht. Es wurde später als geplant. Danach hatte er gerade noch den kurz nach halb acht abfahrenden ICE erreichen können, der um viertel vor eins in der Nacht Mainz erreichte. Er hätte auch zwei Züge eher fahren können, aber Hansen hatte erst keine Zeit gehabt, dann hatten sie sich noch verquatscht.

Wahlberg wollte ihm unbedingt einen unmittelbaren Eindruck vom Gespräch – wenn man es überhaupt so bezeichnen konnte – vermitteln. Um auch zu diskutieren, wie man mit Lochner & Lochner umgehen sollte. Sein ehemaliger Chef war ebenso wenig zufrieden wie Wahlberg selbst. Aber er hätte das erwartet, hatte Hansen gesagt. Aber eins hätte er doch erreicht, meinte Wahlberg: Er hätte sie aufgescheuchter empfunden, nicht wie ein Hühnerhaufen, aber doch stark beunruhigt.

Die Todesfälle, hatte Hansen geantwortet. Wahlberg hatte ihm zugestimmt. Jetzt hätte er auf das Gras geklopft. Jetzt müssten sie schauen, ob die Schlangen anfangen zu rascheln. Hansen warnte ihn noch beim Abschied, ganz ernsthaft und entschieden. Nicht dass er auch noch zu Tode käme. Das wäre ein Verlust, der nicht nur ihn hart träfe. Das nahm er mit gerunzelter Stirn hin. Wen denn noch? Wen aus Hansens Umfeld würde sein Tod hart treffen?

Hansens letzte Bemerkung saß Wahlberg auch heute Morgen

noch fest im Kopf. Er grübelte darüber, als er sich auf dem Weg zum BKA in Wiesbaden befand. Aber er kam zu keinem Ergebnis. Meyers früher Anruf, was hatte der zu bedeuten? Wenn sich das BKA schon so früh am Tage meldete. Was wollte Meyers so früh am Morgen? War etwas passiert? Etwa wieder jemand tot? Ein Angriff auf mutmaßliche Zeugen? Wer kam noch in Frage außer Nicole Blank? Julia Köhnert? Die Witwe Balzers, die Witwe Steinerts? Tobias war wieder auf freiem Fuß. Hatte er vielleicht Herbert Meinertz eingefangen? Wahlberg konzentrierte sich jetzt wieder auf anstehende Ereignisse. Er war gespannt.

Meyers wartete mit seinem harten, trockenen Handschlag zur Begrüßung auf.

„Gibt's was Neues aus Berlin? Haben Sie Meinertz dort getroffen?"

Wahlberg betrachtete ihn mit in Falten gelegter Stirn, sagte aber nichts.

„Na, hätte ja sein können. Journalisten sind ja an keine Regeln gebunden. Die treffen sich auch manchmal heimlich. Die Polizei nennt sie Verdächtige, Sie nennen diese dann Informanten."

„Sie machen wohl Witze?"

„Nein, nicht unbedingt. Nach unseren Informationen hält sich Meinertz in Berlin auf. Man könnte auch sagen, versteckt. Wir wissen aber nicht wo."

„Davon hatte ich keine Ahnung. Er lief mir neulich unbekannterweise über den Weg."

„Ist mir bekannt. Hatten Sie schon erzählt."

„Gut. Kommen wir zum Aktuellen. Sie hatten angerufen und mich hierher *gebeten*. Es klang wenigstens so, als wenn Sie mich gebeten hätten – und mich nicht hierher *zitierten*." Wahlberg legte Wert auf besondere Betonung.

„Gebeten, Herr Wahlberg. Vielleicht sollte ich mal einen Kurs in Diplomatie absolvieren."

„Wäre nicht schlecht ..."

„... während Sie einen besuchen, der Ihnen diese Mimosenhaftigkeit austreibt."

Wahlberg grinste ihn an und sagte: „Ich glaube, wir verstehen uns immer besser."

Meyers verzog leicht seine Mundwinkel, was Wahlberg gutmütig in ein kleines Lächeln umdeutete. „Naja – aber lassen wir mal diese Fraternisierungen. Sie hatten mich gebeten, zum Umfeld der Tötungen, also zu den kriminaltechnischen Untersuchungen, Angaben zu machen. Diese sind jetzt vollständig abgeschlossen, sowohl zu Balzer als auch zu Steinert."

Wahlberg sah ihn aufmerksam an. „Schriftliches darf ich bestimmt nicht erwarten, oder?"

„Sagen wir mal, jetzt nicht, weil bekanntlich die Ermittlungen noch laufen. Außerdem genießen Sie schon einen privilegierten Status, den ich jeden Tag vor mir neu legitimieren muss, Sie Glückspilz, Sie."

„O.K. – einverstanden. Ich lausche dann Ihrem Vortrag."

„Nix Vortrag. Sie können sich mit mir die vorliegenden Unterlagen ansehen, können Fragen stellen oder so ähnlich. Wir gehen zuerst den Balzer-Report durch."

Der Kriminalbeamte griff zu zwei große Ordnern, die auf seinem Schreibtisch standen. Vor Wahlberg stehend, öffnete er den ersten und entnahm ihm eine eingeheftete Mappe. Sie enthielt die bekannten Bilder von den Tatorten und einen Abschlussbericht der Obduktion.

„Der Abschlussbericht enthält das Wesentliche."

„Was ist im zweiten Ordner drin?

„Da haben wir die einzelnen Fakten gesammelt, sozusagen die Materialsammlung. Hier ist die Zusammenfassung."

„Daraus geht dann auch hervor, warum Tobias Köhnert so plötzlich entlassen wurde?"

„Herr Köhnert ist nicht aus der Verdächtigenliste gestrichen worden. Wir haben aufgrund der kriminaltechnischen Untersuchung keine Möglichkeiten gehabt, ihn länger festzuhalten."

Wahlberg meinte, einen leichten Unterton des Bedauerns herauszuhören. Aber das, dachte er mit einer Portion Selbstironie, lag sicherlich an seiner Mimosenhaftigkeit.

„Wie schwierig ist es gewesen, die Spuren der beiden Tatorte auseinanderzuhalten?"

Meyers zögerte erst, dann antwortete er: „Ich weiß, was Sie meinen. Es überlappen sich DNA-Spuren, die wir in der Tiefgarage, im Häuschen der Bushaltestelle und am Körper des Toten gefunden haben."

„Konnten Sie auch in Steinerts Büro Spuren sichten und zuordnen?"

„Die sind natürlich auch einbezogen worden."

„Was heißt das jetzt im Einzelnen?"

„Wir konnten das Tatwerkzeug, das in der Tiefgarage benutzt wurde, sicherstellen. Ein Baseballschläger, der in der oberen Fahrstuhltür eingeklemmt war. Dadurch wurde der Aufgang über den Fahrstuhl blockiert."

„Den konnten Sie dann Tobias Köhnert zuordnen und haben ihn verhaftet."

„Es war anders herum. Wir wollten ihn befragen, aber er griff einen Beamten an."

Na wunderbar, dachte Wahlberg. Soviel Blödheit. Laut sagte er: „Das war dann auch ein wunderbarer Anlass."

„Richtig, vor allem, als er seinen Baseballschläger erkannte. Da haben wir dann Fingerabdrücke genommen, sie mit denen, die drauf waren, verglichen ..."

„... und siehe da, das passte", ergänzte Wahlberg in lockerer Ironie.

Der Kriminalhauptkommissar sah ihn mit verkniffenem Gesicht an. Wie zur Rechtfertigung erklärte er: „Wir haben auch DNA-Spuren verglichen. Da waren seine auch nachgewiesen." Er hob hilflos die Schultern. „Was hätte ich denn tun sollen, bei dieser Beweislast."

„Wodurch hat sich Ihre Einschätzung geändert?"

Er zog die Lippen zu einem Strich zusammen. „Seine ganzen Spuren, Fingerabdrücke und DNA waren relativ alt. Einige frische Abdrücke waren an Stellen gefunden worden, wo auszuschließen war, dass damit ein Schlag vollzogen werden konnte: nämlich unten am dicken Ende und ganz oben, an der knopfartigen Verdickung. Daraus war zu schließen, er hat dieses Schlaginstrument nicht geschwungen. Jemand anderes schon. Die Fingerspuren dieses Jemand waren frisch."

„Seine Schwester sagte mir, dass sie die *Jungen Wilden*, als sie auf der Party erschien, veranlasst hätte, diese Prügel in die Garderobe zu stellen. Da konnte dann auch jeder ran."

„Das hat der junge Köhnert übrigens auch gesagt."

Das freute Wahlberg, auch deshalb, weil er Meyers wohl falsch eingeschätzt hatte. Das freute ihn besonders.

„Wir suchen also aufs Neue ..."

„Moment, Herr Wahlberg, nicht *wir*, sondern nur das BKA." Er schmunzelte offen.

„Gut, der Schläger ja, aber der Zu-Schläger ist noch nicht gefunden worden."

„Richtig. Dann haben wir nochmal den Fußboden in der Tiefgarage weitläufig abgesucht. Im Eingangsbereich, hinter einer Betonverstrebung lag ein ausgekauter Kaugummi. Anhand der Laboruntersuchung lag der dort zwischen Sonntagabend und Montagmorgen, das heißt nicht länger als vierundzwanzig Stunden. Ich habe ihn in die Untersuchung einbezogen, die DNA ist festgestellt worden. Leider kein Hinweis, außer dass der Kauer männlich war."

„Ist schon erstaunlich, wie penibel Sie vorgehen. Ohne Fleiß kein Preis."

Der Beamte prüfte Wahlbergs Miene auf versteckte Ironie. Er konnte nur Ernsthaftigkeit konstatieren.

„Hinweise auf ein Fahrzeug, das Balzer transportiert hat, gibt es nicht." Wahlberg sah Meyers fragend an. „Sind diese Tiefgaragen nicht videoüberwacht?"

„Im Prinzip ja, aber Sonntagnacht werden sie aus Kostengründen ausgeschaltet."

„Summa summarum: Tobias Köhnert ist eigentlich raus, auch wenn Sie ihn noch auf der Verdächtigenliste führen. Aber alles deutet auf einen großen Unbekannten hin, der dort zugeschlagen hat."

„Wenn wir die schriftlichen Ergebnisse Ihres Kollegen Steinert hinzunehmen, dann gibt es noch zwei, wahrscheinlich drei weitere Unbekannte, die am Abtransport des *lebendigen* – Meyers unterstrich das mit zwei großen Gesten – Balzer beteiligt waren."

„Was uns jetzt glatt zum Bushäuschen führt. Apropos Bushäuschen, hat sich Nicole Blank bei Ihnen gemeldet?"

Ein Nicken von Meyers signalisierte, dass er verstanden hatte. „Kommt noch. Aber zurück zum Tatort Bushaltestelle. Der Pathologe konnte eindeutig beweisen, dass der Genickbruch am lebenden Abgeordneten vollzogen wurde. Die Form des großen Hämatoms am Übergang vom Hinterkopf zum Halsansatz entspricht der vorderen Kante des Schalensitzes in der Bushaltestelle. Er schließt daraus, dass Balzers Hinterkopf dort bewusst aufgesetzt wurde. Wahrscheinlich wurde mit Druck auf den Oberkörper das Genick gebrochen. Am Oberkörper waren jede Menge blauer Flecken. Aufgrund der Prügelorgie war es schlecht festzustellen, woher die im Einzelnen gekommen sind."

Vor Wahlberg spielte sich im Kopfkino ein schrecklicher Film ab. Jemanden auf diese Art und Weise zu töten, nein überhaupt zu töten, ließ in ihm Aggression und Wut wachsen. Wie damals, als er von Pauls Tod erfuhr. Wie konnten Menschen einander nur so feind sein! Auch wenn Balzer offensichtlich ein korruptes Schwein und Arschloch war, ging es ihm durch den Kopf, so aber nicht. Er richtete sich auf, als er merkte, wie Meyers ihn beobachtete.

„Ist klar, Wahlberg. Cool bleiben." Meyers benutzte eine etwas vertrautere Anrede, was ihn ziemlich erstaunte. So weit hat es sich also schon entwickelt.

„Aber was mich bisher vollständig stört", merkte Wahlberg zwischendurch an, „dass ich bisher kein klares Motiv erkennen konnte, warum der Balzer umgebracht werden musste. Das mit der *Nachrückerstory* ist mir einfach zu schlicht."

„Ist mir bisher auch nicht klar. Leider. Ich sehe es so ähnlich." Meyers griff zwei weitere Blätter heraus. „Das sind Aussagen aus der Untersuchung zu Ihrem Kollegen Steinert. Hier ist es weitaus unkomplizierter, aber trotzdem viel schwerer als beim toten Abgeordneten. Wir haben uns auch entschlossen, beide Fälle im Zusammenhang zu bearbeiten."

„Darauf hatte ich auch immer hingewiesen."

„Ist klar, Sie Schlauberger." Das klang frozzelig, fand Wahlberg. „Der Körper lag etwas mehr als vierundzwanzig Stunden im Wasser. Alle DNAs auf den Oberflächen waren dadurch vernichtet, sozusagen weggeschwemmt worden. Aber er hat sich offensichtlich gewehrt und seinen Angreifer einmal zu packen bekommen. Wir fanden Reste von Hautspuren unter den Fingernägeln. Es hätten nach Auffassung des Pathologen mehr Hautreste sein können. Das Wasser hat das seine getan. Er konnte diese Hautreste auch identifizieren: Sie entstammen einer männlichen Gesichtshaut."

„Heißt das, dass Paul seinem Mörder ordentlich ins Gesicht gegriffen hat?"

„Genau. Der Kollege aus der Pathologie sagte, man könne davon ausgehen, dass der Täter einige Kratzwunden im Gesicht oder am Hals davongetragen hat."

„Aber diese Wunden sind verheilt, verschorft, vielleicht ist der Schorf schon abgefallen. Wenn man davon ausgeht, dass der Täter männlich ist, dann hat er sich jetzt einen Bart wachsen lassen. Dann hat er sich beim Rasieren geschnitten oder sonstige Ausreden. Da habe ich kaum noch Hoffnung, außer der DNA-Nachweis gelingt direkt an der Person."

Kriminalhauptkommissar Meyers nickte. „Sie haben absolut recht. Nur wenn wir den Täter leibhaftig fassen könnten ..."

„Wie Paul zu Tode gekommen ist, Bruch der Kalotte, ist jetzt auch amtlich?"

„Das ist so. Da war nichts Neues zu vermelden."

„Was ist mit Herbert Meinertz? Oder gab's nichts außer einem Witz?"

„Der ist in Berlin. Wo, weiß keiner. Aber für eine Fahndung reicht es nicht. Und ich gehe davon aus, dass er ohne weiteres wieder zurückkommt, wenn er merkt, dass keine Fahndung läuft."

„Vielleicht versteckt er sich auch nicht vor der Polizei? Ich glaube diese verdammten Anwälte hätten ihn lieber tot als lebendig. Schließlich könnte er viel erzählen."

„Das würde ich auch so sehen. Bei uns wäre er sicher aufgehoben. Auch als Mörder könnte er sich den Status eines Kronzeugen einhandeln."

„Sie wollten noch auf Nicole Blank zu sprechen kommen. Hat sich doch gelohnt, dass Sie mir damals den Namen mitgeteilt hatten, oder?"

„Sie fischen wieder nach Komplimenten, Herr Wahlberg. Aber sie hat sich Mühe gegeben, uns einiges zu erzählen. Es ist letztendlich mehr Hintergrund. Dann erwähnte sie noch eine Mappe. Davon haben Sie mir übrigens nichts erzählt, Herr Journalist." Meyers starrte ihn jetzt wieder mit seinen harten, kieselgrauen Augen an.

„Das hätte ich nicht verschwiegen, aber ich war unterwegs – wie es dann so kommt."

„Wer das glaubt, glaubt auch jedes andere Journalistengeschwätz."

„Na, nun werden Sie bitte nicht anmaßend. Aber Sie sollten diese Personalie Nicole Blank nicht unterschätzen. Da könnte noch mehr dran sein, als man denkt. Auch Meinertz hat oder hatte da seine Finger drin."

Als Wahlberg Meyers Erstaunen sah, konnte er sich nicht verkneifen zu sagen: „Das werde ich dann mit meinem Journalistengeschwätz noch rausbekommen, wenn's recht ist." Er winkte dem verdutzt schauenden Meyers jovial zu und verschwand ganz schnell Richtung Ausgang.

Kapitel 39

Samstag, 21. November 2009

Meinertz schwebte zwischen Baum und Borke, zwischen Hoffen und Bangen. Nach dem Besuch in der Anwaltskanzlei war er sich anfangs gewiss, dass er verfolgt würde. Nun glaubte er, dass er seine Verfolger abgehängt hatte. Vielleicht waren es auch nur seine *Freunde* gewesen, mutmaßte er. Die nur kontrollierten, ob er nicht vom rechten Pfad abkam.

Im weitflächigen Berlin konnte man sich gut verstecken. Zumindest fürs Erste. Diese Verbindungen aus alten Zeiten waren hilfreich. Nicht nur, dass sie ihm eine konspirative Wohnung im nördlichen Teil von Charlottenburg überlassen hatten, sondern auch, dass sie ihn mit Nachrichten aus dem Polizeipool versorgten. Er hatte zur Auflage gemacht bekommen, dass er keinen Verdacht erregt. Dann würden sie ihn unterstützen. Er wusste, warum sie ihm halfen. Ihre Motive waren klar umrissen. Es ging um Kontrolle. In ihren Augen war die Demokratie gefährdet. Der heilige Boden der demokratischen Grundordnung musste verteidigt werden. Mit allen Mitteln. Dazu brauchte es sensible Sensoren, wie zum Beispiel ihn. Da war sich Meinertz sicher.

Der Lobbyismus der Anwaltskanzlei Lochner & Lochner stand nicht im Mittelpunkt. Was scherten sich seine Freunde um die wirklichen Gefahren für die Demokratie wie Bestechung und Korruption. Oder um die Einflussnahme auf demokratisch gewählte Strukturen und Personen. Die Kanzlei Lochner & Lochner galt schon immer als systemrelevant, das wusste er. Sie hatten gute Kontakte *nach Oben*. Die gehörten einfach dazu.

Nein, nicht die Verursacher standen im Fokus der *Dienste*, sondern die davon Betroffenen. Diejenigen, die am Ende der gesellschaftlichen Kausalkette standen. Seine sensorischen

Kompetenzen waren bisher gefragt gewesen. Gewerkschaften, Linke, Antiautoritäre und die ganze Mischpoke, alle die sich aufmachten, diesen Staat zu diskreditieren, wie es inoffiziell hieß. Wegen seiner Zuverlässigkeit bei seinen bisherigen Einsätzen war man ihm günstig gesonnen. Und wenn er es in den Bundestag schaffen sollte, das wäre die Krönung, hatte man ihm mitgeteilt.

Er verließ die große Einzimmerwohnung in der Brahestraße. Vom vierten Stock zu Fuß nach unten. In diesen um die Wende vom 19. zum 20. Jahrhundert erbauten Mietskasernen gab es keinen Aufzug. Das Erklimmen von Stockwerk zu Stockwerk, wenn er diese Wohnung wieder aufsuchte, ließ ihn außer Atem kommen. Er war verabredet. Unter einer Laterne an der Ecke des Mierendorffplatzes, neben dem Eingang zur U-Bahn, wartete ein Mann.

„Die Polizei in Mainz verhält sich ruhig. Es gibt keine Anzeichen, dass Sie irgendwie auf der Fahndungsliste stehen."

Meinertz musterte sein Gegenüber. Ein Mann in den Vierzigern, mager, etwas größer als er, kariertes Hemd, Jeans, trotz des nieseligen Wetters offene schwarze Lederjacke, Pudelmütze, unter der einige lange Haare hervorlugten. Nicht gerade der Prototyp eines Agenten, ging es Meinertz durch den Kopf. Ist auch egal, wie seine Helfer aussahen.

„Das bedeutet, dass ich ohne weiteres wieder zurückfahren kann?"

„Das ist richtig. Aber vielleicht lassen Sie sich noch ein wenig Zeit. Wir wollen herausfinden, ob sich jemand hier in Berlin um Sie kümmert." Er zeichnete demonstrativ Anführungszeichen in die diesige Luft.

„Hören Sie, lassen Sie uns irgendwo hingehen. Reinsetzen und Bier trinken. Kennen Sie eine Raucherkneipe in der Nähe?"

„Kein Problem. Hier gibt es überall kleine Eckkneipen. Da wird gequalmt bis geht nicht mehr."

Sie marschierten einträchtig in die Kaiserin-Augusta-Allee. Obwohl es schon lange dunkel war, fühlte sich Meinertz unter den massigen Bäumen, die diese Dunkelheit noch verstärkten, doppelt beschützt. Sie überquerten die wenig befahrene Straße. Bierdunst und Zigarettenqualm schlugen ihnen mächtig entgegen. Er musste sofort seine beschlagene Brille abnehmen. Mit kurzsichtigen Augen ging Meinertz voran, im Visier einen kleinen Tisch in der Ecke, dicht neben den Toiletten.

„Zwei Bier“, bestellte er bei der Bedienung. „Nur eins. Für mich ein Wasser“, korrigierte seine Begleitung. Er flüsterte Meinertz zu: „Ich bin noch im Dienst.“

„Sind Sie für mich abgestellt? Sozusagen als Schutz?“ Meinertz zögerte etwas und fuhr fort: „Weil Sie zuvor sagten, dass sich jemand um mich *kümmern* würde.“

„Nein. Ihr Begleitschutz bin ich nicht. Das würde auch nicht so offen gehandhabt. Ich habe den Auftrag, Ihnen ein wenig zuzuhören, was Sie so bedrückt. Wir möchten sicherstellen, dass Sie Ihr Bundestagsmandat antreten können.“

Meinertz schaute ihn an. „Wie heißen Sie eigentlich? Ich will wissen, mit wem ich es zu tun habe.“

„Mit wem Sie es zu tun haben, das wissen Sie ja. Mich können Sie meinetwegen *Max* nennen.“

Meinertz klopfte sich nervös eine Zigarette aus der Schachtel, bot seinem Begleiter eine an, gab Feuer.

„Sie wollen meine Version hören. Nun, die ist schnell erzählt. Ich war’s nicht.“

„Mit dieser Antwort habe ich gerechnet. Aber damit kommen wir nicht weiter.“ Er beugte sich vor und zischte über den Tisch: „Wir wollen wissen, wer Balzer auf dem Gewissen haben könnte? Wir leiten Ihre Antwort nicht ans BKA oder an eine andere Behörde weiter. Das ist intern ...“.

„Ich kann mir Balzers Tod auch nicht erklären. Ich war zu diesem Zeitpunkt, als es passierte, schon längst zu Hause.“

„Woher wollen Sie wissen, wann *es* passierte? Und was bedeutet das *es*? Die Prügelei oder der Mord?“

„War es wirklich Mord?“

Max musterte ihn argwöhnisch. Seine Augen durchpflügten fast jede Hautfalte. „Welche Rolle spielten Sie an diesem Abend?"

„Nun, eher die eines Zuschauers und die eines Lieferanten."

„Quatschen Sie bitte nicht in Rätseln. Ich habe nicht endlos Zeit mitgebracht."

„Ich war der Lieferant. Ich hatte Balzer angeboten, dass er meine Aufzeichnungen einbeziehen könnte. Mein Wissen über die Abläufe bei Lochner & Lochner. Nach meiner Meinung hätten diese gebündelten Informationen gereicht, dass die Lochners uns hätten gehen lassen."

„Das heißt, Balzer war in diese korrupten Machenschaften eingeweiht oder eingebunden."

„Ja, und ich glaube, als er wiedergewählt worden ist, wurde ihm die Sache mit den Lochnerbrüdern zu heiß."

„Wieso wollten Sie mit Balzer wieder zusammenarbeiten? Er hatte doch die früher bestehende Verbindung zu Ihnen gekappt. Wie kam es dann wieder zu einer Annäherung."

„Es war so, dass zwei Personen Schutz suchten, nämlich er und ich. Mich hat die Anwaltskanzlei doch auf dem Kieker." Meinertz schaute ängstlich hoch. „Ich sollte für sie weiterhin dunkle Geschäfte erledigen. Ich war doch auf dem vierten Listenplatz. Den wollte ich nicht gefährden."

„Dunkle Geschäfte? Wie ist das zu verstehen?"

Meinertz legte seine Stirn in dramatische Falten. Er überlegte sichtbar und sagte: „Nun, die Lochners haben ein breites Netzwerk aufgebaut. In dem musste ich häufig – ich sag's mal so – wirken. Meist zum Nachteil der Betroffenen. Mehr möchte ich dazu nicht sagen."

„Was *bewirkten* Sie? Kriminelle Machenschaften ...?"

„Eher in so einer Grauzone – aber mehr möchte ich dazu nicht sagen."

„Das stellt mich nicht wirklich zufrieden." Meinertz schaute in das von Unmut gezeichnete Gesicht des Agenten. „Naja, was soll's. Bleiben wir noch bei dem Party-Abend."

„Ich werde mich zu erinnern versuchen." Meinertz sagte das mit pikierter Stimme. „Es mag etwa sieben oder halb acht gewesen sein, als ich Balzer während der Party traf. Er war schon ziemlich angesoffen. Der Journalist Steinert betrachtete unser Treffen argwöhnisch aus der Ferne. Balzer faselte noch, dass er die Papiere in Sicherheit bringen wollte."

„Wo waren Sie die ganze Zeit?"

„Na, ja. Ich trieb mich rum. So ein wenig zwischen den Leuten. Mal draußen, wo ich von den dort versammelten *Wilden* einige spitzfindige Bemerkungen aushalten musste."

„Sie waren also nicht ständig bei dieser Party anwesend. Ein klares Alibi haben Sie also nicht."

Meinertz druckste herum. „Ich war auch mal am Rheinufer spazieren. Brauchte einen frischen Kopf ...".

Max schaute ihn skeptisch an. „Sie haben Balzer nicht zufällig unterwegs irgendwo getroffen?" Die Ironie troff förmlich aus diesem Satz.

„Nein, bestimmt nicht." Meinertz' Augen flackerten, als er in betont übertriebener Aufrichtigkeit seinen Gesprächspartner ansah.

„Gut. Schieben wir das vorerst einmal beiseite. Haben Sie gesehen – also später, als Sie wieder von Ihrem Spaziergang am Rheinufer zurück waren – ob Balzer wieder zurück war?"

„Also, ich verbitte mir diesen Tonfall."

„Beantworten Sie einfach diese Frage."

„Ich bin nicht mehr zurückgegangen. Ich hörte Tage später, dass Balzer wieder aufgetaucht war. Aber ohne Mappe oder Unterlagen."

„Und woher wussten Sie das? Sie hatten doch gar keinen Rückhalt mehr in der Partei."

„Na, ja. Am Buschfunk war ich schon noch angeschlossen." Meinertz gerierte sich etwas eitel.

„Der Buschfunk also. Eine absolut kluge Ausrede."

Meinertz empörte sich. *Max*' fester Blick hielt ihn ruhig.

„Ich frage mich, ob der Journalist Steinert mit drin gehangen hat. Sie sagten doch, dass der hinter Balzer her war.“

„Wie kommen Sie jetzt auf Steinert?“ Meinertz' Irritation war greifbar. „Der ist doch tot.“

„Das ist die Faktenlage. Sie wissen nicht – zufälligerweise – wer ihn umgebracht hat?“

Meinertz überging die Frage, in dem er sich eine Zigarette anzündete.

„Was glauben Sie, ging in der Tiefgarage ab?“ *Max* ließ nicht locker.

„Ich vermute, dass Balzer einen Deal vorhatte. Auch da kann ich nur vermuten, dass es vielleicht um den Kuhhandel ging: Ich sag nichts, wenn du nichts sagst. Der Adressat der Mappe wäre vermutlich Lochner & Lochner gewesen.“

„Und die sogenannte *Vierte Gewalt* im Staate – der Journalist? Was hätte er mit dem Inhalt der Mappe gemacht?“

„So wie ich es einschätze, hätte er die Öffentlichkeit informiert. Wie man das so kennt von den Medien.“

„Aber es ist keine Mappe oder etwas Vergleichbares gefunden worden. Das hat das BKA so notiert. Wer könnte diese Mappe an sich genommen haben?“

Meinertz fasste sich schnell. „Da kann man nur spekulieren. Jeder, der sich in der Tiefgarage aufhielt.“ Seine Gedanken wollte er nicht preisgeben. Er wusste, wer diese Mappe hatte.

„Hätten Sie Interesse daran, dass der Anwaltskanzlei Lochner & Lochner das Handwerk gelegt wird?“

Um seine Unschlüssigkeit zu überspielen, bestellte er noch ein weiteres Bier. „Sie stellen aber eine Frage ... mir geht es um meine Selbständigkeit. Die Lochner-Brüder haben mich fast als Leibeigenen für ihre dreckigen Geschäfte eingespannt.“ Empörung überzog Meinertz‘ Gesicht.

Kühl wiederholte *Max* die Frage: „... und das Handwerk legen?“

Meinertz beruhigte sich wieder. Und er witterte die Falle.

„Ihr Handwerk, um bei diesem Ausdruck zu bleiben, muss

nicht gelegt werden. Mir ging es nur um mich, um meine persönliche Reputation."

Der *Dienste*-Mann notierte seine Aussage. Dann musterte er Meinertz lange. Die Frage kam wie ein Geschoss: „Was ist mit Steinert, dem Journalisten, passiert?"

Meinertz erstarrte. Er blickte Max konsterniert an. „Wie kommen Sie jetzt darauf? Warum fragen Sie mich?" Aber seine Offensivbemühungen wurden schnell gekontert.

„Es liegt doch auf der Hand, die Akten bezeugen es auch, dass Ihnen Steinert auf der Spur war. Er hat Sie nicht nur aus alten Heidelberger Tagen wiedererkannt, er hatte auch damals schon den Verdacht ausgesprochen, Sie würden mit uns zusammenarbeiten. Außerdem hatten Sie gerade gesagt, dass er auch etwas an die Öffentlichkeit bringen könnte."

„Ja, aber ..."

„Hören Sie, Meinertz, wenn wir hier helfen sollen, dann haben Sie keine Bedingungen zu stellen. Und wir erwarten die ganze Wahrheit. Sonst lassen wir sie anbrennen, egal ob Bundestag oder nicht. Also, wie war das?"

Meinertz trank einen Schluck von seinem frischgezapften Bier. Er versuchte Zeit zu gewinnen. Was kann er erzählen – und vor allem, was wussten die.

Max fuhr fort: „Wissen Sie, was ich denke? Steinert ist ein Alt-Linker gewesen. Und Sie tauchen dann so unvermittelt bei der *PFDF* auf. Da klingelten bei ihm die Alarmglocken. Ein Unterwanderer, der eine linke Gruppierung infiltriert. Sie fühlten sich bedroht, wahrscheinlich mit Recht, oder?"

„Er hat mich angesprochen ..."

„Das kommt aber lahm rüber, Meinertz. Ich glaube, er hat Sie unter Druck gesetzt. Und Sie haben dann reagiert – stimmt's? Überreagiert, stimmt's?"

Meinertz' Gesicht wirkte eingefroren. Automatisch zog er sich eine Zigarette aus der Packung. Vergaß, sie anzuzünden. *Max* reichte ihm Feuer und klopfte sich selber noch eine heraus.

„Sie haben ihn erschlagen, weil Sie Panik bekamen. Dann wäre alles vorbei gewesen. Ihre ganze Zukunftsplanung. Stimmt's? Wie wollen Sie da rauskommen?"

„Weiß ich nicht." Er flüstert, seine Augen angstvoll geöffnet. *Max* legt nach. „Ich sitze hier, mir gegenüber ein Mörder – aus niedrigen Beweggründen, stimmt's?"

Meinertz nickt nur und hält mit beiden Händen sein Gesicht fest. Am liebsten würde er es unter den Tisch verschwinden lassen. Sich selbst gleich mit. Wie im Märchen Tischlein-deck-dich. Trotz regte sich in ihm. Er begehrte auf. „Was hätte ich denn tun sollen?"

„Zumindest uns Bescheid geben."

Meinertz nickte wieder. Tränen des Selbstmitleids standen in seinen Augen. Die bange Frage stand im Raum: „Liefern Sie mich aus?"

„Wir machen Folgendes. Wir halten Ihnen mal den Rücken frei. Wir haben Interesse, dass Sie das Mandat wahrnehmen. Aber dafür besorgen Sie uns auf schnellstem Wege diese Mappe." Er steht unvermittelt auf, schaut auf den Haufen Elend herunter und sagt: „Dann bin ich mal weg ..."

Meinertz glotzte ihm hinterher und trank sein Glas in einem Zug leer und bestellte ein neues. Erleichterung stellte sich nicht bei ihm ein.

Auf dem Heimweg, in der diesigen, kühlen Novembernacht, überlegte er, wie er es mit der Mappe handhaben könnte. Wenn er so geschützt würde, wie *Max* zugesichert hatte, dann konnte er problemlos nach Mainz zurückkehren.

Kapitel 40

Samstag, 21. November 2009 – nachmittags

„Ich bin der Ansicht, dass jetzt alles auf euren Schiedskommissionär zuläuft."

„Schiedskommissionär?"

„Herbert Meinertz, der Vorsitzende der Schiedskommission. Nach meiner Auffassung ist er der Mörder von Balzer und Paul. Die Motive sind eindeutig."

Wahlberg hatte Julia gerade vom Treffen in Berlin erzählt.

„Dann ist mein Bruder entlastet", stellte sie fest.

„Das sieht Meyers anders, aber reg' dich nicht gleich wieder auf." Er merkte ein tiefes Schnaufen am anderen Ende der Telefonleitung.

„Das ist nur noch wegen der Formalitäten. Erst wenn der Fall abgeschlossen ist."

„Ja, ist schon in Ordnung. Hauptsache, er kann sich wieder durch Mainz bewegen ..."

„Wir müssen uns auf Meinertz konzentrieren. Dazu brauch' ich deine Hilfe. Ich will in der Geschäftsstelle Meinertz' Büroraum nochmal überprüfen."

Er ahnte ihren Einwand. „Ich weiß, das BKA hat gründlich reinegemacht. Schauen wir trotzdem nochmal alles durch."

Als Julia die Tür der Geschäftsstelle aufschloss und beide eintraten, hörten sie Stimmengemurmel. Das kam aus dem Büroraum von Meinertz.

„Was macht ihr hier", rief sie empört, als sie die Tür ganz aufstieß.

Marlies Emscher, die sich unter den Schreibtisch gebeugt hatte, richtete sich schwerfällig auf. Ihr Souffleur, der unter dem Schreibtisch kniete, knallte an die Schreibtischkante. Wahlberg, der diese Szene mit breitem Grinsen verfolgt hatte, entging nicht dieser Anflug von schlechtem Gewissen, der auf beiden Gesichtern lag. Aber nur ein Anflug, wie er konstatieren musste. Denn die füllige Frau ging gleich in die Offensive.

„Das geht dich überhaupt nichts an“, keifte sie unvermittelt los.

„Woher hast du den Büroschlüssel“, fauchte Julia zurück, „die gibt es nur für bestimmte Mitglieder. Dazu gehörst du nicht, wie du selber weißt.“

„Ich habe den Schlüssel damals von Thomas erhalten.“

„Das ist ja super. Wie willst du das nun beweisen. Her damit. Noch habe ich hier das Hausrecht.“

Raubach, ihr Mädchen für alles, rieb sich noch den Kopf als er mit seiner näselnden Stimme sagte: „Das ist wahr. Wir haben den Schlüssel von Thomas.“

Julia drehte sich ihm mit in die Seiten gestemmten Fäusten zu. „Du bist ein windiger Typ. Wir wissen alle, dass gerade ihr beiden Thomas madig gemacht habt, weil“ – sie wandte sich wieder Marlies Emscher zu – „ihr nicht in die engere Wahl bei der Aufstellung der Bundestagsliste gekommen seid. Ihr habt Thomas öffentlich angepöbelt.“ Mit vorgerecktem Kinn und mit süffisanter Stimme sagte Julia: „Da kann ich mir überhaupt nicht vorstellen, dass Thomas dir – gerade dir, Marlies – die Büroschlüssel gegeben hätte.“

Julia drehte sich zu Wahlberg. „Sie hatte Glück“ – Julia zeigte auf die wütende Marlies Emscher – „überhaupt unter den ersten fünf gelandet zu sein.“

Wahlbergs Grinsen war wie ausgeknipst, als er Julia zuflüsterte: „Das heißt, da Balzer verschieden ist, rückt sie ja schon mal auf Platz vier vor.“

Er überlegte. Wenn Meinertz seinen Platz nicht einnehmen würde? Sicherlich wusste sie das schon. War sie deshalb hier, um nach etwas zu suchen, was Meinertz unter Druck setzen könnte? Damit er eventuell aufgibt?

„Warum sind Sie hier?“ Marlies Emscher antwortete nicht. Sie ignorierte Wahlberg. Sie wirkte präsent. Obwohl sie erst 35 Jahre alt war, sah sie mit ihrer massigen Figur wie über vierzig aus. Ihr kleiner Busen und ein gleich großer Bauchansatz prägten das vordere Profil wie ein Wellental. Raubach, der ihr Ergebene, wollte mit einer devoten Geste die Situation entspannen. Als er den Mund öffnete, fuhr Emscher ihn an: „Halt bloß dein Maul. Hier wird nichts erzählt. Oder du fliegst." Zu Julia gewandt, geiferte sie: „Den Schlüssel kannst du dir sonst wohin stecken!"

„Kein Problem. Dann tauschen wir ab sofort die Schlösser aus. Deine Schlüssel kannst du dann als Grabbeigabe dem Sarg hinterherwerfen."

Das flächige Gesicht von Marlies Emscher verzog sich zu einer Grimasse. Wahlberg empfand sie als vulgär, unterstrichen noch durch den breiten, volllippigen Mund. Im Gegensatz dazu ihre mandelförmig geschnittenen braunen Augen, die kurze Nase, das kastanienrot gefärbte schulterlange Haar. Diese attraktiven Attribute hätten ein anderes Gesicht verdient, war Wahlbergs gehässiger Kommentar, den er aber nicht laut fasste.

„Wenn ich dieses Frettchengesicht von Raubach schon sehe. Das ist ein widerlicher Opportunist!" Julia schüttelte sich vor Ekel, als Marlies Emscher und Günter Raubach gegangen waren.

„Ich bin überzeugt, dass diese beiden ebenso auf der Suche nach dem *Heiligen Gra*l waren wie wir."

„Wie kommst du auf den *Heiligen Gral*?"

„Na, Julia, soviel Intellektualität muss schon sein. Eine schlichte Metapher für einen besonderen Gegenstand. Kapiert?"

„Sei nicht immer so blöd arrogant. Das kann ich nach dem Auftritt dieser beiden überhaupt nicht gebrauchen. – Also, die suchten nach etwas Besonderem, was wir auch zu finden hoffen. Richtig?"

„Klarer hätte ich es auch nicht ausdrücken können." Wahlberg verkniff sich ein kleines Lachen. „Aber zurück zu Sache. Wir durchsuchen noch mal alle Räume systematisch. Lass uns mit Meinertz' Raum beginnen."

„Einverstanden. Aber nach was suchen wir eigentlich? Gib mir mal eine Vorstellung davon."

Wahlberg zuckte mit den Schultern. „Ehrlich gesagt, ich kann es nicht benennen. Aber wenn ich es sehe, dann weiß ich es."

Julia sah ihn skeptisch an: „Und was mach ich? Ich sehe etwas, aber dann weiß ich trotzdem nichts."

„Dann ist es am besten, wir gehen zusammen alles durch. Du kennst alle geheimen Ecken, du kennst die dort versammelten Gegenstände ..."

„... und du sagst mir, oder soll ich sagen, dein Bauch, was Sache ist."

„Genau." Er fasste sie an der Schulter, drehte sie zu sich und umarmte sie kurz und innig. „Eine gute Arbeitsteilung." Dann gab er ihr einen flüchtigen Kuss auf die Wange.

Sie lächelte ihn an, sagte aber betont sachlich: „Für Erotik ist jetzt keine Zeit. Die Arbeit wartet." Sie hielt inne, schaute ihm versonnen in die Augen. „Später vielleicht ..."

Sie durchkämmten alle vier Büroräume, die Toilette, die Besenkammer, den kurzen Flur, hängten Bilder ab, nahmen sie aus den Rahmen, zogen jede Schreibtischschublade heraus, untersuchten deren Boden auf angeklebte Informationen. Nach gut eineinhalb Stunden mussten sie resigniert feststellen: nichts.

„Alles umsonst. Rein gar nichts", fasste Wahlberg die Suchaktion zusammen. „Was hatte die Emscher eigentlich erwartet vorzufinden?"

„Johann, du stellst wirklich intelligente Fragen. Was hast du dir vorgestellt? Was dachtest du denn, was du hier finden würdest? Es ist ja kein altes Gemäuer, mit versteckten Nischen, Geheimfächern oder Ähnlichem."

„Aber glaubst du nicht, dass diese beiden irgendwas gewusst haben könnten?"

„Nein, auf keinen Fall. Meine Einschätzung von Marlies Emscher und ihrer zugelaufenen Ratte ist ganz einfach. Strohdumm aber gleichzeitig bauernschlau, also Raffinesse. Schließt sich nicht unbedingt aus. Deshalb glaubten sie in ihrer Dummheit, dass Meinertz Unterlagen offen in seinen Fächern hortete. Aber Meinertz ist gerissen. So etwas packt der doch nicht ins Büro."

Wahlberg erinnerte sich an Steinerts Aussage. „Wusstest du, dass Balzer Meinertz treffen wollte? Der wollte ihm belastendes Material übergeben. „Meinertz und Balzer? Kaum vorstellbar, nach dem, was passiert ist." Julia schüttelte sich förmlich.

„Könnte stimmen. Aber Paul hatte diese Info direkt von Balzer erhalten."

„Vielleicht ist das, was wir suchen, schon in anderen Kanälen gelandet. Oder es schlummert in einer Mappe – noch hoffentlich unentdeckt – irgendwo ..."

Wahlberg musste wieder an Nicole Blank denken. Der Besuch bei ihr wird immer dringender.

„Nun gut. Wir haben nichts gefunden. Aber trotzdem habe ich das Gefühl, wir haben eine Entdeckung gemacht."

„Tut mir leid. Da kann ich dir nicht ganz folgen."

„Was wäre gewesen, wenn wir uns nicht die Mühe gemacht hätten, hierher zu gehen? Dann wären wir nicht auf Emscher und Raubach gestoßen."

„Ja, aber ...?"

„Kein aber." Wahlberg unterbrach sie. Er war jetzt in Fahrt und unduldsam. „Wir hätten zum einen nie erfahren, dass sie sich widerrechtlich – davon gehe ich mal aus – die Büroschlüssel besorgt haben. Und wir hätten zum andern nie erfahren, dass sie sich für Meinertz interessieren. Letzteres ist die wichtigere Entdeckung."

„Was ist deiner Meinung nach ihre Motivation?"

„Die Reihenfolge."

„Die Reihenfolge?" Sie klatschte sich mit der flachen Hand auf die Stirn. „Ja, sicher, die Reihenfolge."

„Bist du sicher, dass die Emscher so strohdumm ist, wie du vorhin behauptet hast?"

„Ist mir herausgerutscht. Aber ich habe meine Meinung auch relativiert. Ich habe es durch 'raffiniert' ergänzt. Bei Marlies Emscher ist nach Bekanntwerden von Thomas' Tod bestimmt das Zählwerk angesprungen. Erst Platz fünf, jetzt Platz vier, vor ihr auf der Nachrückerliste steht Meinertz. Den will sie weg haben. Deshalb waren sie auf der Suche."

„Ich glaube sogar, dass die Emscher einiges über Meinertz in Erfahrung brachte. Die Gerüchte um ihn und Balzer seit dem Auftreten der *Schwarzen Sheriffs* – auch Paul hatte daran seinen Anteil – sind nie verstummt. Sie sind sogar noch auf der Wahlparty recht laut geworden."

„Du meinst, sie suchte in seiner Abwesenheit Material gegen ihn, um ihn vielleicht zu erpressen?"

„Das halte ich für möglich. Waren die Emscher und ihr Vasall auch auf dieser Wahlparty?"

„Als ich ankam, waren die in einer kleinen Gruppe am Tuscheln. Raubach führte das Wort. Das konnte ich ab und zu hören, wenn er laut wurde und von seiner *Chefin* – wie er immer sagt – mit einer Handbewegung zum Schweigen gebracht wurde."

„Sind die beiden ein Paar?"

„Wo denkst du hin. Er ist wirklich so etwas wie ihr Diener. Mädchen für alles. Manchmal bis zur Erniedrigung. Das ist ein Abhängigkeitsverhältnis, was zu großen psychologischen Studien reizen würde."

„Wie äußert sich das?"

„Das extremste Beispiel ist, wie er mit Emschers zweijähriger Tochter umgeht. Er spielt mit ihr, wenn sie in Sitzungen ist, beschäftigt sie. Er hebt die Kleine auf seinen Schoß. Wie ein Vaterersatz. Es kursierten auch schon die schlimmsten Gerüchte ..."

„... die da wären?"

Sie unterdrückte ein Feixen. „Er wäre der Vater des Kindes. Das ist absurd, weil sie in einer Beziehung lebt. Sie stellt sich gerne als Alleinerziehende hin, obwohl sie und ihr Partner ein gemeinsames Haus besitzen und ein eheähnliches Verhältnis haben."

„Was du nicht alles weißt - aber nochmal zurück zu dem Souffleur. Warum wird er so genannt?"

„Er führt nicht nur die Kinderbeaufsichtigung durch, sondern ist auch ihr intellektueller Beistand. Er ist ein gerissener Typ, mit schwachem Charakter und kleinem Einkommen. Und er hat nur sie. Er schreibt für sie, er denkt für sie. Alles, was sie ausspricht, ist vorher durch seinen Kopf gegangen."

Julia ordnete die Ablage, die sie vorhin durcheinandergewirbelt hatten.

„Für ihn war es ein Desaster, dass seine Chefin nur auf Platz fünf landete. Die klitzekleine Chance auf ein Mandat wurde durch Meinertz verhindert."

„Daraus wäre dann zu schließen, dass nicht Raubach, sondern überwiegend die Emscher Interesse an einer Veränderung der Reihenfolge hat."

„Das ist richtig. Ohne Emscher gibt's kein Fortkommen für Raubach. Aber ohne Raubach hat Marlies Emscher keinen Plan, wie das gehen soll ..."

Wahlberg schaute nachdenklich auf ein Bild an der gegenüberliegenden Wand. Es zeigte eine Reproduktion einer Lithografie von Marx vom Altmeister Bernhard Heising. Ob ihm nun der Meister der Dialektik seinen Gedanken eingab, oder ob sich wieder der Bauch gemeldet hatte, konnte er letztendlich nicht beantworten.

„Dass die beiden heute hier waren, ist bestimmt kein Zufall. Die haben die Gelegenheit ausgenutzt. Der ganze Vorstand ist abgetaucht. Politische Arbeit findet derzeit nicht statt. Jeder scheint sich seine Wunden zu lecken oder ist auf der Hut, dass er – oder sie – nicht zur Fahndung ausgeschrieben wird. Ich nehme an, hier wurde von langer Hand etwas vorbereitet, wozu noch einige Details fehlen."

„Johann, du wirst wieder einmal kryptisch."

„Ja, kryptisch, das ist dein Lieblingswort. Dabei bedeutet es nur *unklare Ausdrucksweise* – mehr nicht."

„Das ist das Problem. Ich versteh dich manchmal nicht."

Wahlberg versuchte Julia wieder in seine Arme zu ziehen. Sie wehrte sich. „So nicht, mein Lieber. Entweder du redest mit mir Klartext, oder ...“

„... oder was?“ Er lächelte sie an und strich ihr leicht mit dem Zeigefinger über die Wange. Sie bog den Kopf zurück. „Jetzt sag mal ...“

„Ich will keinen belasten. Aber irgendwie könnte es doch sein, dass auch Emscher und Raubach hinter den Morden stehen. “Wahlberg legte seine Denkerstirn in Falten. „Obwohl dieser aufgesetzte Genickbruch nicht zu diesem Würstchen von Gestalt passen würde.“

„Raubach ist aber kein ganz Kleiner ...“

„Meyers hat es mir erklärt. Es geht nicht um Körpergröße, sondern um Technik.“

Julia Köhnert schwieg in sich gekehrt. Ihre Brust hob sich und sie tat einen schweren Seufzer. „Ich mag die beiden nicht, aber so etwas – ich kann es mir nicht vorstellen.“

„Meyers hatte gesagt, dass die DNA-Analysen abgeschlossen seien. Dann müssten sie auch die verschiedenen Herkünfte miteinander verglichen haben. Dazu muss ich ihn noch befragen.“

Er schaute in die immer noch bedrückte Miene von Julia.

„Zwar haben wir hier nichts Sachliches gefunden, aber eventuell haben wir eine neue Spur aufgetan.“

Sie sah zu ihm hoch. „Ist doch auch ein nettes Ergebnis.“ Etwas Sarkasmus klang bei ihr durch. „Dann lass uns jetzt hier verschwinden. Ich will noch ein neues Schloss für die Bürotür besorgen.“

Kapitel 41

Sonntag, 22. November 2009 – mittags

Er stand wieder vor der Eingangstür, aber den Blick gleich zum rechten Parterrefenster gerichtet. Sie öffnete und hängte sich und ihr Dekolleté in den Fensterrahmen wie bei seinem ersten Besuch.

„Herr Wahlberg, nicht wahr?"

Als er nickte, sagte sie mit eitler Miene: „Das ist schön, dass ich Sie gleich wiedererkannt habe. Wenn Sie zu mir wollen, dann lasse ich Sie ein."

Wahlberg fand diese Bemerkung von Nicole Blank ziemlich mehrdeutig. Vielleicht täuscht sie nur etwas vor, sagte er sich. Ihr aufreizendes Dekolleté. Vielleicht erwartet sie etwas. Es kribbelte stark in sciner Lendengegend.

Wahlberg musste eine kleine Ewigkeit vor der Tür warten. Mit einem entwaffnend freundlichen Lächeln öffnete sie. Da stand sie in einer hochgeschlossenen türkisfarbenen Bluse. Staunend trat er ein. Sie lief ihm voraus ins kleine Wohnzimmer.

„Sie haben das Parteiplakat entfernt", stellte er fest.

„War doch auch Ihr Tipp. Ich fand es jetzt besser so. Als der Kripobeamte kam, war nichts mehr zu sehen."

Mit einem Griff in ihren Nacken zog sie zwei Haarklammern heraus und ließ ihre aufgesteckten Haare langsam auf ihre Schultern gleiten. Wahlberg bemerkte, wie sie sich in Szene setzte.

„Wollen Sie Kaffee?"

„Als Vorwand, damit Sie wieder Ihrem Hobby frönen können?"

„Was meinen Sie mit Hobby?" Sie sah ihn an. „Ach so, Sie meinen das Rauchen? Sie werden es nicht glauben, aber ich habe damit aufgehört. Neulich war ein Artikel in der Fernsehzeitung. Sie glauben es nicht, was ich da lesen musste."

„Doch, ich glaube es."

Irritiert schaute sie ihn an. Er zwinkerte ihr zu: „Rauchen macht schneller alt, die Haut wird welk. – Und macht den Atem auch noch schlecht."

Sie wich mit der Hand vorm Mund einen guten Schritt zurück.

„Beruhigen Sie sich, nicht bei Ihnen."

Dann beugte sie sich mit einem maliziösen Lächeln vor. Sie hauchte ihn an. Er roch Pfefferminz. Sie lächelte.

„Wollten Sie mich eigentlich nur besuchen? Sicherlich nicht." Nicole Blank machte einen kleinen Schmollmund. „Wahrscheinlich haben Sie einen schwerwiegenden Anlass, oder?" Eine Frage, aus der Hoffnung geschöpft, dass es doch anders wäre.

Sie ist sicherlich öfter alleine, als ihr gut tut, dachte Wahlberg. „Ja, das stimmt. Leider, mein Job, wissen Sie."

Er versuchte es diplomatisch. „Obwohl es nett ist, Sie zu besuchen und Kaffee zu trinken."

„Ach ja, der Kaffee. Ich hatte zuvor schon ein Kännchen aufgesetzt."

„Sie hatten mich doch nicht erwartet?"

„Nein, nein." Wahlberg nahm ein leichtes Zögern wahr. „Ich wollte es mir dann doch mit ein paar Tassen gemütlich machen."

Sie sagt nicht die Wahrheit, vermutete er, da ist was im Busch. Er wollte sich nicht überraschen lassen.

„Darf ich kurz mal Ihre Toilette benutzen."

Sie warf ihm einen überraschten Blick zu. „Natürlich, wenn's hilft", kicherte sie.

Während er das an der Wand hängende Schränkchen überprüfte, auch sah, dass der Toilettendeckel herabgeklappt war, hörte er die Türklingel und ein hastiges Getrappel zum bekannten Parterrefenster. Verdammt, dachte er. Er wollte doch noch sein Wasser abschlagen. Jetzt stand er da, unpässlich, die Hose geöffnet. Er stopfte seine *Siebensachen* zurück in die Hose. Drückte noch schnell auf die Wasserspülung. Wahlberg kam zu spät. Das wollte er sich nicht anmerken lassen. „Haben wir weiteren Besuch erhalten?“, flachste er drauflos.

„Wie kommen Sie darauf?“, fragte sie mit Unschuldsmiene. Als sie seine zusammengekniffenen Augen sah, erzählte sie im Plauderton von einem Hausierer, der ihr Zeitungen andrehen wollte.

„Na, gut. Schön, dass Sie sich auch nicht alles andrehen lassen, dann gießen Sie uns doch mal den Kaffee ein.“

Sie rückte das Kaffeegeschirr zu sich an den Rand des Tisches, goss vorsichtig ein und schob die volle Tasse ihm zu. „Diesmal ist es kein Pulverkaffee. Heute bekommen Sie Bohnenkaffee auf Großmutters Art – ohne Filter aufgebrüht.“

Er lobte den Kaffee, fragte dann nach den Kriminalbeamten. „Ist es ein Meyers gewesen?“

„Das stimmt. Mit ausdrucksvollen Augen. Wie Gletschereis.“ Sie schauderte ein wenig bei dem Gedanken.

„Hatten Sie ihn angerufen?“

Sie schaute ihn empört an. „Das werden sie ihm doch wohl gleich gesteckt haben, oder? Ich hatte gar keine Chance …“

„Sie meinen, sich zu melden?“ Er grinste sie an. „Hätten Sie’s freiwillig gemacht?“

„Vielleicht nicht sofort …“

Er schaute Nicole Blank aufmerksam in die Augen. „Wer war das eben an der Tür?“

Sie riss überrascht die Augen auf. „Warum fragen Sie mich das so plötzlich?“

„Nun, weil ich nicht glaube, dass es ein Hausierer war. Und ich glaube, dass Sie den Kaffee schon für jemand anderen vorbereitet hatten.“

Ihre Stimme hatte eine ängstliche Färbung. „Warum glauben Sie mir nicht? Wenn ich es sage …“

Wahlberg war sich nicht sicher. Konnte sein, konnte auch nicht sein. Er beschloss, das Thema zu wechseln. Später wollte er nochmal nachhaken.

„Sicherlich haben Sie Meyers erzählt, wie Sie den toten Balzer gefunden haben. Wären Sie in der Lage, mir das auch nochmal zu schildern? Für meinen Hintergrundbericht."

Sie blickte ihn traurig an. Sie hob wieder ihre attraktive Brust an. „Nun, wenn Sie meinen. Es ist nicht so einfach für mich."

„Das verstehe ich gut", entgegnete Wahlberg. „Fangen Sie am besten mit Ihrem Tagesablauf an. Also, nicht wann Sie aufstehen, sondern als Sie auf die Bushaltestelle zugingen."

Sie nickte und nahm den Faden auf. „Ich nehme meistens den Bus um halb sieben. Der bringt mich zum Hauptbahnhof. Als ich auf die Haltestelle zuging, fiel mir gleich auf, dass sie im Dunkeln lag. Sonst leuchtet eine Neonlampe. Ich roch so eine Mischung von Alkohol und Pisse. Ich hielt meine Tasche vor mich. Wie ein kleines Schutzschild. Es war schummrig. Die Morgendämmerung setzte langsam ein. Ich sah eine sitzende Gestalt, einen Mann, angelehnt an die gläserne Rückwand der Haltestelle, den Kopf auf dem Abfalleimer, die Beine gegrätscht. Eine unbequeme Haltung, dachte ich noch. Er hielt die Augen geschlossen, der Mund stand leicht offen."

„Es war also die Bushaltestelle an der Ecke Quintinsstraße, wo Sie ihn gefunden haben?"

„Ja."

Wahlberg spürte, wie ihr das Erlebte nahe ging.

„Ich hatte ihn nicht sofort erkannt. Ich dachte, der schläft hier in der Eiseskälte seinen Rausch aus. Ekelig vollgemacht hat er sich auch noch. Ich konnte diese dunklen Flecken im Schritt seiner hellen Hose erkennen. Die sahen wie gefroren aus."

„Sie haben Thomas Balzer nicht gleich erkannt?"

„Ja, erst nicht. Dann aber wollte ich ihn wecken. Ich dachte, hier holt er sich noch den Tod." Sie schluchzte.

„Als Sie ihn wecken wollten, haben Sie ihn angefasst? Vielleicht aufgerichtet?"

„Ja, das wollte ich. Aber als ich ihn an der Schulter berührte, rutschte er von der Sitzbank herunter, schlug mit dem Kopf auf den Steinboden und blieb mit merkwürdig abgewinkeltem Kopf dort liegen. Mein Gott, dachte ich, er ist wirklich schon tot."

Sie blickte Wahlberg tränenumflort an. „Was sollte ich tun, mein Bus war schon am Kommen, ich musste zur Arbeit. Mir konnte keiner helfen. Ich war da ganz alleine. Ich fragte mich, wie das passieren konnte. Ich hatte, nein, ich habe auch heute noch unwahrscheinliche Schuldgefühle, dass ich ihn damals nach draußen gesetzt habe."

„Sie müssen sich keine Vorwürfe machen." Wahlberg wusste selber, dass dieser Spruch ziemlich leer klang. „Sehen Sie, wenn man ihn sowieso umbringen wollte, dann hätte auch eine Nacht bei Ihnen keinen Schutz gebracht."

Er versuchte Trost zu spenden: „Wir werden mit Hilfe der Polizei alles herausfinden."

Sie presste die Lippen fest zusammen und nickte.

„Wie ging's dann weiter?"

„Nun, der Rest ist schnell erzählt. Der Bus kam, der Busfahrer motzte über eine vermeintliche Schnapsleiche, bis ich ihm klarmachen konnte, dass es sich hier um eine wirkliche Leiche handelte. Er schaute sich die Situation in aller Ruhe an und telefonierte mit seiner Zentrale, die dann die Polizei benachrichtigte."

„Also, wenn ich mich richtig an unser letztes Gespräch erinnere, dann – mal kurz gefasst – ging die Geschichte wie folgt: Sie hatten vor kurzem eine kleine Affäre mit Thomas Balzer. Am Wahlabend erinnerte er sich dann an Sie und wollte sich, na sagen wir mal, groß tun. Wollte angeben."

„Genauso. Aber er benahm sich später, als er aufwachte, so komisch, so überkandidelt. Das sagte ich auch dem Beamten."

„Inwiefern überkandidelt?"

„Na, er sagte *mir kann man nichts mehr anhaben*. Da hat er dann auf diese Mappe geklopft, die ihm irgendwie unter den Sessel gerutscht war."

„Diese Mappe ist verschwunden. Viele Leute suchen sie." Wahlberg schaute in ihre braunen Augen. Er hatte den Eindruck, sie flimmerten, wie er dieses unstete Schauen immer bezeichnete. „Ich bin der festen Überzeugung, dass Sie wissen, wo sich diese Mappe befindet oder wer sie hat."

Sie schaute in die Kaffeetasse, als könne sie aus dem Kaffeerest eine Weissagung erfahren. „Ich kann Ihnen das nicht sagen."

„Weil Sie es nicht wissen oder weil Sie es nicht wollen?"

Sie sah ihn bang an.

„Gut, lassen wird das erst mal. Wann treffen Sie sich wieder mit Meinertz, beziehungsweise wann hat er sich angekündigt?"

„Herr Meinertz hat sich bei mir weder ab- noch angemeldet", reagiert Nicole Blank pikiert, mit einem wütenden Unterton.

Wahlberg fuhr ungerührt fort: „Nach meinem Wissen steckt er in Berlin. Aber nicht mit seinen ehemaligen Chefs unter einer Decke, sondern wahrscheinlich in einem schummerigen und heruntergekommenen Appartement im Osten der Stadt."

„Irgendwann wollte er wiederkommen", entgegnete sie. Sie war sichtlich erschöpft. Sie wirkte auf einmal wie ausgezehrt.

Wahrscheinlich ist sie gleich mürbe, mutmaßte Wahlberg. „Wann hatte sich Meinertz wieder bei Ihnen gemeldet?"

Sie starrte mit großen Augen auf ihn. Langsam tat sie ihm leid. „Es war vor ein paar Tagen."

„Geht es noch genauer? Vorgestern war ich in Berlin. Hatte er vielleicht vorgestern mit Ihnen telefoniert?"

„Ja, das hat er. Aber er sagte, dass ich mir keine Sorgen machen müsse. Alles sauber. Er hat auch Hilfe ..."

„Von wem, wofür." Wahlbergs kurzes Wortstakkato setzte ihr zu.

Sie fing an zu schluchzen. „Das hat er mir doch nicht gesagt. Ich versteh das Ganze gar nicht mehr." Sie weinte hilflos und herzzerreißend. Wahlberg war es mulmig zu Mute. War er jetzt zu weit gegangen?

Er stand auf und legte seine Hand auf ihre Schulter und streichelte ein paar Mal drüber. Sie ergriff seine Hand, hielt sie fest und weinte lautlos. Wahlberg fühlte sich elend. Er hatte es wieder zu weit getrieben. Er wollte gehen, aber sein Bauchgefühl hielt ihn ab, Gefühlsfalle hin oder her.

„Beruhigen Sie sich, bitte. Es ist ein Unrecht geschehen. Ich will das aufklären. Da geht's manchmal hart zur Sache ..."

Sie wischte sich mit dem Handrücken über ihre verweinten Augen. „Ich kann Ihnen wirklich nichts sagen ..."

„Ist schon gut. Ich glaube, Sie wollen nicht. Vorerst mal akzeptiert. Ich werde bestimmt noch einmal drauf zurückkommen. Wenn Sie meine Hilfe brauchen. Sie haben ja meine Karte."

„Ja, ich habe sie in diese kleine Vase an der Wand gesteckt. Die von meiner Mutter." Sie erholte sich allmählich.

„Falls Meinertz wieder anruft, erklären Sie ihm bitte, dass er nicht von der Polizei gesucht wird. Ich, als Journalist, hätte aber noch ein paar Fragen an ihn." Er verabschiedete sich mit einem kurzen Händedruck.

Nicole Blank beobachtete vom rechten Parterrefenster aus, wie er in der einbrechenden Dunkelheit den Weg zwischen den Wohnblocks suchte. Als er außer Sichtweite war, wählte sie eine Telefonnummer. „Du bist ein ziemlicher Idiot, oder? Du hast doch den roten Lappen am Fenster gesehen. Dann bin ich nicht alleine. Wenn der nicht aufs Klo gegangen wäre, hätte es ein Problem gegeben." Sie wartete die Antwort nicht ab und legte auf.

Wahlberg war überzeugt, dass zuvor Herbert Meinertz vor der Tür stand. Sie oder beide hatten die Mappe in Besitz. Aber wer von beiden? Er hätte doch nicht so schnell aufgeben sollen. Scheiß Skrupel, fluchte er. Eigentlich war er dicht dran gewesen, Nicole Blank weichzukochen. Sie war wahrscheinlich abgebrühter als er dachte. Waren die Tränen echt? Ihm kamen Zweifel. Tränen oder Orgasmus, beides konnten Frauen gekonnt vortäuschen. Wahlberg war trotz des Tränenflusses überzeugt, dass sie ihn nochmal anrufen würde. Dann würde er sie intensiv befragen – oder sie ausquetschen.

Er konnte natürlich nicht ahnen, wie schnell sich sein Wunsch erfüllen sollte – und unter welchen Umständen.

Kapitel 42

Sonntag, 22. November 2009 – abends

Das italienische Restaurant, in dem Herbert Meinertz saß, strahlte den Charme der achtziger Jahre aus. Schummriges Licht. Korbummantelte Chiantiflaschen schwebten tief und fast lückenlos unter der Decke. Meinertz hatte gehört, dass sich das eine oder andere Mal ein Haken gelockert habe. Er schaute ab und zu hoch, beobachtete misstrauisch die Gebinde über seinem Kopf. Die erkennbaren Lücken in der Decke über ihm scheinen die Gerüchte zu bestätigen. Ach was soll's, dachte er, solange mir nicht der Himmel auf den Kopf fällt. Mit einer Flasche Valpolicella hatte er sich weitab vom Eingang hingesetzt. Dorthin reichten die abgedimmten Lichter nur noch knapp. Kerzen an den Tischen sorgten für romantisches Licht.

Das *Da Giorgio* residierte in der Nähe des Stadions am Bruchweg. Am Großkampftag von Mainz 05 strömen die Massen durch das rechtwinkelige Straßennetz. In der restlichen Zeit wohnt man in einem ruhigen Mainzer Stadtviertel. Meinertz wartete auf seine Verabredung. Er nippte am Rotwein. Zwar bevorzugte er Brauereierzeugnisse, vom Pils bis zum Weizen, aber Nicole stand auf Wein. Weiß der Himmel warum, seufzte er. Sie konnte sowieso nur zwischen rot und weiß unterscheiden. Wahrscheinlich, dachte er, weil ein Glas Wein in Frauenhand irgendwie edler aussah als so ein derbes Glas Bier. Und darauf legte Nicole wert.

Sie orientierte sich kurz in der gedämpften Atmosphäre. Meinertz war, trotz der düsteren Lichtverhältnisse, gleich zu entdecken. Er war der einzige Gast. Sie stieß vorwärts, Reste von Wut im Gesicht.

„Hattest du Scheuklappen vor den Augen?“, zischte sie.

„Entschuldigung. Es war schon ein wenig dämmerig.“

Er gab sich zerknirscht, aber in seinem Inneren war es ihm auch egal. Die Polizei suchte ihn nicht. Falls sich andere noch für ihn interessierten? Da konnte er auch sicher sein. Solange keiner genau wusste, wo die Mappe war oder wer sie hatte, würde man ihm nichts antun. Den Kontakt zu der jungen Journalistin wollte er noch einmal reaktivieren. Oder die hiesige Spürnase? Es gab einige Möglichkeiten. Aber er wollte es sich mit Nicole nicht verderben. Er hatte schließlich Pläne. Er wollte an seine Zukunft denken. Seine *Freunde* würden ihn nicht im Stich lassen. Schließlich hatten sie ein starkes Interesse an ihm.

Nicole Blank hatte sich wieder umgezogen. Die züchtige Bluse vom Nachmittag hatte sie abgelegt. Sie brillierte jetzt durch ihr einziges Edel-T-Shirt, bordeaux-rot, Silberpailletten, die das tiefgezogene Dekolleté betonten, dreiviertel Arm. Meinertz traf es immer wie eine Wucht, wenn er sie so aufgemotzt sah. Sie ließ ihn wissen, so war sein Eindruck, dass sie mehr wollte. Er verfluchte seine Verklemmtheit, die bisher jeden Sex mit ihr verhindert hatte. Das Wollen und Wünschen war da. Wie stelle ich das am besten an. Damals bei Balzers Frau war es eine Blamage, nein sogar eine Katastrophe.

„Hörst du mir eigentlich zu? Ich fragte, warum wir in dieser dunklen Spelunke sitzen müssen?“

Meinertz zog die Augenbrauen hoch. „Das ist mir empfohlen worden. Aus Sicherheitsgründen.“

Der Kellner, ein kleiner grauhaariger Italiener, nahm ihre Wünsche in Empfang. Mit einer kleinen Verbeugung schenkte er Wein in das für Nicole Blank bereitstehende Glas. Erfreut dankte sie ihm.

„Na, das ist doch nach deinem Geschmack, so ein bisschen rundum bedient zu werden.“

Versöhnt mit den Umständen sagte sie: „Das ist halt alte Schule. Das haben die Italiener so drauf.“ Sie nahm einen kleinen Schluck.

„Was wollte der Besuch heute Nachmittag von dir?“

„Der nette Journalist von neulich hatte mich überraschender Weise besucht. Er fragt immer nach der Mappe und ob ich eine Beziehung zu dir hätte." Sie lachte albern, wie ein junges Mädchen bei ihrem ersten Date.

„Der gefällt dir wohl?"

Sie schaute Meinertz abschätzend an. „Eifersüchtig? Scheint dir eher unbekannt zu sein. Aber keine Angst", fügte sie hinzu, „auf den hat bestimmt schon eine andere ein Auge geworfen."

„Was will er von dir?"

„Ganz einfach. Er wollte wissen, wie ich Thomas gefunden hab. Er braucht das für seinen Bericht."

„Welchen Bericht?"

„Na, welchen Bericht wohl. Schon vergessen, dass er Journalist ist?"

„Diese Spürnase arbeitet doch eng mit dem BKA zusammen. Hat er davon etwas erwähnt?"

Sie zögerte und überlegte. „Davon hat er mir nichts erzählt. Nur, dass ich unbedingt zur Polizei gehen müsste."

Der alte Italiener stand mit zwei großen Tellern vor dem Tisch. „Pizza für Madame? Prego."

Es folgten ein bezauberndes Lächeln und ein tiefer Blick in ihre Augen. Das Nudelgericht legte er Meinertz wortlos vor.

„Ha, der hat das aber drauf." Mit einer Kopfbewegung deutete sie auf den wegschlurfenden Kellner. „Der, gut zwanzig Jahre jünger ..."

„Komm, Nicole, bleib bei der Sache. Ich muss wissen, was so über mich in Umlauf ist."

Sie schnitt sich die Pizza klein, alles in kleine Bissen. Sie verzichtete auf Besteck und aß mit den Fingern. Auf seinen Blick hin sagte sie: „Schmeckt mir einfach besser so. In anderen Ländern isst man auch nicht unbedingt mit Messer und Gabel."

„Du weißt doch, dass ich in der Bredouille stecke. Sonst säßen wir nicht hier, sondern in einem der Nobelrestaurants. Und du hättest heute Nachmittag kein Fähnchen im Fenster drapiert."

Sie erhob die Stimme. In dramatischem Ton sagte sie: „Der Herr Wahlberg hat mich heute Nachmittag zum Weinen gebracht. Er wollte unbedingt wissen, ob wir zurzeit Kontakt haben." Sie fügte hinzu: „Weil du doch verschwunden bist."

„Das hast du sicherlich bestritten?"

„Nein, habe ich nicht. Sonst wäre doch mein Weinen völlig umsonst gewesen."

Meinertz runzelte die Stirn zum wiederholten Male. „Sag mir, wieso?" Das klang sehr ungehalten.

„Na, ganz einfach. Weil er Schuldgefühle bekommen hat. Er hat dann nicht mehr weiterfragen wollen."

Meinertz schaute sie mit großen Augen an. Ziemlich gerissen, überlegte er, ob er sie vielleicht unterschätzt?

Sie putzte ihre Finger mit einer Serviette ab und griff zum Weinglas. Nach einem großen Schluck fragte sie: „Sag mal, hast du diese Mappe, von der der Journalist gesprochen hatte, an dich genommen?"

Er schüttelte den Kopf, konnte nicht sprechen, weil er gerade seinen Mund mit Nudeln vollgestopft hatte. Kauend sah er sie an.

„Lass dir Zeit", meinte sie gönnerhaft. „Aber auf deine Antwort bin ich schon gespannt."

Meinertz schluckte runter, spülte mit einem Schluck Roten nach. „Ich habe keine Mappe an mich genommen."

„Herbert" – sie benutzte zum ersten Mal seinen Vornamen, und das im strengen Ton einer Volksschullehrerin – „du sollst mich nicht verarschen. Du und Thomas, ihr hattet bei mir die Unterlagen zusammengestellt. Schon vergessen? Als ich Thomas raus begleitete und in die nächtliche Kühle verabschiedete, lag die Mappe auf dem Tisch. Wo ist die dann geblieben?"

Meinertz blieb stumm.

„Jetzt interessieren sich inzwischen so viele Leute dafür. Und die Toten ... bin ich etwa auch bedroht?" Nicole lehnte sich zurück. Ihre Stimme klang ängstlich.

„Dem Journalisten hab ich gesagt", fuhr sie fort, „dass Balzer die Mappe mitgenommen hätte. Der glaubt jetzt, dass sie sich irgendwo herumtreibt. Aber du warst der Einzige, der diese Mappe an sich nehmen konnte. Du warst der Einzige, außer dem besoffenen Thomas, der mit mir in der Wohnung war. Du hattest dich vorsichtshalber im Schlafzimmer versteckt. Schon vergessen?"

Empörung und Aggressionen mischten sich bei Nicole. „Ich hatte die Arbeit mit dem eingeschlafenen Thomas ..."

Meinertz wand sich. „Hast du mich mit einer Mappe rausgehen sehen?"

Sie dachte intensiv nach. „Nein, habe ich nicht. Aber das würde bedeuten, dass diese Mappe bei mir versteckt worden ist. Von dir. Du bringst mich damit in Gefahr, ist dir das klar?"

Sie war laut geworden, was Meinertz veranlasste, ihr die Hand auf den Unterarm zu legen.

„Fass mich nicht an", fauchte sie.

„Nicole, lass es dir erklären, bitte."

Sie blickte ihn skeptisch an. „Bei dir weiß ich nie, woran ich bin, wenn es um die Wahrheit geht. Du hast diese Mappe bei mir versteckt. Gib es zu."

Er nickte.

„Woher nimmst du dir das Recht, mich in eine solche Gefahr zu bringen?"

„Ich will es dir erklären. Aber bleib bitte ruhig. Wir wollen doch nicht auffallen."

Er berührte vorsichtig, bereit die Hand sofort zurückzunehmen, noch mal ihren Arm. Diesmal hielt sie still.

„Diese Mappe stellt meine Lebensversicherung dar. Mit Thomas Balzer hatte ich verabredet, unsere Unterlagen zusammenzulegen. Am Anfang der Wahlparty hatten wir unseren Streit beigelegt, weil wir erkannt hatten, dass wir denselben Gegner haben."

„Gegner? Du meinst von dieser Partei?"

„Nein." Meinertz skizzierte kurz seine Verbindungen zu Lochner & Lochner, verschwieg aber, dass er in deren Auftrag in

Mainz den Kontakt zur *PFDF* aufgenommen hatte. „Thomas ist in die Fänge von der Berliner Kanzlei geraten. Ich wollte ihn da wieder rausschlagen."

Aus Angst, er könnte sie verlieren, log er sie gnadenlos an. Schließlich hatte er noch so viel mit ihr vor. Wenn ich Nicole die Wahrheit erzähle, dann läuft sie doch gleich schreiend auf die Straße – und wahrscheinlich von mir weg.

„Über diese Anwaltskanzlei haben wir dann, ausschließlich zu unserem Schutz vor Verleumdungen, jeder für sich Material gesammelt, um es am besagten Sonntag zusammenzuschieben und in diese Mappe zu verfrachten. Da dich keiner kennt, war bei dir der ideale Ort zum Verstecken."

Für Nicole klang diese Geschichte plausibel. Sie blieb aber argwöhnisch und wütend.

„Glaubst du, dass diese Anwälte dann Thomas umgebracht haben, weil sie dachten, dass er die Mappe hätte?"

„Die selber bestimmt nicht. Die haben ihre Handlanger dafür."

„Oh, wie schrecklich. Das ist ja wie bei einem Thriller." Sie erschauerte. „Warst du auch deshalb in Berlin, um mit denen zu sprechen und diese ganzen Umstände auszuräumen?"

„Nein, ich habe andere, gute Freunde, die das für mich in die Hand nehmen und dafür sorgen, dass meine Zukunft sicher wird."

Von seiner Zukunft als Abgeordneter wollte er noch nicht sprechen. Das wollte er sich für das nächste Treffen aufsparen. Auch als Überraschung für sie. Schließlich hatte er mit ihr noch Großes vor. Aber zuallererst muss die Sicherheit der Mappe gewährleistet sein.

„Ich finde es schön, dass du dich mit Thomas wieder ausgesöhnt hast. Zwar war er immer ein wenig unstet, aber so ein Bundestagsabgeordneter" – sie bestätigte sich selber mit einem Nicken – „der hatte schon was."

Sie schaute mit etwas entrücktem Blick an ihm vorbei. „Das hat auch nicht jede."

Meinertz wurde plötzlich von Eifersucht ergriffen. Eigentlich müsste er jetzt rauchen. Blödes Rauchverbot in Restaurants. Er goss sich den Rest Wein ein und trank das Glas in einem Zuge leer. Er wirkte angefressen.

„Hab ich was Falsches gesagt? Du siehst so angesäuert aus."

Meinertz riss sich zusammen. Er wollte weder sich noch seine Zukunftspläne verraten. Aber der innere Druck.

„Nein, aber ich denke gerade nach, ob es vielleicht für uns auch eine gemeinsame Zukunft geben könnte."

Sie schaute ihn perplex an. „Wir beide?"

Nicole Blank sah aus, als würde sie das ernsthaft überlegen. „Raus aus meiner kleinen Wohnung, das hätte was. Und du sagtest *noble Restaurants.* Damit könnte ich mich auch anfreunden, bestimmt." Sie lachte, wurde aber wieder ernst und fragte: „Aber wie könnte das gehen?"

„Darüber können wir uns beim nächsten Mal unterhalten. Mir fällt bestimmt dazu was ein." Er verlangte die Rechnung. Gemeinsam gingen sie zur nächsten Bushaltestelle, Nähe Stadion.

„Warum fahren wir mit dem Bus und nicht mit deinem Auto?"

Meinertz schaute die neben ihm Sitzende an.

„Ich hab keins. Ich brauch auch keins."

„Und ein Taxi? Das wäre doch viel bequemer."

„Richtig. Nun, meine Freunde haben mir geraten, öffentliche Verkehrsmittel zu benutzen. Man ist sicherer darin."

Ab Hauptbahnhof nahmen sie getrennte Busse. Sie musste in die Löhrstraße, er zur Haltestation Am Römerlager.

Zum Abschied fragte sie noch schnell: „Sag mir, wo diese Mappe ist. Vielleicht habe ich noch ein besseres Versteck für sie."

„Glaub ich nicht. Ich sag's dir beim nächsten Mal, wenn ich bei dir bin."

Sie verzog sich mit schmollendem Gesicht zum wartenden Bus der Linie 71. Meinertz nahm die gleiche Linie, nur in die entgegengesetzte Richtung.

Er hatte sich im Fahrzeug nach hinten gesetzt. Sein Sicherheitsbedürfnis erforderte es, Überblick über die ein- und aussteigenden Fahrgäste zu behalten. Man hatte ihn in Berlin weitestgehend über das Verhalten im öffentlichen Raum instruiert. Als er an der Haltestelle Unikliniken als Einziger ausstieg, stellte er sich sofort in den Schatten der Bushaltestelle und beobachtete das Umfeld. Nachdem nichts Verdächtiges zu sehen war, wechselte er auf die andere Straßenseite und wanderte gemächlich in den ruhigeren Teil der Straße, von wo die B 40 in die Augustusstraße einbog. Meinertz hielt sich unter den Bäumen auf, die nächtliche Schatten und somit Schutz spendeten.

Den hellen Mercedes sah er schon von weitem. Sie wussten also, wo er wohnte. Aber nicht genau. Er drückte sich an der Häuserfront entlang, entschloss sich, wieder ein Stück zurück zu gehen. Er umrundete die Blocks, fand eine Lücke zwischen ihnen und schlich sich zur Eingangstür. Ein Blick aus dem Flurfenster im ersten Stock zeigte ihm, dass der PKW dort immer noch stand. Wer mochte das sein? Geleitschutz oder Bedrohung? War es vielleicht die Spürnase? Er wollte es lieber nicht wissen. Aber Wahlberg könnte sich zu einer Bedrohung auswachsen. Leise, ohne Licht anzuschalten, verschwand er in seiner Dachwohnung.

Kapitel 43

Montag, 23. November 2009

Meyers sei auswärts, hatte man ihm gesagt. Er käme kurz vor Mittag wieder. Wahlberg bat um Rückruf. Diese DNA-Analysen beschäftigten ihn. Es mussten, nach seiner Rechnung, drei verschiedene Spuren sein. Bei Balzer müssten zwei zu finden sein: einmal die vom Schläger, dann die vom Mörder. Bei Paul hatten sie die Hautreste. Das war ein eindeutiger, aber auch der einzige Spurennachweis. Alles andere war weggewaschen. Er verschob seine Überlegungen, bis Maik Meyers sich wieder melden würde.

Was war mit Herbert Meinertz? Das Verhalten von Nicole Blank, als er auf der Toilette die Türklingel hörte, zeigte doch deutlich, dass Meinertz im Lande war. So viele unterschiedliche Bekanntschaften, trotz ihres leichtlebigen Images, hatte sie auch nicht. Meinertz spielte hier ein Spielchen. Wahlberg schätzte, dass Meinertz am Sonntag zurückgekehrt war. Wenn nach und nach die Wochenendpendler wieder in Scharen zurückfluteten und die Bahnhöfe von ihnen dicht bevölkerten wurden. Eine bessere Deckung gab es nicht. Nach seiner Berechnung musste Meinertz gestern Abend in Mainz angekommen sein.

Er bestellte ein Taxi vor seine Haustür. Kaum hatte er auf der Rückbank Platz genommen, klingelte sein Handy. Maik Meyers. Sie verabredeten sich für den Nachmittag im Theatercafé. Wahlberg fiel Meinertz‘ Anschrift nicht mehr ein. Sie hatte irgendetwas mit den Römern zu tun. Er fragte den Taxifahrer. Der listete ihm auf Anhieb vierzehn Straßen mit Römerbezug auf. Nichts dabei, was ihn an damals erinnerte, als er über Meinertz fast gestolpert war. Und das sind noch nicht alle, ließ ihn der Chauffeur wissen.

Er versuchte es im Parteibüro. Vergeblich. Er ärgerte sich, dass er Julia nicht gefragt hatte. Auf seinen Anruf meldete sich der Anrufbeantworter. Mist, fluchte er. Ihre Handynummer hatte er nicht. Ihm kam eine Idee. Er beorderte das Taxi in die Löhrstraße. In der Parterrewohnung von Nicole Blank rührte sich nichts. Na klar – er schaute auf seine Kalenderuhr – es war Montag. Sie war bei der Arbeit. Er versuchte es nochmal bei Julia. Eine Kinderstimme erklärte ihm: „Die Mama kommt gleich." Ohne dass er überhaupt zu Wort gekommen war.

„Wer ist da?" Julias Stimme hatte einen misstrauischen Ton. „Nur ich", meinte Wahlberg.

Sie teilte ihm kurz angebunden Meinertz' Anschrift mit. „Am Römerlager 44", instruierte er den Taxifahrer. Am Ziel bat er ihn zu warten.

Wahlberg schlich um die einzelnen Blocks der drei- und viergeschossigen Wohnhäuser. Dann erst näherte er sich dem Eingang mit der großen „44". Er drückte auf den Klingelknopf neben Meinertz' Namensschild. Die Gegensprechanlage blieb stumm. Er trat einige Schritte vom Hauseingang zurück und versuchte die oberen Stockwerke mit Blicken zu durchdringen. Dann trat er wieder auf den Klingelknopf zu. Er drückte zweimal kurz, einmal lang. Vielleicht springt er auf Signale an oder ist zumindest neugierig. Wahlberg trat bewusst wieder bis zur Bürgersteigkannte zurück und zeigte sein Gesicht. Er bemerkte eine fast unauffällige Bewegung in der Dachgeschoßwohnung. Er ist da. Einer Eingebung folgend nahm Wahlberg seinen Presseausweis aus der Tasche und hielt ihn hoch. Ihm fiel ein, dass er sich doch noch an ihn erinnern müsste. Vor zwei Jahren, als er die Lochner-Brüder befragt hatte. Es schien zu helfen. Er hörte ein aufforderndes Summen vom Türöffner, dann ein krächzendes „Kommen Sie ins Dachgeschoß". Er bezahlte das Taxi und stieg die Treppen hoch.

Eine Stimme fragte durch die Tür, ob er alleine sei. „Auf jeden Fall. Den Taxifahrer habe ich weggeschickt. Ich stehe solo vor Ihrer Tür."

Wahlberg stand noch einige Minuten dort. Er fühlte sich durch den Gucki in der Tür weidlich ausgespäht. Dem muss der Arsch auf Grundeis gehen, überlegte er. Aber kein Wunder. Wer sich mit dem Teufel einlässt ...

Meinertz öffnete vorsichtig die Tür. Da stand er unrasiert im Bademantel. Sein dünnes, fast gelbes Haar hing ihm über die Ohren. Sein schmaler Schnäuzer sah ebenfalls ungekämmt aus. „Sie haben sicher Verständnis, dass ich vorsichtig bin."

„Das kann ich nicht sagen. Ich weiß ja nicht warum." Wahlberg probierte es wieder mit der Methode *ein bisschen aufs Gras schlagen*. „Sicherlich sagen Sie mir gleich, warum Sie vorsichtig sein müssen. Und warum Sie mich trotzdem eingelassen haben."

„Das war ganz schlau von Ihnen, dass Sie sich weit genug vom Haus entfernt hatten. Da konnte ich Sie sehen."

„Das war auch meine Absicht."

„Da dachte ich mir, Sie sind diese Spürnase, von damals in Berlin. Da kenne ich Sie her. Sie gehören somit nicht zu den anderen Leuten."

„Genau. Diese *anderen Leute*. Davor scheinen Sie sich zu verstecken. Wer sind diese anderen Leute?"

„Wenn ich das wüsste ..." Meinertz ließ seinen Kopf in betont tiefsinniger Manier vor sich hin baumeln. Wahlberg glaubte ihm kein Wort.

„Herr Meinertz, machen Sie mir bitte nichts vor. Ich würde es begrüßen, wenn Sie ein wenig mit mir plaudern würden. Sie plaudern doch so gerne, vor allem wenn's ums Geld geht."

„Wie meinen Sie das?"

„Zufälligerweise stehe ich ab und zu mit Frau Hespers in Kontakt. Sie sind doch Frau Hespers, damals in Köln, um Geld angegangen. Dafür würden Sie einiges liefern, was so manches Lobby-Geschäft, sprich Bestechung und Korruption, auffliegen ließe."

Meinertz schaute ihn mit einer Mischung aus Angst und Misstrauen an. Wahlberg hoffte, dass es bei Meinertz nicht gleich in die Hose ging.

„Hatten Sie da eigentlich bestimmte Lobbyisten auf Ihrer Liste, die Sie verkaufen wollten?“

„Was Sie sich so alles zusammenreimen ...“

„Herr Meinertz. ich glaube, Sie verkennen Ihre Lage. Sie werden gesucht. Von der Polizei“ – er sah den Schrecken in den Augen seines Gegenübers – „noch nicht. Betonung liegt auf *noch*, das kann sich ändern.“

Er bemerkte, wie Meinertz aufatmete, aber weiter schwieg.

„Aber ich vermute, Sie werden von anderen gesucht. Die sind möglicherweise nicht so human wie die Polizei.“

Wahlberg beugte sich zu Meinertz vor. Er roch den schlechten Atem eines Rauchers am Morgen.

„Sie dachten, Sie könnten Ihr gesammeltes Material über die Lochners zu Geld machen, ist es nicht so? Jetzt könnte dieses Material Ihr Leben retten. Wenn Sie es uns anvertrauen, dann machen wir es öffentlich. Ich wollte Sie zuerst finden, und zwar lebendig, bevor es andere tun.“

Meinertz richtete sich auf. „Bei mir, Herr Journalist, gibt es nichts zu holen. Ich komme schon selber klar. Ganz so schutzlos, wie es vielleicht aussieht, bin ich nicht.“

„So ? Wer schützt Sie? Mein früherer Kollege Paul Steinert hatte mir erzählt, dass Sie schon in den Heidelberger Zeiten vom Verfassungsschutz angeheuert worden sind. Stimmt das? Werden Sie von denen beschützt?“

„Hören Sie, Herr Journalist“ – Meinertz' ansonsten weiche Gesichtszüge wurden hart, seine Kaumuskeln mahlten – „Sie gehen jetzt besser. Sowas muss ich mir doch nicht antun.“

„Aber Paul Steinert kennen Sie doch.“ Wahlberg hatte das Gefühl in ein Wespennest zu stechen.

Meinertz schaute ihn mit demonstrativ verwundertem Blick an. „Muss ich den, äh, kennen?“

Der Journalist betrachtete ihn mit schräg gehaltenem Kopf. „Sie verraten sich doch selbst, wenn Sie das abstreiten. Mich haben Sie zuvor auch als bekannt eingestuft.“

„Ja, ich weiß noch, was ich gesagt habe." Meinertz reagierte aggressiv.

„Und dann können Sie sich nicht mehr an Paul Steinert erinnern? Er war mit dabei."

Sein Gegenüber zuckte mit den Schultern. „Keine Erinnerung."

„Aber Paul Steinert hatte die. Er hatte ein umfangreiches Dossier über Sie angelegt."

„Kann sein. Aber was beweist das schon?" Seine blauen Augen schauten ihn trotzig an.

„Sie wissen, dass Steinert tot ist?"

Meinertz zog erstaunt die Augenbrauen hoch. „Also, davon weiß ich nichts. Ich war ja längere Zeit in Berlin."

„Aber nicht zur Tatzeit. Da müssen Sie noch hier gewesen sein. Sie sind mir mit ihrem Rollkoffer begegnet."

Er schaute Wahlberg unsicher an. „Sie meinen, ich ...?"

„Ich meine überhaupt nichts. Ich denke, dass sich die Polizei schnellstens um Sie kümmern sollte."

Meinertz explodierte schier. Mit überschlagender, mit bis zum Falsett hochgeschraubter Stimme schrie er: „Raus, jetzt aber raus."

Er stand mit geballten Fäusten vor Wahlberg. Es sah lächerlich aus. Der tropfenförmige, schwammige, einsfünfundsiebzig messende Meinertz gegen die durchtrainierten, drahtigen Einsdreiundachtzig des Journalisten. Wahlberg drückte mit seiner flachen Hand gegen Meinertz' Stirn und schubste ihn auf seinen Platz zurück. Anschließend wischte er sich die Hände an seinen Hosenbeinen ab.

Beim Rausgehen sagte er noch zu dem verschreckt im Sessel Sitzenden: „Sie haben sich neulich wohl schlecht rasiert?" Und deutete auf ein paar Schmarren am Hals.

Wahlberg eilte zur Bushaltestelle Unikliniken. Die Zeit war knapp. Er durfte Meyers nicht verpassen. Als er in den Bus einstieg, registrierte er im Unterbewusstsein einen hellen Mercedes.

Meyers trommelte schon ungeduldig auf der Tischplatte herum. „Ich sitze schon bei der zweiten Tasse Kaffee. Mein Kreislauf geht bald hops, wenn das so weitergeht."

„Vielleicht sollten Sie im Büro weniger Koffein zu sich nehmen", frotzelte Wahlberg, „dann könnten Sie hier viel besser genießen."

„Wahlberg, was gibt's?" Der Kripomensch kam schnell zum Kern.

„Gemach, ich muss mich erst einmal gedanklich sortieren." Er legte seinen Rucksack zur Seite und gab seine Bestellung auf. Dann schaute er in Meyers' graue Kieselsteine.

„Ich habe Meinertz gefunden und sogar mit ihm gesprochen."

„Das ist aber eine Sensation", bemerkte der Beamte spöttisch. „Wenn wir das gewollt hätten, dann hätten wir das auch schon lange gekonnt."

„Sie wussten, wo er wohnt und wann er wieder aus Berlin zurück war?"

„Nun, Herr Wahlberg, wir sind das BKA." Dieser Aussage schickte Meyers einen bedeutungsvollen Blick hinterher. Der Journalist glotzte ihn verwundert an.

„Tja, da staunen Sie." Er kam näher heran. „Aber ich kann Ihnen doch nicht alles erzählen." Ein kleines Lächeln umspielte seine schmalen Lippen. „Aber im Ernst: Wir haben Order, erst noch weiter zu beobachten."

„Spielt bei Ihnen dabei ein heller Mercedes eine Rolle?"

„Wir setzen keine Großfahrzeuge ein. Eher unauffällige, dunkle Kleinwagen. Kam Ihnen der Mercedes verdächtig vor?"

„Nein, nicht wirklich. Da fuhr einer sehr langsam durch die Straße, wo Meinertz wohnt. Sicher nur so ein geistiger Schnappschuss von mir."

Meyers schaute auf seine Uhr. „Ich muss gleich wieder los. Sie wollten noch Ergebnisse zur DNA wissen?"

„Ja. Meine Frage ist, ob Sie diese unterschiedlichen DNA-Spuren miteinander verglichen haben."

„Selbstverständlich haben wir das. Die für eine Identifizierung in Frage kommenden Spuren tauchen nur einmal doppelt auf."

„Es sind doch drei unterschiedliche ...?"

„Genau. Zwei unterschiedliche an Balzers Leiche. Die Hautreste unter Steinerts Nägel stammen von einer dritten Person." Meyers lächelte dünn. „Stellen Sie sich vor, diese Spur ist identisch mit denen in Steinerts Büro."

„Also. Es sind drei Personen, mit unterschiedlichen Motiven, die unterschiedliche Taten ausgeführt haben. Könnte man das so sagen?"

Meyers schaute ihn wohlwollend an: „Sie haben es erfasst. Sie sollten vielleicht zur Kripo wechseln."

„Lassen Sie bitte Ihren Spott. Sie haben zwar die DNA-Spuren, aber keine Personen dazu. Warum haben Sie nicht mal beim Meinertz einen Abstrich gemacht?"

„Sie sind gut. Wir können nicht so einfach hingehen und sagen *spuck mal aufs Wattebäuschchen*, dann gehen wir wieder. Sie würden doch sofort einen ketzerischen Artikel schreiben, wenn das ruchbar würde, oder wenn es um Sie und Ihre schreibende Zunft ginge."

Wahlberg wollte darauf nicht weiter eingehen. Sonst müsste er ihm Recht geben.

„Ich würde es auch gerne anders haben. Aber solange gegen Meinertz nichts Eindeutiges vorliegt, können wir nichts tun. Die Rechtslage ist nun mal so."

„Er hat zwei Schmarren, so Kratzer, am Hals. Zwar schon gut verheilt, aber in Spuren noch sichtbar. Das könnte Paul Steinerts Abschiedsgruß gewesen sein."

„Hm." Meyers stand auf. Er wollte zu seinem nächsten Termin. „Sie meinen, die Hautreste stammen von Meinertz? Dann schau'n mer mal, ob sich was ergibt."

Wahlberg blieb noch eine Weile sitzen und starrte durch das Caféfenster in die hektische Betriebsamkeit. Die Weihnachtszeit kündigte sich an. Die Gedanken verschoben sich von Meinertz zu Emscher und Raubach. Deren Absichten waren eindeutig. Wenn Meinertz fiel, dann stieg Emscher nach oben. Nach Julias Aussagen waren die beiden auch sonst nicht ganz sauber. Er verspürte Hunger, zahlte und trat in die Kühle.

Es hatte zu nieseln angefangen. Als er sich seinem Appartement näherte, dachte er daran, wie lange er jetzt schon von zu Hause weg war. Schon mehr als zehn Tage, rechnete er nach. Dabei hatte er nur eine Woche geplant gehabt. Es ist notwendig, dass ich mal meine Unterwäsche ergänze. Er musste lächeln.

Gerade als er den Schlüssel aus der Tasche nehmen wollte, traf ihn der Schlag von hinten. Er hatte noch so ein Rauschen gehört und sich instinktiv weggedreht. Er ging in die Knie. Den zweiten Schlag konnte er abfangen. Wahlberg stand wieder. Er sah den Schläger. Sein Gesicht war unter einer Kapuze versteckt. Als Wahlberg auf ihn zutrat, glitt er auf dem feuchten Kopfsteinpflaster aus. Er stolperte, suchte Halt, griff zu. Unter der Kapuze bekam er ein Haarbüschel zu fassen. Dann ein dritter Schlag. Es dröhnte in seinem Schädel und er versank in Dunkelheit.

Wahlberg blickte in ein helles Licht. Er versuchte sich aufzurichten.

„Liegen bleiben," ertönte eine ihm bekannte männliche Stimme. Meyers. „Glück gehabt. Ihr Besuch hat sie wahrscheinlich gerettet."

„Hallo Johann." Er vernahm Julias Stimme. Aus seinem Mund kam nur ein leises Krächzen. „Du musst nicht sprechen."

Wahlberg winkte unter Anstrengung Meyers herbei: „Haben Sie meine Hände untersucht?"

„Der behandelnde Arzt war so clever und hat das kleine Haarbüschel eingesammelt."

„Sie müssen gleich einen DNA-Abgleich machen."

„Sie müssen erst einmal zur Ruhe kommen."

Wahlberg drückte noch dankbar Julias Hand. Dann schwanden ihm wieder die Sinne.

Kapitel 44

Dienstag, 24. November 2009

Johann Wahlberg sah mit seinem Turban weitaus leidender aus, als er sich fühlte. Er könne morgen wieder entlassen werden, hatte ihm der Oberarzt beschieden. Gestern hatten die Ärzte eine Beule am Hinterkopf und eine Platzwunde festgestellt. Hinzu kam ein leichtes Schädeltrauma. Als er sich zum ersten Mal im Bett aufrichtete, wurde ihm ein wenig übel. Ein Schwindel erfasste ihn, der ihn dann wieder zum Liegen zwang. Das würde sich bald wieder geben, meinte der behandelnde Arzt und verpasste ihm eine Spritze.

„Schlafen Sie jetzt. Das ist die beste Heilung."

Als er wieder aufwachte, saß Julia an seinem Krankenbett. Sie schaute ihn besorgt an.

Er fragte sie: „Was war los? Ich habe keine Erinnerung."

„Man nennt das temporäre Amnesie. Das kann – aber muss nicht – immer dann eintreten, wenn man eins auf den Kopf bekommt."

„Aha. Und du hast mich gefunden? Er versuchte sich aufzurichten. „Wieso warst du überhaupt da?"

„Langsam, Johann, eins nach dem anderen. Unser Telefonat – erinnerst du dich noch?"

Wahlberg legte seine Stirn etwas übertrieben in Falten.

„Ja", sagte er zögernd, „da war doch noch was, ja da war doch noch was ..."

Julia schaute ihn erst irritiert, dann ziemlich empört an.

„Johann", verkündete sie energisch, „damit spaßt man nicht." Er grinste wie ein Spitzbube. „Gut, zugegeben, ein schlechter Scherz. Ich erinnere mich. Ich wollte die Adresse von Meinertz haben. Du hast sie mir gegeben. Wo ist das Problem?"

„Ich dachte, weil das alles so kurz angebunden ablief. Na ja, ich hatte einfach das Bedürfnis zu dir zu kommen."

„Und da bist du wahrscheinlich zu meinem Lebensretter geworden."

„Wahrscheinlich. Ich habe mich gefragt, ob es nicht auch Thomas so erwischt haben könnte. Das habe ich mir in den letzten Tagen oft überlegt."

„Nun bin ich ewig in deiner Schuld. Komm an mein Herz, mein Herz ..."

„Ich vermute, dir geht es schon wieder ganz gut." Sie war jetzt verärgert. „Du veralberst mich."

„Nein, bestimmt nicht. Ich bin irgendwie so euphorisch, überkandidelt. Vielleicht freut es mich einfach nur, dass sich jemand um mich kümmert. Verzeih mir, ich wollte deine Gefühle nicht verletzen."

Julias Gesicht entspannte sich wieder. „Ich erzähle dir jetzt, was ich mitbekommen habe."

Sie stand von dem am Bett stehenden Stuhl auf und wanderte ein paar Schritte durch den Raum.

„Als ich in die Gasse einbog, sah ich dich auf dem Boden vor deinem Hauseingang liegen. Dieser Kapuzenmensch hantierte an deiner Haustür. Er kam wohl nicht gleich rein."

„Ja, das sind gleich aussehende Schlüssel mit unterschiedlichen Bärten. Jeder Schlüssel hat eine andersfarbige Kappe."

„Ja, das hatte ich dann auch festgestellt, als ich ein paar Sachen fürs Krankenhaus einpackte."

„Du hast das zusammengestellt. Nicht ungeschickt." Julia gab ihm einen Klaps auf den Oberarm.

„Ich schrie in hellsten Tönen, als ich dich liegen sah. Ich rannte auf ihn zu. Das muss ihn gehörig irritiert haben. Er ließ den Schlüssel fallen. Von der anderen Seite liefen zwei Männer auf uns zu, die meine Schreie gehört hatten. Er ging auf mich los, schwang diesen Prügel, als wenn er mir einen Schlag versetzen wollte. Als ich mich duckte, rutsche ich aus. Er sprang über mich hinweg. Die beiden Männer kümmerten sich dann um mich, telefonierten mit der Polizei und so weiter. Die Polizei brachte auch gleich den Krankenwagen mit. Du bist dann hier eingeliefert worden, ins KKM." Sie setzte sich auf die untere Kante des Klinikbettes und schaute ihn an.

„KKM, was ist das?"

„Katholisches Klinikum Mainz – St. Hildegardis."

Wahlberg verdrehte dramatisch die Augen. „Auch noch bei den Katholen. Ich bin protestantisch getauft. Mit Überzeugung Atheist." Theatralisch streckte er seine Hände zur Decke. „Mein Gott, wohin soll das noch führen."

„Also, Johann, es reicht langsam. Sicherlich ist es der sich lösende Schock, der solche komischen Reaktionen bei dir hervorruft."

Wahlberg gab sich zerknirscht. Er streichelte ihren Arm und lächelte sie mit seinem unwiderstehlichen Hundeblick an. Beide lachten erleichtert los.

„Sag mal, hat die Polizei weitere Spuren gesichert? Ich meine, der Kapuzentyp hatte doch meine Schlüssel in der Hand. Dann müssten doch Fingerabdrücke drauf sein."

„Nachdem mir einer der Polizisten die Tür aufgeschlossen hatte, packte der die Schlüssel in ein Plastiktütchen." Er nickte zufrieden. „Mal sehen, ob die SpuSi da was findet. Auch wenn du sie schon in der Hand hattest."

„Spusi – nicht Gspusi?"

„Nein. Spurensicherung." Das Denken fiel Wahlberg auf einmal ganz schwer. Seine Augen fielen ihm fast zu. Julia erhob sich leise und ging zur Zimmertür.

„Sag mal, Julia." Sie drehte sich erschrocken um. „Ich dachte du schläfst."

„Sicherlich gleich. Was ich noch wissen wollte: Hattest du Maik Meyers benachrichtigt?"

„Von mir hatte er nichts erfahren. Aber gut, dass er gleich kam."

Keine Erwiderung mehr. Wahlberg war eingeschlafen.

„Johann, man hat dir eine Tonsur geschnitten“, griente Julia, als sie am Nachmittag den Kopfverband löste und die Platzwunde an Wahlbergs Hinterkopf frisch versorgte.

Die Ärzte hatten ihm heute Vormittag zur Auflage gemacht, dass er nur dann frühzeitig entlassen werden könnte, wenn sich jemand um seine Wunden kümmerte.

„Die dazu passenden Witze habe ich heute Morgen schon gemacht. Jetzt ist mir weniger zu Albernheiten zu Mute, Julia. – Ich will Horst davon unterrichten. Mal sehen, ob er sich an der Erhöhung meiner Lebensversicherung beteiligt.“

„Aber dein Sarkasmus ist dir noch geblieben. Ich werde Tee für uns aufsetzen, während du telefonierst.“

Das Signal an der Haustür hatte sich schnarrend bemerkbar gemacht. „Ich gehe runter“, sagte sie bestimmt, „versuch du deinen Horst zu erreichen.“

Vor der Haustür stand Meyers. „Wichtige Nachrichten.“ Er drängte nach oben. Julia folgte seinen ungestümen Schritten.

„Ganz kurz nur“, nachdem er den angebotenen Tee abgelehnt hatte, „es scheint sich langsam der Kreis zu schließen. Noch nicht ganz, aber es gibt gute Ansätze.“

Meyers setzte sich. Julia schob ihm trotz seiner Ablehnung eine Tasse Tee hin. Er trank einen Schluck und sagte: „Ihr Überfall hat sich gelohnt. Er zögerte. Falsch“, korrigierte er sich, „der Überfall auf Sie hat sich für uns gelohnt.“

„Sie haben relevante Spuren gefunden, ist es so?“ Wahlberg beugte sich gespannt vor.

„Das haben wir. Wir können sie zwar immer noch keiner Person zuordnen, aber die paar Haare und die Fingerabdrücke – auch wenn diese nur noch Rudimente waren – zeigen, dass der Schläger im Kapuzenpulli in der Tiefgarage identisch ist mit dem Schläger im Kapuzenpulli vor Ihrer Haustür.“

Meyers belohnte sich mit einem weiteren Schluck Tee.

„Das ist gut“, bemerkte Julia, „jetzt müssten Sie doch nur noch einen Katalog von infrage kommenden Personen aufstellen. Zum Beispiel mit Meinertz."

„An Meinertz glaube ich nicht. Aber wir könnten einen Abgleich mit der DNA Ihres Bruders machen."

„Hören Sie, Herr Meyers", sie betrachtete eingehend sein Gesicht. „Sie müssen mich nicht für blöd halten. Meinen Bruder haben Sie schon mal eingebuchtet. Schon vergessen? Haben Sie da nicht auch die Fingerabdrücke genommen?"

„Wir hatten von Ihrem Bruder die Abdrücke genommen. Wir haben sie natürlich auch verglichen."

Julia sah ihn mit erzürnter Miene an. „Gab es irgendwelche Übereinstimmungen, oder was?"

„Wir haben nur Rudimente gefunden. Daher keine absolute Aussage. Aber die Prints Ihres Bruders passten nur zu vierzig Prozent darauf. Er ist also mit ziemlicher Sicherheit vom Täterkreis auszuschließen."

„Na, endlich. Und wir bekommen das auch schriftlich?"

Meyers erhob sich. „Das bekommen Sie. Vielen Dank für den Tee. Ich finde alleine hinaus." Er drehte sich am Treppenabsatz noch mal um. Lächelte beiden breit zu. „Ich war schon oft hier, gell."

„Der kann auch lachen. Was einem doch in einem langen Leben passieren kann." Wahlberg war schier begeistert. „Du hast es ihm aber auch gründlich gegeben."

Er nahm sie in die Arme und küsste sie innig. Sie wehrte ein wenig mit einem schelmischen Lächeln ab. „Johann, es ist noch früh am Tage. Und du bist noch nicht so belastbar."

„Dein Sorgen um mich nimmt mich für dich ein."

„Wieder einer deiner kryptischen Sätze?"

„Überhaupt nicht. Ich könnte auch sagen: Dass du hier bist, tut mir gut."

„Und warum nicht gleich so?"

„Weil es irgendwie doch nicht das Gleiche ist, nur annähernd."

Julia schaute auf die Uhr. „Gleich fünf Uhr. Mein Zug fährt

bald. Ich muss noch meine Tochter vom Reitunterricht abholen."

„Kannst du danach wieder zurückkommen? Ich wollte dich – als meine Lebensretterin – heute Abend zum Essen ausführen."

„Danke. Nett. Wenn du glaubst, das mit einem Essen wieder gutmachen zu können?" Der Schalk wich aus ihren Augen. „Aber fühlst du dich überhaupt dazu in der Lage?"

„Ja, unbedingt. Ich hol dich am Bahnhof ab."

„Gut, um Viertel vor sieben vor dem *Servicepoint*."

Sie saßen an einem weiß gedeckten Ecktisch. Edles Porzellan, Silberbesteck. Die Beleuchtung romantisch, aber nicht zu dunkel. Sie hatten das Hauptmenü schon verspeist. Beide hingen ihren Gedanken nach. Wahlberg spülte mit dem fruchtigen Sanscerre die letzten Geschmacksnoten des auf der Haut gebratenen Zanders weg.

„Ein wenig Ziegenkäse zum Abschluss?"

Julia stimmte zu.

„Du siehst in deinem blauen Kleid hinreißend aus."

Ihre dunkelblauen Augen wurden tief wie Seen, als er sie anblickte. Man könnte sich in ihnen verlieren, dachte er. Bin ich etwa verliebt, oder nur beschwipst. Vielleicht beides.

„Danke. Es ist schön, mit dir hier zu sitzen und die ganze Malaise einmal zu vergessen. Aber leicht ist es nicht. Ich muss so oft an Paul denken. Manchmal war er so aufdringlich, manchmal wieder so väterlich. Eine zerrissene Persönlichkeit. Immer auf der Suche. Was ist mit dir, Johann?"

„Wie meinst du das?"

„Na, bist du auch immer auf der Suche? So wie ein Seemann? In jedem Hafen 'ne Braut?"

Wahlberg strich sich verlegen am Hals entlang. Seine Biografie gab er nie so gerne preis. Julia merkte, wie ein kleiner Ruck durch ihn ging.

„Du willst ein wenig von meiner Lebensgeschichte hören?", fragte er vorsichtig, wie zur Bestätigung.

„Ja, Johann, fang an."

„Nun gut." Sein Blick verlor sich in die Ferne. „Vor gut einhundertfünfzig Jahren kam der Familiengründer, so könnte man sagen, von Schweden nach Lübeck und wurde dort Kaufmann. Das Geschäft vererbte sich immer auf den ältesten Sohn. Mein Vater, der vor zwölf Jahren starb, war der letzte Kaufmann. Meine Mutter lebt noch, ganz rüstig, in einem Seniorenstift in Norden, an der ostfriesischen Küste. Mein Vater hatte sie seinerzeit auf einer Kaufmannsreise kennengelernt."

„Das ist ja eine ganz schöne Durchmischung: Schweden, Ostfriesen, Lübecker ..."

„Ja, da bin ich auch irgendwie stolz drauf."

„Meine Vorfahren, bis heute, kamen alle aus der gleichen Ecke. Vielleicht, dass einer davon mal fünfundzwanzig Kilometer lief, um für eine Braut zu werben. Bauern und Winzer waren die Berufe meiner Vorfahren, bis heute."

„Ich hab dann erst in Kiel, dann in Bremen studiert, Germanistik und Geschichte, eigentlich fürs Lehramt, aber die Medien hatten mich immer schon interessiert. Also kümmerte ich mich um ein Volontariat. Ich hatte Glück, ein Jahr beim ABENDBLATT in Hamburg, ein Jahr später, das war ein noch größeres Glück, beim MAGAZIN. Danach ging ich für fünf Jahre nach USA und studierte richtig diesen *investigativen Journalismus ...*"

„Was bedeutet das?"

„Es geht so in die Richtung Aufklärung, Zusammenhänge darstellen, ein wenig Undercover arbeiten, gründlich recherchieren und so weiter."

„Das stelle ich mir aufregend vor. Aber wenn ich das hier so Revue passieren lasse, auch ziemlich gefährlich." Sie seufzte tief auf. „Auch tödlich."

„In den USA lernte ich dann Peggy, meine spätere Frau kennen, die dann auch mit rüber kam. Wir haben, wie meine Vorfahren, dann in der Marienkirche zu Lübeck geheiratet."

„Und die Ehe ist dann in die Brüche gegangen", stellte Julia fest.

„Ja.“ Wahlberg atmete tief durch und schaute Julia traurig an.

„Liebst du sie noch?“

„Nein, die Trennung ist verarbeitet. Die Scheidung ist schon fast vier Jahre her.“

„Wo ist deine ehemalige Frau, noch in Deutschland?“

Wahlberg schaute Julia mit zusammengezogenen Augenbrauen an. „Also, ganz so aushorchen will ich mich nicht lassen. Gleich gibt es einen Endpunkt meiner Lebensgeschichte.“

Julia ließ nicht locker: „Sag. Noch in Deutschland?“

„Nein“, klang es resignierend aus seinem Mund. „Du gibst keine Ruhe. Sie ist seit 2005 wieder in den USA. Wir haben keine Kinder und schreiben uns auch nicht. Das hatten wir so abgemacht.“ Er ergriff ihren Arm und schaute ihr ins Gesicht. „Zufrieden?“

„Na, gut. Für heute erst mal.“ Sie sah ihn ein wenig keck von der Seite an. „Über deine Hobbies und sonstigen Vorlieben hast du noch nichts gesagt.“

Wahlberg war froh und entspannte sich. „Ich dachte, einige meiner Vorlieben hätte ich dir schon gezeigt?“

„Ach“, sagte sie, „sei nicht immer so zweideutig.“ Sie stand auf und nahm ihre elegante Tasche an sich. „Ich gehe mal nach hinten, mich noch ein wenig aufbretzeln.“

Beim Hinausgehen fragte Wahlberg in bewusst anzüglicher Manier, ob denn ihre Tochter für heute Nacht gut versorgt sei. Nun, davon könne er ausgehen, war ihre Antwort. Sie sei ja keine Rabenmutter.

„Vergiss das nicht, Johann. Ich habe die Verantwortung dafür übernommen, dass du gut versorgt wirst. Du bist doch fast auf den Kopf gefallen.“

„Das muss ich richtigstellen. Auf den Kopf geschlagen. Ein Unterschied. Aber kann ich daraus schließen, dass du heute Nacht deine fürsorgenden Pflichten erfüllen willst?

„Aber nur, wenn diesmal zwei Pyjamas vorhanden sind.“

„Das hängt aber von einer Bedingung ab.“

„Und die wäre?“

„Dass wir, verdammt nochmal, dieses Mal morgen zusammen frühstücken – und du nicht wieder vorher abhaust.“

„Eine ausgezeichnete Idee, lieber Johann.“

Sie gab ihm einen langen Kuss, während das Taxi vorfuhr.

Kapitel 45

Dienstag, 24. November 2009 – abends

Herbert Meinertz hatte dem Journalisten am Montag, so weit wie es der Vorhangspalt zuließ, hinterhergelinst. Erleichtert stellte er fest, dass sich Wahlberg auf dem Weg zur Innenstadt befand. Auch kein Taxi geordert hatte, woraus ein heimlicher Beobachter hätte Schlüsse ziehen können. Schlüsse, die seine Anwesenheit gefährden konnten. Wahrscheinlich nimmt er unten den Bus, dachte er. Gerade als er seine Nase aus den Vorhangfalten herausnehmen wollte, glitt der helle Mercedes an der Häuserfront vorbei. Meinertz erkannte in ihm das Fahrzeug, das Sonntagnacht hier stand.

Er hatte vor kurzen herausgefunden, dass der Keller einen hinteren Zugang für Fahrräder hat. Eine ideale Möglichkeit, um sich in manchen Nächten rein- und raus zu schleichen. Diese Gefahr – wenn sie überhaupt eine war – glaubte er im Griff zu haben. Keiner wusste, davon war er überzeugt, dass er sich in seiner Dachwohnung aufhalten würde. Außer dem Journalisten. So eine Canaille, was der ihm unterstellte. Meinertz war ein Meister der Verdrängung.

Der Abend neulich mit Nicole war nicht ganz zu seiner Zufriedenheit verlaufen. Er hatte den Eindruck, als würde sie Thomas Balzer nachhängen. Vielleicht die Romantik. Andererseits war sie auch nicht gerade eine der Hellsten, wenn auch immer schlau auf ihre Vorteile bedacht. Aber heute wollte er ihr alles beweisen. Aber auch wirklich alles. Er hatte eine Flasche echten Schampus besorgt. Auf solche statusträchtigen Mitbringsel fuhr sie ab.

Und wenn sie dann ein paar Gläschen getrunken haben, dann würde er mal vor ihr die Hose runterlassen. Jawohl, im übertragenen Sinne wie auch tatsächlich. Dann würde er sie fragen, ob sie nach Berlin mitkommt. Sie würde fragen, warum? Er würde ihr sein Berlin, wo er so viele Jahre gewohnt hat, in den glühendsten Farben schildern. Das wäre doch was für sie, diese tolle Berliner Luft. Sie käme endlich raus aus der Provinz. Das Nachtleben – und immer ausreichend Geld in der Tasche. Reichlich ausgestattet mit allem, was Nicole für erstrebenswert hielt.

Sie würde dann fragen, woher das Geld käme. Das wäre dann die zweite Überraschung, die er für sie bereithalten würde: Er ginge dort als Abgeordneter hin. Sie würde ihn sicherlich ungläubig mit ihren braunen Augen anschauen. Wie ist das möglich? Davon wüsste sie nichts, würde sie sagen. Nein, konnte sie auch nicht. Wie soll sie sich denn auch mit dieser politischen Arithmetik auskennen. Wer, wann und wo nachrücken konnte – ja, sogar musste. Das würde klappen. Seine *Freunde* hielten ihm weiter die Hand vor seinen Hintern.

Zur Not konnte man, wie er gehört hatte, auch ab und zu die Fraktion wechseln. Das müsste aber von Fall zu Fall besprochen werden, da war er sich in seiner Naivität sicher. Dann diese reptiläugigen Lochner-Brüder. Vor denen war er als Abgeordneter geschützt. Immunität hieß das Zauberwort. Und sein Schweigen würde er sich zusätzlich von diesen Anwälten bezahlen lassen. Die Mappe hatte er gut versteckt. Zufrieden mit sich selbst, ungeachtet dessen, dass er möglicherweise auf der Abschussliste stand, entledigte er sich seines Morgenrocks, um sich frisch zu machen.

In dem kleinen Badezimmer betrachtete er sich ausführlich im Spiegel. Die beiden Schrammen am Hals waren verheilt, nur noch zwei leicht rotgefärbte Striemen waren zu sehen. Er hatte sich überlegt, ob er sich einen Bart wachsen lassen sollte, um diese Verletzungen zu überdecken. Aber Bart stand ihm überhaupt nicht. Hätte ihn nur auffallender dastehen lassen. Er entschied sich für eine Verletzung, die er sich beim Rasieren beigebracht hätte. Schließlich sei er Nassrasierer.

Häh, sagte er seinem Spiegelbild, sonst noch Fragen? Dann nahm er seinen altgedienten Braun. Surrend ließ er ihn über seine

Wangen gleiten, den Hals rauf und runter. Kein Schmerz mehr, wenn er drüberfuhr. Ein wenig noch den schmalen Schnäuzer gestutzt. Zufrieden betrachtete er sein Konterfei, seine weichen, fast femininen Gesichtszüge. Manche Frauen stehen darauf, hatte er gehört. Muss nicht immer Macho sein. Mit einem Papiertuch wischte er von seinem vollippigen Mund die Restspuren von Zahnpasta.

Zwischendurch versuchte er, durch den Vorhangspalt seine Umgehung zu analysieren. Die Dämmerung war schon hereingebrochen. Ein heller Mercedes war nicht zu sehen, zumindest nicht in seinem Blickfeld. Er wollte warten, bis es ganz dunkel wurde. Zu dieser Jahreszeit konnte er schon gegen fünf Uhr nachmittags davon ausgehen, fast unsichtbar zu bleiben. Die hohen Büsche am Kellerausgang und am anschließenden Weg schützten vor Beobachtung.

Für die Abendbegegnung wählte er seinen neuen hellbraunen Dreiteiler. Den hatte er sich aus Berlin mitgebracht. Er entschied sich, diese Kombination mit offenem Hemdkragen zu tragen. Ohne Krawatte sah das salopp aus. Dazu weiche Slipper. Alles würde rund laufen. Meinertz dachte nicht im Entferntesten daran, dass ihm inzwischen nicht nur die Polizei, sondern Andere dicht auf den Fersen sein könnten. Dass seine Beschützer, an die er so fest glaubte, sich langsam auf dem Rückzug befanden. An diese Varianten dachte Herbert Meinertz nicht. Ihm war auch nicht bewusst, dass er einfach nur das war, was er immer schon war: ein Rädchen im Getriebe. Keine strategische Position, immer ersetz- und austauschbar.

Bevor er mit der eisgekühlten Flasche *Veuve Clicquot* loszog, goss er sich noch zwei doppelte Cognacs ein. Ein wenig zum Anwärmen, wie er sich sagte. Während er trank, blinzelte er wieder durch die Vorhänge. Er konnte nichts Verdächtiges erkennen. Sein Mut und Eifer, mit Nicole heute Abend die Weichen für die Zukunft zu stellen, nahm mit jedem Schluck zu. Er füllte sich einen kleinen Flachmann voll. Der hält mich unterwegs weiter auf Betriebstemperatur, kicherte er, als er die Kellerräume durchschritt. Die kühle Luft nahm ihm ein wenig die alkoholbedingte Hitze. Er entschied sich, erst an der übernächsten Bushaltestelle einzusteigen. Erleichtert genehmigte er sich im Bus einen guten Zug aus der kleinen Taschenflasche.

Nicole staunte mit großen Augen, als Meinertz in den Hausflur eintrat. Er hatte sich zwar an dem Abend im Restaurant angekündigt. Aber sie hatte nicht im Leben damit gerechnet, dass er zwei Tage später wieder bei ihr erscheinen würde. Er wedelte mit der Plastiktüte vor ihrem Gesicht.

„Er ist noch kalt“, sagte Meinertz mit erwartungsfrohem Gesicht.

Ihr erster Unmut verzog sich. Zwar war es ihr nicht ganz recht. Aber eine Abwechslung in ihrem Nachfeierabend war nicht zu verachten.

„Du bist so schick angezogen“, bemerkte sie. „Was ist denn das?“ Sie deutete auf die Plastiktüte.

„Echter Champagner.“ Mit glänzenden Augen wiederholte er nochmal: „Eisgekühlt.“

Die Erwartung auf ein Glas Champagner gab ihrem bislang indifferenten Gesichtsausdruck eine freundliche Note. Während sie Sektschalen holte, trank er die Taschenflasche leer. Er benötigte noch Stimulans für sein gewagtes Unternehmen. Sie war ja nicht vorbereitet. Der Korken knallte an die Zimmerdecke. Der moussierende Wein, nicht mehr eingesperrt, schoss in einer kleinen Fontäne heraus. Nicole Blank gab sich alle Mühe, auch den letzten Tropfen einzufangen. Es war schließlich Champagner.

Meinertz setzte sich auf die Couch. Die Gläser gefüllt, bat er sie an seine Seite, um mit ihr gemütlich anstoßen zu können.

„Auf unsere Zukunft“, sprach‘s und leerte das Glas in einem Zug. Er schenkte nach. Ihr Staunen nahm kein Ende. Meinertz in Aktion. Er bat um Kerzenschein und um schummrige Atmosphäre. Sie erfüllte seine Wünsche.

„Wir beide“, fragte sie, „eine gemeinsame Zukunft?“ Ihr dämmerte es. Er hatte bei diesem Italiener schon so etwas angedeutet. So was konnte man doch nicht ernst nehmen, waren ihre Gedanken. Das hatte sie abgehakt.

„Ja, meine Liebe, dafür habe ich gesorgt.“ Seine Stimme klang schwer. Sein leeres Glas füllte er sofort nach. „Zum Wohl.“

„Na dann“, sagte sie und hielt mit.

Er legte den Arm um ihre Schulter, schob sein Gesicht in ihre Halsbeuge.

„Ha, dein Schnäuzer kitzelt mich“, lachte sie und schob ihn weg.

„Stoß mit mir auf unsere Zukunft an. Dann besiegeln wir alles mit einem Bruder- und Schwesterkuss.“

Er rückte weiter an sie heran, drängte sich an sie und versuchte, ihr Gesicht mit der Hand hochzuziehen. Sie wehrte mit verlegenem Lachen seine Annäherung ab.

„Ja, stoßen wir an.“ Sie versuchte ihn abzulenken und hob das Glas. Neugierig fragte sie: „Was meinst du mit einer gemeinsamen Zukunft?“

„Wir können raus aus diesem Nest, nach Berlin. Ich bin Abgeordneter.“

Er brachte sein heißes Gesicht wieder in die Nähe ihrer Lippen. „Nicht so hastig, mein Lieber. Sag das noch mal.“

„Abgeordneter“, brachte er heraus. „Da steckt viel Geld drin …“

Sie strich ihm übers Gesicht. „So wie bei Thomas?“

„Ja, und genauso wichtig. Vielleicht noch wichtiger. Unser Mann in Berlin.“ Er hob das Glas. „Nein. Wir beide in Berlin.“

Nicole war überwältigt. Erfüllen sich so Lebensträume. Raus aus der Tretmühle? Er küsste sie fast atemlos und ließ seine Hand unter ihren Rock gleiten. Sie staunte. Dann lehnte sie sich etwas zurück und öffnete bereitwillig ihre Schenkel. Sein Finger schob den Slip beiseite. Sie ließ ihn eindringen. Dann öffnete sie seinen Gürtel und zog an seinen Beinkleidern. Schwerfällig erhob er sich und ließ seine Hose an sich heruntergleiten. Sein Glied unter dem Hemd stach aus der Unterhose hervor, wie ein Bajonett, aufgepflanzt zum Angriff. Er trank noch schnell den Rest aus der Flasche, bevor er sich wieder setzte. Meinertz versuchte wieder, seine Finger zwischen ihre Schenkel versenken. Sie zupfte an seinem von seiner Unterhose umspannten Glied herum.

„Ich will auch mal so“, keuchte er, „wie du es mit dem Balzer gemacht hast.“ Aus ihrer entspannten und lustvollen Miene wich das Wollen.

„Was hat das mit Thomas zu tun?“ Sie schob ihn von sich. „Was hat er dir erzählt?“

„Na, wie du’s ihm gemacht hast. So will ich es auch mal ...“

Mit einem Ruck stand sie auf. „Du bist doch nicht ganz bei Trost. Wer bist du denn? Abgeordneter? Thomas Balzer war Abgeordneter, aber du doch nicht. Da fehlen dir doch alle Qualitäten.“

Meinertz wollte nach ihr greifen, aber sie wich zurück. Er stand auf. Sein Penis beugte sich traurig nach unten.

„Du sollst so etwas nicht sagen.“ Er schrie es und schwankte im Stehen. Die Cognacs und der Champagner hatten ihn aus dem Gleichgewicht gebracht. Ein Mann mit herabgelassener Hose hat schlechte Karten, dachte sie noch, als er sich bemühte, den Beinkleidern zu entkommen. Dann rutschte er weg, fiel über den niedrigen Couchtisch. Sein schwerer Körper krachte, mit seinem zur Seite gedrehten Gesicht, mit voller Wucht auf die Armlehne des gegenüberstehenden Sessels. Ein leises Seufzen entfloh dem Mund, als er mit dem Kopf an der Sesselseite herunterrutschte.

„Das geschieht dir Recht, du Angeber. Und jetzt raus mit dir. Ich lass mich doch nicht einfach so anmachen. Von dir – Abgeordneter. Dass ich nicht lache. Möchtest wohl gerne.“

Sie gab ihm einen leichten Tritt. Sein Kopf fiel zur Seite. Ihr Déjà-vu. Bedrohlich, ihr schwante etwas.

„Herbert, steh auf. Sag was.“

Vorsichtig rüttelte sie ihn. Aber er schwieg. Angst und Panik stiegen in ihr auf. Sie versuchte, den Puls zu fühlen. An der Halsschlagader. So hatte sie das öfter beim Krimi im Fernsehen gesehen. Er wird doch nicht tot sein? Sie schrie auf, ihre Tränen liefen ungehemmt an ihren Wangen herab. Sie setzte sich hin. Was soll ich tun? Ihr fiel Wahlbergs Karte ein.

Wahlberg klang nicht erfreut. „Sie stören meinen Abend." Julia und er waren gerade zurückgekehrt. Sein Satz blieb ihm aber fast im Halse stecken, als sie jammerte, Meinertz läge reglos in ihrer Wohnung.

Nicole Blank hatte das leise Knacken an der Tür nicht gehört. Sie verspürte einen Lufthauch. Instinktiv drehte sie sich um. Sie sah nur noch den kleinen, schwarzen Totschläger, der auf sie herabsauste. Der plötzliche Schmerz an der Schläfe. Sie versank in Bewusstlosigkeit.

Wahlberg wischte ihr mit einem feuchten Waschlappen durchs Gesicht. Sie fasste sich an den Kopf und stöhnte, als sie wieder aufwachte. Meinertz lag noch da. Die Couch und die Sessel umgekippt und aufgeschlitzt.

„In Ihrem Schlafzimmer sieht es noch wüster aus. Da hat jemand was gesucht, Frau Blank. Kann es sein, dass die Täter hinter der Mappe her waren? Sind die fündig geworden?"

Meyers, der von Wahlberg gleich instruiert worden war, sprach eindringlich mit ihr.

„Ja, die Mappe." Sie sah sich den Schlamassel an. Sah wieder auf Meinertz. „Herbert ist tot. Aber das war ich nicht. Wirklich. Ehrlich." Sie stammelte vor sich hin. Wahlberg beobachtete sie eindringlich.

„Der Arzt hat keine Fremdeinwirkung festgestellt", beruhigte sie Meyers. „Er sagt, ein Unglücksfall, selbst verschuldet. Die herabgelassene Hose spricht auch für sich. Aber wie ist es dazu gekommen?", wollte der Kripobeamte wissen.

Nicole tauchte wie aus einer Nebelglocke auf. Ihre braunen Augen groß aufgerissen. Sie zögerte erst.

„Er kam so überraschend herein. Wollte über eine gemeinsame Zukunft reden. Er wäre Abgeordneter. Dann wollte er was von mir." Sie schaute züchtig von einem zum anderen. „Aber ich wollte das nicht. Dann ist er hingefallen." Nach kurzer Pause sagte sie: „Er war schon so blau, schon richtig angeschickert, als er herkam."

„Die genauen Umstände wird der Pathologe klären."

Wahlberg hatte sich über die Leiche gebeugt. „Hier, sehen Sie mal." Er wies auf den Hals. „Hier sind, kaum erkennbar, so Schmarren. Das könnten auch Kratzspuren gewesen sein."

„Sie meinen …?"

„Ja. Steinert."

„Das haben wir dann schnell raus. Das klärt der Pathologe."

„Scheiße ist es schon. Und ich wollte ihn noch so viel fragen."

„Wahlberg, das geht mir genauso. Wir hatten ihn auf dem Schirm, aber wir sollten uns zurückhalten. Verdammter Mist."

Wahlberg hatte inzwischen alle Zimmer inspiziert. Es sah aus, als hätte ein Wahnsinniger hier gehaust.

„Dieses Tohuwabohu geht aber auf Ihre Kappe, oder?"

„Wie meinen Sie das?" Sie sah den Journalisten misstrauisch an.

„Ich denke, Sie haben die Mappe hier in Ihrer Wohnung versteckt – und die Täter, die so gründlich suchten, werden sie auch gefunden haben."

Nicole Blank rappelte sich auf. Sie ging ein paar unsichere Schritte auf eine Ansammlung herausgerissener Bücher und einiger gefüllter Aktendeckel zu. Sie durchblätterte sie und stieß einen kleinen Triumphschrei aus.

„Sie haben sie nicht gefunden. Die Blätter meine ich." Sie stammelte erst, dann brach es aus ihr heraus. „Thomas und Herbert", sie schaute auf den Toten, als sollte er es bestätigen, „wollten die Mappe so verstecken, so dass ich sie nicht finden sollte."

„Interessant. Sie haben aber die Mappe gefunden. Wie?"

„Beim Staubsaugen. Ich verspürte so eine kleine Erhebung unter dem Teppichboden im Schlafzimmer. Dann habe ich die Blätter gelocht, und sie einzeln zwischen meine persönlichen Papiere, Zeugnisse und Rechnungen gelegt."

„Ganz schön clever", meinte Meyers. „Und in der kurzen Zeit konnten die Eindringliche nicht alles durchsuchen."

„Wahrscheinlich werden diejenigen, die hier das Chaos verursacht haben, sich jetzt Meinertz' Behausung vornehmen."

„Ich werde sofort eine Überwachung einleiten", brummte Meyers.

Nicole Blank hatte sich offensichtlich wieder stabilisiert. „Stimmt das denn, dass Herbert Abgeordneter sein würde?"

„Hätte sein können – Konjunktiv im Perfekt, auch Konjunktiv II genannt." Wahlberg ließ sein Germanistikstudium aufblitzen.

Meyers motzte: „Schlauberger, aber es ist müßig, darüber zu spekulieren." An Nicole gewandt, sagte der BKA-Mann: „Frau Blank, formal gesehen, hätte er für Thomas Balzer in den Bundestag nachrücken sollen."

„Mein Gott, und ich dachte, er wäre nur ein elender Aufschneider."

„Aber eine gemeinsame Zukunft in Berlin hätte es trotzdem nicht gegeben", wandte sich Wahlberg an sie. „Bei Meinertz gab es etliche Verdachtsmomente, die das sicherlich verhindert hätten."

„Mein Gott", stöhnte sie wieder. „Jetzt sind alle beide tot."

Kapitel 46

Mittwoch, 25. November 2009 – vormittags

„Horst, wir wissen jetzt, wer Paul auf dem Gewissen hat. Nur ist der Mann nicht mehr zur Verantwortung zu ziehen. Er heißt Herbert Meinertz und ist tot."

„Hast du das Material sicherstellen können?"

„Nein, das konnte ich nicht, das liegt jetzt beim BKA."

„So ein Mist." Einer der Lieblingsausdrücke von Hansen. „Wie ist der Zusammenhang zu Pauls Ermordung hergestellt worden?"

„DNA-Abgleich. Die bei Paul entdeckten Hautreste stammten von Meinertz' Hals. Wie ich vorausgesehen hatte." Wahlberg nannte Hansen nähere Details zu den Umständen von Meinertz' Ableben.

„Einige sind auch wirklich Deppen", war Hansens sarkastischer Kommentar.

„Du magst Recht haben, Horst. Leider war er die einzige lebende Quelle, die vor Gericht etwas gegolten hätte. Ich befürchte, alles, was auf Papier steht, ist wahr, aber nicht gerichtsfest."

„Diese Papiere, dieses Material. Konntest du einen Blick drauf werfen?"

„Noch nicht. Aber ich bin guten Mutes, dass mich Meyers dran teilhaben lässt, wenn alles wieder geordnet und in Reihe gebracht worden ist."

Er erklärte Hansen, mit welchem bauernschlauen Trick Nicole Blank die Täter düpiert hatte.

„Dann, Horst, wollte ich dir noch sagen, dass ich vor einigen Tagen für unsere Sache selber den Kopf hingehalten habe. Im wahrsten Sinne des Wortes. Mit Krankenhausaufenthalt. Man hat mich vorgestern Nachmittag mit Auflagen entlassen."

Wahlberg schilderte Hansen die Geschichte, wie er sie von Julia erfahren hatte. Er selbst hätte, überspitzt ausgedrückt, im wahrsten Sinne des Wortes, in der Gosse gelegen. Aber dieser Überfall hätte dazu beigetragen, die Schlinge um die Täter enger zu ziehen.

„Nach der eindeutigen Identifizierung von Meinertz als Pauls Mörder gibt es identische Spuren von dem Täter, der mich krankenhausreif geschlagen und Balzer niedergeknüppelt hat. Einer konkreten Person lassen sich diese Spuren bisher jedoch noch nicht zuordnen."

„Wenigstens ein Fortschritt, wenn auch nur ein kleiner. Mir machen sie hier ein wenig die Hölle heiß. Der schwere Wind kommt aus Richtung Potsdamer Platz. Es wäre hilfreich, wenn ihr in Mainz mit handfesten Beweisen aufwarten könntet."

„Horst, wir haben doch die gleichen Interessen. Aber ich will mit Meyers nicht in den Clinch gehen. Sonst kommt gar nichts rüber."

„Ich weiß. Noch ein abschließender Hinweis: Auch das BKA ist *von Oben* gesteuert. Auch wenn die einzelnen Protagonisten, wie dein Meyers, in deine Richtung zu spielen scheinen, so steht ein System dahinter, das nicht unbedingt in dieselbe Richtung marschiert."

Hansen sagte, bevor Wahlberg seine Sicht der Dinge erläutern konnte, ein langgezogenes *tschöö*. Der Jargonausdruck in Berlin – seitdem die Rheinländer dort die Regie übernommen hatten.

Wahlberg sah Julia an. „Mir schwant, als wenn sich in Berlin etwas zusammenbraut. Horst hat schwere Winde angedeutet, aus Richtung Potsdamer Platz und das BKA sei auch von oben gesteuert."

„Wie weit traust du Meyers? Er ist Teil des Apparats."

„Gute Frage. Ihn persönlich halte ich für integer. Aber es ist so ähnlich wie mit dem Marsch durch die Institutionen. Wenn du nicht Teil bist, erfährst du nichts. Andererseits musst du dich deren Bedingungen unterwerfen. Dann musst du mit den Wölfen heulen."

„Das ist aber auch zum Heulen ...". Julia lächelte kurz, wurde aber gleich wieder ernst. „Waren es mehrere Täter oder nur einer, die diese Nicole Blank überfielen?"

„Das konnte gestern noch nicht beantwortet werden. Meyers meinte, dass hier Profis am Werk waren. Spuren seien nicht feststellbar oder nur ganz schwierig. Das würde lange Zeit brauchen, um zu einem Ergebnis zu kommen."

„Aber jetzt ist im Prinzip doch jeder, der in unmittelbare wie mittelbare Nähe zu Thomas Balzer oder Herbert Meinertz zu rücken ist, gefährdet. Dich hat man schon versucht, aus dem Verkehr zu ziehen. Diese Verbrecher gehen davon aus, dass die Mappe noch verschollen ist. Wäre es nicht besser, die Kripo würde das Auftauchen der Mappe öffentlich machen? Das schützt uns doch dann alle."

„Du hast Recht. Ziele gibt es jede Menge. Das Parteibüro ..."

„... wo garantiert nichts ist. Das haben wir selber festgestellt ..."

„... genau. Aber zum Beispiel Meinertz' Wohnung, auch die Wohnung von Nicole Blank ..."

„Wieso? Die ist doch schon von denen durchsucht worden."

„Vielleicht. Meyers hatte so eine Bemerkung drauf, als wenn die Täter gestört worden wären. Die Polizei sei zu früh gekommen. Dann versuchen sie es vielleicht nochmal."

„Dann musst du dich aber auch einbeziehen. Du bist schon überfallen worden. Die versuchen es nochmals."

Wahlberg nahm ihre Hand. „Auch du musst vorsichtig sein. Deine Wohnung, deine Tochter ..."

Sie verlor Farbe aus ihrem Gesicht. „Johann, du machst mir Angst."

„Es geht nur darum, dass du dich vorsichtig verhältst. Besser wäre es, nicht mehr im Dunkeln nach Hause zu fahren." Er zeigt aufs Fenster. „Was natürlich in dieser Jahreszeit nicht leicht ist. Am besten du rufst deinen Bruder an."

„Warum kommst du nicht mit? Ich wollte immer schon, dass du mich besuchst."

Wahlberg umfasste sie und zog sie an sich heran. „Demnächst. Ich will mit Meyers reden, wie weit ich diese Unterlagen einsehen kann. Aber ich kann dich bis zum Bahnhof bringen."
Unterwegs rief er Meyers an.

Meyers wartete vor der Hausnummer 44 auf Wahlberg. Der Spurentrupp, bestehend aus drei Beamten, stand aufgereiht vor dem Hauseingang. Beide ließen den Technikern den Vortritt. Sie verschafften sich mit den Schlüsseln des Toten Zutritt zur Wohnung.

Wahlberg hielt Meyers auf der Treppe zurück und sagte im halblauten Ton: „Sagen Sie, Herr Meyers, bekommen Sie eigentlich keine kalten Füße, wenn Sie mich so häufig einbeziehen?"

„Kalte Füße nicht. Aber jede Menge Instruktionen, wie man mit neugierigen Journalisten umgehen soll." Meyers' harte Augen fixierten ihn. „Aber ernsthaft. Irgendjemand hat bei der *Obersten Heeresleitung* eine Anmerkung gemacht – eher allgemcin gehalten – dass Journalisten bei den Ermittlungen bisher zu intensiv einbezogen worden seien. Das müsse sich ändern, hat man mir neulich gesteckt."

„Aha. Und wie gehen Sie damit um?"

„Wissen Sie, es ist eine Art Katz-und-Maus-Spiel. Aber das bleibt jetzt unter uns. Keine Veröffentlichung, auch nicht später. O.K.?"

Wahlberg willigte ein, begierig, mehr zu erfahren. Jetzt standen sie alleine auf dem Treppenabsatz.

„Ich habe den Eindruck, dass über uns", er hob seine Arme zu einem imaginären Himmel empor, „weidlich Fäden gesponnen werden, damit die Figuren, die mit diesen Operationen zu tun haben, in eine bestimmte, für sie richtige Richtung gelenkt werden. Möglicherweise hat man auch für Sie schon eine Rolle ausgesucht."

„Haben Sie Erkenntnisse gewinnen können?", der Journalist lachte, „ich liebe dieses gedrechselte Beamtendeutsch – also wissen

Sie etwas über Meinertz‘ Kontakte zu den *Diensten*, wie mein Kollege Steinert immer den Verfassungsschutz nannte?“

„Ich kann es nicht beweisen. Mein Eindruck war, dass Meinertz unter dem Schutz der *Dienste* stand.“

„Woraus speiste sich der Eindruck?“

„Eigentlich ganz einfach. Wir wussten immer, wo Meinertz war. Wir wussten aber nicht, dass er den Mord an Steinert verübt hatte.“

Wahlberg schaute den Kommissar ungläubig an. Meyers zeigte stumm, mit gespielter Ergebenheit, nach oben. Er zog seine Schultern hoch, um jede Schuld von sich zu weisen.

„Sie schließen daraus, dass es einen *Schutzengel* für Meinertz gab. Hat dieser *Schutzengel* vielleicht sogar beobachtet, wie Meinertz Paul umgebracht hat?“ Innerlich schüttelte Wahlberg den Kopf. Wenn das zuträfe. Das war für ihn überhaupt nicht vorstellbar.

„Das liegt am Motiv, warum Meinertz diesen *Schutzenge*l hatte. Und zwar in zweierlei Weise, wie ich es mir jetzt zusammenreime. Einmal wusste Ihr Kollege Steinert zu viel von Meinertz‘ Vergangenheit. Die wollte Meinertz nicht aufgedeckt wissen. Die Gründe liegen auf der Hand.“

„Das hatte ich immer wieder betont.“

„Haben Sie, Wahlberg, haben Sie. Aber jetzt wird es etwas komplizierter, so wie es sich mir darstellt. Wäre nämlich Meinertz‘ Vergangenheit ruchbar geworden, wäre seine Karriere bei der *PFDF* arg in Frage gestellt gewesen. Nach Balzers Tod konnte er doch in den Bundestag nachrücken. Hier aber hätte Meinertz dann seine eigentliche Aufgabe gefunden, so wie es sich die *Dienste* vorstellten, als Mitglied der *PFDF*-Fraktion. Das wäre eine Quelle ohne Ende gewesen.“

„Das ist ja perfide.“

„Das sehen Sie so. Ist aber Systemlogik. – Ich glaube, wir sollten mal den Technikern bei der Arbeit zuschauen.“

„Eine Frage noch, Herr Meyers. Sie nötigen mir Respekt ab ...“

„Holla, und ich dachte, den hätte ich mir schon verdient.“ Ein sparsames Lächeln huschte über sein Gesicht.

„Natürlich. Aber wie ist das mit Ihrem Beruf zu vereinbaren, dass Sie mir so offenherzig solche Dinge erzählen?“

„Weil mich diese Seite meines Berufs so ziemlich ankotzt.“

Das kam aus tiefstem Herzen. Wahlberg staunte.

„Wissen Sie, ich bin Polizist, ich habe die Allgemeinheit zu schützen, auch ab und zu ein paar unserer *Würdenträger* – aber ich bin Demokrat. Das muss für Ihre Frage reichen.“

In Meinertz‘ Wohnung räumten die drei Techniker schon ihre Gerätschaften ein. Ob es etwas Auffälliges gegeben hätte? Verneinendes Kopfschütteln. Das Türschloss sei nicht gewaltsam geöffnet worden, kein Durcheinander. Alle Spuren scheinen auf Meinertz hinzuweisen. Zur Sicherheit hätten sie noch einige Proben genommen. Vor allem stand noch eine Reihe ungespülter Gläser in der Küche. Denen hätten sie noch alle Prints abgenommen.

Wahlberg lehnte eine Mitnahme ins Zentrum ab.

„Passen Sie bloß auf, Wahlberg, dass Sie nicht noch eins über den Kopf bekommen.“

„Meyers, du Scherzkeks“, brummte er vor sich hin. Im Eingang der Nebenstraße sah er wieder den hellen Mercedes stehen. Aber seine Neugierde hielt sich in Grenzen.

Als er vom hellen Lichtermeer der Innenstadt in Empfang genommen wurde, fühlte er sich sicherer. Obwohl, sagte er sich, bei dem vorweihnachtlichen Gedränge könnte auch allerhand passieren. Wenn sich einer anschlich. Um jemandem einen Dolchstoß von hinten zu verpassen? Ist doch schon häufiger geschehen und keine Legende. Er betrachtete die Auslagen. Lange starrte er die Ringe und Ketten in einem Juweliergeschäft an. Johann, schalt er sich. Nicht solche Gedanken, vor allem keine konkreten. Der Wunsch nach sinnlichen Lippen und weichen Armen verbreitete sich in ihm wie eine Droge. Sehnsucht.

Aus welchem Grund auch immer, er konnte es später nicht sagen – vielleicht hatten ihn die Ereignisse der letzten Tage sensibilisiert – nutzte er die kleine Gasse, die zum Hinterhof führte.

Das Innere des schmalen Zugangs erschien als pechschwarze Nacht. Er tastete sich voran. Im hinteren Teil des Hofes hatten sich die Augen endlich umgewöhnt. Nun schritt er flotter voran, stieß die inzwischen gut geölte Hintertür auf und blieb wie angewurzelt stehen. Kleine Lichtschimmer blitzten in der kleinen Wohnung auf. Wieder dunkel. Jemand mit einer Taschenlampe. Wahlbergs Kopfhaut zog sich zusammen.

Die Dunkelheit gab Deckung. Er schlich sich an die Kellertür heran. Mit den Fingerspitzen ertastete er die Schlossöffnung. Vorsichtig führte er den Schlüssel ein. Die Brandschutztür schwang von selbst schwerfällig ein wenig nach innen. Um eventuelle Geräusche zu vermeiden, zwängte er sich durch den schmalen Spalt. Er drückte die Tür leise zu. Dann stand er da, wieder im Dunkeln, und lauschte. Wie ist diese Person, oder sind es mehrere, ins Appartement gekommen, überlegte er. Wer ist es? Schleicht auch bei ihm der Verfassungsschutz herum? Hat Lochner & Lochner seine Handlanger auf ihn angesetzt? Oder hat die Person im Kapuzenpulli Mut gefasst, in frecher Weise nochmals hier aufzutauchen?

Er lauschte angestrengt. Nichts war zu hören. Kein Wunder, über ihm war diese alte Remise. Darüber erst das Appartement. Er tappte an der linken Wand entlang, am Ende bog er im rechten Winkel nach rechts ab und stand vor der Treppe, die hinauf ins Parterre führte. Er schlich die Steinstufen hoch, steckte den Kopf durch die obere Kellertür. Lauschte. Leise Schritte in seinen Wohnräumen. Hinauf wollte er nicht. Das Knarren der Treppe hätte ihn verraten. Aber das Wissen, dass Einbrecher eingedrungen waren, wollte er schnellstens weitergeben.

Er schlich zur Haustür, öffnete sie behutsam – sie ächzte ein wenig – und rannte schräg gegenüber in den Schatten eines tief in die Mauer versetzten Eingangs. Weiter hinten, am Rande des

Lichtkegels der einzigen Laterne in der Gasse, reflektierte die Beleuchtung eine helle Kühlerhaube. Der helle Mercedes, schoss es ihm durch den Kopf. Jetzt wird es wieder Zeit für Meyers und seine Truppe.

Kapitel 47

Mittwoch, 25. November 2009 – Berlin

Der distinguierte Herr, grauer Anzug mit Weste, weiß-rot gestreifte Krawatte, saß den Gebrüdern Lochner gegenüber. Das sorgfältig linksgescheitelte, graumelierte Haar über dem aristokratisch anmutenden Gesicht des Anfang Fünfzigjährigen, die gepflegte Erscheinung, gaben ihm den Nimbus eines Bankvorstands oder Aufsichtsratsvorsitzenden. Harry Blessier – er legte Wert auf eine französische Aussprache – kam aber nicht aus den Wirtschaftsetagen. Er war Oberregierungsrat.

Mit einem unergründlichen Lächeln taxierte er die beiden Brüder. Deren innere Unruhe war unübersehbar. Die Kiefer des jüngeren Lochner mahlten. Es schien, als würde Harry Blessier diese Situation genießen. Die beiden Anwälte versuchten im Vorfeld den Besuch zu verhindern. Er könnte zu einer Störung im Betriebsablauf führen, hatten sie argumentiert. Die Mächte, die sie bisher trugen, mussten diesmal klein beigeben. Es war kein Intervenieren *von Oben* möglich, wenn die Sicherheit der Bundesrepublik auf dem Spiel stehen könnte. Ein massives Argument. Ein Totschlagargument, das wussten auch die Brüder.

„Warum besucht uns der Verfassungsschutz?", fragte Kurt Lochner, der als Älterer immer zuerst das Wort führte, unwirsch.

„Nun, es gibt einiges aufzuklären und auch einiges mitzuteilen." Etwas umständlich schlug Blessier die Beine übereinander, lehnte sich dann wieder zurück. „Da wäre zunächst der Fall Meinertz …"

Die beiden ihm Gegenübersitzenden richteten sich auf. „Der ist schon lange nicht mehr bei uns."

Es fehlte noch, dass beide Anwälte die Arme demonstrativ abwehrend von sich weggestreckt hätten.

„Meine Herren“, er wählte mit feinsinniger Miene drastische Worte, „wollen Sie mich – gelinde ausgedrückt – verarschen? Was wären wir für ein Unternehmen, wenn wir nicht wüssten, was der deutsche Bürger so alles tut und macht.“

„Wollen Sie damit sagen, dass Sie – oder Ihr Verfassungsschutz – uns bespitzeln? Das was wir machen, ist durch das Grundgesetz gedeckt. Es heißt *freie Marktwirtschaft*. Wir sind die tragenden Säulen der Gesellschaft.“

Heinz Lochner konnte sich kaum beruhigen, so empört war.

„Bleiben Sie ruhig, Herr Lochner.“ Blessier sprach mit gedämpfter Stimme. „Schließlich wissen wir von Ihrem Engagement. Schließlich hat es uns Meinertz selbst erzählt.“

„Kurt, da müssen wir was unternehmen“, flüsterte sein Bruder ihm zu. Aber laut genug, damit der Beamte es noch hören konnte.

Blessier registrierte Lochners Satz mit seinem feinen Lächeln. „Herr Lochner, wir bespitzeln Sie nicht. Sie denken, es steht so ein Schlapphut hinter jeder Ecke? Das sind Geschichten aus dem Kino. Nein, wir beobachten mehr die politische Seite, weniger was Sie als Lobbyisten im Schilde führen. Mal unter uns, was Sie manchmal veranstalten, ist auch hart an der Legalität – na, ja, manchmal sogar drüber, nicht wahr?“

„Hart an der Legalität.“ Heinz Lochners Empörung flammte wieder auf. „Wie wollen Sie das beurteilen?“

„Das ist ganz einfach: Insider-Wissen.“

Kurt und Heinz Lochner stierten Blessier erschrocken an. Die Frage, *Wer war das?* stand ihnen unausgesprochen auf den Stirnen geschrieben. Kurt Lochner fing sich als Erster. „Nun gut. Wer ist es? Wir haben das Recht, das zu erfahren.“

„Sie wissen doch, gerade als Anwälte, Recht haben und Recht bekommen ist zweierlei. Außerdem – auch ich habe Jura studiert.“

„Spucken Sie’s endlich mal aus.“ Der Jüngere reagierte zunehmend aggressiv. Blessier wollte auch zum Punkt kommen.

„Wie ich schon eingangs sagte: Herbert Meinertz …" Er legte eine Kunstpause ein, um die Reaktion der Brüder zu testen. „Ich wusste es. Von Anfang an." Heinz Lochner wandte sich seinem Bruder zu. „Aber du wolltest unbedingt deinen Kumpel von damals unterbringen."

Kurt verteidigte sich. „Er hatte doch einiges gegen uns in der Hand. Als er damals bei der Staatsanwaltschaft war."

Blessier vermittelte den Eindruck, als würde er sich an der Situation weiden. Er war der Herr über alle Informationen. Er war in der Lage, das Spiel zu seinen Bedingungen zu gestalten. Das ließ er die Lochners spüren.

„Meine Herren, wenn Sie mich bitte den Satz zu Ende bringen ließen, dann merkten Sie, Ihre Aufregung ist unnötig. Herbert Meinertz ist tot."

Das wortreiche Geplänkel der Brüder verstummte mit einem Schlag. Heinz war der Erste, der sich aufraffte.

„Sie wollen uns das doch nicht anhängen, oder?"

„Gäbe es berechtigte Gründe dafür?"

Kurt Lochner fühlte sich unwohl, begann auf dem Stuhl hin und her zu rutschen. Sein Gesicht hatte eine kreideweiße Farbe angenommen.

„Meinertz ist Ihnen doch aus dem Ruder gelaufen. Er hatte sich, zumindest Ihnen gegenüber, verselbständigt."

„Wir haben mit dem Tod von Herbert Meinertz nichts zu tun", stammelte der Ältere der Brüder.

„Nun, es kommt auf die Sichtweise an. Sagen wir mal, indirekt schon. Aber das ist ja kein verfolgungswürdiger Tatbestand." Er schaute in die Runde, bemerkte die Erleichterung in ihren Gesichtern. In Kurt Lochners Gesicht flutete wieder eine leichte Röte zurück.

„Aber gewünscht, vielleicht sogar geplant, hatten Sie schon seinen Abgang aus dem Irdischen. Er wusste zu viel und wollte aussteigen."

„Was soll der Meinertz schon gewusst haben? Er war doch nur

so ein kleines Rädchen“ – Heinz Lochner hob die Hand und demonstrierte einen klitzekleinen Abstand zwischen Daumen und Zeigefinger - „in unserem großen Getriebe.“

„Nun, Rädchen müssen funktionieren, müssen geschmiert werden“, philosophierte der Verfassungsschützer, „damit das große Getriebe ohne Stottern läuft.“

Kurt meldete sich mit belegter Stimme. „Wie ist denn der Herbert gestorben?“

„Ganz simpel. Ein Unglücksfall. Er ist über seine eigenen Hosen und Beine gestolpert. Ziemlich alkoholisiert.“

Kurt schüttelte den Kopf. „Gesoffen hat der schon immer ...“ Heinz, sichtlich entspannt, ergriff jetzt wieder das Wort. „Also, da folgt für uns nichts draus, oder?“

„Wissen Sie, das ist nicht unser Metier. Das müssen die Strafverfolgungsbehörden entscheiden, wer mit wem da zusammenhängt.“

Kurt Lochner wandte sich an seinen Bruder. „Ich denke, dass wir so eine Prozedur ganz gelassen über uns ergehen lassen können.“

„Es gibt aber noch eine entscheidende Komponente. Sie sind natürlich nicht vollständig informiert. Das Entscheidende ist, dass Herbert Meinertz als Mörder an Paul Steinert eindeutig identifiziert wurde. Dieser Journalist hatte Meinertz aufs Korn genommen.“

„Da hätten doch auch Sie ein eindeutiges Motiv“, stellte Heinz Lochner spontan fest, „dieser Journalist hätte doch Ihren Verein auffliegen lassen können.“

„Nein, hätten wir nicht. Journalisten mundtot zu machen ist heutzutage relativ einfach. Da gibt es feinere Methoden, ohne gleich jemanden umzubringen. Wir sind doch nicht in Russland.“

Heinz Lochner, der immer etwas Cleverere der beiden Brüder, verspürte in seinem Inneren Oberwasser. „Was führt Sie eigentlich zu uns? Ihre Ziele haben Sie bisher so ziemlich im Verborgenen gehalten“, fragte er keck in die Richtung Blessiers. Kurt

Lochner grübelte dem Satz seines Bruders, mit einem erstaunten Seitenblick, hinterher.

„Nun, Sie fragen frei heraus. Dann erhalten Sie auch eine direkte Antwort.“ Er holte ein kleines Büchlein aus seiner Ledermappe. Er las nochmal seine Stichworte nach.

„Wie ich zuvor schon sagte, sind wir immer ganz gut bis sehr gut informiert. Wir sammeln Informationen sowohl aus den allgemein zugängigen Medien als auch durch direkte Kontakte, zum Beispiel Mittelsmänner ...“

„So einer war also Herbert Meinertz.“ Heinz Lochner fühlte sich bestätigt. Kurt Lochner wetzte unruhig auf seinem Stuhl hin und her.

Blessier ging nicht weiter darauf ein. „Wir konnten Meinertz erst wieder in Mainz ansprechen, nachdem er auf Ihr Betreiben so kurzfristig seinen Standort verlagert hatte. Dort wurde er dann von uns beobachtet.“

Er grinste maliziös in die Runde. „Da mussten wir feststellen, dass an Meinertz auch noch andere dranklebten.“ Und er deutete auf die Lochner-Brüder. „Das waren welche, die von Ihnen gedungen waren. Ich muss sagen, echte Stümper.“

„Es war damals eine schwierige Situation für uns ...“

„Ich bin im Bilde. Sie versuchten einen Abgeordneten zu bestechen, den Balzer von der *PFDF.* Ein strafrechtlicher Tatbestand, so eine Abgeordnetenbestechung.“

„Sie müssen Verständnis dafür haben. Neue Geschäftsmodelle waren gefordert. Das erforderte auch völlig neue Strategien. Wir halten schließlich zu einer Reihe von Abgeordneten gute Verbindungen. Das verlief bisher immer ganz harmonisch.“

Kurt wandte sich an seinen Bruder, der das Gesagte mit heftigem Nicken untermauerte.

Blessier trug wieder sein feines Lächeln im Gesicht. Ob er sich über die naiven Ansichten der beiden Anwälte mokierte? Man sah es ihm nicht an.

„Meine Herren, Sie verkennen die Situation. Und jetzt gehen

wir mal in Medias Res. Sie versuchen, einen Abgeordneten zu bestechen“ – er hob die Hand, als ihm Heinz Lochner in die Parade fallen wollte – „setzen Ihren Mitarbeiter Meinertz ein, damit die Sache rund wird. Klappt auch schön, zumindest am Anfang. Soweit einverstanden?“

Notgedrungen stimmten beide zu.

„Sie konnten nicht ahnen, dass die von Ihnen Ausgesuchten, die Ihr *neues Geschäftsmodell* protegieren sollten, eigene Wege gehen würden. Da kamen Sie ins Schwimmen, weil die sich selbständig gemacht hatten. Und die beiden Personen hatten Informationen, die Sie und Ihr neues Geschäftsmodell erheblich belasten.“

Er schwieg für einen kurzen Moment, dann fuhr er fort.

„In diesem Zusammenhang müssen wir von drei Toten reden. Zwei ermordet, einer verunglückt. Aber auch über diese Mappe mit Informationen, auf die Sie doch so scharf sind.“

Lochner & Lochner starrten Blessier stumm an. Vielleicht schwante ihnen, was auf sie zukommen könnte.

„Der Mord an dem Journalisten ist aufgeklärt. Das war Meinertz. Aber der Tod des Abgeordneten hängt noch in der Schwebe.“

Die beiden Brüder glotzten vor sich hin. Kurt Lochner wollte sich äußern, aber Blessier gebot ihm mit einer Handbewegung zu schweigen.

„Wir haben inzwischen Kenntnis über den Inhalt der Mappe …“

„Wer hatte die gehabt?“ Der Ältere fragte aufgeregt.

„Zwar spielt das keine Rolle. Aber was soll’s. Sie wurde in der Wohnung von Nicole Blank aufgefunden.“

„Aber da wurde doch …“ Heinz Lochner schlug kurz auf den Arm seines Bruders. Der verstummte wieder.

„Richtig. Da wurde gesucht. Wir haben das beobachtet. Die Polizei kam ziemlich schnell, einschließlich des BKA und des Journalisten Wahlberg. Ihre Leute sind zum hinteren Fenster rausgestiegen. Ohne Erfolg …“

„Dass ich nicht lache, unsere Leute ...“

„Herr Lochner, bleiben Sie bitte sachlich. Wir haben alles dokumentiert. Da helfen keine Ausreden. Der Inhalt der Mappe ist aufschlussreich.“

„Gut, Herr Blessier, lassen Sie uns nicht weiter um den heißen Brei reden.“ Dem Jüngeren platzte langsam der Kragen. Er fühlte sich veralbert. Schließlich waren sie nicht irgendjemand. Und der Blessier? Was ist der schon? Ein höherer Beamter.

„Unsere Zeit ist begrenzt. Wir haben ganz gute Kontakte. Als Beamter und Staatsdiener werden Sie sicherlich ...“

Der Verfassungsschützer fixierte sein Gegenüber kurz. Trocken sagte er: „Sie können gerne Ihre Verbindungen nutzen. Dann würde ich empfehlen, dass Sie sich am besten mit dem persönlichen Referenten des Ministers verbinden lassen. Hier geht es um höhere Aufgaben, meine Herren.“

Die Lochners schauten verdutzt. Höhere Aufgaben?

„Sie sind Lobbyisten. So nennen Sie sich wenigstens. Ganz böse Zungen behaupten, Sie seien Wirtschaftskriminelle. Bestimmte Akten der Staatsanwaltschaft beweisen das. Meinertz hat sie dort versteckt, aber uns die Kennziffern hinterlassen.“

Von der gerade vorgelebten Forschheit eines Heinz Lochner war nichts mehr zu sehen. Aber er begriff schnell. „Sie wollen doch nicht etwa, dass wir für Sie spionieren ...?“

„Nun, Sie haben jede Menge Kontakte zu unwahrscheinlich vielen Wirtschaftsunternehmen und Firmen im In- und Ausland. Sie wissen, dass Wissensvorsprung durch gezielte Informationen erhebliche Weichenstellungen bewirken kann. In unserem Land wird auf hohem Niveau produziert, was Begehrlichkeiten weckt. Wir wollen, dass Sie für uns nützlich sind. Dazu sollen Sie Ihre Lobby-Verbindungen einbringen. Sozusagen Lobbying verkehrt ...“

Kurt Lochner versuchte es mit gezielter Lächerlichkeit: „So eine Art Gegenspionage?“

„Das ist doch verrückt“, wendete sein Bruder ein.

„Nun, Sie machen das ja nicht alleine. Unsere Behörde leitet und koordiniert das Ganze. Sie sind mehr oder weniger unser Feigenblatt."

„Können wir das nochmal durchdenken?"

„Ich fürchte, nein."

„Haben Sie dann schon mal die finanzielle Seite bedacht?"

„Das haben wir, in der Tat."

„Und?" Vier Augen blickten erwartungsvoll auf den Beamten.

„Es gibt keine finanzielle Seite." Er beschwichtigte den aufkommenden Protest. „Es ist ein Dienst am Vaterland, meine Herren." Wieder umspielte ein feines Lächeln seine Lippen. „Außerdem müssen wir uns eventuell noch für Sie ins Zeug legen."

„Wieso das?", klang es unisono aus den Mündern der Brüder.

„Nun, denken Sie an den Mord an dem Abgeordneten Balzer. Da hängen viele Gewitterwolken in der Luft. Da könnte auch bei Ihnen noch der Blitz einschlagen."

Harry Blessier fasste Heinz Lochner ins Visier. „Wir haben einen ausgekauten Kaugummi in der Mainzer Tiefgarage gefunden."

Lochner starrte zurück. „Da wird es ziemlich viele geben", gab er kühl zurück.

„Nun, wir konnten DNA-Spuren feststellen. Wir könnten sie mal abgleichen lassen. Außerdem könnte es das BKA interessieren, wo Sie am 8. November waren."

Kurt wurde unruhig. „Was soll das werden?"

„Vielleicht benötigen Sie dann einen guten Blitzableiter?" Blessier wandte sich zum Gehen.

„Das ist eine verdammte Erpressung", tönte es hinter ihm her.

Blessier drehte sich um. Das bekannte feine Lächeln umspielte wieder seinen Mund. „Aber meine Herren, mit dem Metier kennen Sie sich doch besonders gut aus."

Als sich der Oberregierungsrat Harry Blessier verabschiedet hatte, saßen die beiden Brüder noch eine Weile schweigend am Konferenztisch. Kurt eröffnete den Gesprächsreigen.

„Du und dein Kaugummikauen. Das bringt uns noch in Teufels Küche. Was ist da dran – mit dem 8. November?"

„Mensch Kurt, das ist doch jetzt Nebensache." Heinz reagierte aufgebracht. „Hast du eigentlich alles verstanden? Wir sind jetzt eine Hilfstruppe des Verfassungsschutzes? Da kommst du doch nie wieder raus aus der Kiste. Die umfassen dich wie ein Polyp."

„Der 8. November ..." Kurt beharrte eigensinnig auf einer Antwort.

„Für unsere Firma ..."

„Dann können wir wirklich einen staatlich gesteuerten Schutzengel gebrauchen. So eine Scheiße." Kurt Lochner rieb sich den Schweiß von der Stirn.

Er sah seinem Bruder fest in die Augen. „Du musst unbedingt die Leute aus Mainz abziehen. Die Mappe ist futsch. Die Leute sollen sich unsichtbar machen."

„Was soll noch mit dem Journalisten passieren?"

„Das kannst du dir, nach meiner Einschätzung, aus dem Kopf schlagen."

Kapitel 48

Donnerstag, 26. November 2009

Der helle Mercedes hatte sich als Trugbild herausgestellt. Hell war der PKW, der da stand, aber kein Mercedes. Die traumatischen Erlebnisse der letzten Tage forderten ihren Tribut. Störung der Wahrnehmung. Wahlberg wollte an diesem Morgen nicht aus dem Bett. Die warme Decke empfand er wie einen schützenden Kokon. Der gestrige Abend lag ihm schwer im Magen. Den musste er erst noch richtig verdauen. Zwar war er schnell eingeschlafen, aber jetzt schlug das gestrige Geschehen zurück.

Als das Knarren der Haustür den Einbrecher warnte, vernahm er im Appartement hektisches Getrampel in Richtung Treppe. Dann war er losgespurtet, um die Deckung gegenüber zu erreichen. Der Schatten des Mauereinlasses hatte ausreichend Schutz geboten. Um nicht gesehen zu werden, zog er sicherheitshalber den Rundkragen seines Rollis über die Nase. So abgeschirmt, stand er im Dunklen.

Als Wahlberg zum Hauseingang spähte, traute er seinen Augen nicht. Es gehörte eine gute Portion Abgebrühtheit dazu, allmählich den Kopf aus der Tür zu stecken. Dann noch das Umfeld zu sondieren. Zur Chuzpe kam noch Glück hinzu. Kein Mensch auf der Straße, kein Laut störte die Stille. Nur noch ein Flüstern in Richtung Hausflur. Im Schlagschatten des gegenüberliegenden Gebäudes, dicht an die Mauer gedrängt, schälten sich die Konturen zweier Gestalten heraus. Wieder dieser schmalbrüstige Kapuzenmann, dachte Wahlberg, gefolgt von einer plumper wirkenden Gestalt. Er beobachtete, wie sie die halbdunkle Gasse hinabschlichen. Einige Minuten später hörte er das Knattern eines Mopeds.

Im Bett zermarterte er sich den Kopf. Da war doch was? An den Schmalen hatte er irgendeine Erinnerung. Der andere Schattenriss? Es pochte in seinem Schädel, aber es wollte nicht heraus. Meyers Spurensicherungsteam überprüfte die Wohnung. Erst hatte er draußen warten müssen. Ja, musste er später zugeben, es fehle was. Gegenüber Meyers wollte er dies eigentlich nicht zugeben. Der USB-Stick fehlt, hatte er mitgeteilt.

Meyers hatte ihn argwöhnisch beäugt und gefragt, ob es der gewesen wäre, der Paul Steinerts Dokumentation enthalten habe. Zerknirscht hatte er es zugegeben. Er hatte vergessen, den Stick aus dem Notebook abzuziehen. Das war doppelt ärgerlich, weil er Meyers diese Kopie vorenthalten hatte. Naja, sagte er sich, für die journalistische Arbeit ist das Material nicht verloren. Hansen hat schließlich auch eine Kopie erhalten. Er beschloss, Meyers gleich anzurufen.

Wahlberg hörte das altmodische ring-ring seines Telefons. „Guten Morgen. Gerade hatte ich an Sie gedacht ...“.

Meyers ließ ihm keine Chance, ein Gespräch zu entwickeln. Er klang wie üblich unaufgeregt. Neue Entwicklungen. Er müsse sofort in die Kreyßigstraße, er würde als Zeuge gebraucht. Bei seiner Ankunft drückte Meyers kurz und trocken Wahlbergs Hand.

„Ein guter Trick“, meinte Wahlberg, als sie unter vier Augen waren, „mich unter dem Deckmantel eines Zeugen heranzuholen.“

Meyers unbarmherziger Kieselblick durchdrang ihn. „Von wegen Deckmantel. Sie werden hier wirklich als Zeuge gebraucht. Gestern wollte ich Ihnen das nicht mehr zumuten.“ Er grinste wieder einmal sparsam. „Sie sahen so erschöpft aus. Sie hatten noch den Überfall zu verkraften ...“

„Vielen Dank für Ihre Rücksichtnahme. Ich dachte schon, Sie wären sauer auf mich.“

Der Kriminalhauptkommissar sah ihn mit einem indifferenten Blick an, als müsse er etwas abwägen, könnte sich aber nicht entscheiden, in welche Richtung sich die Waage neigen sollte.

„War ich auch erst. Dann dachte ich mir 'Scheiß drauf'. Es gibt keine Geheimnisse mehr, seitdem wir diese Papiere haben.“

Und mit leicht angespitztem Mund flötete er: „Wahlberg, Sie haben sicherlich noch eine Kopie, damit Sie über ausreichend Material für Ihre Berichterstattung verfügen. Stimmt's?"

„Davon können Sie ausgehen."

Der Beamte legte einige Berichte und Blätter mit Fingerprints zurecht. „Ja, dann schau'n mer mal."

Er wandte sich an Wahlberg. „Gehen wir zunächst die Ereignisse von gestern Abend durch. Erzählen Sie mal den gesamten Vorgang. Vor allem, warum sind Sie eigentlich auf die Idee gekommen, ihr Etablissement quasi durch die Hintertür betreten zu wollen?"

Das wäre nicht nur aus dem Bauch heraus zu erklären, war die Antwort. Der Überfall von neulich spielte dabei auch eine Rolle.

„Ich war das oft zitierte gebrannte Kind", sagte er. „Vielleicht wollte ich mir auch einen Umweg ersparen." Wahlberg hatte ein abgeklärtes Lächeln im Gesicht. „Es war ein gütiges Schicksal."

„Gütiges Schicksal. Möglicherweise auch für uns als Ermittlungsbehörde. Ich denke, hätten Sie die Täter nicht in Aktion gesehen, dann hätten wir keine Veranlassung gehabt, bei Ihnen in Erscheinung zu treten. Dann hätte es keine Spurendokumentation gegeben. Und wir hätten keine Vergleiche anstellen können."

Meyers zauberte wieder ein seltenes Lächeln auf seine Gesichtszüge, vor allem als er Wahlbergs hochgezogene Augenbrauen und seine erstaunte Miene sah.

„Wir haben jetzt von einer Person Fingerprints an fünf verschiedenen Tatorten gefunden", erläuterte er Wahlberg anhand der vorliegenden Dokumentation.

„Zuerst am Knüppel und an Balzers Leiche, dann haben wir in Meinertz' Wohnung an einem Glas die gleichen Prints gefunden. Nebenbei, in dem Glas war Cognac. Bei dem Überfall auf Sie, dann last but not least gestern in Ihrer Wohnung."

Wahlberg stützte nachdenklich den Kopf in die linke Hand. „Haben Sie noch andere Fingerspuren bei mir gefunden?"

„Ja, insgesamt sechs verschiedene. Worauf wollen Sie hinaus?"

„Ich will wissen, ob jemand dabei ist, den wir schon mal ausschließen könnten?“

„Also die sechs verschiedenen Fingerprints, die wir bei Ihnen gefunden haben, lassen sich zuordnen: meine, die meiner Mitarbeiterin, Ihre, und drei Unbekannte.“

Wahlberg atmete erleichtert auf. „Das beruhigt mich. Eine unbekannte Spur dürfte Julia Köhnert zuzuordnen sein. Dann bleiben nur noch die der beiden Geflüchteten übrig.“

„Und eine dieser nichtidentifizierten Personen, die wir schon an den anderen Orten identifizierten, käme dann in Frage.“ Meyers wägte ab. „Das könnte hinhauen. Da könnten Sie Recht behalten.“

Wahlberg fühlte sich geschmeichelt. „Das ist die Logik eines deduktiven Verfahrens.“

Meyers runzelte die Stirn. „Das ist mir doch egal ...“

Wahlberg zuckte mit den Schultern, während Meyers fortfuhr: „Bleiben wir mal bei den Fakten. Einerseits die Fingerprints, andererseits die Orte, wo sie aufgefunden wurden. Und damit verbunden ist eine der unbekannten Personen. Frau Köhnert lassen wir dabei mal unberücksichtigt.“

Wahlberg wurde unruhig. „Worauf wollen Sie denn jetzt hinaus? Wichtig wäre doch jetzt mal zu klären, in welchem Zusammenhang diese verschiedenen Orte mit dieser unbekannten Person stehen.“

Meyers starrte nachdenklich auf die vor ihm liegenden Papiere. Er massierte seine Wange, dann rieb er sich die Nase. Ein Stillleben eines Denkers, dachte Wahlberg amüsiert. Meyers schaute ihn an, als ob er es geahnt hätte. „Sie denken nicht nach?“, frotzelte er Wahlberg an.

„Doch, doch. Mir scheint aber, Sie denken intensiver.“ Meyers sandte wieder so ein kleines, sparsames Lächeln in Wahlbergs Richtung.

„Das Motiv erklärt sich aus der Suche nach der Mappe. Der Suchende weiß nicht, dass wir sie haben.“

„Genau. Und das grenzt den Täterkreis ein.“ Wahlberg dachte nach. „Das bedeutet, dass er außerhalb des bisherigen Verdächtigten- oder Täterkreises zu suchen ist.“

„Nicht ganz richtig“, antwortete ihm Meyers. „Diejenigen, die die Mordtaten veranlasst hatten, sind bekannt. Der Knüppler, so bezeichne ich ihn mal, aber noch nicht. Jetzt gehen wir alle Fälle nochmal durch.“ Der Kommissar unterbrach sich kurz mit der Bemerkung, dass man jetzt zur besseren Konzentration einen Kaffee bräuchte.

„Balzer wurde niedergeknüppelt – die Gründe kennen wir noch nicht. Balzer wurde abtransportiert und ihm dann das Genick gebrochen. Vermutlich, weil er Unterlagen für eine Erpressung gesammelt hatte. Das Ziel der Erpressung, auch Steinert dachte in diese Richtung – Sie übrigens auch, Wahlberg – waren die Lobbyistenanwälte Lochner & Lochner.“

Er blickte auf den Journalisten, um sich das Gesagte bestätigen zu lassen.

„Das ist richtig.“ Wahlberg nickte zustimmend. „Paul Steinert hatte bei einem ersten Gespräch zwar die Idee vom *Edgar-Wallace-Syndrom* eingebracht ...“

„Ja, ich glaube ich weiß, was Sie meinen. Das mit der Erbreihenfolge ...“

„... ich glaube aber inzwischen, dass der ursächliche Nutznießer der Reihenfolge, nämlich Meinertz, Balzers Tod nicht veranlasste, sondern das als plötzliche Chance erkannte. Also, nicht er hat den Tod 'bestellt', sondern andere, die Balzer inzwischen auf dem Kieker hatten.“

„Gut. Bleiben wir erst einmal bei dieser logischen Linie, bevor wir uns über Meinertz‘ Motive weiter unterhalten.“

„Sie meinen, wer den Nutzen haben könnte, wenn Meinertz nicht mehr unter den Lebenden wäre?“

„Genau. Eine Tötung von Meinertz, abgeleitet aus dieser logischen Kette, wäre für alle Seiten nützlich gewesen.“ Meyers betonte: „Insbesondere für die Berliner Anwälte.“

Der Hauptkommissar hob die Schultern an, als wollte er sich entschuldigen, „natürlich konnte keiner vorausahnen, dass sich Meinertz selber meucheln würde."

„Also. Wem nützt der Tod von Meinertz noch?"

Spontan flog es aus Meyers Mund: „Marlies Emscher."

Bei Wahlberg klickte es auf einmal. Dieser Plumpsack neben dem Schmalen. „Richtig. Sie nehmen es mir direkt von der Zunge."

„Sie hätte wahrscheinlich die Erpressung vorgezogen. Bei einem weiteren Mord wäre zu viel hochgekocht."

„Genau. Er sollte dann zum Rücktritt vom Nachrückerplatz bewegt werden."

„Aber warum dann der Angriff auf mich, der Einbruch bei mir? Meinertz war doch schon tot. Das hatte die Emscher bestimmt schon erfahren."

Meyers strich sich mit einer fahrigen Bewegung ums Kinn. „Und wenn sie davon noch nichts erfahren hatte?"

„Dann würde ein Einbruch bei mir Sinn machen. Mit dem geklauten Stick, glaubte man wohl, könnte ein Treffer bei Meinertz gelandet werden."

„So kann man es sehen." In Meyers Augen blitzte es auf. „Wir benötigen aber Tatsachen. Wen oder was haben Sie gestern Abend gesehen?"

Wahlberg grinste. „Es hat gerade bei mir Klick gemacht."

Die kurze, knappe Beschreibung der Personen, die in die dunkle Gasse geflüchtet waren.

Meyers grinste ebenfalls: „Dann haben wir jetzt einen sogenannten Anfangsverdacht."

Wahlberg hob plötzlich den Finger. „Apropos Überfall. Vielleicht war der Niederschlag von Balzer auf lange Sicht geplant."

„Sie meinen, wie von einem Schachspieler, der seine Züge weit voraus sieht? Das ist absurd. Ich vermute Rache. Weiter dachte der Täter nicht. Die Chance, daraus noch etwas anderes abzuleiten, wurde erst später entdeckt."

Wahlberg schüttelte den Kopf. „Sie mögen Recht haben. Aber trotzdem war Balzers Tod schon vorher geplant gewesen. Da bin ich mir sicher. Aber von anderen Tätern, mit prominenten Hintermännern. Die Prügelorgie öffnete ihnen dann Tor und Tür."

„Das könnte stimmen." Meyers grinste. „Wenn die Racheengel nicht so dumm gewesen wären, dann wären wir ihnen nicht auf die Spur gekommen. Nun, jetzt ist es, wie es ist. Wen soll ich, Ihrer Meinung nach, zuerst abholen?"

„Fangen Sie mit der Emscher an. Am besten erst mal ohne Raubach. Der sollte noch ein wenig schmoren. Aber bitte mit Aufsicht."

„Mensch Wahlberg, Sie können aber gemein sein. Als wären Sie einer von uns."

Der Journalist wusste diese Aussage nicht so richtig einzuordnen. Sollte es ein Kompliment sein? Oder ein ironischer Kommentar? Er blickte dem davoneilenden Kommissar misstrauisch nach.

Sie trafen sich am Nachmittag in Laubenheim. Julia hatte darauf bestanden. Wahlberg erzählte ihr von den Fakten und wie er und Meyers sie analysiert und interpretiert hatten. Die Tathergänge, die schon zu einer präzisen Zuordnung zum Täterkreis führten. Zum möglichen Täterkreis, hatte er dann, durch die kahlen Weinberge spazierend, betont.

„Und wer sind diese *gierigen Dumpfbacken*?" Julia hatte auf Wahlbergs kurze Mitteilung nicht weiter reagiert als mit diesem kurzen Ausdruck. Sie wollte sich das Zusammensein mit Wahlberg nicht vermiesen lassen.

Sie stand in der Nähe des Weinhangs ihrer Familie und zeigte in Richtung Rhein. „Es sieht etwas unwirtlich aus, aber man hat einen schönen Blick über die Hügel." Dort ist das Naturschutzgebiet, dahinter siehst du die Schiffe auf dem Fluss." Sie wandte sich ihm zu. „Im Sommer ist es hier natürlich viel reizvoller."

Wie wäre es, hier zu leben, überlegte er. Eventuell in einer Familie. Kind wäre auch schon vorhanden. Sein Telefon meldete sich. In Erwartung, das Neueste vom BKA zu hören, forderte er seinen Gesprächspartner forsch auf, sich zu äußern. Aber es war Elsa Steinerts Stimme. „Herr Wahlberg, sind Sie noch in der Mainzer Gegend?"

„Nur noch wenige Tage", gab er zur Auskunft.

„Paul wird morgen beerdigt. Um elf Uhr Vormittag. Würden Sie bitte dazukommen? Der Friedhof liegt in Drais, etwa eineinhalb Kilometer von Finthen entfernt." Er vernahm ein leises Schluchzen. „So viele werden nicht kommen. Er kannte hier nur wenige."

„Ich werde dabei sein, Frau Steinert", versprach er. „Weiß Horst Hansen vom Begräbnis?"

„Ich habe ihm eine Einladung zugesandt."

Wahlberg verabschiedete sich mit der Zusage, Hansen noch einmal anzusprechen.

Sie gingen auf dem Weg, den sie gekommen waren, zurück. Die Stimmung zwischen beiden hatte sich dem langsam dunkler werdenden Novembertag angepasst.

„Ich komme morgen auch mit. Jetzt gehen wir zu mir nach Hause und probieren den neuen Jahrgang, auch wenn es erst ein *Primeur* ist. Meine Mutter hat Zwiebelkuchen dazu gebacken."

Wahlberg fasste sie bei der Hand. „Morgen schließt sich in etwa der Kreis. Paul wird beerdigt. Ich vermute, dass auch Thomas Balzer bald unter die Erde kommt. Aber da ist noch kein Täter gefasst worden. Das wird noch dauern."

„Dann ist deine Zeit in Mainz bald um. Was wirst du tun?"

Wahlberg atmete tief durch. Er wusste, wie diese Frage gemeint war. Er hatte keine Antwort darauf. Sehnsucht durchflutete ihn. Ihre Nähe, ihre Wärme. Das wäre alles so schön. Wenn, ja wenn …

„Ich weiß es noch nicht", war seine magere und für beide unbefriedigende Antwort. „Erst einmal will ich den Bericht anfertigen …"

„Und wenn der fertig ist?“ Sie ließ nicht locker.

„Bitte Julia, ich weiß nicht wie ich damit umgehen soll. Ich lebe seit über fünf Jahren alleine. Ich bin ein Eigenbrötler geworden. Einer, der nur sich selbst verantwortlich ist ...“

„Ach, Johann. Du solltest mehr Mut zeigen. Ich will dich doch nicht kapern, wie bei euch oben es die Piraten tun.“ Sie lächelte. „Aber ich will unsere Bande nicht abreißen lassen.“

Kapitel 49

Freitag, 27. November 2009

Wahlberg saß noch vor den Resten des Frühstückstisches und schaute zu, wie Julia sorgfältig drei weiße Nelken zurechtlegte. „Die lege ich dann aufs Grab", erklärte sie.

„Ein Grab wird es nicht geben", sagte er, „nicht in der üblichen Form." Sie schaute ihn fragend an.

„Er wird eingeäschert werden. Feuerbestattungen haben ja eine lange Kulturgeschichte. Unsere Vorfahren in grauer Vorzeit ...".

Sie hielt inne, ihre Augen waren tränenumflort. „Aber dann bleibt vom ganzen Menschen nichts mehr übrig als ein kleines Häufchen Asche. Ich finde das nicht gerecht ..."

Wahlberg legte tröstend seinen Arm um sie. „Ich könnte dir jetzt mit so manchem Allgemeinsatz antworten. So wie *das ist der Lauf der Dinge* oder ähnliches. Das ist banal, aber es stimmt."

„Dann hat man als Angehöriger nur diese Urne."

„Aber wenn du ins Grab gebettet wirst", er drückte sie an sich, „dann fressen dich bald die Würmer ..."

Empört wand sie sich aus seinen Armen. „Du bist schrecklich. Mit diesem Sarkasmus könnte ich nie leben."

„Aber gestern Abend hattest du noch andere Pläne. Oder habe ich mich da verhört?"

Sie boxte ihn auf seine Oberarme. „Du bist ein schrecklicher Mensch." Dann fixierte sie ihn scharf. „Räum endlich den Tisch ab. Wir müssen noch in dein Appartement, und wir dürfen Tobias nicht vergessen. – Ich zieh' mich jetzt um."

Sie fuhren gemächlich mit dem alten Volkswagen von Julias Vater ins Mainzer Stadtzentrum. Während er seine wenige Kleidung nach adäquater Trauerkleidung durchsuchte, meldete sich Meyers fernmündlich.

„Wir müssen unbedingt reden. Ich brauch Ihre Einschätzung und Informationen zu den Anwälten Lochner & Lochner."

„Hatten Sie Erfolg?"

„Teils, teils. Da wären auch ein paar Ergänzungen hilfreich. Frau Köhnert würde ich noch gerne befragen."

„Würde ich gerne machen, aber ..."

Meyers reagierte ungehalten. „Was, aber ..."

„Nun, Sie erinnern sich noch an unsere Abmachung."

„Jetzt kommen Sie mir nicht so. Hier geht es um schwerwiegende Tatbestände, auch um Grundsätze des Staates."

Wahlberg blieb hartnäckig. „Eine Hand wäscht die andere. So war es vereinbart. Wir befinden uns jetzt – er betonte es ausdrücklich – gemeinsam in der Schlusskurve."

Wahlberg verstand Meyers gemurmelten Worte nicht ganz. „Sagten Sie etwa Erpressung? Aber Herr Meyers ..."

„Mensch, Wahlberg ..."

Wahlberg lachte. „Ich hatte damals versprochen, nichts zu veröffentlichen, bis der Fall abgeschlossen ist. Dabei bleibt es selbstverständlich. Jetzt lassen Sie uns doch gemeinsam die Ergebnisse durchgehen."

Meyers stand innerlich auf Kippe. Wahlberg merkte das. Zwischen Neugierde und beamtetem Pflichtbewusstsein. Er vernahm ein heftiges Schnaufen. „Gut. Einverstanden. Und wann?"

„Das kann ich nicht genau sagen. Frau Köhnert und ich befinden uns auf dem Weg zum Friedhof Drais zur Trauerfeier von Paul Steinert. Mein ehemaliger Chef wird anwesend sein. Da gibt es sicherlich noch einiges zu besprechen."

„Na, gut. Wir bleiben in Kontakt."

Die kleine Friedhofskapelle schien noch zu groß für die wenigen Trauernden, die sich eingefunden hatten. Wahlberg war zunächst erstaunt, dass er neben Hansen auch Susann Hespers entdeckte. Er hob kurz die Hand. Die Geste wurde erwidert. Jetzt fiel es ihm wie Schuppen von den Augen. Früher hatte er die Familienfotos auf Hansens Schreibtisch betrachtet. Damals musste sie vielleicht um die zwanzig gewesen sein, so vor zehn Jahren. Dass er das nicht gleich im Zug erkannt hatte. Diese wuscheligen Haare. Aber ihm war ja so gewesen, als wenn ...

Neben Elsa Steinert hatten sich auch die beiden Söhne eingefunden. Sie hatten beide die Statur des Vaters geerbt. Julia schritt vor und legte die drei weißen Nelken auf den Sarg.

„Es gibt keine christliche Trauerzeremonie“, flüsterte sie Wahlberg zu. „Paul war in keiner Kirche.“

„Woher weißt du das?“ Er zog die Augenbrauen hoch.

„Paul hatte mal solche Andeutungen gemacht. Seine Frau hatte es gerade bestätigt. Für solche Fälle hält ein sogenannter Trauerredner eine kleine Ansprache.“

Nach der ausführlichen Würdigung des Toten stand die kleine Trauergemeinde in Andacht um den Sarg herum.

„Die Asche erhalten wir heute Abend. Morgen werden wir die Urne im Familienkreis beisetzen.“

Elsa Steinerts kleine Figur stand wie ein ehernes Denkmal in der bleichen Novembersonne, die sich kurz vorher durch die Wolken gezwängt hatte. „Ich darf Sie jetzt alle zur Tafel bitten.“

Wahlberg und Hansen saßen sich gegenüber und löffelten die Fleischbrühe, die es als Vorsuppe gab. Neben Hansen seine Tochter Susann, neben Wahlberg Julia und Tobias. Traute Familienrunde, dachte Wahlberg. Mal sehen, was das Ganze in Berlin bewirkt hat. „Wir müssen reden“, sagte Hansen.

„Na, diesen Satz habe ich heute schon mal gehört“, antwortete Wahlberg. Hansen blickte ihn erstaunt an.

„Auch der gute Herr Meyers, seines Zeichens Kriminalbeamter, wünschte meine Teilnahme an einem wichtigen Gespräch.“

Wahlbergs unterschwellige Ironie verursachte bei Hansen ein Stirnrunzeln.

„Johann, es gibt wirklich Schwierigkeiten ...“

Wahlberg wurde vom plötzlichen Erscheinen von Meyers abgelenkt. „Wenn man von Teufel spricht ... - einen Moment, Horst.“

Er stand auf und ging auf den Kripobeamten zu.

„Tut mir leid, dass ich stören muss. Ich muss nach Berlin." Meyers gab sich zerknirscht, was im Gegensatz zu seiner fordernden Haltung stand. „Deshalb brauche ich schnellstens Ihre Einschätzungen zu den Lochners."

„Kann ich verstehen. Ich bringe Julia mit." Wahlberg schaute auffordernd zu Tobias. Der hob abwehrend die Hand.

Und zu Hansen gewandt: „Könntest du auf mich warten? Dieses Gespräch mit Meyers hat Vorrang. Vielleicht trägt es auch mit bei, Schwierigkeiten in Berlin zu meistern."

„Wir fahren erst morgen. Im Büro in der Ludwigsstraße muss aufgeräumt werden."

Wahlberg nickte zustimmend. „Ich melde mich in eurem Hotel." Er tippte Julia auf die Schulter. Sie verschwanden mit Meyers in einem Nebenraum der Gaststätte.

„Sie erinnern sich?" Meyers wandte sich an Wahlberg. „Der helle Mercedes. Er ist gestern Mittag am Frankfurter Flughafen sichergestellt worden. Er fiel auf, weil er im absoluten Parkverbot stand. Als hätte man das Fahrzeug in größter Eile verlassen."

„Sie sind sicher, dass es derjenige war, der mir aufgefallen ist?"

„Absolut sicher."

„Haben Sie etwas gefunden, was Sie so sicher macht?", fragte Julia mit angespannter Stimme.

„In der Tat. Den Wagen hatten wir schon auf dem Schirm. Aber nie so wichtig genommen. Muss ich leider zugeben."

„Wenn Sie meine Hinweise genauer beachtet hätten ..."

„Hätte, hätte – nun war es nicht so. Trotzdem können wir einen Erfolg verbuchen. Die aufgefundenen Spuren passen zu Balzers Leiche."

„Das *missing link*?"

„Genau, Frau Köhnert. Diejenigen, die da drin saßen, waren höchstwahrscheinlich mit dem Tod des Abgeordneten befasst gewesen."

„Wer könnte es gewesen sein? Gibt es Hinweise?"

Meyers bewegte abwägend den Kopf hin und her. „Ich weiß es nicht. Ich vermute, dass sie schnellstens ein Flugzeug zur Heimreise benötigten. Bestellte Leute. Vielleicht Profikiller?“

„In Berlin kann man schnell jemanden anheuern. Eine Drehscheibe für passendes Personal aus Osteuropa.“

„Somit ließe sich sagen“, warf Julia ein, „dass Balzer das eigentliche Ziel war. Wenn dieser Schläger nicht aufgetaucht wäre, um Balzer zu verdreschen, dann hätte es die anderen Toten wahrscheinlich nicht gegeben.“

„Kann sein. Aber der Tod von Balzer war eine beschlossene Sache“, antwortete Meyers.

Er sah Wahlberg an. „Wer sind die Hintermänner? Lochner & Lochner?“

Wahlberg dachte nach. „Nun“, sagte er zögernd, „eine Reihe von Indizien sprechen dafür.“

„Was, zum Beispiel? Sie haben sich doch mit diesem Genre ausgiebig befasst.“

„Es ist allgemein abzulesen, dass der hiesigen Lobbybranche aus den USA Konkurrenz erwachsen ist. Es ist auch eindeutig, dass sich die Einflussebenen von Berlin nach Brüssel verlagert haben. Die EU gibt die meisten Gesetzesvorhaben und Verordnungen für die nationalen Bereiche vor. Ich vermute, Lochner & Lochner haben mit ihrer, wie es hieß, neuen Geschäftsstrategie aufs falsche Pferd gesetzt. Sie dachten vielleicht, mit so einem nationalen *Lobby-Board*, wo alle relevanten politischen Kräfte mitwirken würden, sei Ihre Zukunft gesichert. Ein höchst fragiles Unternehmen. Ein Ausreißer, wie der unzuverlässige Balzer, schon ist die ganze Geschichte perdu.“

Wahlberg lehnte sich zurück und schaute, welchen Eindruck seine Worte bei Meyers hinterlassen hatten.

„Ich verstehe nicht“, warf Julia ein, „warum solche Leute so ein Risiko eingehen. Das kann man doch von vornherein sehen, dass das nicht klappen kann.“

„Es scheint so“, warf Meyers ein, „dass sie nicht nur gierig waren und schnelles Geld verdienen wollten, sondern auch einen Machtapparat aufbauen."

„Aber wie sollte das funktionieren?", fragte Julia.

„Oh", sagte Wahlberg, „eigentlich ganz einfach. Du kennst das Prinzip im Kleinen. Balzer und die Partei. Man muss die entsprechenden Abhängigkeiten schaffen und mit Erpressung Druck aufbauen. Balzer wollte den Spieß umdrehen. Gegen Lochner & Lochner."

„Wahrscheinlich haben wir keine Beweise gegen diese Anwälte. Die wirklichen Zeugen sind alle tot." Meyers saß am Tisch mit düsterer Miene. „Hinzu kommt, dass der Verfassungsschutz, an dessen Leine Herbert Meinertz hing ..."

„Mein Gott", warf Julia erschrocken ein, „das darf doch nicht wahr sein. Er war Mitglied unserer Partei, wäre beinahe Abgeordneter geworden." Ihre Brust hob und senkte sich. „Das wäre eine unerschöpfliche Quelle gewesen ..."

„Also, der Verfassungsschutz", der Beamte fuhr ungerührt fort, „hätte höchstwahrscheinlich auch was dagegen, dass die Lochners in den Blickpunkt der Öffentlichkeit geraten."

„Die Öffentlichkeit hat aber ein Recht darauf."

„Gerne, Herr Wahlberg, aber diese *Dienste* sind schon ziemlich mächtig, glauben Sie mir." Bei Meyers klang wieder dieser ironische Unterton an. „Die haben nämlich Lochner & Lochner jetzt auf *ihr* Geschäftsmodell verpflichtet."

Der Kommissar lachte über die verdutzten Gesichter. „Ich hab dort eine Quelle, aber mehr hat man mir auch nicht verraten."

„So ein Scheiß. Aber über die Veröffentlichung will ich heute noch mit Hansen sprechen." Wahlberg wollte nicht so schnell klein beigeben.

„Ich denke, über diese Sache können wir nicht weiter spekulieren. Die ist abgeschlossen. Da bin auch ich machtlos."

Meyers betrachtete Julia Köhnert so eindringlich, als hätte sie diese ganze Misere verschuldet. „Kommen wir mal zu Ihren Parteifreunden."

Etwas befangen nickte Julia. „Was oder wen meinen Sie?“

„Ich meine Raubach und Emscher. Wir hatten gestern erst Frau Emscher befragt. Die wusste natürlich von nichts. Sie hat dann alles auf Raubach abgeladen.“

„Das war zu erwarten“, bemerkte Julia kühl.

„Den Eindruck machte sie mir auch. Ich hab bei der Vernehmung insofern geblufft, als ich behauptete, sie seien von dem Journalisten Wahlberg und Ihnen deutlich erkannt worden. Bei dem Einbruch in seine Wohnung.“

Wahlberg grinste. „Hat es geholfen?“

„Nur zum Teil. Raubach hat die Prügelorgie gestanden. Er wollte aber nicht für Balzers Tod verantwortlich gemacht werden. Sie hat nach einem Anwalt gerufen, außerdem sei sie schon Abgeordnete. Ihr gebühre doch schon Immunität.“

„Ist das Motiv, über das wir gestern gesprochen hatten, bestätigt worden?“ Wahlberg beugte sich interessiert vor.

Julia fuhr erzürnt dazwischen: „Das war Rache, weil sie nicht auf einen sicheren Listenplatz gekommen ist.“

„Das erscheint vielleicht so. Raubach hatte angedeutet, dass es Emschers Plan war, alle, die vor ihr Liegenden wegzuputzen. An dieser Aussage hat Frau Emscher schwer zu tragen. Wir haben auch für sie einen Haftbefehl ausgestellt. Nachgerückt, wie die Frau es sich so vorstellt, wird vorerst nicht. Immunität bleibt ihr auch verwehrt.“

„Kleinbürgerliches Gesocks“, stieß Julia mit Inbrunst hervor. „Diese gierigen Dumpfbacken. Die machen alles kaputt. Mit solchen Leuten hat eine Partei wie die unsrige von vornherein alles verwirkt. Ich hoffe, dass Sie diese fette Quaddel einbuchten.“

„Na, schau’n mer mal.“

Die Rückfahrt ins Zentrum verlief schweigsam. Abschied nehmen. Von Paul. In einigen Stunden auch von Julia. Wahlbergs Herz pochte in schwerem Rhythmus. Zeugte von Leben in ihm. Leben, das er teilen wollte. Aber wie soll das gehen, fragte er sich zum wiederholten Male. Auch gestern Abend. Er schlief an ihrer

Seite ein. Sie hatte seine Hand gehalten, seine Füße umfassten die ihren. Ein geschlossener, intimer Kreis. Die Frage stand am Morgen ungelöst im Raum. Was sollte er sagen, wenn er zum Bahnhof ging, in den Zug einstieg? Er freute sich auf sein Zuhause. Seine Musik, seine Instrumente. Julia hatte ihn das alles ein wenig vergessen lassen. Nun musste er sich noch auf Horst Hansen und seine liebreizende Tochter konzentrieren.

Er ließ sich vor das *Hotel IBIS* in der Holzhofstraße fahren. Es stand ein schwieriges Gespräch mit Horst Hansen an, wenn er dessen Worte von vorhin richtig einordnete. Er küsste Julia flüchtig. Er war mit Hansen in der Lobby – welch Ironie, sagte er sich – verabredet. Aber die Lobby war von je her der Ort, wo man Treffen verabredete.

„Dass Susann Hespers deine Tochter ist, fiel mir erst heute auf." Wahlberg war teils belustigt, teils verärgert. „Zwar habe ich sie auch schon mal danach gefragt, aber vielleicht bist du auskunftsfreudiger."

„Was meinst du damit?"

„Ob du sie auf mich angesetzt hast? Paul kannte sie auch. Von Lochner hatte sie auch schon gehört." Er baute sich mächtig vor Hansen auf. „Aber der ganze Stress mit Balzer, Steinert und Co ließ mir keine Chance nachzudenken."

„Johann, setz dich und beruhige dich. Ich erzähle es dir ein anderes Mal genau." Wahlberg schaute ihn skeptisch an. Er orderte ein Glas Wein, während Hansen an seinem Kaffee schlürfte. „Es gibt Wichtigeres zu bereden. Es geht um deinen Bericht."

„Genau. Ich brauch Pauls Unterlagen. Sind schlichtweg geklaut worden. Aber du hast ja auch einen USB-Stick ..."

Hansen sah ihn trübsinnig an. „Johann. Es tut mir so leid. Mit dem Bericht wird nichts. Wieder nicht."

Als Wahlberg auffahren wollte, legte sein ehemaliger Chef seine Hand beruhigend auf seinen Arm. Wahlberg wischte sie enttäuscht beiseite. „Ich kann nichts machen." Er hob entschuldigend seine beiden Hände. „Es läuft genauso ab wie damals.

Diesmal sitz aber ich mit dem Arsch auf der scharfen Klinge.“

„Verdammt noch mal, wieso? Wer verhindert es diesmal? Und mein Honorar und meine Auslagen?“

„Erste Frage: Ich weiß es zwar nicht, aber ich ahne es. Zweite: Ist schon alles eingetütet. Ich warte nur noch auf deine Abrechnung.“

Wahlberg nippte ein wenig vom Grauburgunder. In ihm reifte ein Gedanke. „Meyers sagte mir zuvor in seiner ironischen Art, der Verfassungsschutz stünde hinter Lochner & Lochner. Die decken eventuell die Anstifter zum Mord.“

„So etwas hatte ich geahnt.“

„Nun, wenn es nicht auf journalistischem Weg klappt, dann auf publizistischem.“

„Ein Buch?“

„Darauf kannst du einen lassen.“

Hansen grinste. „Das Material auf dem USB-Stick kannst du gerne haben. Kommst du an die Unterlagen vom BKA heran?“

„Ich bin guten Mutes.“

„Koch mal den Sumpf schön hoch“, meinte Hansen bei der Verabschiedung. „Du fährst heute noch zurück nach Bremen?“ Wahlberg nickte mit zusammengekniffenem Mund.

„Susann und ich bleiben noch. Wir lassen uns von ein paar Weinen verwöhnen.“

Beim Verlassen des Hotels fiel ihm ein, dass er den Dom doch nicht besucht hatte. Das stimmte ihn milde. Auch ein Grund, nochmal herzukommen.

Epilog

Vor gut drei Wochen war Wahlberg aus Mainz zurückgekehrt. Voller Ärger und Enttäuschung über die verhinderte Veröffentlichung im MAGAZIN. Es hätte unter anderem auch seine Rehabilitation bedeuten können. Das Buchprojekt, an dem er jetzt saß, war die einzige Chance, der Wahrheit ans Licht zu verhelfen. Seine ethischen Grundsätze verpflichteten ihn dazu. Die Wahrheit, philosophierte er, ist häufig ein flüchtiges Reh. Sucht meist vergebens Schutz durch Öffentlichkeit. Ist in den Fallstricken der Mächtigen verfangen. Oft Gewalten und Verzerrungen ausgesetzt, verbogen, hingetrickst und umgedreht worden. Die *Vierte Gewalt* im Staate scheint durch eine fünfte abgelöst worden zu sein.

Im Deutschen Bundestag sind etwa 1.900 Lobbyverbände registriert. Die Anzahl der ausgegebenen Hausausweise für Personen, die ungehinderten Zugang zu den Abgeordneten und ihren Büros haben, wird auf 5.000 beziffert. Auf einen Abgeordneten entfallen sieben Lobbyisten. Lobbyismus bedeutet die Umverteilung von Ressourcen durch Beeinflussung politischer Entscheidungen anstelle wirtschaftlicher Tätigkeit. Lobbyismus ist zu einer allmächtigen Spielkarte in der Politik geworden. Mal versteckt aus dem Ärmel gezaubert, um den Gegner unfair zu übertrumpfen. Mal tritt er öffentlich auf, durch offensive Vermarktung von Interessen. Legitim, anerkannt. Ähnlich wie die Wahrheit, ist der Lobbyismus unterschiedlichen Interessen und Mächten ausgeliefert. Sie geben die entscheidende Richtung vor.

Wie mit Lobbyismus Politik gesteuert werden kann, ist am Engagement der *Koch Industries* in den USA abzulesen. Die zwei Brüder Koch hatten im zähen Ringen um das US-Klimagesetz eindeutig die Finger drin. So erhielten in den USA 35 Organisationen und 21 Politiker direkt oder indirekt Geld von diesen Brüdern. Dadurch sollte ein klimafreundliches Gesetz verhindert werden.

Wahlberg saß jetzt vor seinem aufgeklappten Notebook. Er starrte gedankenverloren aus seinem Fenster im Obergeschoß des Vier-Familien-Hauses in Vegesack, an der Weserstraße gelegen. Sein Blick schweifte über die laublosen Bäume, über das fast immergrüne Buschwerk auf der Wiese, die sich zum Weserufer hinunter zog. Er erspähte einige Jogger, die an diesem diesigen Vormittag im Dezember den früheren Treidelweg gemächlich entlangtrabten.

Es fiel ihm schwer, sich auf seine selbstgestellten Aufgaben zu konzentrieren. Er dachte gerade darüber nach, dass eine wichtige Facette von Lobbyismus durch solche kriminellen Machenschaften à la Lochner ganz an den Rand gedrängt wird. Zum Beispiel die Anstrengungen von Kirchen mit *Brot für die Welt*, die um Erleichterung für die Ärmsten zu werben. Oder das Engagement von Umwelt- und Sozialverbänden, den Gewerkschaften. Einw solche *Fünfte Macht* wäre in Zeiten von Politikverdrossenheit ein wichtiges Korrektiv im Staate. Doch durch die Gier einiger Mächtiger werden diese guten Ansätze weitgehend diskreditiert. Das sollte in seiner Publikation nicht fehlen. Er sortierte seine Unterlagen. Hansen hatte ihm versprochen, sich um einen Verlag zu kümmern. Leider wird das Buch nicht mehr vor Weihnachten herauskommen können, teilte er ihm per Mail mit. Zeitliche Gründe. Schade ums Geschäft.

Julia hatte ihn angerufen. Mit gemischten Gefühlen hatte er ihre Ankündigung entgegengenommen, sie wolle ihn bald besuchen. Und ob er nicht über Weihnachten nach Mainz kommen wolle, hatte sie ihn gefragt. Eine Woche war noch hin bis zum großen rührseligen Fest der Deutschen. Sollte er das Angebot annehmen? Voller Grimm hatte sie ihm erzählt, dass es Marlies Emscher doch in den Bundestag geschafft habe. Raubach hätte dafür seinen Kopf hinhalten müssen. Prompt sei er auch aus ihren Diensten geflogen.

„So viel zu Dankbarkeit und Charakter dieser fetten Mamsell“, hatte Julia zornig hervorgestoßen. „Nicht, dass es mir um den Raubach leid täte. Aber der treibende Motor, der dahinter stand, war eindeutig sie.“

„Aber sie muss aufpassen“, hatte er erwidert, „sonst greift bei ihr auch das *Edgar-Wallace-Syndrom*. Da sind jetzt die Weichen gestellt. – Sowas kann anregend sein.“ Er konnte sich ein Grinsen nicht verkneifen.

Als er später bei Hansen nochmal nachfragte, ob er über seine Kanäle Informationen zum Schicksal der Lochner-Brüder erhalten habe, kam nur die lapidare Antwort: *Business as usuall*.

„Ja, was erwartest du eigentlich“, hatte ihn Hansen gefragt. „Hast du's nicht mal selber formuliert? Eine Krähe und so weiter …“

„Hätte ja sein können“, war seine lahme Entgegnung. „Was macht deine Tochter so?“

„Wird dich sicher erstaunen. Sie übernimmt ab Januar Pauls Position in Mainz. Wir richten dort ein Drei-Personen-Team ein. Ist notwendig. Die dortige *SPD*-Regierung hat sich viel Müll an den Hals geholt. Ein Problem unter vielen läuft unter dem Stichwort Nürburgring. – Da ist auch schon die Kacke am Dampfen.“

Das wär's gewesen. Für ihn. So eine Stelle. Aber meine Unabhängigkeit ist auch nicht zu verachten, sagte er sich, obwohl es eher klang wie das Pfeifen im Wald. Auf jeden Fall kitzelte ihn schon seit geraumer Zeit ein neues Thema.

Julia schwamm wieder aus den unergründlichen Tiefen seiner Seele an die Oberfläche. Er lächelte. So eine Art Vorfreude stellte sich bei ihm ein – wenn auch langsam.

Zum Buch:

Als eine wesentliche Quelle für die Entstehung des Buches muss das Buch von Thomas Leif/Rudolf Speth (Hrsg): Die fünfte Gewalt. Lobbyismus in Deutschland (2006), genannt werden.
Eine weitere Quelle ist meine Mitarbeiterschaft im Bundestag in der Zeit von 2006 bis 2008. Insbesondere in dieser Zeit ließen sich verschiedene Ministerien grundsätzliche Papiere von "geneigten" Anwaltskanzleien schreiben.

Die Personen, die im Buch auftreten, sind reine Fiktion. Sie haben mit lebenden oder toten Personen nichts gemein.

Zum Autor:

Meine Biografie beginnt im Prinzip mit einer Entwurzelung. Das muss man so sagen, wenn ein gebürtiger Ostfriese im zarten Alter von 6 Monaten nach Oberbayern verfrachtet wird. Von dort startete eine Odyssee durch eine Reihe von Bundesländer (Vater Bundesmarine), sehr zur Freude meiner Mutter, die dadurch der Küste näher kam.
Mir war das schon langsam wurscht, da ich nach der Schule weiter auf dem Trip blieb. Schließlich wollte ich nach der Ausbildung auch studieren, später mit diesem geistigen Polster auch Geld verdienen. Was aufgrund der mäßigen 1980er nicht so gut gelang. Immerhin kann ich auf insgesamt neun Bundesländer zurückblicken, in denen ich gewohnt habe.
Jetzt ist es fest: ich bleibe im Weinort Wiltingen an der Saar - vielleicht.

Weitere im blattFuchs-Verlag erschienene Kriminalromane:

EMILE CLAASSEN: Das Schweige-Kartell (2016)
EMILE CLAASSEN: Die Kunduz-Connection (2016)
JONATHAN METZELL: paranoid (2016)

In Vorbereitung:
EMILE CLAASSEN: Die LUX-Transfers (Arbeitstitel, voraussichtlich 2017)
JONATHAN METZELL: ausgespäht (Arbeitstitel, voraussichtlich 2017)